i

为了人与书的相遇

El paso de la hélice

螺旋之谜

[西班牙] 圣地亚哥·帕哈雷斯 —— 著　叶淑吟 —— 译

SANTIAGO PAJARES

广西师范大学出版社
·桂林·

目 录

献给我的父母
感谢他们在过去与未来付出的一切

第一章　里斯本

戴维孤零零一个人坐在餐厅桌旁，枯等许久之后，他开始感到不自在。他四周围绕着正在共进烛光晚餐的男女，他则不停地滑手机，小口地啜饮白酒。他已打了三个电话给莱奥·巴埃拉，却都没有接通，而领班不时过来问他朋友何时会到，弄得他紧张兮兮。

"他还没到。"戴维回答，仿佛要对方明白答案再明显不过。

"那么我们再等一会儿？"

领班一口流利的西班牙语，不过稍稍带着口音。

"对，再等一会儿。"

戴维知道有其他客人正在觊觎这个桌位，领班希望他离开，但是除了继续等待，他没有其他办法。

他大老远从马德里来到里斯本就是为了和他负责的一位作家吃顿晚饭，此刻对方不但没出现，也不接电话。或许莱奥·巴埃拉不算循规蹈矩的作家，但是这样失约也未免太过分。戴维决定再等十五分钟。他瞄了一眼绿色笔记本，上面记着对莱奥小说的评语。他把手机摆在桌上，再喝了一小口白葡萄酒。

他在前一天预约这间以鲜鱼料理闻名的餐厅。当然是出版社埋单。

十分钟之后，电话响起，许多客人纷纷回过头，带着斥责的眼神看他。

"戴维！"

"莱奥？你在哪儿？我们约好的时间是四十分钟前。"他对自己保证不要生气，但还是做不到。

"我在一个派对上！"

"什么派对？在哪里？"

"在一个朋友的朋友的公寓。"

"朋友的朋友？你不知道自己在哪里吗？"

"我当然知道。我现在发住址给你。"

"发给我做什么？"

"来这里啊！我正在解决一个问题。之后我们可以平静地去吃顿晚餐。"

"吃晚餐？到哪里吃？"

"戴维！这就是里斯本！这里有上千间餐厅。我在这里等你。你到了，我们再一起离开，可以吧？"

戴维不知道该回他什么。他的脑子飞快转动，试图说服他打消念头。

"我已经订好座位。我现在坐在这里。"

"戴维，我发住址给你，我们等一会儿就离开，好吗？就这样，待会儿见。"

他挂断电话，留下话说到一半的戴维。他没给戴维选择。连声抱歉都没有。戴维把手机搁在此刻合上的绿色笔记本上。几秒钟后，手机收到短信、发出震动。是那场派对举办的地址。

他叹了一口气，举起手。领班走过来。

"请给我账单。"

"您的伴侣不来了吗？"

戴维诧异听到他使用伴侣这个字眼，而不是用朋友。他心想，大概是他在电话中和莱奥争辩，听起来像是情侣吵架。

"他不会来了。"

"哦……"

这未免太过分了。

"没什么好'哦'的，请快点给我账单。"

他穿上外套然后离开。

他走到餐厅门口，朝街角走去，想看看有没有出租车。他大可回到餐厅，请领班帮他叫车，可是他不想。因为他没给小费就离开了。

当他看见一辆碧绿顶篷的黑色出租车出现时，立刻伸手拦车。不过司机不懂西班牙语，至于戴维唯一能懂的葡萄牙语则来自麦片盒。当他听到戴维念出住址时，神色有些疑惑。最后戴维给司机看手机，并在浏览器输入住址。戴维不禁自问莱奥究竟在哪里，怎么会跑到一个连出租车司机都不知道的地方。

"呃，可以把手机还给我吗……？谢谢。"

司机拉下旗帜，开动车子。戴维订的餐厅正好坐落在伯利恒区，因为离莱奥的住处不远。当出租车开在一条港口的公路上时，戴维回想了一下他来这里要做的正事。

莱奥·巴埃拉是可汗出版社旗下的作家之一，戴维特别欣赏他，因为在七年前刚当上编辑时，就开始与他合作。那个时候，他花了两个月时间，和莱奥胼手胝足编辑他的书稿，挑出弱点，增强优点，那本初试啼声之作《秋神》是一本相当成功的小说。一开始只印五千册，但随着口耳相传和宣传活动的发酵，两个月后他们发行第二刷，再隔一个月第三刷。接着法兰克福书展到来，经纪人把翻译版权卖到三大洲共十一个国家。莱奥因此得以辞掉原本鞋厂会计的工作，专心投入写作。他非常渴望摆脱以前的生活，因此，他决定移居里斯本创作他的第二本小说；

原本他只打算在葡萄牙首都待几个月，不过遇到他现在交往的对象伊内斯以后，就变成长住在这里。他租下一栋两层楼屋子，屋内梁柱裸露，还有一座杂草丛生的花园。如果从窗户探身出去，还能遥望远处的迷你小城堡，也就是伯利恒塔楼。莱奥远离戴维，不顾他的劝告，定居在这里写下他的第二本小说《永不下雨的北方》。起先两刷的销售都很顺利，但后来停滞不前。口碑推崇不再像第一本小说般发酵，评论也不若前一本来得热烈。

他的经纪人只卖出三国版权，全是欧洲国家。戴维凭他在出版社工作的经验，知道这是免不了发生的事，有时书虽然好，却没有掀起热潮，无法引起读者共鸣。他知道第二本书没有第一本《秋神》的魔力，也失去了新手作家带着热情和渴望补足青涩的那份清新感。可是作家有时太寄望于自己，过于纠结第一本作品的过往，而不是把心力花在第二本著作上，因此感到空虚。这个时候，疑惑、恐惧和失去信心的状况就乘虚而入，让作家动弹不得，于是第三本小说变成跟时间赛跑，到最后可能什么都孵不出来。戴维自己没有写作经验，不过他从二十八岁开始进入出版社工作，和几十位作家打过交道。他从工作中学到，作家可能在某些时候非常脆弱，因此他的工作是帮助他们，不能给他们过度的压力。总之，重点不是读者群。重点是书。是作家。许多作家在一开始都不知道这条路有多么迂回曲折，处处是陷阱，最后可能沦为一场文学的竞赛。

读者相当吹毛求疵。当他们迷上某个新秀作家，也许会继续支持他的第二本小说，但这一本若是不够精彩，他们非常可能不再追捧第三本。如此一来，作者可能会迷失在一片汪洋中，编辑的任务就是在暴风雨中丢给他救生圈。

戴维等他的第五章足足等了四个月。莱奥不但回信慢，还不一定接电话，因此他不得不来拜访，了解到底发生了什么事。他何尝不想待在家里陪老婆西尔维娅，两人出去吃顿晚餐或看场电影？不过事与愿违，他孤身在里斯本，奔驰在港口的公路上。他看到矗立在海湾另外一头的大耶稣像，陷在塔霍河和大西洋汇流处弥漫的雾气中；有那么一瞬间，他感觉这一晚他需要祂的帮助。

当出租车离开港口公路，钻进狭窄的巷弄时，戴维摸着座位的合成皮革。他不懂司机说的话，不过可以从他的表情知道那不是好街区。车子在马蒂姆·莫尼斯广场停下，让戴维知道车程到此为止。戴维不知道这里就是他要找的地方，还是司机不想再继续往前开。戴维付完车费后下车。他穿过广场，寻找可以问路的对象。他碰到一对年轻的情侣，给他们看住址。他们讲的并不是同一种语言，但两人比划着指示他，就这样，避开其他成双成对的男女之后，他花了十分钟来到一扇门前。这栋建筑有三层楼，瓷砖地面已经失去光泽，他从站着的位置能听到最上面那层楼传来的音乐。他再打电话给莱奥，可是又没人接。他感到厌烦，这个原本对他来说应该很宁静的夜晚变了调。他按下对讲机。里面的人没多问什么就开了门。他爬上一座狭窄的楼梯走到三楼。门是半掩的。他往前走，被震耳欲聋的电子音乐包围，里面满满的都是人，挤满房间、走廊。有个顶着蓬松发型和戴着太多项链的女人朝他走过来。

"你好！"她用葡萄牙语打招呼。

她在戴维的脸颊印下打招呼的吻，说了几句他听不懂的话，然后沿着走廊离去。戴维心想她肯定把他误认成另外一个人了。当然，他一头雾水。

他试着在人群中寻找莱奥，或者他的女朋友伊内斯。他再打一次电话，但莱奥还是没接手机。戴维摇头拒绝几个人递过来请他喝的罐装啤酒。有个穿坦克背心的矮小男人拍拍他的肩膀，用流利的西班牙语说："帅哥，要不要喝点东西？"

戴维瞠目结舌。最后他回答："现在不要。等一下吧，如果……"

这个男人露出微笑，耸耸肩，接着也消失在走廊上。

戴维躲到角落，努力在人群中寻找莱奥的身影，却惹来许多人的目光，问他到底在那里做什么。戴维开始感觉自己像在参加大学的派对。终于，他看见莱奥从某个房间走出来。他正在和一个女人吵架。他们俩比手画脚，拉高的声音甚至盖过了音乐。尽管戴维正在气头上，还是决定等他们吵完。他不得不承认那是个大家都想一亲芳泽的女人，即使只能吵架也好。在她身边的莱奥穿一件黑色衬衫，头发凌乱，仿佛是个落寞的候选人。这时响起"流行尖端"乐队（Depeche Mode）一首耳熟能详的歌曲，戴维记得那是他年少轻狂时在派对上跳过的曲子。有些东西不论到了哪里都不会变。

戴维听不懂他们在吵什么，不过那名女子对着莱奥破口大骂，还朝他的脸挥去一拳，而莱奥没完全躲开。女子似乎还想再挥一拳，但最后她只是大声骂他，然后返回她刚走出来的地方。莱奥跟在她后面，又停下脚步思索一会儿，接着挥挥手想甩掉满腔的怒气，沿着走廊避开其他宾客离开。戴维追了过去。当他追上时，有人递来啤酒，而莱奥也打开同样的啤酒，正狠狠地喝着。

戴维拍拍莱奥的肩膀，对方转过来，睁着一双惊讶的眼睛，仿佛有那么一瞬间没料到会在这里碰见他。

"戴维！什么时候到的？我正在等你。"

他摸摸刚被女人打过的脸颊。而戴维感到茫然，恍若对方意指迟到全是他自己的错。

"到一阵子了。我打了两次电话给你。"

"噢，音乐太大声了，没听见。"

"解决了吗？"戴维问。

"解决什么？"

戴维停顿了一下才回答。

"你的事。"

"什么事？"

"你打电话到餐厅时，说你得先解决一件事……"

莱奥静静地看了他半晌。戴维发现他汗如雨下，瞳孔放大。他喝了一大口啤酒。

"对，嗯……我不知道。对，我想应该是解决了。"

"好吧。要不要去其他比较安静的地方？"

"当然好！这里没有办法讲话。"

莱奥搭着他一边肩膀，带着他往大门走去。途中他朝一个像是房主的男人打手势，告诉对方他要离开了。

"你没带外套吗？外面有点冷。"

"嗯，没有，我什么都没带。"

他们步下楼梯，沿着一条石砖路漫无目的地走着。

"两条街外有间还营业的酒吧。"莱奥说。

"我们不去吃晚餐吗？"

"什么？"

"莱奥，你吃过了？"

"哎，吃过一点。"

戴维停下脚步，面对莱奥。

"你喝了酒吗？"

"喝酒，喝酒……那是派对啊！"

"要不我打电话给伊内斯，让她来接你，我们改约明天？"

戴维这时想起他回马德里的机票是明天。

"不用，不要让她看笑话。"

他发出低低的笑声。那不是他正常的笑声，比较像是从喉咙发出的低沉嘘声。

"她知道你来派对？"

"戴维，伊内斯早就不想和我有瓜葛了。"

接着他再一次在街道上迈开脚步。而戴维此刻才第一次注意到莱奥走路歪歪斜斜。

戴维伸手环住他的腰，帮着他走路。这时吹来轻柔的微风，虽然有点冷，但他相信能帮莱奥清醒一点。他们一起走了一会儿，想找辆出租车却遍寻不着，最后他们抵达之前司机载戴维来的马蒂姆·莫尼斯广场。他让莱奥坐在喷水池旁，自己走到路上去拦车。这个广场这么大，总会有出租车经过吧。

他瞥见远处有一辆，但是当他举起手时，他看见莱奥正往池子里呕吐。戴维不得不扶着他的头，听着扑通的水声传遍广场。莱奥吐完后，人似乎好多了。他脸色惨白，额头满是汗珠。戴维看着他的呕吐物在水中散去，几乎溶解了。莱奥看着他，仿佛写完作业的孩子露出微笑。

"请原谅我，戴维。"

"没关系。"

"当然有关系，请原谅我。"

他清醒多了之后，两人一起去拦出租车。几分钟后，来了一辆，这次是象牙白的车子。莱奥用流利的葡萄牙语说出住处的地址。司机应该是问了有没有带钱，因为莱奥让他看皮夹。

车子开上街道，过了几分钟他们回到港口公路上，这一次是反方向，而且有莱奥一起搭乘。这是戴维到目前为止的进展。

莱奥稍稍拉下一点车窗，让空气扑上他的脸，搅乱他因为汗水黏住的发丝。戴维怕他着凉，把自己的外套给他穿上。

"我还没寄给你第五章。"他终于说。

"还没。你还没寄。"

"我还没写。"

"是因为那个女人吗？派对上那个。"

莱奥点点头。

"她是谁？"

"卡罗琳娜。我就是要解决这件事。"

"解决了吗？"

莱奥简单地摇摇头。他们经过四月二十五日大桥下方，一路上没再交谈，直到抵达莱奥的家。莱奥下出租车，拿出钥匙，试着想对准钥匙孔。戴维得付车费，尽管给司机看皮夹的人并不是他。当他们进门，映入眼帘的是一片肮脏凌乱的屋内景象。戴维帮他脱下衣服，扶他爬上乱糟糟的床铺。

"谢谢你，戴维。还有，请原谅我。"

他几乎是马上合眼。戴维找到客房。这间在他记忆里窗明几净的房间如今只剩下一团混乱。于是他拿起一条毯子，倒在沙发上休息。他的肚子咕噜噜作响。他还没吃晚餐。他想要爬起来到冰箱找东西，但看到屋内的景象，冰箱想必也不会好到哪里去。闭上眼睛前，他想着为什么不是莱奥的经纪人来处理这些事。无论如何，他得挣到他那份销售佣金。

***

戴维听到背后传来嘎吱响声，惊醒过来。他从沙发站起身，在屋内寻找莱奥的身影。作家又失踪了。他打莱奥的手机，但是铃声从夜桌传来。他坐下来思考下一步该怎么做。他有两个西尔维娅的未接来电。这时他想起今天早上没登机，飞机已经起飞了。他忘记打给西尔维娅，通知她自己不会搭机，所以他的老婆应该是在接机口等到只剩下她一个人。他不禁低声诅咒。看来一番争吵铁定逃不掉了，回家时他最好买个好礼物，缓冲紧张的气氛。他弯下腰摸摸双脚，感觉脊椎发出像纺锤的响声。

这时莱奥回到屋里。他的脸色好多了。他的胡子没刮，不过已冲过澡，双颊恢复了血色。他的颧骨有一小块淤青，那是他和卡罗琳娜吵架留下的纪念。他走向戴维，但不知该说些什么。一阵不自在的氛围笼罩在两人之间。戴维不知道是该为他好多了而高兴，或是为昨晚发生的事而责骂他。最后是莱奥打破沉默。

"一起去吃早餐？"

他们俩沿着住宅小区的街道漫步，走过几条布满电车轨道的老旧道路。这天早上阳光普照，在他们前往面包店的路上，可看见许多对趁机晒晒阳光的伴侣。他们经过那间前一晚本该一起用餐的餐厅。戴维指着餐厅。

"噢！"莱奥回答，"我听说这家餐厅的口碑很好。好吃吗？"

"白酒很好喝。"戴维回答。

莱奥指指一间咖啡馆，于是他们两个在人行道上的一张小桌子旁坐下。有个亲切的服务生似乎认识莱奥，他端来两杯双份黑咖啡和一盘葡式蛋挞。

"这是热腾腾刚出炉的，"莱奥说，"伊内斯每个礼拜天都会带我来这里。"

他啜饮一口咖啡，一副若有所思的模样。

"你们怎么了？"戴维问。

"是我，我是混账。我发神经两个月之后，逼走了她。她受不了我，丢下我，但是我没给她其他选择。"

"是因为写书吗？"

"没错。写那本该死的书。首先我告诉自己写不出来，是因为她不给我安静的空间，她走了以后，我一样写不出来，因为一整天想着她。我真是个笨蛋，不是吗？"

"你遇到了瓶颈，就是这样。这是偶尔会发生的事。"

"发生在我身上。"

"还有所有人的身上。每个作家都会在某个时间遇到瓶颈。这是非常正常的事。"

"戴维，你曾经几次到派对上找过作家？"

戴维没吭声。他喝了一小口咖啡，接着咬下一块蛋挞。

"戴维，我没灵感。"

戴维拿出他的绿色笔记本，露出微笑把本子摆在桌上。他翻开本子，拿出一支笔。

"说来听听。"

他们谈了许久许久。莱奥给他解释剧情、怎么安排角色的发展，以及他遇到的困境。戴维已经听过其中大多数，不过另外还有些新的事，比如莱奥是什么时候遇到的瓶颈。有经验的作家都知道这种瓶颈几天内就会消失，只要放松心情，换一个角度来研究问题。需要慢慢来，但不能太慢，以免失去动力。莱奥一直坚持要先解决情节上遇到的症结，彻底找出问题。因为他不知道怎么跳脱，就开始怪他的女朋友、出版社、朋友和所有的一切，觉得他们应该支持他挣脱深井。

"……伊内斯走了之后，我浑浑噩噩过了一个月，一个字都写不出来。我试过各种方法：在家里，到外面，台式机，笔记本电脑……我甚至试过一台旧打字机，但都没帮助。有个朋友建议我出去走走，透一下气。我们刚谈到女人。我告诉自己需要找另外一个女人才写得出来。而我刚到里斯本时，曾经和卡罗琳娜搞过暧昧，那是很久以前的事了。所以，我以为和她交往很容易，可是你知道，有时事与愿违。"

戴维知道。他有时会忘记告诉老婆不用去机场接机。

戴维把记在笔记本里的要点念给他听，两人找出可能有助于解决问题的新途径。戴维可以看见莱奥的眼底涌出一股对文学的狂热，这时灵感在他的脑袋里沸腾，需要得到释放。服务生端来更多的咖啡和蛋挞。

最后，莱奥问了他一个烦人的问题，一个他希望不用回答的问题。"戴维，你觉得怎样？你觉得这本小说比《秋神》好吗？"

戴维思索了一下答案。一个优秀的编辑需要的不是坦白，而是知道作者需要什么。

"我想，如果你努力，你会找到完成这本可能是你最棒小说的材料。但空白的页数是不会自动填满的。"

莱奥安静半晌然后露出微笑。

"谢谢。我的确需要听到这样的话。"

戴维看见他的眼底闪烁光芒。

"所以就是写，最后的总结就是这个，对吧？"莱奥说。

"这是你唯一要担心的事情。你不需要去想出版，去想翻译授权、其他国家的销售。这是其他人的工作。我和你的经纪人会处理它们。你只要专心找出时间、平静坐下来写作。只要这样就够了。"

"该死，真希望伊内斯还在这里。"

他喝了一口咖啡，结束他们的会面。服务生把剩下的蛋挞包起来交给戴维。莱奥走到港口道路边，仿佛希腊运动员，一个大动作把绿色笔记本往前扔进河里。他看着目瞪口呆的戴维。

"我们已经不需要那本笔记本了。所有的东西都在这里。"

他指指自己的脑袋瓜。戴维也被他的微笑感染了，这时他知道自己已完成任务。

他们一起走到莱奥家，接着莱奥打电话叫出租车载戴维到他的旅馆。他们就在大门口道别，给彼此一个别具意义的拥抱："莱奥，你为什么要选择里斯本？为什么不留在西班牙？"

莱奥似乎在内心思索答案，当他找到答案，便叹了一口气并说出来。

"我曾经跟我爸妈来这里度假，那时我还小，他们也还没离婚。那是我记忆中最幸福的一段日子。"

"唉！"戴维只挤得出这个回答。

"这是一座魅力无边的城市。你知道它的历史比罗马还早四百年吗？"

"不知道，我不知道。"

出租车司机按了按喇叭。戴维坐进车子，这辆车也是黑色和碧绿色。他挥挥手道别，回到后来没过夜的旅馆。离开房间之前，他在浴室瞄了一眼镜中的自己，接着他打开灯，想仔细瞧清楚。镜中人看起来一脸疲惫，胡子没刮，头发又脏又油。比他实际的三十五岁看起来还要苍老。他将一把还没拆掉包装的梳子放进外套口袋，打算在前往里斯本机场的路上整理一下仪容。他拿起几乎没打开的行李箱，到旅馆柜台结账。

机场柜台的人告诉他十五分钟内有一班飞机，不过已经没有空位。下一班飞机要等三个小时。戴维低声咒骂。他应该在旅馆先订好机位的。他买好机票，坐在现代主义水管雕塑下一张不怎么舒适的椅子上等待。早知道他应该和莱奥吃午餐，继续聊他的书。可是他的内心有个声音对他说一切会很顺利。谁知道呢？或许一年半后《古钢琴》这本书就会陈列在这座机场某家书店的书架上。他利用候机空当思考着。

他拿出手机寻找电话本。他等待电话响了几声。电话那头传来女人的声音。

"我没……？"

"嗨，伊内斯，我是戴维，莱奥的编辑。"

第二章　叶酸

飞机起飞，午后的阳光洒落塔霍河，依然可见河面波光粼粼，这时他想起忘记买礼物给西尔维娅了。

和伊内斯谈完后，他想着其他事，就这么忘了礼物。他低声诅咒。他想在飞机上打个盹，可是空中小姐不时叫醒他，送来饮料。当他终于能眯一下，飞机却已降落巴拉哈斯机场。他根本连打开梳子包装的时间都没有。

并没有人在机场等他。他在航站楼看到，除了他以外，每个人都有个可以拥抱的对象。当然，每个人都一定在旅途的某个时间点，打电话给现在这个带着微笑迎接他的人，通知班机抵达时间。

他搭乘出租车，这次是红条纹的白色车子，在三十分钟内回到位于塔布拉斯区的小区。他的公寓有六十七平方米大，铺了木头地板，一共是二十五年，六十万欧元贷款。他脱掉鞋子，直接往冰箱走去。他从早餐后就几乎没吃其他东西，现在饥肠辘辘。西尔维娅采买过，冰箱满满都是食物。他嘴巴还嚼着鸡肉，就走向卧室，一路脱掉衣服扔在走廊上，仿佛在路上撒下面包屑一般。

公寓是西尔维娅在她妹妹埃莱娜的协助下亲手布置的，她妹妹是专业室内设计师，公寓不大，但她们姐妹知道如何选择适当的家具和物品，让空间不显局促。戴维很满意，相当享受漆成明亮颜色的家。他知道她们姐妹经常借着讨论布置，一起喝咖啡、听音乐，然后一边看布置的目录，一边聊着她们的事，戴维因为经常出差无法参与。这种话题，从前戴维和西尔维娅会一丝不挂躲在被窝里聊，在那个时候，他们还没被工作和压力剥夺精力与动力。

他打电话到出版社，告知他们明天会去办公室工作。可汗先生的私人秘书埃尔莎告诉他，老板希望明天早上和他开会。他不禁自问发生了什么事，毕竟主管并不常叫下属到他的办公室，然后鼓励地拍拍他的背，当作是薪水外的福利。他也拨了电话给西尔维娅，不过她在响第二声时就切断了电话。戴维不禁皱起眉头。他想了一下在她回家前是不是有时间睡个觉，但他告诉自己不可能睡得着，除非忘掉他和西尔维娅的问题。他钻进洗澡间，享受从头浇下的热水，直到感到满足，直到镜面布满水气、他的思绪变得恍惚。他涂了两次肥皂，仔细地搓洗，想摆脱疲惫和内疚，直到皮肤变得红彤彤的。接着他穿着浴袍开始整理行李，把旅行用品放进柜子里，没穿过的皱巴巴衣服和其他一堆待熨的放在一起。

整理完后，他的手上只剩下一盒咖啡馆吃剩的蛋挞。他拿在手上掂掂重量，就坐到床边。

"你会弄湿床单的。"

戴维没听到她进门。她穿着一套朴素的套装，外套领子露出里面白上衣的高领。她的发髻在回家途中松开来，几绺发丝垂在额头和后颈。她正睁着一双清澈的棕色眸子好奇地看着他，那眼睛周围散落细小的雀斑。戴维抬起头，迎上她的目光，见到她面露微笑，才放松下来露出扭曲的苦笑。这一刻，他们不发一语地打量彼此。他们透过目光交谈，进行一场言语无法传递的无声对话。这种传递需要懂得解读对方的表情、似笑非笑的神态，或者没说出口的句子。不仅要知道如何透过眼神表达歉意，也要知道怎么不经言语就了解对方的想法。这就像两个水手一同抵抗暴风雨，他们知道自己不可能独活，因为船若是沉了，两人都会淹死。因此他们得从船里往外舀水，就算最终会溺水，也要拼命地让船浮在水面。只要还能感觉手臂刺痛，就知道有活着的机会。因此这一刻有个可以依赖的对象也就已经足够。

"我带了蛋挞给你。"戴维说并把盒子递给她。

＊＊＊

这是一顿愉快的晚餐。餐桌有一盘西尔维娅喜爱搭配草莓酱吃的鹅肝酱，一盘炒蘑菇和一盘苦苣沙拉，伴他们度过一个许久不曾拥有的两人晚宴。戴维在家时，他们通常在厨房吃晚餐。两人周中不常做大餐，只是会一起吃饭并聊些白天发生的琐事。西尔维娅告诉他办公室的八卦，戴维则跟她说说他负责的作家，说说他们的小说进度。礼拜五和礼拜六，他们会和朋友相约吃晚餐、喝几杯或坐在露天咖啡座上聊趣事。

虽然嘴上聊着这次出差和莱奥写作遇到的瓶颈，他们却心知肚明，有些事得随时摊出来谈。

"我想莱奥应该能写好小说，"戴维告诉她，"向他道别时，我注意到他找回了我很久没看过的平静。我们两个之间产生一种信任。这对于编辑和作家来说都相当重要。这样一来就能把问题老实告诉对方。"

西尔维娅等了片刻，希望戴维能发现她的暗示。但是他似乎没发现，于是她继续等到他讲完话后，把一个盒药摆在桌上。

"这是什么？"戴维问。

"叶酸。"西尔维娅回答。

"做什么用的？"

"帮助受精卵在子宫着床。"

戴维一双眼瞪得像盘子一样大，张口结舌说不出话来。于是西尔维娅回答他没说出口的问题。

"戴维，还没。"

"还没？"

"还没。你开心吗？"

戴维知道这是个怎么回答都拿不准的问题。

"我还没准备好。就是这样。"

"戴维，这就是你的问题。你还没准备好。"

"你是指生小孩？"

"对，这只是其中一项。"西尔维娅的语气里并没有嘲讽。她并不是怪他。

"西尔维娅，生小孩会改变很多事。"

"我知道。那就让我们来改变。要改变哪些？"

"什么要改变哪些？比方说这间公寓。"

"好啊。那么我们就换公寓。"

戴维发现西尔维娅的语气相当坚决，他知道再继续下去会出现问题。就像是水坝开始有裂痕，细小的水流下墙壁。

"车子，"戴维继续说，"车子不适合了。"

"很好。车子。那么我们就换车。"

"西尔维娅，没那么简单。这件事需要时间慢慢计划。我们不可能一夜之间卖掉所有的东西，然后换新的。"

"我们没时间了。"她回答。

"谁说没时间？"

"我说的。我已经三十四岁了。戴维，我们不是小孩子了。你到底想不想要？"

"四十岁生小孩并不稀奇啊。很多女人都这样。"

"戴维，我想趁还年轻时享受有小孩的感觉。我想该是我们做决定的时候了。"

"你怕年纪大生小孩吗？如果是这样……"

"我不希望我们很老了才抱孙子。你想陪孙子玩吗？"

"现在换孙子了？西尔维娅，你不觉得太快了一点吗？听好，我不是不想生小孩，你知道的，我们已经谈过这件事，但是……"

"如果我们已经谈过这件事，现在为什么还会再拿出来说？"

戴维闭上嘴巴。他知道他能说些什么来处理目前的僵局。某个能指示他迷宫出口在哪里的句子，让他不必再兜圈子，不会再晕头转向，但是他想不出是哪个句子。他得回答，不过西尔维娅抢先他一步。

"戴维，就是这样。我们讨论生小孩，但说的是未来生小孩。每次都是讲未来。但是那个未来已经到了。"

"好吧。可是西尔维娅，你不能就这样，某天晚上回来，在桌上摆药盒，希望我能找到所有的答案，这些事要慢慢来。比方说，生小孩可能会耽误你的工作发展。"

"戴维，我的工作不能请产假。"

"怎么可能？没有一个女同事有小孩吗？"

"当然有，只是怀孕的话最后都会离职。要找理由开除人并不难。"

"可是不让人怀孕是违法的。工作合约上不能有这样的条款。"

"没有那种条款。很简单，他们在面试时会谈所有重要的事，在过程中不经意提到：'噢，不能请产假。'当然，因为公司禁止。"

"所以？"戴维问。

她盯了他半晌，好似希望他能猜出答案，但是戴维最不擅长猜谜。

"我得换工作。"

"换工作？换什么工作？"

西尔维娅心意已决，戴维微弱的抗议并不能阻挡她。

"换个不会反对怀孕的工作。不管怎样，生孩子以后，我会申请留职停薪。"

"那我的工作呢？我该怎么做？我出差时你该怎么办？"

"戴维，没有你点头，我们无法改变任何事。生孩子意味两个人都要改变。"

"你要我怎么做？辞职吗？"

"不用，但是你得换到不用出差的职位。"

"没有那么简单。符合的职位只有总编辑，那得要升迁才有可能。"

"你不能换到责任比较少的职位吗？"

"那样的话薪水比较少。如果你没上班，我的薪水又减少，我们就得勒紧裤带。"

"总得要牺牲些什么吧。"

西尔维娅边讲边注视戴维。他觉得压力太大，不时回避视线。

"我不知道。让我想想。"

"戴维，我不想再拖这件事了。你够聪明，也非常了解我，知道今晚该怎么逃避。我想跟你一起进行。我想生小孩。你应该要支持我，而不是找借口。"

"听着，西尔维娅，我现在无法回答你全部的问题。你不能期待我在一时半刻体会你花了好几个月酝酿的事。给我几天想想该怎么做。让我看看出版社还有什么其他机会。我得找上司开会，和他谈这个问题。"他停顿半晌，看着她的眼睛再说一遍："亲爱的，我现在无法回答你全部的问题。"

"只要听到你说你会试试看，这就够了。我知道并不容易，而且我们要改变生活中的很多东西，可这是我想和你一起做的改变。我希望你也想改变。去谈你该谈的部分吧，我们一个礼拜后再来讨论。但我们要讨论的是决定。是计划。而不是拖延。"

"好吧，"戴维回答，"明天我找上司讨论。而且，他也有事要跟我谈。"

西尔维娅对他送上微笑，这抹笑容让戴维想起自己当初为何对她表白，以及和她生孩子对他来说并不是问题。他总是想象他们的孩子和西尔维娅长得一模一样，脸上也挂着微笑。只是他一直觉得时机还不恰当。此时此刻，不管时机恰不恰当，他们都得做出决定。

"亲爱的，你想睡了吗？"

"我的确想睡了，因为我几乎没……噢……"

他听出西尔维娅的暗示，于是安静下来，笑着看她。

"那么这盒药就放在这里，对吧？"

"对，今晚就放在这里，"西尔维娅说，"现在需要的是热身。"

第三章　托马斯·莫德

　　她躺在地上，双手沾满鲜血，不像是我印象中那个就算不择手段也要达到目的的人。她的双眼圆睁，那双像是代表希望的绿眸掺杂黄色斑点，眼眶急涌泪水，仿佛无声地祈求对她来说已不再重要的命运，她只希望把事情做好。在永远离开他身边以前……

　　戴维正在他的办公室读稿子，办公室坐落于马德里塞拉诺大街一栋具有历史意义的大楼。早晨的阳光从窗户倾泻进来，让他的脖子后面升起一阵愉悦的酥痒，此刻他正翻阅着线圈装订的书稿。这是每年出版社会收到的上千份小说之一，渴望成为作家的人努力笔耕，把未来的希望寄托在寄来的稿子上面。或许某个水管工人在思索笔下角色对话时，正拿着扳手锁紧浴室的水管。或者是个语言学学生厌倦了无法满足他们的书，在心里这样想："看起来不难。我可以写得比他们大多数人还要好。"

　　就这样，他们投身写作，有时是无缘无故一头栽进去，有时在下笔之前经过一番仔细研究。这看起来并没那么疯狂：斯蒂芬·金在写下第一本书之前是个英文教师，柯南道尔是医生，帕特里夏·海史密斯写过喜剧剧本，纳博科夫是昆虫学家，卡夫卡是办事员，托马斯·品钦给波音公司编写技术手册，莱奥·巴埃拉是鞋厂的会计。连恰克·帕拉尼克也曾在一家生产货柜的公司工作。

　　受一本书影响而扭转命运的作家在文学史上比比皆是，渴望成为作家的年轻人知道这件事，也努力写出他们的故事。他们精雕细琢每个句子，反复修改几十遍像戴维此刻正坐在他办公室舒适的椅子上读着的东西。渴望变成作家的人对他们的书寄予厚望，而他们则把这些稿子堆在一个小房间，和办公室的器具摆在一起。

出版社的每位员工每个月都得交一篇对某份稿子的心得报告，不管职位多高。这是出自老板可汗的点子。他说把所有收到的包裹堆在那个小房间，一点也不尊重他们的衣食父母。这是他工作最前端的部分。他们已经有个读书会，每个成员都具备专业本领，能在翻阅前面几页之后就判断书有没有价值——戴维在升职当编辑之前也是他们的一员，但是可汗出版社的每个员工还是得准时交心得报告。每个人的阅读能力都很强，也都对读好书乐在其中。

大多数都不是好作品。有一大部分很差。有些甚至糟糕透顶。但是，里面只要有一本能够出版，就算是几千本中才有一本，所有的努力也就值回票价。因为在世界上的某个角落，总是有个作家关在脏兮兮的小房间，坐在计算机、打字机或者一本简单的笔记本前，创作一本伟大的书。而可汗出版社就是在寻觅这块原石，不安地等待他能寄出作品，但是如果出版社没有逐一读过所有收到的稿子，就不可能做到这件事。

因为他们其中一个有可能是下一个托马斯·莫德。

戴维七年前开始在出版社工作，每一回他都满怀希望地打开书稿，期待眼前是一本伟大的小说。可是七年后他只遇过六本有价值的作品。这六本有四本出版了，其中一本就是莱奥·巴埃拉的《秋神》；这四本有两本卖得非常好，其他两本则很普通。此刻，在这些年过后，在写过那么多糟糕小说的报告后，他意兴阑珊地读着书稿，仿佛一遍又一遍读着同样的故事，只是换了在同样剧情中表演的角色。

开始工作的前几个月，他自信满满认为自己会挖掘到出版社下一位成功作家。他想象自己关上办公室的门，平静地读着，知道自己在此时此地享受一本还没有人读过、但注定会让几百万人花时间一睹为快的书。可是他想象的那一刻从没有到来，他不确定到底会不会来。

　　"戴维……"

　　"嗯？"

　　他抬起头，视线离开书稿。出现在他面前的是出版社里的行政人员。

　　"戴维，可汗先生找你。"

　　"谢谢。马上过去。"

　　他不想像条哈巴狗，听到主人叫唤就飞奔过去。他刻意多等两分钟再跨出办公室大门。

＊＊＊

　　走进可汗先生个人办公室的前厅时，他整理了一下外套的袖子。门边有张堆满文件的桌子，可汗先生的秘书埃尔莎·卡雷罗就坐在那里，她是个年近四十的女人，顶着一脸浓妆，头发也涂了一层厚重的发蜡。尽管如此，她还是风韵犹存，能窥见她在刚挥别不久的青春时光应该有过的美貌。如果仔细瞧，会发觉她有个小巧的翘鼻子和一双美丽的棕眸，以及刷上睫毛膏的睫毛。

　　他对她了解不深。埃尔莎刚来三个礼拜，顶替了可汗先生已退休的前任秘书的位置。

　　他朝她轻轻地点头打招呼。

　　"佩拉尔塔先生，再等一下可汗先生就能见您。"

"谢谢。"戴维回答。听到她过分有礼地用"您"称呼，不禁嘴角上扬，他心想这是因为她才来工作不久。慢慢地，她会比较不拘礼节。

他迈开脚步，在前厅一边踱步一边思索可汗先生叫他过来的原因。从他进出版社以来，他们交谈的次数不超过两次，那两次甚至只有几句礼貌性问候："您好吗？夫人呢？工作很多，对不对？"难道是因为莱奥的新小说进度落后？他想这不太可能。他们时间的确有点紧凑，但不至于让人担心。即使遇到最糟糕的状况，他们还是可以调整日期，放弃法兰克福书展，改在伦敦书展介绍新书。有那么一瞬间，他幻想是老板通知他要升官了。这样一来，一切都能迎刃而解：和西尔维娅的问题、决定生小孩后的经济问题，以及他的工作受到肯定的成就感。可能吗？可能。戴维想着想着，在内心暗暗偷笑。他感觉仿佛回到了语言学学院、他和同学等待着走廊上的公告栏贴出成绩单的时候。

他忐忑不安地漫步，好几次经过两个板子前，上面印着《螺旋之谜》开头的几段话，这是托马斯·莫德著名的句子，他就是可汗出版社名声最响亮的作家。戴维的视线掠过那些句子，不知不觉地大声念出来。

"什么？"

戴维回过头。出声的人是埃尔莎。

"不好意思，我刚才大声念出了句子。"

"是《螺旋之谜》，对吧？"

"对。"他回答。

"不只你。我不只看过一个人在等候时念出来。"

"这是一本伟大的小说。"

埃尔莎不自在地在座位上挪动身子，眼神回避，开始收拾桌上的文件。戴维好奇地打量她。

"您读过吗？"戴维问。

"还没，"埃尔莎回答，"我还没时间。"

难以置信。全世界超过九千万人看过这本《螺旋之谜》，唯独埃尔莎例外，而且她还是托马斯·莫德的出版社发行人的秘书。真奇怪，热爱文学的人怎么会没看过这本小说。《螺旋之谜》可以说是21世纪的《魔戒》。托马斯·莫德在科幻文学中的地位，就像是阿加莎·克里斯蒂之于侦探小说；甚至凌驾在她之上，因为连不爱这种题材的人都读托马斯·莫德。戴维认识一些从不阅读的人也都迷上了这部小说。能写出大师级作品的人不多。托马斯·莫德是其中一个。

"真不敢相信。"戴维对秘书说。

"不是那样；的确有很多人推荐我看，可是开始上班以后时间不多。可汗先生非常忙，他交代我的工作多到回家以后，根本提不起劲看书。"

"我懂了。我倒是很希望自己没看过……"

"您不是说那本书很精彩吗？"埃尔莎打断他的话。

"让我讲完。我希望自己没看过，才能再看一遍。"

"您这么喜欢啊？"

"听说有些书会改变人的一生，您知道吗？对我来说《螺旋之谜》就是这种书中的一本。您知道这本书卖了多少？"

"知道，大概九千万本。"

"可是第一版印了几本？"

"不知道。这我就不知道了。"

"不到五千本。不到五千本，"戴维再强调一遍，特别加强语气，"慢慢地，书卖起来了。看过故事的人推荐给他们认识的人。这些人读过后，喜欢的又再推荐。就这样印刷了上百次。书也被翻译了超过六十种语言。"

"那时候你在这里工作吗？"秘书问他。

"我想那时除了可汗先生，没有其他员工。"

"那么，你怎么会知道？"

"有上百种关于《螺旋之谜》的传说。我进入出版社工作时听过一些。"

"哦？哪一些？"

埃尔莎和戴维聊开后，表情变得开心起来，仿佛戴维来这里不是要和上司开会，而是要逗她开心。

戴维面对她，在她的办公桌前坐下来，压低声音。

"您知道可汗先生为什么非要我们读收到的书稿？"

"不知道。我想是因为阅读部门没位置放稿子了吧。"

"因为《螺旋之谜》是在出版社快倒闭时寄来的。可汗先生亲自读完整本寄来的小说。据说他读了《螺旋之谜》之后急着抢先买下版权。您知道他不得不抵押房屋发行第一版吗？"

"我不知道。不过那样非常冒险。他怎么敢下赌注？"

"您读过的话，就懂为什么了。那本小说根本就是赚钱机器。不过那不是最好的一本。"

"那么是哪一本？"埃尔莎靠近戴维，两人离得非常近。

"我想您应该知道托马斯·莫德的事。"

"哪件事？"埃尔莎问。

"就是除了可汗先生，没有人认识他。"

"这个我知道，听说他不接受任何采访。"

"他不是不接受采访，"戴维纠正她的话，"而是没有人知道他是谁。或是住在哪里。只有可汗先生知道。难道您看过托马斯·莫德来过这里？"

"只有可汗先生？为什么？"

"不知道。作家都是怪人。托马斯·莫德似乎不想曝光。他非常有可能和可汗先生达成了某种协议，要可汗先生不要透露他的身份。什么说法都有，从这种举动是刻意打造神秘光环，到出版社收到完整的一套故事后不久作者就过世了。"

"但是这样的情况很不寻常吧？"

"嗯，也没那么不寻常。有些作者不愿意曝光私生活。从《麦田里的守望者》的作者塞林格到托马斯·品钦都是。"

"为什么不愿意？"

"不想要大众打扰。比方说托尔金，不论白天或夜晚，随时随地有人从世界各地打电话给他，对他说他们有多爱《魔戒》。甚至有人偷偷溜进他在牛津大学的宿舍房间，企图拿走东西当纪念。不过我觉得应该不止那样。"

"那么您认为是怎么样的？"

戴维不知道该怎么评论眼前的女人。他不懂可汗先生怎么会找个对出版社最成功作家一知半解的秘书。之前担任这个职位的人可是最懂得怎么解谜的。他心想或许这是可汗先生录用她时的考虑：一个对任何事都兴趣不大的平凡女人。

"有些作家需要远离人群。有时靠人群太近，写作会变成一种非常脆弱的东西。"

"老天。看来是一个好故事。难怪作者引起大家的兴趣。"

"当然。但是注意，这套小说的五本书都非常出色。"

"可是故事还没写完……"

"我们发行了一套七部的前五部，但是我想何时会有完结篇，只有可汗先生知道。"

"老天，我想我得读读看。"

"读吧。若不是这本书，可汗先生或许已经破产，您和我今天也不会在这里工作。"

"一本简单的书扭转了悲剧性的命运。"

"这本书一点也不简单。他指引了数以百万计的人，如果您读了，可能也会得到指引。"

"佩拉尔塔先生，我想您有点夸大了。"

"一点也不夸大。难道您没读过一本似乎在跟自己对话的书？"

"没有。"埃尔莎说。

"我从前也没有，"戴维告诉她，"直到读了《螺旋之谜》。所以我才说我希望和您一样没读过这本书。"

秘书发出低低的笑声。

"佩拉尔塔先生，您应该到广告业工作。业绩一定名列前茅。"

这时办公室的大门打开，可汗先生露出半个身体。戴维和埃尔莎立刻分开，仿佛两个被抓到作弊的学生。但可汗先生似乎没注意。

"戴维，可以进来了。抱歉，久等了。"

"没关系，可汗先生。"

戴维从桌边起身，进到办公室之前，他从架子上抽下一本书。他把书递给埃尔莎。他们俩都知道那是什么。

"拿着，"戴维进去前对她说，"好好享受一下。"

"谢谢。"埃尔莎捧着小说回答。

而戴维已经消失在她眼前。

＊＊＊

　　根据戴维估计，可汗先生的办公室应该超过六十平方米。几乎和他家一样大。地板上摆着矮矮的一堆堆各类书本和书稿，办公桌上散落小山似的文件，凌乱而且毫无秩序。电话线从下面露出头来，仿佛小心翼翼不敢离开水管的老鼠。然而，吸引戴维注意的不是办公室凌乱不堪，或是老板提早老化的脸孔——戴维记忆中多半是他骄傲的神情——而是里面有个背对他们的男人，此刻背着一台不知是什么用途的电子仪器，和似乎要用来挖矿的铲子。这个男人仔细地沿着墙壁移动，似乎在寻找什么。可汗先生以一个手势指示戴维稍候一下，等待陌生男子完成工作。

　　"可汗先生，请放心，非常安全。我帮您装了一台干扰窃听的倒频器。"结束时他说。

　　"太好了。真是感谢。我的秘书会把支票寄给您。"

　　他离开后，可汗先生关上门，若有所思地走向办公桌。戴维依旧顶着扑克牌表情，但内心迫不及待地想知道老板究竟在想什么，以及他是不是该在他们见面前准备什么东西。最后可汗先生突然开始整理桌上成堆的文件。

　　"好吧，戴维，这会是不太一样的会议。我想要告诉你两件事，在这之前，我希望你答应几个条件。"

　　"请放心说。"

　　戴维犹豫不知该不该用你来称呼他。

　　"我要提醒你当初进公司时签下的合约上有几点。你记得保密条款吗？"

　　"当然记得。从在这儿工作开始，我就一直记在心里。"

可汗先生露出一抹微笑，接着继续说。

"这个条款规定你不能告诉任何人这家公司发生的任何事，包括尊夫人和你负责的作家。"

戴维点点头。

"好，"老板继续说，"一直到现在这一刻，这个条款对你我来说并不是真的那么重要。或许你一进办公室就问过自己刚刚那个人是谁。"

"那不在我的责任范围内。"戴维回答。

"别净说些太客套的话！我不是来这里听表面话的。你到底有没有问过自己他是谁？"

"有。我问过。"

戴维从没看过可汗先生这么激动。他在办公室向来以镇定著称。有人说，他即使遇到空难，飞机往下掉了，还能继续玩填字游戏。而且当然是拿着笔。

"好，那个人刚才在找是不是有隐藏式麦克风。我希望这件事能让你明白，我要对你说的事有多重要，不论如何，不论你怎么想，不管最后你怎么决定，这些事只能留在办公室里。"

"请放心。我口风很紧。"

"我就是想听到这种回答。听着，戴维，你搭飞机途中，我接到莱奥·巴埃拉打来的电话。"

戴维听了心惊胆跳。莱奥说了什么？打电话到出版社要做什么？

"他对我说，他遇到一个小小的瓶颈，幸好有你帮忙。不管是在工作还是在私人方面。他告诉我，你不只从派对带他回家，还帮他追回了女朋友。这是真的吗？"

戴维心想，莱奥为了帮他有点夸大状况，还添油加醋说了一些恐怖情节，从原本害羞的戴维把醉醺醺的莱奥塞进出租车、替他盖上他的外套，变成如何克服重重难关把他带离那里。他很开心莱奥和伊内斯重修旧好了。

"噢，"他说，"没错，我们是遇到点小小的不顺。"

"我很高兴有个遇到问题知道怎么化解的人。有这样有本领的人在身边实在叫人安心。我相信所有作家也是这么想，懂吗？我们得具备各种法宝。他们非常缺乏安全感，如果他们看到我们不堪一击，可能会失望透顶。有个能帮他们解决所有问题的人在身边感觉好多了。"

"大家都希望凡事顺利。任何协助都不嫌少。"

"没错，"可汗先生说，"所以我把你叫来这里，想要跟你谈谈……我再一次提醒你保密条款。"

"我知道，可汗先生，请放心。"

"很高兴听到你这么说。"

可汗先生停顿一下，戴维感觉有永恒那么久。

"戴维，我叫你来这里是要跟你谈谈托马斯·莫德。"

戴维一头雾水，不懂他们的谈话怎么突然转个弯。关托马斯·莫德什么事？他只希望听到老板说要升他的职，这样一来他的问题就能迎刃而解。他只想和西尔维娅生个孩子。

"你知道，"他的老板继续说，"托马斯·莫德是个有点像隐士的作家，他不希望大众知道他的身份。我不否认出版社是靠他的书而有今天，这是事实。我们现在的确有很多有名气的作家，个个都是一流，可是这座马戏团的明星、吸引大家花钱买入场券的，的确是托马斯·莫德。"

"我知道。"戴维说。

"关于托马斯和这家出版社，有非常多传闻。有些是大众自己编的，有些是眼红的同业瞎掰的。让我先跟你说说过去。这样一切会比较简单。"

最后他要戴维坐在他桌前的一张扶手椅上，他自己则懒洋洋地坐在另一张宽大的黑色皮革扶手椅上。

"听着，可汗出版社诞生于大约十九年前，一共有三位股东。我们拿出一点钱，通过贷款创立这家出版社，刚开始叫作鹦鹉螺出版社。对，我知道这是个很吓人的名字，别说出来。"

戴维并未想要回答"嘴巴长在我身上"。

"我们出版了六本书，几乎没赚钱。我们是一家小出版社，新作家喜欢名声响亮的出版社。那真是烧钱、挨饿和两袖清风的日子。我们签下的作家没办法先领到酬劳，但是我们给他们很高的版税率作为回馈。短短几个月，我们就发现残酷的事实：如果我们不投下大笔资金做营销，或者作者没得到什么有名的奖项，很难得到曝光的机会。

"那是被迫学习的几年。我们学到很多，可是也留下许多伤疤。随着时间过去，那些作家不是慢慢遭人遗忘，就是被其他出版社网罗，在那里他们可以领到该有的报酬。请明白我不怪他们。对大家来说那是一段筚路蓝缕的时刻。在失败中挣扎三年过后，其他两位股东走了，我用低价从他们手里买进股份，因为它们当时根本一文不值，并不是因为我是谈判高手，至少当时并不是。

"那时我还保有一丝希望，还想着下一本发行的书会得到空前成功。我和一位新手作家花三个多月一起耕耘他的小说，地点在我家；原本还得租办公室才能继续撑下去，可是后来也不需要了；总之只剩下我一个人。我们雇用的两位秘书已经跳槽到其他公司。我们一起并肩作战三个月，完成的那刻，躺在我们手中的是一本非常棒的作品。"

"成功了吗？"戴维问。可汗先生安静半晌，视线飘向窗外，正在回忆和那位作家一起工作的几个月。

"我相信是成功了，"可汗先生回答，"你可能听过那本书。那是何塞·曼努埃尔·埃利斯的《茉莉花时刻》。"

戴维有些迷惑。他以为会是托马斯·莫德和《螺旋之谜》。他大概八年前读过《茉莉花时刻》。当然，那是本好书。"我不知道那是您出版的书。那是一本非常美丽的书。"

"没错。"可汗先生回答。他露出自豪的表情，送给自己一抹微笑。"那本书非常成功。但并不属于我。我是在这个成功来临的三年前出版它的。我没钱打广告，所以利用口耳相传和报纸评论的方式。书获得了一致的好评，却没反映在销售数字上。一年半过去了，卖不到两千本，作者于是要求收回版权。"

有那么一瞬间，戴维认不出眼前的人和十五分钟前召开会议的是同一个人。他的表情放松，原本像是断层的镂深皱纹变成了细小的纹路。他沉浸在回忆里，内心涌出思念之情，和曾经经历美好时光的温柔。

"何塞·曼努埃尔·埃利斯。没错，他是个伟大的作家。我们到现在为止还是会通电话。他收回版权后，交由阿兰达出版社发行，并搭配声势浩大的宣传活动。获得绝大的成功。"

"这件事过后，"可汗先生继续说，"我想当出版人的梦想消失殆尽。老实说，这是个彻头彻尾的失败。我开出版社烧了将近一千五百万比塞塔。我沮丧不已，投注了时间、金钱，尤其是所有的梦想。相信我，不只是这样而已。

"现在有许多出版社发行著名作家的书，尽管是差劲的作品；看来金钱远重于一切。一切都要数据化：销售多少本、在多少时间内、在几个国家，得了什么奖……当初我们创立鹦鹉螺出版社的部分精神已经丧失。可是市场是充满竞争的，你如果卖不出去，就会被踩在下面。或许我们出版社的名字已经预告了一切，我就是那个梦想家船长尼莫。

"某个礼拜五早上，有个信差叫门，当时我穿着一件脏衬衫，捧着一杯不知滤过几次的咖啡，正在家里翻报纸找工作。那是个大概一公斤半的大包裹。包裹寄到我开出版社的楼层，新的房客把包裹用货到付款寄给我。说真的，那一刻我差点拒收。真的差那么一点。幸好我打开皮夹，拿出剩下的钞票。我把包裹放在桌上然后打开。于是我发现里面是这个。"

可汗先生打开他办公桌后面的保险柜，把一叠用玻璃纸袋包着、已经泛黄的纸摆在桌上。戴维从表面可以看到书名，于是不自觉地伸出手抚过那几个字，仿佛手指下是某个心爱的人墓碑上的刻字。

"这是一本大概六百页的小说。书名是《螺旋之谜》，签名的是个叫托马斯·莫德的人，当然这是个假名。我把书放在桌上继续找工作。那天晚上，一个礼拜五的夜晚，我无事可做，也不想打电话给任何人。我想要独酌自己的不幸，不想与任何人分享。于是我开始读小说。只是想找点事做，并没料到那是一本精彩的小说。我读了第一章。接着第二章。然后第三章、第四章和第五章。那天晚上我读了差不多四百页。天亮后我继续读，直到全部读完。

"戴维，我想我不需要对你描述我的感受。我和所有读过的人感受都一样，只不过更加深刻，这是因为小说指名寄给我。我是出版人，虽然一败涂地，终究还是出版人。这本小说胜过手中留着的现金，这是一个能出版大书的机会。我有把握一定能成功。我无法想象读过的人没有一丝丝和我一样的感受。

"于是我得再贷款出版小说。我的兄弟拿出他的屋子作担保品。你知道我怎么说服他的？很简单：我把小说丢给他读。所以他毫不迟疑。现在他住在一栋非常大的别墅，每个礼拜六晚上举办烤肉派对。我们一起发行首印的四千册。我费尽千辛万苦联络我的人脉，留给他们样书。我想我应该是打遍了联络簿上所有人的号码。从报刊到评论家和其他出版人。到后来我不必再打任何电话。我不认识的陌生人，来自国内报纸、广播节目、大众刊物，都打来要我寄书给他们。佳评如潮，最后我家里的书都送光了（没花太长时间），我告诉所有继续打电话来的人：'这里不是图书馆，请花钱买。'于是他们就掏钱。当然大众也跟着评论家掏钱。

"第二版不到两个月就推出。改名叫可汗出版社的鹦鹉螺出版社第一次发行第二版。慢慢地，我们越印越多，卖了超过两百万册。我们带着这个数字参加法兰克福书展，和全世界有兴趣买翻译版权的出版社见面。我除了是托马斯·莫德的出版人，也是他的经纪人，所以我从他海外版权销售中拿到一定比例。我拿着所有赚到的钱，想分给我的兄弟，不过他不要。我们一起创立了可汗出版社。对，我让他成为股东。毕竟他拿出身家财产跟我做最后一搏。我也不必改公司名字。我们可以搬到比以前还大的地方，两年后，搬到这栋位于塞拉诺街的大楼。

"与此同时，我们开始招募人才；秘书、编辑、阅读委员会……一个出版社需要的所有人手，来签下新的作家，出版他们的作品。我们把发行第一部小说赚的钱投资在推销有天分的新秀上。不只如此，其他出版社和评论家已经对我们刮目相看。我们在市场上站稳位置，变成这个国家文学界举足轻重的出版社。

"第一部发行的两年后，第二部寄来了。依旧是大获成功。读者想要更多，这是自从格莱斯顿缺席国会会议，只为了读威尔基·柯林斯的

《白衣女人》新一章就不曾有过的现象。小说出了许多周边产品，有 T 恤、杯子，未来甚至将拍成电影。我们也都拿到一定比例的分成，至于托马斯·莫德拿多少不用说了。他是到目前为止世界上最有钱的作家之一。我们靠一个作家，从谷底爬到了山头。

"尤其是我们发行的书不但销售亮眼，文学价值也很高，和每个时代的伟大作品一样。自从《三个火枪手》或是《魔戒》后，就不曾有过销售量这么惊人的故事。我创造了这个数字。第二部出版的两年过后，就这样依照同样的间隔出版第三部、第四部和第五部。大众渴望继续看下去。"

戴维不知道老板说这些是想告诉他什么，尽管非常有趣，却跟他一点关系也没有。可汗先生似乎发现了他的不知所措。"戴维，有耐心点。我想先告诉你前因。当我讲完以后，你会明白我的意思。"

"当然，可汗先生。"戴维回答，他决定有必要的话先拿出耐心，按捺住紧张。

"好，那么，就像我告诉你的，我们每两年出版一部，到现在总共五部，但是还没到完结篇。已经四年了，我们还没发行下一部，大家都在引颈翘望。电影公司、文学期刊、电台，而其中最重要的是读者，他们在等待四年后不断施压，要我们赶快出版第六部。我迫于压力，不得不宣布这本书会在六个月内上架，你也知道这个消息。到这里，轮到你上场：这一部还没好。"

"什么意思？还没润色吗？还是审稿？"戴维问，他按捺不住好奇心。

"戴维，不完全是那样。"

"所以？托马斯·莫德提不起劲写作，要我跟他谈谈吗？"

"可恶，戴维，我想说的是我还没有这本书。我没书。我们只有六个月就要出版一本我根本不知道内容的书。你了解这个压力有多大吗？你知道我们若没及时拿到书会有什么后果？我们已经把版权卖给半个世界了。大家都在等书稿进行翻译。要是没拿到书稿，我们就完了。"

他在叙述故事时暂时放松的脸孔再次回到原本的模样，双眼挂着明显的黑眼圈，脸上刻画着疲倦的皱纹。至于凌乱的发丝则垂在他的额头前。戴维不太懂可汗先生究竟想说什么，但是他身陷困境，似乎需要帮忙。

"好吧，"戴维终于开口，"请说我该怎么帮您。我可以去跟托马斯·莫德谈谈，了解他怎么了。这不是我第一次遇到沮丧的作家，认为自己写不出有价值的作品。"

"没那么简单。其实这要比你想象的复杂。我刚刚对你说的是几乎没人知道的事，接下来要说的在这世界上只有两个人知道。

"你知道，托马斯·莫德是个有点古怪的作家。他对自己的事保密到了极点，他不接受访问，也不签名。什么都拒绝。

"有人说他住在一个大城市，搭地铁到各个地方，观察人群的举动；也有人说他被关在某个地方，因为某种恐惧症足不出户。有非常多人说他不和其他同行打交道是因为认为他们不如自己。还有其他非常多的人说他们收到过他写的信，不过所谓的信从未公布过。有些对手出版社散布谣言，说我找了某个黑手写小说，让他签下身份不得曝光的合约。他们相信我把他铐在桌子旁，给他一台计算机按照我的命令写作。

"让我来澄清：这些都是假的。如果是真的，现在就不会这样一团乱，晚上我也睡得着觉。一开始，我觉得这样的传言很不错，因为每个人都编造一套有关托马斯·莫德的谎言，然后深信不疑。没有人去挖掘真相，除了几个名不见经传的杂志记者，不过他们什么也没查到。事实上，托马斯·莫德……不好意思，我太多年没讲这件事，现在讲出来感觉很奇怪，而且风险很大。你现在听见的，可能会伤害可汗出版社。

"你知道这些年来我替托马斯领了一大堆奖。"他随意一指，指向书架，那儿的隔板上堆挤着奖状，有些是不怎么重要的奖。"每个人都以为我是他的编辑——就像你是莱奥·巴埃拉的编辑——还有我不让任何人认识他。慢慢地，大家都相信我是唯一一个知道他是谁的人。好吧，事实上没有人知道托马斯·莫德是谁，连我也不知道。"

戴维不敢相信他听到的话。这些字句像野马脱缰似的敲打他疼痛的太阳穴。怎么会没有人知道他是谁？这怎么可能？这是个玩笑吗？那么老板叫他来这里做什么？还是说老板以为他会有什么没人知道的信息？

"没有人？"戴维的口气透露着责备，仿佛在埋怨可汗先生竟然不知道他的身份。这时他发现是在跟顶头上司说话，于是态度缓和下来。

"我理解你的讶异。我比任何人都能体会这件事，因为我花了快要十四年试着找出一个合理的解释，直到现在。但是现在我不想解释，而是想要解决办法。我收到小说邮包那天，发现里面还有一样东西。我发现了这个。"

可汗先生再次打开保险柜，让戴维看一封包在另一个玻璃纸袋里的信。他把信摆在桌上的书稿旁边。这个画面让戴维感觉看到的是某宗判决的证据。他仔细地看着信件，发现上面只写着：编辑收。

字迹相当端正工整。

可汗先生继续说："不好意思，你不能打开袋子。至少现在还不能。我会简单叙述内容。这是一封寄给编辑的信，也就是寄给我的。里面写着请我读小说，出版以后，要把给作者的报酬汇到指定的账户。他也不希望被找到。没有其他线索。只有信纸底部的一个签名。

"有时我想，我若是在看小说之前先读信，可能不会继续下去。直接给账户数据实在有点自大，仿佛对小说会出版自信满满。后来我思考，发现并不是真的如此。现在我觉得托马斯·莫德非常了解自己的作品。当时我觉得极具潜力的黑马，现在看来根本是天才；看看情节是如何发展的！

"尽管如此，我还是出版了小说。我不知道作者是谁，没跟他说过一句话，就出版了小说。因为我知道这本书的价值。开始赚钱后，我把报酬汇到指定的账户。我没想要联络他，主要是因为不知从何联络。他的信没有寄件人，也没有住址或是联络电话。我甚至查过知识产权，但是没登记。如果我不够老实，我大可用其他名字出版，让托马斯·莫德领不到该得到的报酬。

"时间证明我做对了。你知道，第一本小说只是整篇故事的一部分。小说超乎我们预期地成功——我想过会成功，不过没想到会是一致好评，读者开始问起续集。两年过后的某一天，我收到和前一次一样的信封。我真不敢相信。那是第二部的原稿。他要求一样的东西。相同的信、相同的要价、相同的账户。我再一次出版小说，继续汇给他酬劳。每两年我会收到寄到办公室的信。我继续出版，也很开心地看到世界各地的读者一直增加。

"我对这些很满意——我的成就，故事的成功，以及能够隐瞒托马斯·莫德的身份长达十年。每次接近收到下一部的日子，我就辗转难眠。我知道这样的成功是系着一根越来越沉重的线。如果有一天线断了，我会狠狠地摔下去。

"四年前，这件事果然发生了。

"托马斯·莫德失约，不再寄给我故事续集。还差两部就要完结，现在我束手无策，不知该怎么做；我没有控制权，这是我这些年来最感到紧张的一件事，我无法跟作者联络、跟他要个解释。他可能不再写了，或者还没完成第六部；他可能为了某件事生气，决定不再出版作品，小说于是收进某个盒子里蒙尘。他甚至有可能死了，我们就此没有他的音讯。对托马斯·莫德这样的人来说什么都有可能。现在，戴维，是你该帮忙我的时候了。"

"啊？"这位年轻的编辑回答。

"两个月前，我下定决心查出托马斯·莫德发生了什么事。这不只是出版社发行小说，也攸关我的心理健康。我雇用一个专门调查失踪人员的侦探帮忙。当然，我没一五一十告诉他所有经过。他查出包裹不是从邮戳上的地名寄出的，而是从其他地方寄来。没错，难以置信，竟然有依照指示专门替人收信与寄信的服务，目的是要隐藏真正的出处。好比电影情节。经过我一点也不愿想象的调查，他查出了寄出地：布雷达戈斯，一个位于比利牛斯山阿兰山谷的村庄。那里的居民不到四百人，其中一个人显然就是托马斯·莫德。"

戴维难以消化这些信息。慢慢地，他开始明白老板的目的，一股恐惧涌上心头，但他又希望能听到他交付任务。可汗先生停顿了一会儿，盯着他，想弄清楚这位年轻的编辑是否猜到他所有的话有什么用意。

"戴维，我想要——我需要你去那个村庄找托马斯·莫德。"

戴维从青少年时期起就读侦探小说，此刻他感觉自己仿佛置身于其中一本的情节。豺狼，我们想要你暗杀戴高乐将军。尚格云顿少校，必须找到亚历克斯·沃尔夫并逮捕他。约翰·普雷斯顿，找出并逮捕试图在我们边界运送核武材料的人。戴维·佩拉尔塔，我要你去布雷达戈斯找到托马斯·莫德。

"但是，为什么是我去？"他问，"派侦探去不是比较适当吗？"

"不是只要找到他。一旦找到他，我们——应该说是——要跟他谈谈，拿到故事续集。我赋予你权力，可以答应他开出的任何条件。任何条件。如果他要更多钱，我们就给他钱。如果他想继续保持神秘，就继续下去。如果他需要任何协助，我们可以提供。可是他一定要把小说寄给我们。你要展现热情，让他看到我们支持他、我们了解他的态度。侦探不够圆滑，太过精明。我们需要找一个和作家打过交道的人，这个人要懂得他们，在情况危急时拉他们一把。此外，我可不打算告诉侦探我对你说的这些事。"

"为什么？"

"因为你跟我签过契约，你知道如果对任何人泄漏口风，就等着卷铺盖走路、上被告席，但是侦探可能会转而接受更好的条件。"

"我懂了。"戴维说。所以他在一开始就提到莱奥·巴埃拉的电话。看来，可汗先生想要有个符合莱奥描述的人选，他可不允许戴维拒绝。

"如果他不想交出小说，你要试着对他施压。像他这样内向的人，如果被揭穿身份或住处，一定会吓坏的。我敢打赌他怕书迷。"

"您不能这样做！"戴维大声叫了出来。

"谁跟你说我们要这样做？我怎么可能公布这个世界上最有钱的作家是谁？他要是抖出这件事，对出版社是何等的耻辱？不会，不可能会那样。戴维，我指的是有技巧地斡旋。"

"那我要怎么找到他？总不可能到那里挨家挨户问谁是托马斯·莫德，然后等到有人回答'我就是'吧？"

"别说蠢话，当然不是这样。你应该做的是隐瞒身份、调查他是谁，然后告诉他现在的状况。但是不可以有暴力举动。"

"不要有暴力举动？"难道可汗先生以为他是职业杀手？

"我是指不要有对他来说过于火爆的场面。你知道作家的样子。这只能是最后一招。除非其他手段，像是利诱、请求或哀求都没效果。"

"可我不知道他是谁，更不知道他长什么模样。我知道那里是个小村庄，而我们对他一无所知。"

"你错了。我们对他略知一二。他有个非常不一样的特征。"

"可汗先生，怎么每次都像是拐进死胡同却又出现转机？"戴维对他的顶头上司说。

"噢？我太太就说我有作家的灵魂。戴维，你愿意接下任务吗？"

而这并不是个问句。

第四章　线索

警察局大楼的地下实验室，一阵阵夹带消毒水气味的微风穿透门缝和屋顶的天窗。这里的圆顶、白色瓷砖墙，以及覆盖卫生绿布的金属小桌和几十个小型金属容器，也经过了消毒。

马努埃尔·阿尔法罗医生专攻分析化学，他是实验室破解犯罪手法的警察，也是可汗先生大学时代的朋友，个头矮小，头顶毛发渐稀，无框眼镜后面睁着一双精明的眼睛。他讲话速度飞快，声音低沉，正有效率地检视《螺旋之谜》第一部的书稿；年复一年地经手重要证物，让他有双灵巧的手。

"当然，"医生说，"我们并没有每一页都检查。因为一枚无心留下的指纹只会带来更多疑问，而非答案，我们要找的是写稿的人。我们感兴趣的是留在整份稿子同样位置的指纹。我们会找出模式。这样一来就能知道是谁坐在打字机前，从一叠纸里抽出一张张纸放进机器，在每一页的同样地方留下相同的指纹。"

"那么已经找到了，对吧？"

"当然还没。若这是小说的原稿应该就找到了。"阿尔法罗医生说。

"所以这不是吗？"

"你会寄出原稿吗？当然不会！这只是副本。很可惜，指纹没一起拷贝过来。"

"真可惜。"戴维说。可汗先生丢给他一记严厉的眼神，似乎认为那回答很不妥。

"不过我们很幸运。这份稿子是从一本装订好的书里拷贝下来的，所以得逐页拷贝；也就是说，模式是拷贝每一页，得重复一遍同样的动作。"

"也就是说，每一页都留下指纹。"

"至少我们检查到其中九十页都有。就六百页来说，是合理的状况。"

"你怎么知道那是作者的指纹？或许是打印店小弟的也说不定。"

"很好的问题，可是这样想尽办法保密的人，不太可能让打印店小弟来拷贝。"

"我们怎么能这么有把握？"戴维问，开始对交付的任务认真起来。

"因为留在这份稿子和信上的指纹彼此吻合。"阿尔法罗医生说，仿佛这么回答就解决了疑问。

"噢，"戴维回答，"那么我们单凭指纹就可以找到他？"

"指纹是等你找到他以后，用来确定身份的。"

"但是我不能采集村里四百个居民的指纹啊！"

"不用多此一举。你们非常幸运，因为这些指纹透露了一个不寻常的特征，大大简化了寻人任务的难度。"

阿尔法罗医生停顿半晌，仿佛在等戴维猜测或询问到底是什么特征。但他见戴维没吭声，便继续说下去。

"根据分析结果，我们发现写信并拷贝稿子的人右手有六根手指。"

"和汉尼拔·莱克特一样吗？"戴维问。

"别说傻话了，戴维。莱克特是虚构人物。托马斯·莫德却真实存在。把注意力集中在你听到的东西上。"可汗先生说。

"也就是说，托马斯·莫德有六根手指。"

"非常有可能。"医生回答。

"什么叫非常有可能？"可汗先生对他说，"难道你还有其他更好的解答？"

"可汗先生，这类事不是你所能想象的。你根本无从想象。"医生用冰冷的语气回答他。

"没错，"可汗先生回答，"我希望这事只有我们知道。你应该很清楚我们是拿什么当赌注。"

"亲爱的可汗，"医生回他，"请相信我，我敢全盘托出的那天，就是被开除的时候。总之，我要说的是，三个人保守秘密的最好办法是……"

"其中两个人死了。"可汗先生总结。

"没错。"阿尔法罗医生说。

***

马德里旧货商场位于卡内罗街，商场中央有张海报写着：埃兰斯旧货商场。这栋建筑物恍若从内战后就不曾清扫过：老旧的杂物像是废物弃置在墙边，甚至往上堆到了因垃圾和湿气而发黑的屋顶。这里什么玩意儿都有，从商场60年代风格的金属小摇篮到有些"小瑕疵"的笔记本电脑，给人一种世上任何角落的老旧破损杂物，到这里就会永垂不朽的印象。戴维不太有信心地瞅了老板一眼，可汗先生也回以一眼，脑海回荡着阿尔法罗医生的话："他或许有点疯癫，但相信我，他是这一行的专家。他认得各式各样的机器，仿佛它们全出自某本彩色图片全集。"

埃兰斯先生在一堆破铜烂铁里东翻西找。戴维不禁怀疑地问可汗先生："您把小说交给了这个人？"

"当然没有！你疯了吗？看看他工作的环境！老天，在这种地方每天工作八个小时真是恶心死了。"

"那您来这里的目的是？"

"我和阿尔法罗只给他一页。记住，三个人要保密的最好办法是……"

"我知道，我知道。"戴维打断他。一想起阿尔法罗医生的话，他还是毛发直竖。他也想着自己要找的到底是何方神圣。

打发了一个客人后，旧货商人埃兰斯走向他们。戴维眼神迟疑地打量他。对方个头矮小，但是身上略显宽大的格子外套遮掩了他的体型，那至少比适合他的再大上三个尺码吧。他有一头油腻腻的头发，绑成马尾垂在脖子后面；一双水汪汪的蓝眼睛，四周爬满皱纹，目光深不可测。

"好了，两位需要什么？"他的声音有些尖细，也带些沙哑（一天抽两包烟的结果）。

"是阿尔法罗医生要我们来的，"可汗先生回答，"他请您分析一张手稿。是有关打字机的问题。"

"能让我看一下您的证件吗？"

戴维和可汗先生斜睨了彼此一眼。对方看过可汗先生出示的证件后便说：“非常好！”然后指示他们跟着他在卖场里迈开脚步，并开始以飞快的速度说话。

"所以是您们在找某款打字机？我刚刚正在检视那张纸，或许您们不相信，我有一些疑问，不过幸好不是无解。"

"我猜应该很棘手吧。"戴维说。

"一点也不会。可是要非常专注于细节。现代的人根本不看细节。什么都依赖计算机，靠电子仪器比对，可是有些东西只能靠人工。只要够专注，其实并不复杂。但是要查出型号……透过适当的资料……嗯，对我来说这根本是小孩子的游戏。从 1714 年亨利·米尔应安娜皇后的请求试着制造第一台打字机开始，到现代的奥利维蒂电子打字机，每一台打字机都有自己的特性。"

他让他们进入卖场后方的一间小办公室，那儿有一张办公桌，桌子两旁各有一张椅子，到处可见成堆的文件。戴维心想这里像可汗先生的办公室一样没有品味，是个更低质量的版本，不过他没说出口。可汗先生和埃兰斯在椅子上坐下来，戴维站在旁边。

"对了，正式的打字机，也就是说，不是那台烂威廉·伯特[1]，而是 1868 年问世的克里斯托弗·肖尔斯，比手写速度还快。五年后，他跟合伙人格利登合作，给雷明顿代工，后来声名大噪。那应该是美国公司吧。"

"不好意思，埃兰斯先生，我们有点赶，如果您可以简述……"可汗先生打断他的话。

埃兰斯身体一僵，用非常冷静的声音回答："赶。无时无刻不在赶。活在这个社会的我们希望什么都要快……但是我们从不停下来看细节。可汗先生，而这个世界是由细节建构完成的。说到打字机更是如此。所以不要不耐烦。"

"我们不是有意冒犯，可是事实上……"

"嘘！慢一点。冷静下来。比方说，您们给我的那张纸，我们已经查出是出自 1878 年之后生产的打字机，因为在这之前的打字机只能打大写字母。这符合我的预测，不过拥有这种古董打字机的人，通常不会用它来打字。想象一下，在使用这种打字机的那个年代，可是利用击锤敲打，让字母撞击纸张、留下印痕。"

1　美国最早的打印机，因发明者得名。如无特别说明，本书注释均为编者注。

"不过，真的能用这么古老的打字机写作吗？"戴维问。

"当然可以。那是打字机，只是需要保养。如果机器的状态不错，还是可以继续使用的，至少能用到其中一个按键完全坏掉。要找一百三十年前的零件……这又是另外一回事了。"

"拜托，请继续谈这台打字机就好。我们就撇开其他一百多年以前的款式。"可汗先生要求他。

"没问题。我们直接进入正题。我不按钟点收费。如果您要没礼貌，那是您的问题，我会应您的要求，不再啰嗦。我们从那张纸检查出字母的印痕并不工整，也就是说，那是一台手动的机器，因为电子款式都很精准。我判断活动支架的大小是三十三厘米，至少有一个三段式密度校准器、六种样式的行间选择器、宽版字体按键——每英寸十或十二个字母间距、色带选择器、十进制制表键，和全部以及单独的制表避震消除器。"

可汗先生和戴维又斜睨了彼此一眼。压根儿听不懂埃兰斯先生的技术用语，他还继续细数打字机的特性，当他们听得懂似的。

"然后呢？"可汗先生问，他已经有点紧张起来，"从这些资料中抽丝剥茧得出哪些结果？"

埃兰斯身子往前倾，直盯着他们看，仿佛答案再明显也不过。

"当然。综合这些字母、印刷的分析，结论只可能是一台奥林匹亚SG 3S/33打字机。"

"确定吗？"

"当然确定！一张出自打字机的纸，就像是一枚指纹。不可能会错。全怪计算机，这个产业现在没再进步。真是天大的悲哀。"

"有没有照片？"可汗先生问。

"我就知道您们会跟我要。拿去。"

他从一堆文件上面拿起一张照片递过来。可汗先生和戴维仔细端详。打字机是白色，键盘是黑色。真难以相信光凭纸上的字，就能瞧出端倪，从众多打字机当中找到主角。

"两位知道托尔斯泰是第一个使用打字机的作家吗？他从1885年开始使用。由他的女儿打出他所有的作品。于是她变成欧洲第一位打字员。当然，由于这位作家创作的都是大部头作品，她应该扎实地练习了打字技巧。您们读过《安娜·卡列尼娜》吧？我十分认同列夫。这本小说像是我的资产。"

"非常感谢，埃兰斯先生。"可汗先生打断他，一手紧紧抓住照片，一手拍拍戴维，让他知道该离开了。"做得好。我的秘书会把支票寄给您。"

他俩趁他还想多讲什么之前赶紧离开了。

***

警察字迹鉴别专门部门的办公室宽阔、干净，品味也不错，和埃兰斯先生的卖场天差地别。这里有高层书架，上面摆满技术书籍，也有哲学和精神病学丛书。办公桌整整齐齐，上面只看得到一套笔、一小盏灯，以及几个整理文件用的档案箱子。

坐在书桌后的是正在等他的笔迹鉴别专家，伊万·贝内特。他人高马大，身上的西装高雅但并不太显高调，一双汪汪绿眸映照着房间内的灯光。戴维感觉对方只要投过来一道目光就能穿透他。

他手上握着和第一部《螺旋之谜》书稿一起寄来的那封信。

"两位，我得告诉您们字迹相当难分析。有太多不同的变化，不一定能正确判断。总之，我会尽快告诉您们这个人大概的样子。"

"很好，希望从这封信就能判断。我只希望知道跟我们打交道的到底是谁。"可汗先生说。

"我提醒您，要正确分析，我们需要一张写满字的纸，而且这个人得在正常的身体状况下书写；此外，他不能知道写的东西要被检视。"

"我只有这个了，"可汗先生又说一遍，"我们应该对现有的数据感到知足。"

"好吧。照我看来，这不是新的纸张。是多久以前写的？"

"大概十四年前。"

"这就麻烦了，"贝内特说，"字迹会随时间产生变化。我猜，两位已经不像小学那样写字了。我们从手上这封信可以掌握作者当时的特征。"

"我们只能将就。"可汗先生强调。

"很好。每个字体都分成四部分：上下左右。上面是需要和理想，下面代表身体欲望。右边是阳刚，指动作，左边是阴柔，比如个人的感觉和渴求。主体有一条上扬的笔画，这诠释心灵、理想、自我感觉、骄傲，以及对权力的欲望。"

"很好。"戴维说。

"请不要打断。您的响应可能会影响我的分析。"

"抱歉。"戴维的老板说。

"写一个字这样简单的动作，包含九种不同元素：笔画、饱满度、线条、主体和次体、竖直、竖勾，下笔和结束的笔画。"

贝内特边讲边数手指头，戴维又有一种听天书的感觉。先是阿尔法罗，然后是埃兰斯，现在是贝内特。可汗先生是不是也有同样感觉？倘若真是这样，他肯定伪装得比戴维要好。

"他的签名方式很利落，也就是说，字母下面和下一个字母顶部没有缠在一起。这说明他不论是思绪、判断和精准度都非常清晰。

"他的字体很大，超过四点五毫米，我们从这点可以知道字迹的主人有文化修养，不流于规范，不自视甚高，但也可能是虚荣或好大喜功。他延伸的笔画多是平行的，轻轻拉开，表示他善于随机应变。下笔的力道轻，代表他是个忠诚的理想主义者。而带着立体感的字体说明他是艺术家、画家或雕刻家之流；他是个有想象力的人。字迹的曲线让我们知道他有天分，虽然举动有点轻薄。

"从字迹也可判断他个性稳重，写字速度应该不会很快。我敢说一分钟大概不超过一百二十个字母；从这里，我看出他谨言慎行，但是也懒惰。这是高度心智工作的特征。他算是积极果决，习惯偏向左边，几乎可以肯定他是个左撇子。大写字母和紧接的字母连在一起，让我知道他下决定快、为他人着想——如同我刚刚说过的，这些是我从您们给的信件差不多能猜出的东西。如果能有完整的内容，我能提供更多资料，但是我想这些就是目前能给的。"

戴维和可汗先生听着他神准的猜测，试着保持冷静。尤其是那句倘若有更多东西就能给更多资料的话。

"我想这就够了。这些就能让我们有个概念。"可汗先生思索几秒钟后回答。

"总而言之，您们掌握的人是个理想主义者，他有修养，思绪清晰，懂得随机应变，有天分，聪明，为他人着想，啰嗦，想象力惊人。而且他是左撇子，这一点毋庸置疑。其实我希望再多一点判断的资料。他似乎是个非常有趣的人。大多数我经手调查的通常都是平凡人。各位知道，就是那些未成年罪犯。"

"我会想办法，"可汗先生回答，"贝内特先生，感谢您拨冗处理，帮了我们很大的忙。"

他们三个站起来握手。走到门口时，贝内特叫住可汗先生。

"可汗先生，在你走之前，我要告诉您一件事。"

"没问题，请说，"

"笔画虽然能告诉我们许多关于一个人的信息，但那并不是真正的他。那是超出字迹所能判断的范围。"

于是，他露出这次拜访的第一抹微笑。

***

戴维小口啜饮他的柠檬片茶。他注意到可汗先生还没动他那一大块摆在桌上的奶油蛋糕。这里的墙壁都铺上了一片片木板，而扶手沙发椅是一种舒适的英伦风，像是那间位于拉丁区一楼的茶馆。他们在这里，不怕隔墙有耳，总结任务的最后细节。

"细数所有我们掌握的线索，"可汗先生有些不安地环顾四周，"要认出他应该不难。我们已经知道他是个爱好社交的人。"

"理想主义者。"戴维接着说。

"当然。看看他的小说怎么写的就知道。"

"思绪清晰。"

"有文化涵养。"可汗先生说。

"所有拜读过他的大作的人都知道。"

"知道怎么随机应变。我们也知道他写作是用……用什么来着？"他拿出皮质小记事本，里头有这天记下来的资料，"一台奥林匹亚SG

3S/33 打字机。如果你在某个地方看到那台打字机，就可以认真地怀疑那个人。"

"而且他是个左撇子。"戴维补充。

"对我们最有帮助的是他的右手有六根手指。或许因为这样他才用左手学写字。"

"有可能，"戴维停顿一下清清喉咙，然后再继续说，"总之，可汗先生，老实告诉您，我不知道我是不是这个任务的最佳人选。我愿意相信是这样没错，可是我不想欺骗出版社，尤其是针对这么重要的事。"

"说什么傻话！戴维！我收过一些对你赞不绝口的报告。我无法亲自出马，因为会引起怀疑，甚至是在出版社内。我当然也不可能派公司里面只会读书的人去。我需要能上山下海的人。如果要比喻的话，可以说你好比是我的副官。"

"尽管如此，"戴维找借口，"您还是可以再找其他人，比较符合资格的……"

"我可以问你一个问题吗？"

"当然，可汗先生。"

"你知道我今天一整天记东西的小本子是哪个牌子吗？"

"是皮尔卡丹，可汗先生。"

"非常好！看见没？戴维，我就知道我没看走眼。你是那种懂得仔细观察的人。"

"那和我们编辑在圣诞节收到的公司致赠礼品一样，一本皮尔卡丹黑色皮革本子。"

"看见没？老天。我得叫埃尔莎帮我买其他款式。再让我们试试……我的表是哪个牌子？"

"钢制劳力士。"

"我的鞋子的颜色呢？"

"棕色。和西装颜色一样。"

"我的衬衫的尺寸？"

"如果您戴着的是劳力士，那么衬衫很有可能是定做的。"

"这个蛋糕多少钱？"

"不关我的事吧！"戴维大叫，"我才不会付钱！"

可汗先生哈哈大笑，引得几个客人转过头来。戴维说笑完毕也露出微笑。

"戴维，不要犹豫了。你就是我要找的人……而你要去找另外一个人。"

"可汗先生，我不知道该怎么说，可是我现在有个小问题。"

"我懂，"他继续笑着，似乎早料到会听到这句话，"我很惊讶拖这么久才听到。你肯定问过自己这一切对你有什么好处。对我来说，你能帮我解决麻烦，让每个人都能读到《螺旋之谜》第六部。大家都开心。可是，你自己呢？"

"我不是……"

"戴维，不用道歉，"可汗先生打断他，"我喜欢实际的人。我就是这种人。这非常合理。好吧。你想知道能拿到什么好处？那就让我来告诉你，除了薪水翻倍，你会调到新的职位……"

"新的职位？"戴维像个看到有人亮出新玩具的小孩。

"总编。你知道太多了，不可能屈就一个小编辑。从今天起你将晋升高层。加入比较高的阶层，有较大权限拿数据。你知道的东西，只有我兄弟、阿尔法罗医生和我知道，现在你也知道了。我在办公室已经告诉过你。你可以认为自己是特权人士了。"

"哎呀，"这是戴维唯一能吐出的话，"可汗先生，您开的条件真是大方。尽管如此，我还是有个问题。听着，您非常清楚我经常出差，我太太常常孤单一个人，她对此非常不高兴。昨天我刚从里斯本检查莱奥·巴埃拉的工作进度回来——"

"对，他的小说进行得怎么样？我希望比上一本好。"

"还算顺利，"戴维回答，"莱奥得做点改变，我相信他做得到。他对自己满怀希望。嗯……我想要告诉您的是，我再出差的话，会闹家庭革命。"

可汗先生思索了半晌，迅速帮戴维寻找一个解决办法，仿佛下属丢出的问题是个数学方程式。

"坦白说，我不在乎你家闹革命。那不在我优先考虑的范围，我希望你能理解，哪怕不能接受。不过，我也不希望你一直担心和太太的问题。我需要你到那里之后百分百专注在任务上。所以让我来告诉你我的想法。"

"请说。"戴维回答。

"我考虑让你去度假几天，以免你不在公司引起猜疑。我想到你可以带太太一起去。告诉她公司放你几天假，你想带她到一个宁静的地方休息。到了那里，你得找一个有六根手指的人，和他喝杯咖啡，谈谈小说，然后就可以回来了。"

"我不知道……布雷达戈斯是什么样的地方？"

"噢，那是个美丽的地方。附近有森林。都是古老的石头屋子，带种粗犷的味道，你知道的，就是乡村风。女人最爱这种东西。你说呢？"

"我得跟她谈谈。什么时候该出发？"他问。

"看你什么时候准备好。今天会比明天好。"

"我得打听一下我太太的假。我不知道她的想法。"

"更不用提你们的花费都有人埋单。所有你们需要的花费。我们投注的风险很大，戴维，我希望你要非常注意。如果你找到他、带回小说，你在这家公司前途无量。如果你没找到他，六个月内可能会丢掉工作。"

"让我跟她谈谈，可汗先生。"

"这就是我想听到的，戴维。如果你成功了，你就能当托马斯·莫德的编辑。"

"真的吗？"

"当然是真的。除非你想把这个好处让给其他编辑。"

"我可以明天一大早打电话给您确认吗？"

"随时欢迎。白天或晚上都可以。"可汗先生回答。

＊

戴维在西尔维娅办公室大门口靠着一辆车子等待。他的视线紧盯着自动门，专注寻找她的身影。他若想继续执行可汗先生的计划，势必得跟她谈谈，连哄带骗让她陪着一起到那座在比利牛斯山区的小村庄。肥缺、少出差，这可是他在出版社拼死拼活工作想挣到的条件……尤其是当托马斯·莫德的编辑，他可是个能精确计划并获得成功的人物。非得是个天才才能做到。

他不想骗她，可是他一旦说实话，恐怕会被她抛弃。这已经不是第一次，他出差回来后发现电视屏幕上贴着一张纸条，上头警告他，她受够了孤单一人，要到妹妹家住几天。他得动作迅速、放机灵点，若要符合可汗先生对他的评价，扮演解决问题的角色，就不能让困难成为他路上的绊脚石。

"不好意思……"

戴维看向拍他肩膀的男人。

"啊？"

"你靠着的是我的汽车。我要开车。"

"噢！真对不起！"

戴维离开车子，站在原地直到车驶离。他的视线再次回到门口。

他希望他和西尔维娅的关系能继续下去。他希望和她生个孩子，一个有双棕色眼眸的小捣蛋，在屋子里东奔西跑，打破他的模型；他希望在这孩子骑脚踏车跌倒时帮他治疗伤口、替他擦干眼泪。要实现这个愿望，他只需要过她最后这一关。

西尔维娅从大门出来时，正在整理风衣的纽扣。当她看到他时，停下了动作，在两米外打量着他。他们就这样默默地对看了片刻。接着西尔维娅嘴角上扬，一股温暖的微风似乎吹上他们两人。

"你在这里做什么？"她问。

"我想给你一个惊喜。"

"噢，真的吗？是什么惊喜。"

"我有个主意，一个绝妙的好主意。"

西尔维娅朝他投出一记打量的目光。

"你会告诉我？"

"会，但不是在这里。要等我们吃晚餐的时候。"

他向西尔维娅伸出手。她依偎着他，两人一起沿着街道走去。

第五章　布雷达戈斯

他们停车。这条街很宽敞，墙边有座石头水池，而一根模样古怪的水管正吃力地吐出断断续续的水。他们环顾四周，映入眼帘的是一片花岗岩石、木头以及石板瓦交织的景色，这似乎就是构成布雷达戈斯的元素。这座村庄位于莱里达省阿兰谷，是托马斯·莫德的家乡，离法国边界只有短短几公里，好似扔块石头就能到。

西尔维娅对丈夫的提议又惊又喜。但稍后在家讨论时，她感到有些不安。戴维看来诚意十足，加上仔细考虑后，事情其实不若起先那般令人担心，先前以为的紧急要务，最后只是芝麻小事。因此，听了他的提议，她便决定用掉她在顾问公司剩下的年假安排度假，和办公室同事商量重排轮班时间。

起先西尔维娅的同事百般推托，抱怨她太突然，不过当她逐一细数自己在过去几年曾代他们上过的班，抗议声便慢慢地平息。之后她在出发途中告诉戴维，该是她得到回报的时候了。离开那家公司几天，对他们小两口来说非常好，她的公司不尊重工作时间，一旦要某个案子的账目，员工就得应需要加班，忘记用餐时间，牺牲睡眠以及家庭生活。

她从没想过戴维给她的惊喜会是度假。所以她不想也不能浇他冷水。休息几天，她可以想想未来、拟定计划，回想自己为什么从许久以前就坚持和这个男人生孩子。因为他即使工作繁忙，经常出差，却总记得带礼物跟她道歉，哪怕只是简单的糕点；因为他只要晚回家，就会打电话给她，要她不要担心。因为她知道自己能信任他。还因为就在她以为他会让自己失望时，他却提出到布雷达戈斯度假，躲到一座村庄讨她欢心。

就这样，他们把西尔维娅巨大的皮箱塞进汽车后座——据戴维猜测应该超过三十五公斤，因为重得发出吱吱响声——踏上前往布雷达戈斯的路。他们远离四十号公路的堵车之后，离开了马德里开往瓜达拉哈拉。到了那里之后转往萨拉戈萨，经过这里时，他们远远地就看见了圣柱圣母圣殿主教堂的四座塔楼。他们停下来喝杯咖啡，沿着熙熙攘攘的街道漫步，舒展一下双腿。这天阳光普照，埃布罗河面波光粼粼，街上充满享受日照的行人。他们继续开上公路往韦斯卡去，经过巴瓦斯特罗、贝纳瓦雷等小镇，在加泰罗尼亚大区与阿拉贡大区的交界，沿着诺格拉里瓦戈萨纳河行驶，抵达别利亚。他们从这里开上次要公路，这段路路况不佳，汽车底盘有时会撞到地面，最后两人抵达海拔一千一百米的布雷达戈斯，一座刻在比利牛斯山岩石中的村庄，距离法国边界仅有六公里之遥。

下车后，他们伸展旅途中已经僵硬的腰背，想着要怎么到订房的埃德娜旅社。他们问了一个抱着箱子的村民，那箱子似乎很沉。

"不好意思……"

"有什么事吗？"

当这个男人弯腰靠近车窗，他们看见他外套里穿的是白领黑长袍。他有张晒得黝黑的脸，胡子没刮，尽管天气凉爽，前额仍冒出细小的汗珠。

"我想，您住在这座村庄里……？"

"对，我是村里的神父。"

"可不可以告诉我该怎么到埃德娜旅社？"

"当然可以，我正好顺路。如果您们愿意，我可以陪着过去。"

没等他们回答，他便径自爬上汽车后座，把盒子放在自己旁边。

"好啊，好啊。"西尔维娅对已经坐好的神父说。

"说实话，两位帮了我一个忙。这箱蜡烛重得要命，而我已经不像年轻小伙子那样身强体壮了。让我来自我介绍，我是里瓦斯神父。"

戴维和西尔维娅也跟着介绍自己。

"您们要搬来村里住吗？"

"怎么这么说？"

"噢，因为我看到这个皮箱，好大一个……"

戴维斜睨了老婆一眼，嘴角微微上扬。西尔维娅则眼睛紧盯着前方。

"不是，我们只是来度几天假。"

"哟！非常棒！两位会喜欢这里的。这是一座非常美丽的村庄。散发浓浓的……乡村气息。"

那句乡村气息和接下来的沉默，在戴维耳中是一句委婉描述不舒适的话。

"埃德娜旅社不是一间旅舍，"里瓦斯神父继续说，"所以不会看到任何招牌。那只是一间寡妇经营的短期民宿，有很多空房。您们会认识她的，她是个非常……与众不同的女人。"

又是委婉说法和一阵沉默，戴维想。

"那边右转。您们是哪里来的？"

"巴拉多利德市。"戴维抢先回答。西尔维娅斜睨他一眼。

"停在那扇门前，"神父指着前方说，"就在那儿。"

＊＊＊

他们停车。两人打算载神父到他的目的地，不过对方回答就在附近。

"谢谢载我一程。如果您们有什么心灵上的问题，或者是世俗的问题，都可以来我的住处找我。两位没有什么需要忏悔吗？"

"现在没有，神父。但是我们一定会去找您。"

"您们应该常听到这句话吧：心灵纯净是记忆力变差的征兆。"

他说完便笑了出来，接着迈开脚步，那微笑让脸庞发亮，令人忘了他有张晒黑的脸。

＊＊＊

这家民宿是栋两层楼建筑，共有六个房间，曾是埃德娜父母的屋子，埃德娜则是个娇小的女人，爱唠叨，床底下总藏着一瓶茴香酒。她一边打电话，一边把房间钥匙交给他们，对着话筒大吼的模样让西尔维娅心想，这种大嗓门根本可以把钱省下来，不需要打什么电话。

房间里有一张大的双人床和一个四脚镀金浴缸，这个仿佛从某次海难抢救回来的浴缸也揭露了房间内并没有厕所。至于小衣柜只能勉强塞进西尔维娅一半的衣服。

戴维想，西尔维娅应该会怪他挑了一个这么简陋的投宿地点。不过他在出发之前，已经提醒过她这里是村庄里唯一的旅舍。他告诉她，挑这座小村庄度假是听从同事的推荐，对方去年夏天来过，对这里赞不绝口，说这是他去过最舒适宁静的地点。此刻他想着西尔维娅会补上这里很小、老旧和落伍等形容词，一如他们房间里的四脚浴缸。可是她没半句抱怨，也不在意有一半的衣服得留在皮箱里。

"很抱歉旅舍这么小。"戴维开口道歉。

"没关系。我喜欢乡村气息的东西。看那个浴缸！我以前只在古董店看过！"

"没错，可是这里这么小……"

"非常舒适。"西尔维娅回答他。

"老旧。"

"古典。"

"怪异。"

"是讨人喜欢。"

"有消毒药水味。"

"嗯……"西尔维娅认同，"但我们用晚餐时可以打开窗户，明天再去商店买芳香剂。"

"你是个十足的实际派。"

"我不希望任何东西破坏假期。重要的是和你在这里。"

她送上一抹微笑，两人抱在一起。戴维把下巴靠在她的头顶。

"你觉得这里供应晚餐吗？"

"戴维，见过那个女人以后，我宁愿选择到其他地方吃饭啊。"

***

埃德娜在小客厅里一边看着有关壁毯织品的节目，一边等着他们。当两人出现，她站起来、调低电视的音量。她拿出一张表格，开始问他们个人资料。

"名字？"

"戴维·佩拉尔塔。"

"哪里人？"

"巴拉多利德市。"戴维再一次说谎。

"什么职业？"

"我是报刊撰稿人。"他又说谎。

"有没有孩子？"

"这重要吗？"戴维回答。

埃德娜抬起头，视线离开登记表，蹙眉看着戴维。

"有没有孩子？"她再问一遍。

"没。"戴维回答，语气粗鲁。

"几岁？"

"要满三十五。"

"什么时候？"

"快了。"

"为什么来这里？"

"为了逃避世俗好奇的目光。"

埃德娜眉头深锁，把登记表从桌面拿走。

"好吧。就这样。我睡在左边的第一间房，招呼客人的时间到晚上十二点。住宿一晚二十二欧元，需要预付前两晚。"

西尔维娅从包里拿出钱放在桌上。戴维在住宿登记簿上签名。正当他准备从大门出去，他听见西尔维娅问埃德娜："不好意思，您知道哪边可以吃晚餐吗？这附近有餐厅吗？"

"您说的餐厅没有，可是有一家叫乌梅内哈的小酒馆供应午餐和晚餐。菜色美味可口。"

"没有其他家吗？"戴维问。

"有。不过只有这家卖的啤酒喝起来没有尿味。"

"太好了。谢谢。"西尔维娅和她道别。

***

两人沿着村庄的巷道漫步，走到小酒馆。他们赞叹地欣赏布雷达戈斯的景色：这里差不多有上百间屋舍，矗立在狭窄的街道旁，栉比鳞次，保护这座群山围绕的山谷村庄免于冬天的冰寒。村庄附近只有零星几栋屋子散落在山坡上，要到那里去，得穿过几条泥土路。几处地方看得到一条比较坚固的柏油公路，也就是戴维和西尔维娅开来的那一条，最后会通到邻村波索特。村庄中央有片设了长凳的半圆形天然草坪，就坐落在两条主要街道交叉的十字路口。这两条街道之间矗立着一根石柱，上面的图饰代表阿兰谷的屋舍，几乎难以引人注意，仿佛无时无刻不在提醒这里的屋子像是小小的几撮苔藓，错落在一望无际的山区之间。而这些山区也是欧洲两个比较大的国家之间的边界。

村庄内的街道狭窄，几乎没有人行道。寥寥可数的停车格几乎是空的。几个已停车的是后面还没卸货的卡车，司机一点也不怕东西被偷，正安然地享受一杯啤酒，手机不会打来任何催促的电话。

村庄四周有一座森林，山毛榉和冷杉随着四季变化颜色。大多数时候需要修剪树枝以免发生意外。至于矮柳、山蔷薇、忍冬以及金银花，则掩去了几条小径的踪迹。树木挨在一起形成庇荫，它们的根和岩石以及潮湿的地面交缠在一起，形成一面错综复杂的网络，像是底下藏了什么秘密。

在街上漫步的人群似乎漫无目的，或许他们只是想散个步，彼此遇到时会微微点头打招呼，告诉对方认出了他，有时则会停下脚步交谈几句，并问候他们的家人。这时，家家户户的窗户已经透出灯光，飘出了刚烧好的饭菜香和葡萄酒香。客厅里，喧闹声和电视的声音交织，天南地北的交谈声不绝于耳，热烈地聊着芝麻绿豆小事。

西尔维娅和戴维几乎是默默地走着，享受宁静和细碎的声响，试着融入这个新的环境。过了五分钟，西尔维娅才抛出她的第一个问题。

"你为什么要说谎？"

"说谎？"戴维回答。

"你对埃德娜和里瓦斯神父说你是巴拉多利德市人。为什么？"

"小村庄的人通常不太喜欢马德里人。我们太自以为是。"

"戴维，我不认为是这个理由。"

"我讨厌不认识的人问个不停。那好像警察在问话。埃德娜知道我们有没有孩子做什么？你要我回答她什么？还没，可是那是我们的目标，可能就在租给我们的房间内努力，所以听到怪声不要大惊小怪，那是我们正在恩爱。"

"亲爱的，你太夸张了。"

接着她笑出声来，那是戴维许久不曾听见的开怀笑声。她只有完全放松、没有一丝丝忧虑时，才会这么笑。她的笑声一直到听到一声喇叭才停下来。他们俩回头，看见一个体型魁梧的矮小男子，他戴着眼镜、蓄胡子，坐在一辆汽车里打手势要他们过去。

"看见我说的没？"当他们走向那个打开的车窗时，戴维说，"我们被盯上了。"

"我可以带你们一程吗？"男子问。

"为什么要带我们？"西尔维娅问，"您是出租车司机吗？"

"不是，可是我想我可以带你们去乌梅内哈小酒馆。还是说您们正在享受散步时光……那就真是抱歉了。"

"我们的确要去那边……不过……"

"我也要去那边……所以才会问你们。愿意的话，我载你们过去。"

"好啊。"西尔维娅说，在戴维还来不及回绝前坐进了车子。戴维忍不住想，两个小时前是他们载人，现在情况则反过来。

那是一辆老旧的雷诺旅行汽车，车身生锈，烤漆斑白脱落，皮椅的表面也绽开了。西尔维娅坐进里面后开口问："嗯，您怎么知道？"

"知道什么？"

"知道我们要去'乌梅内哈'。"她用愉快的语气问，仿佛在向魔术师打听他的伎俩。

"噢，很简单。您们不是这里人，对吧？"

"没错，我们是从巴拉多利德市来的。"西尔维娅说，并朝戴维投去一记温柔的目光：而戴维还在适应这座村庄怪异的热情。

"那么，我想您们如果不是借住在某个朋友家，就是投宿在埃德娜那儿；如果是朋友，他现在应该和你们在一起才对。"

"继续说。"西尔维娅鼓励他。

"现在是吃晚餐的时间，既然埃德娜的民宿不供餐，我猜两位应该会问她哪里可以吃东西。"

"很好。可是您怎么会知道她推荐那一家？"

"埃德娜不可能推荐别家。乌梅内哈小酒馆是她兄弟霍恩开的。"

"太厉害了！您简直是福尔摩斯再世，一步接着一步推理。"西尔维娅恭维他。

"她是不是提到啤酒有尿味？"男子问他们。

"没错！"

"哈！埃德娜对每一个来访的游客都恐吓同样的话。"

他们三个笑了出来，这时车子已抵达小酒馆前面。他们从这里走下六个阶梯到了门口。这家小酒馆位在一栋两层楼建筑的一楼，要找到这里，只能从街上一面龟裂的木头招牌，以及两扇小窗后面的人群嬉笑和用力举起啤酒杯来判断。

"不好意思，这条街叫什么名字？"西尔维娅问。

"乌梅内哈。"男子回答。

这个信息对戴维和西尔维娅没多大用处。

"总之，如果很难记，只要找这栋建筑的烟囱就可以了。"

他们三个往上看，一根巨大的石头烟囱凸出在小酒馆所在的建筑物上方。

"乌梅内哈是阿兰谷方言，意思是烟囱。"

踏进大门之后，他们临时的司机对两人告别。

"嗯，希望二位有顿愉快的晚餐。不过我得告诉二位，这里的餐点不算差，但其他地方的啤酒也没有尿味。其实都是向同样的批发商进货。不要告诉霍恩这是我说的。噢，对了，我叫埃斯特万。"

"抱歉，"西尔维娅说，"我们还没自我介绍。我叫西尔维娅，这位是我先生戴维。"

"很荣幸认识两位。"

"我们也是。"他们俩异口同声说。

埃斯特万走向吧台，一屁股坐在一张凳子上。

＊＊＊

车厢里有一个空位。两名陌生人在列车开动前对看半晌。推着巨大荧光橘色推车的邮差经过了穿灯芯绒外套的高大男子面前，但一个颇具风姿的四十岁女子，凭着多年在地铁奋战的经验，轻易地钻进两名旅客之间，抵达那个座位坐了下来。穿灯芯绒外套的男子愤愤地瞪着女子，但女子只是翻着报纸，处之泰然的模样仿佛自己就坐在巴列卡斯区自家的厨房里。

可汗先生的秘书埃尔莎是这个车厢里的幸运儿之一——两百个人中不超过三十二个人有位置坐，她挤在两个壮硕的肩膀之间，根本无法靠着椅背。离波塔斯戈站还有两站，习惯搭短距离路程的她，读着在入口拿到的报纸，上面讲的是政府未来几次的撙节开支，以及皇家马德里队永无止境的训练，报道提到其中一名球员鼠蹊部受伤，不确定是否参加下一场比赛。

七点四十五分。埃尔莎七点十五分从可汗出版社下班，在塞拉诺街搭地铁。提早下班的日子，能错开办公室上班族和服饰店店员的下班时间，搭乘地铁可以独享车厢空间；可是到了他们下班时间，便越来越拥挤，每次到站的时间也似乎拉长了。车厢门关上后，大家也适应姿势，他们的大衣遮去了车窗，各个满头大汗，而头与头的空隙间冒出书本的踪影。

回到家后，她脱掉大衣和鞋子，瞟了一眼摆在几乎空荡荡的书架上的电话录音机。埃尔莎以为跟平常一样没有任何留言，不过出乎意料有一条。

她搬到这间简陋的新公寓已经三个月，可是这里依然不像个家。她想起旧住处，书架和夜桌上摆放着小小的装饰品，而它们此刻还封在纸箱里，痴等主人将它们从监禁中解放。她想起曾经花费好大一番工夫布置家具，好让一切就位：书本放在书架上，陶瓷雕像摆在客厅的柜子上，而此刻已经不存在的录像机上方，则挂着一小部分仅剩的图画。

她最想念的是香烟、食物的气味，一个有人居住的家，和这个新家全然不同；在这里，窗户打开再久也无法赶跑空气中的新鲜油漆味和沉闷。她知道她应该开始摆放生活用品、挂上窗帘、采买需要的家具，可是一部分的自己抗拒这么做，仿佛这间屋子是地铁中途新的一站，而她还在期待一个比较美好、幸福的人生。

她和胡安·卡洛斯分手六个月。就在他们在一起十二年却还没有达成共识之后。她的前夫或许不是最温柔、慎重、忠诚的一个，但是她依然想念他。她知道她的期待只是空想，但回到新家时难免感到难过，因为她再也听不见屋内传来足球赛况，以及要她拿一瓶啤酒过去的吆喝声。她尽管不爱电影，至少有个人会带她去电影院。

胡安·卡洛斯在一家水管工程公司工作，经常流连各个酒吧和夜店。但他心血来潮时还是懂得温柔。问题在于他几乎不曾心血来潮。不可思议的是，她怎么会没想到修正方向，而是放任他走向错误？现在她找到一个方向，摆脱了过去，在这条路上，她几乎放弃了所有的家具，像是电视、音响设备以及录像机，避免和他争得面红耳赤。她只拿到两幅画、一张床和一套餐具，但已经感到满意。现在，她独自一个人睡双人床，只重复使用三十六件餐具中的两件。

但现在餐具、图画和床都是她的，爱怎么用就怎么用，如果想要买新的，甚至可以直接丢掉。

她好奇地听取留言，认出那是她的姐姐克里斯蒂娜，听得出姐姐努力假装冷静，却掩不住内心的焦虑。

"哈啰，埃尔莎，我是克丽丝。让我先告诉你，这不是什么大不了的事，"录音的留言开始播放，"今天下午，玛尔塔经过一辆公交车前面时，被一辆汽车撞了。她很好，并不严重，可是她被撞倒在马路上，脸上留下一道伤口，膝盖和双脚也有一些。我晚上值班，埃米利奥出差。玛尔塔很好，可是若你方便的话，我希望你能过来陪她过夜，我会安心点。打电话到这边或到手机，都行。送上一个吻。再见。"

埃尔莎回放留言，再听一遍。她打了个电话给姐姐，然后拎起包出门。

到街上，她招来一辆出租车，告诉司机住址，要他开快一点。

***

埃尔莎的姐姐克里斯蒂娜在十月十二日医院当晚班护士。她曾想过换到日班，不过没成功，对目前的工作已经很满意。她曾旅居英国伯明翰，在那儿医护人员不多，不管身家背景都受到敬重。回国之后，她累积了比较丰富的工作经验，也懂一种外语，在她住的城市找到工作只是迟早的事，虽然只是夜班。她的先生埃米利奥是一家卖化学产品公司的业员，一周大部分时间都在出差，汽车后备箱塞满公司的样品。埃尔莎敬佩他们两个，他们曾面对问题——克里斯蒂娜旅居国外而埃米利奥只有周末待在马德里——却懂得维持婚姻的温度，哪怕只是文火慢热。有一瞬间，她想着自己和胡安·卡洛斯也能做到，只是她的前夫不像埃米利奥这么好，她也和克里斯蒂娜不一样。

她的姐姐正在门口等她，身上穿着护士服和她们母亲在视力还可以时，给她织的一件棉质绒线衣。

埃尔莎和克里斯蒂娜彼此拥抱，给对方一个久久的吻，在脸颊留下小小的红印子。

"谢谢你过来。玛尔塔可以和朋友在一起，可是我希望对方是个大人。很抱歉这么晚通知你。"

"嗯，我们也没办法叫那位撞人的司机提早通知呀，"她看见克里斯蒂娜露出微笑，"安心上班去吧，我留在这里照顾她。"

"看完病后，医生已经给她服用了止痛药，不过万一她还疼的话，夜桌上有镇痛药。冰箱有饭菜。我大概早上七点十五分到家。谢谢你能过来。"

出门前，她给埃尔莎一个拥抱。到门口时，她再次叮咛有事可以打她的手机。

玛尔塔躺在沙发上，背后垫着两个大抱枕。电视开着，可是照此刻情形看来，正在播放的音乐频道似乎只是用来填满安静。她的脸缠着绷带，只露出一只淤青的眼睛。埃尔莎从姐姐的描述，以为伤势比较轻微。或许绷带覆盖的部位没有那么严重，但她只看到一堆胶布。她走过去，在她额头印下一个吻。玛尔塔气若游丝，只勉强挤出悲伤的声音。

"哈啰，小美人，"埃尔莎说，"你还好吗？"

"嗯……还好。我打了很多药，不太感觉得到痛。"

"你这样应该不会上瘾吧？"

玛尔塔堆出微笑。

"我来陪你过夜，有任何需要，我都在这里。我会照顾你。"

"我有点想睡。"

"想睡就睡吧。要我扶你上楼吗？"

埃尔莎送玛尔塔到她的房间，里面贴着男偶像泳装和乐团海报，让她想起自己少女时期的房间，只是她房间墙上海报里的男孩没穿得这么清凉。她帮玛尔塔换睡衣，等她从厕所出来时，镇痛药已经开始发挥作用了。

她看着睡着的外甥女。玛尔塔是个漂亮的女孩，再过三个礼拜就要满二十二岁。她现在是心理学系四年级学生，有两门学科还在修三年级的课。时间对大家是公平的。她姐姐生下玛尔塔时二十五岁，她二十三岁。正值花样年华的年纪。她的人生道路上还有好多待实现的计划。人在二十三岁时，总以为自己有一辈子的时间可以实现梦想，可是不久后步入成人的世界，得面对像是有个稳定交往的男友、汽车贷款、房屋贷款、低薪工作以及丈夫说谎之类的问题。所有曾经的想象都变成白日梦。自己远远地被抛在后头。这时的她感觉自己仿佛回到了二十岁，必须面对所有年轻时已经遇过的挑战，重新学习当胡安·卡洛斯从她身边缺席之后，该如何一个人生活。

突然间，熟悉的声音响起。

是玛尔塔的呼吸声。她注意到棉被如何随着她的胸部起伏。她闭上眼睛想象那是其他人的呼吸。一个她还没认识的人。她在房间里一张舒适的扶手椅上坐下来，屏住呼吸，开始聆听。她喜欢这个声音。她决定再多留一会儿。这样她能近一点看顾玛尔塔。

她穿着姐姐的睡衣，膝上盖着一条毛毯，缩在椅子上，想找点事做。她在包里找那位编辑三天前给她的小说，也就是他口中那本解救出版社的大作。

他有时间可以想这类事情。至于她，可汗先生交代一箩筐工作，让她忙得根本没时间了解这家出版社。她的老板行程表排得密密麻麻，整天和重要人士开会，像是电影制片商、其他出版社代表、印刷厂……以及他不肯对她透露身份的人士，而她好奇得要命，真想知道他们是谁。

她瞄一眼小说的封面和后面的简介。

科幻小说从来不是她的菜，可是她不想睡，她想在这间充满个人元素的卧室，回忆幸福有多么脆弱，以及只有时间能告诉你所做的决定是否正确。你不论如何都得做个决定，不能只是呆坐在长椅上凝视火车，而当你以为过站时，却惊醒发现自己依旧孤零零在月台上。

她擦干淌下鼻子的泪水，打开小说第一页。她想把心思转到其他事情上。任何事情都好。

***

戴维和西尔维娅踏进大门，听见酒馆里欢乐的喧闹声。厚重的木头大门掩去里面的吵闹，然而一进到里面，只听见朝服务生要啤酒的吼叫、讲三流笑话的如雷嗓音，以及骨牌撞击桌面的响声。

或许会有人认为，这座村庄是围绕着这家酒馆兴建的。酒馆的厚墙由石头打造，粗厚的实木桌让人想着或许砍树交给木匠制作桌子，会比老远去一趟宜家家居采买要容易许多。桌面经过几代人使用，父亲和儿子都毫不留情地把啤酒杯用力摆在桌上，油漆在每一次的撞击下逐渐褪色，似乎在乞求怜悯。将近一百平方米的地面几乎铺满吸湿气的木屑，被客人踩下的靴子带到每一个角落。一旁，有张占据一整面墙的长吧台，上面摆置了四个啤酒桶，由两个忙碌的服务生负责招待。吧台后面有个无门的门框，从那儿可以窥见厨师正在冒着热腾腾烟雾的炉子之间，照着从一个金属旋转小门送进去的点菜单准备食物。吧台的陈列柜，放着一排一盘盘的地方传统小吃：碳烤什锦蔬菜、鲜血肠、野猪肉、马铃薯蘑菇，以及他们俩一时间叫不出名字的其他美味食物。

里面有将近四十个客人。正如埃斯特万说，这家小酒馆位在布雷达戈斯中心，下班后大家会结伴来喝啤酒，单身和寂寞的人也会找同病相怜的同伴来这里共享食物、闲聊一下。

戴维一想到托马斯·莫德可能就在这里，内心涌出一股欢欣。在他眼前的脸孔似乎都一模一样，他期待能遇上一双不同的眼睛，一抹带着怀疑的眼神，这个人坐在角落，六根手指的手正端着一杯威士忌，观察人群怎么交谈、有哪些动作、如何打扮，以及他们的特质。他相信只要看到托马斯·莫德就能认出他，绝不会犹豫；这个作家甚至不必有六根手指，就已经是个特别的人。他心想，如果是个平凡的家伙，不可能写出销售九千万册的作品，他必定有什么引人瞩目的地方。他期待他们的眼神能够交汇、认出彼此，就像警察和杀人犯在经过长时间的追捕后发现他们相遇了那样。找到他，是他在可汗出版社迈向升官、展开崭新前途的一步。

"亲爱的，你看，那边有空位。快过去，以免其他人抢走。"

他们两个在一个有两张凳子的桌旁坐下，接着用目光搜寻某个服务生，希望他能拿菜单过来。过了半晌，白费一番工夫之后，戴维起身到吧台，叫住一个人，只见对方在招呼他时，一边还在盛鳀鱼。

戴维从他霸气的手势推测，他应该是埃德娜的兄弟吧。这时从他身旁传来的一声叫喊，确认了他的想法。

"请给我菜单。"

"这里没有菜单。"

他指指背后的一张黑板，上面有一列小菜，似乎是好几年前就写在上面的。

"告诉我想吃什么，我盛给您。"

"我不知道。这里有什么特产？"

"这里每一种菜都是特产。"

"那么哪一种好吃？"

"噢！朋友！这因人而异！如果我是您的话，我会吃一盘油渍鳀鱼和烤鲜菇，是今天早上刚采的。要是喜欢重口味，来一个阿兰炖锅。"

"有什么材料？"

"什么都有：菜豆、鹰嘴豆、韭葱、胡萝卜、芹菜、牛皮菜、甘蓝菜加上小牛骨。"

"是蔬菜汤吗？"

"不是。里面放了牛肉和鸡肉丸，还加了另外炒过的蛋，再放进蔬菜和高汤。最后加入面条和黑血肠，装在陶锅里端上桌。这是一道营养满分的本地特色菜。"

"好吧，"戴维说，"那么给我两份阿兰炖锅，烤鲜菇和两杯冰凉的啤酒；不，还是一杯啤酒、一杯特调香蒂啤酒好了。"

"马上照办！"霍恩使劲大喊，同时端走一份刚盛好的鳀鱼。

西尔维娅和戴维坐在桌边等待餐点端来，但他们只听到从吧台传来的一声吼叫：在这里，除非客人不多，皆需要自助。他们得自己去拿。

他们不太习惯这里的地方小吃。西尔维娅读到过，一般美国民众饮食过于单调，才会罹患各种消化道疾病。她不禁怀疑他们俩在这里会不会遇到同样问题。

"老天！这个阿兰炖锅真的很特别。"西尔维娅说。

"没错，好像把所有可以吃的食物都丢进去混成一锅。我希望食材都洗过。"

"为什么这么说？"

"嗯，你知道乡下都怎么处理的。"

"真的吗？"

"当然是真的。"

西尔维娅盯着他看了一会儿，想找到任何忍着笑意的蛛丝马迹。过了几秒，她的表情放松下来。

"你真是个笨蛋。"

正当他们相视而笑时，戴维瞄见里瓦斯神父走进来。他应该是结束了八点的弥撒。霍恩看见他，连忙放下手边工作，放了一杯利口酒在吧台上。神父很快地一饮而尽。

"或许弥撒的酒不够喝吧。"戴维低喃。

"大家似乎常来这里。我们在村庄里认识的三个人，两个都出现了。"

戴维同意。那两个人在这里，代表另一个可能也在。

戴维说要去上厕所。他东张西望，寻找门口在哪里，但放眼望去满满都是人，仿佛覆盖了墙壁。

他拍拍一个看起来二十五岁左右、坐在吧台前、正若有所思地喝着一杯冷饮的年轻男孩肩膀，问他厕所在哪儿。男孩看了他半晌，默默地打量他，再默默地回头喝他的冷饮。他旁边有个留着一把斑白胡子的古怪男子，要他别理那个男孩，并指指被两个客人半遮住的一扇小门。

走出厕所后，他没搜寻眼前的一张张脸孔，而是盯着他们的手。他的搜索被一声"上菜喽！"打断，但似乎只有他吓一跳，其他人早就习惯这样的大声吆喝。戴维往声音出处看去，发现一盘他见过的分量最大的牛排。至少超过两公斤。厨师把菜放在吧台上时，手还在发抖。由于牛排实在太大了，戴维一开始看到厨师露出的五根手指，并没有吓一跳，直到看见大拇指旁多了一根手指。那只手放下食物，主人就消失在厨房里，戴维则是冲上前去想再看个清楚。

自从和老板开会完毕，戴维满脑子就沸腾着问题和答案，此刻更是以疯狂的速度不停冒出来。可能吗？可能。真的那么幸运？看来是如此。这个拥有厨师身份的作家会避居在一座村庄的小酒馆工作？作家永远是难以捉摸的一群人。"你只要到那座村庄、找到有六根手指的人，然后跟他谈谈。就这么简单。"他的老板在茶馆这么对他说。

他探头探脑，想从人群的缝隙间捕捉厨师在厨房里的身影。不过他刚刚只专注于手部，并没注意他的长相，连有人从他面前经过、吓了他一跳，他也只看对方的手。试着三次寻找后，他看到里头有个人正火速地切着胡萝卜，他清楚看到那握着刀子的手，正是他寻寻觅觅的六根手指。戴维搜寻对方的脸，发现他是个四十岁的中年男子，留着稀疏的胡子，眼睛周围爬满皱纹。他切蔬菜的同时，半张开嘴；一块萝卜掉到地上，他捡了起来，没洗过就直接放回砧板上。戴维试着搜寻他的目光，那抹知道如何构思像《螺旋之谜》这样故事的目光，然而两人的视线始终不曾交错。对方似乎专注于手边的工作，切着蔬菜。

他回到桌边和西尔维娅坐在一起，视线仍看向厨房，不想放过那里的动静。当西尔维娅问怎么去那么久，他只答说厕所很多人排队。他不禁回想起和老板的会议，以及想象他如何找到作家，让老板开心。尤其此时此刻，对方近在咫尺，他们之间只隔了一座有两名服务生在忙的吧台。

"嘿，这些蘑菇味道有点奇怪。"西尔维娅仔细尝过之后说。

"老婆，这些蘑菇不是种在温室。在这里都是野外采集的。不太一样。"

"不，我不是那个意思，而是我觉得那股味道……"

戴维想起刚才的红萝卜，立刻松手，在叉子掉落餐盘那一刻说："如果觉得味道奇怪就不要吃。何必冒险？"

厨师？为什么是厨师？托马斯·莫德有一大笔财富。他有天赋，那是文学界罕见的才能，写得出真正的故事。他不需要再从事其他工作。更不必当厨师。没错，很多作家都身兼他职，不过委身在一家酒馆的厨房里工作似乎不太可能。

戴维听着西尔维娅说话时，这个想法一直在他的脑海盘旋不去。他只在她肯定时跟着点点头，或在她抱怨时跟着摇摇头，但是一副兴致不高的模样。西尔维娅心想，或许长途开车还让他很疲倦。她发现他闷不吭声，不过她不在乎。她可以一人分饰两角聊天，她可以替两个人一起喜欢。

他们又喝了两杯啤酒，最后到吧台结账。戴维走过去要账单，霍恩分毫不差地告诉他准确的数字。但令西尔维娅吃惊的是，戴维居然告诉霍恩食物美味无比，还要求他把厨师叫出来接受一番赞美。

她讶异不解，因为从她抱怨蘑菇有怪味开始，戴维就只喝啤酒，阿兰炖锅更是连一口也没尝。霍恩带着满脸笑容的厨师出来，那是个大概二十五岁的年轻人，顶着抹着发胶的尖头发型，戴维只好强装微笑迎接，视线却飘到后面寻找他的同事。

"很开心你们喜欢这里的菜肴。我们是村庄里非常传统的一派，希望能继续维持我们的饮食习惯，"他说，脸上挂着听到赞美后的宽大笑容，"我们的祖父母会加一点雪莉酒烹调蘑菇，我们遵循他们的做法，让离开五十年后返乡的人依然可以品尝同样味道的菜。当然，这并不代表我们不懂创新，可是最具传统特色的菜肴，永远都会在我们的炉子上占有特殊的位置。比方说，现在我们刚刚推出一道新菜色，以裹面衣芦笋和鹌鹑蛋作为食材，广受欢迎……"

西尔维娅和戴维耐着性子聆听年轻厨师的口沫横飞。他们等他细述一遍阿兰谷近五十年来的菜肴并稍加停顿之际，趁机告别。逃离酒馆前，戴维问霍恩酒馆的营业时间。他想明天可以趁西尔维娅还在睡觉、酒馆尚未营业之前，跟那位有六根手指的厨师聊一下。

当他们跨出大门，西尔维娅对着她丈夫指向酒馆尽头靠墙的一张桌子，那位开车载他们过来的当地居民，观察力敏锐的埃斯特万，正在那儿和另一个当地人，在一个老旧的木头棋盘上玩象棋。他们之间搁着半瓶威士忌。两个小玻璃杯和阵亡的棋子摆在一起。

第六章　安赫拉

几个小时过后，他们还在床上辗转难眠。西尔维娅是因为胃灼热，戴维则是努力避开妻子不断的脚踢和手肘推挤。戴维不知道该怎么办，敷在肚子上的热水袋一点也没有减轻她肠胃的刺痛和绞痛。他翻找着西尔维娅的盥洗包，里面似乎藏着过去所有旅行留下的东西：一盒创可贴、红药水、纱布、感冒胶囊、手术剪、指甲剪、两把指甲锉刀、蚊虫叮咬药膏、牙痛药、过敏药，就是找不到任何胃痛药。至于他的盥洗包只有治头痛的阿司匹林，所以两人带的东西都派不上用场。缺少的往往是最重要的东西，这司空见惯。他在西尔维娅满是汗珠的额头印下一吻。

"亲爱的，我去找埃德娜，看看她有没有止痛的东西。"

听到西尔维娅支吾同意后，他走出房门。

他瞄一眼手表。清晨两点十七分。他怀着焦虑，举起手用指关节敲打埃德娜的房门两次。没听到任何回应。他又敲了一次，这次比较用力。几秒过后，他听见走向房门的脚步声，门打开来，出现的是一张生气的脸孔。埃德娜穿着同样的衣服，脚上只套了一只鞋。她似乎在电视前睡着了，电视声音从她房里传来，里头的一片漆黑透出淡淡的光芒。她睁着一双半眯的眼睛大叫："您！我的接待时间到十二点。十二点！"

"对不起，很抱歉吵醒您。听着，因为我太太……"

"到十二点！"旅舍老板娘又重复一遍。

"对，我知道，您跟我们说过。只是我太太她……"

"噢！不！我懂您们这些城市人是什么德性！在酒吧里跳舞到天亮、边吃早餐边嗑药，可是我们这里晚上都在睡觉。我们都在睡觉！"

"您有胃痛药吗？"

"当然没有！这里不是药店！您以为我这里和城市一样二十四小时营业吗？不是！我的时间到十二点！十二点！我知道您打什么鬼主意，您想要到药店买药然后混在一起。"

"老天，埃德娜，您搞错了。我老婆吃了晚餐以后不舒服。"

"那关我什么事？"

"嗯，我们是在您推荐的地方吃晚餐，所以拜托您……"

"哈！您老婆生病是我的错？我们这里吃的是真正的食物。如果您们吃不了，干脆自备。"

戴维逐渐失去耐心。埃德娜大呼小叫的模样不像是刚刚醒来。

"您有什么可以治胃痛的药吗？"

"没有！"

"您知道可以上哪儿买？"

"不知道！"

戴维忍住叹息，离开埃德娜的房门口，而她用力关上门，准备回去睡觉，直到接待客人——也就是戴维和西尔维娅——的时间开始，他们是投宿这栋屋子的唯一旅客。现在他似乎能明白为什么只有他们了。

***

和西尔维娅打过招呼后，他出门找药店，尽管他怀疑这么小的村庄里会有值班药店。法规不是这样规定吗？不是每隔几公里要有一家值班药店吗？若是这个小村庄没有，是不是和邻村共享一家？他试着冷静下来，告诉自己胃灼热不会害死人，但是那幅胡萝卜掉在地上的画面依旧在他的脑海萦绕不去。他东张西望，寻找哪里有挂在墙上的红绿霓虹招牌。但四处都不见它的踪迹。看来整个布雷达戈斯都陷在沉沉的昏睡中。

戴维习惯了马德里夜里大街小巷的灯火通明，在这个只有月光勾勒出屋舍轮廓的地方，他感觉自己好像迷失了方向。走着走着，他在一片骇人的漆黑里看到靠近地面的地方透出亮光。那是某间屋子的附属车库，里面有些动静。他走进花园靠近车库，小心翼翼地，就怕有狗看门。他仔细竖起耳朵，听见铁锤敲击声。他敲了下车库的门，不禁又想起刚刚和埃德娜的冲突。

铁锤的敲打声停止，脚步声响起，朝门走过来；门开了，但出现的不是和埃德娜一样发牢骚的脸，而是个三十岁上下的女人，脸上戴着透明的防护眼罩。她一手握着门把，一手挥舞铁锤，准备好面对可能发生的任何意外。

"有什么事吗？"

"不好意思，"戴维说，并保持一段谨慎的距离，也怕可能发生的意外，"我刚到这座村庄，在找药店。看到这里有灯光，我想应该有人没睡，所以过来叫门；不是故意要打扰。"

"没关系，一点也不。"

她放下手臂，铁锤垂在大腿旁，但她可没松开。

"您知道哪里有药店？"

"这里没药店。在波索特有一家我们共有的药店；但是我们有家庭医生处理比较严重的状况。如果愿意的话，可以去看医生。"

"不用，我想没那么严重。我太太胃很不舒服，但我没有药可以给她吃。"

女子注视他半晌，仿佛在打量他。有那么一瞬间，戴维以为她会像酒馆里的那个男孩，转过身去、继续忙她的事。不过听到她的回答，他不禁松了一口气。

"我可能有些药，要进来吗？"

"噢……谢谢。"戴维回答。

戴维踏进车库，这里有一大堆待用的木板，似乎要拿来盖什么。戴维不确定究竟是什么。他们跨过一个连接车库的小门，进到屋子里。当他们来到走廊上时，女子开口："对了，我叫安赫拉。"

他没吻她两颊或是伸出手打招呼。他只是回答她："我叫戴维。戴维·佩拉尔塔。"

安赫拉在厕所摘下防护眼罩，搁在台面上。她打开一个透明的塑料活动柜，翻找里面。戴维就着厕所刺眼的灯光打量她。她留着栗色短发，发丝在灯光下发出淡红色光泽，仿佛即将熄灭的火光，而脖子后面的发梢四周，有一圈细细的寒毛。

"我想我应该在这里放了一盒治胀气的咀嚼片。是我儿子喝饮料后胀气吃的药。您太太是胃胀气，还是其他……？"

"我不知道她是什么毛病，"戴维打断她的话，"我们到乌梅内哈吃晚餐，现在她胃痛。"

"那边烹煮的口味的确比较重。可是餐点很好吃。我们当地人都没有这个问题。"

戴维注视她的双眼。那是一抹似乎深不见底的绿。她的五官细致，但带着坚毅，眼皮四周围绕些许细纹。

"每个人都习惯吗？"戴维问，视线从她的眼睛移到鼻子上。

"多少吧。不习惯的人在继续忍受之前，不是离开村庄，就是过世了。您是哪里人？"

"拜托，不需要用尊称。我来自巴拉多利德市。"

"来度假吗？"

"我们来玩几天。"

"那么，这真不是个好的开始。"

"没错，"戴维点头同意，"这不是个好的开始。"

"对呀。"

接着他们安静下来，眼神在这短暂的片刻交汇，不知道该说些什么。最后戴维打破沉默，拿起药物。

"我得把药拿给我太太。"

他们循原路走回车库。到了门口，戴维向她道别。

"谢谢。我早上再拿来还你。"

"不急，慢慢来。"

"再见。"

"再见，戴维。"

戴维喜欢她叫他的名字。他读过一本关于怎么跟客人打交道的书，从此以后他在出版社里都叫人的名字。书上也教人像这样在道别前留下一个个别的约定。但是她似乎不需要读任何书就懂这种技巧。

＊＊＊

戴维早上七点十五分就出门了。当他凌晨拿着药回去，西尔维娅已经睡着。他扶她起身，让她配水吞下胀气咀嚼片。她似乎舒服多了，没再中途醒来，连戴维起床穿衣都不能打断她的沉睡。他留下她在温暖的被窝里休息，自己则忍受一大清早的寒冷和每一步脚下的露水，前往乌梅内哈。

他思索着该怎么说比较好。在出版社准备开会或跟某位作者认真谈话前，他一向这么做。所有在出版社工作的人都知道言语有它的力量，想要得到什么东西，好好加以运用可能是成功的关键。如果他能说服托马斯·莫德、和他达成协议，一切都会有个快乐的结局。

他靠着酒馆前面一间屋子的墙壁等待。他看见埃德娜的兄弟霍恩步下楼梯开门。灯光亮起，跟着白天拉开序幕的酒吧内开始传来声响。他双手夹在腋下想取暖，等了超过十五分钟，服务生和厨师才纷纷抵达。几分钟后，他等待的六指厨师出现了，他穿着一件衬衫和羔羊毛外套，戴维在他进去之前趋前拍拍他的肩膀。

这时戴维语塞了。他已经想过要说的话，却说不出口。在他面前的是托马斯·莫德，这个作家也许并不是刻意，但改变了他以及数以百万计人的人生。是他，他就在这里看着戴维。于是戴维吞吞吐吐地说：“嗯……哈啰，您在这家酒馆工作吗？”

“对，我是厨师，”他回答，“您要是想抱怨，不是找我……”

“不，拜托，不是的。我并不是要抱怨。我……我们要好好感谢您。”

“噢？是这样吗？”

“是。抱歉，我还没自我介绍。我是戴维。我是个编辑。”

戴维对他伸出手，他看着厨师，找寻他的瞳孔可能放大，冒出一滴汗水、脸红……任何出于诧异的本能反应。当他握住他的手时，忍不住一直看着那只六根手指的手。是那只手。

“我叫何塞。我是厨师。”

戴维握着他的手，直到对方感到不自在，避开视线，试着把手抽回来。戴维紧紧地握住不放。

"嗯，我知道您是谁。"戴维说。

何塞带着迟疑看着他。现在他的瞳孔放大了。是因为害怕。

"我知道。我刚刚说过……"

"不是，我是指我知道。我知道您是谁。我知道您做的事。"

"对……我是厨师。"

"不是，不是这个。是另外一个。"

"什么另外一个？"

"《螺旋之谜》啊！托马斯。"

"您是个非常奇怪的家伙。"

戴维露出微笑。他感动不已。他梦想认识托马斯·莫德已经好几年，此刻他就在这里，离他不到一米。

"这个世界充满奇怪的人，这没什么不好。因为我们需要奇怪的人。我们需要这种人的书、感性和天赋。而且需要更多。所以我来到这里，托马斯。我来到这里寻找故事的第六部。"

"我不知道您在胡说八道些什么。"厨师提高了音量，并挣脱他的手。

"托马斯，我们会答应您的要求。条件由您开。我们不想给您惹任何麻烦。可是我们需要书，这非常重要。您已经失约很久了。"

"您不是奇怪。您是疯子！"

他远离两米，瞪着戴维，一副准备好打架的模样。戴维能理解他的犹疑，毕竟他小心翼翼建造的世界开始崩裂。他过着依照计划打造的生活，现在却被戴维这个半路杀出来的程咬金破坏。

"我会替您保密。只有我们两个知道。嗯，还有可汗先生。"

何塞眼珠子几乎凸出眼眶，他顶着一张涨红的脸对他大吼："听着，我不知道您究竟在鬼扯些什么，也不想知道。但是我要告诉您一件事，要是敢靠近我十米以内，我会叫人逮捕您。我的妹夫是警察。"

他迈开脚步，走下通往酒馆的楼梯，回头看了两次确定疯子没跟上来。

戴维在回旅舍的途中一路分析刚才的情况。他不懂。他以为那个厨师一开始会否认，不过听完他的话应该会露出讶异，但他只看到对方的眼神充满恐惧。他原本想象他们现在应该一起喝杯咖啡、聊聊有关交稿的条件，而不是满肚子疑惑地走回旅舍。何塞有六根手指，年纪也符合。应该是他没错。不然还会是谁？

他们从签名的分析知道托马斯·莫德非常聪明，懂得随机应变。他刚才的确掩饰得好。给人感觉像是不知道戴维在讲什么。但那可能是个伪装伎俩，是他多年来在内心的试演，就是为了应付这种场合。这是非常聪明的人充满说服力的演技，这个人能以酒馆厨师的身份隐瞒村里人、隐瞒自己其实是世界上最有名的畅销书作家；这个人以在酒馆工作的方式接触外面的世界。还有哪里比酒馆更适合观察人群？

但是他骗不了戴维。不管他愿不愿意，戴维为了自己的前途和职业，会揭穿他。可汗先生甚至全权委托给他，有必要就做。戴维可以等到他下班出来、跟踪他到家，到他独特的书房，和坐在奥林匹亚SG 3S/33打字机前面的他谈谈，那里应该有几百本书，或许有上千本也说不定。到了那里，他们会坦诚相见，开始一场男人与男人之间的对话。真心诚意的对话。

他想象作家其实也想跟人谈谈小说的成功。我们每个人的内心都有个小小的自我，需要施肥灌溉，而戴维能从跟托马斯·莫德面对面谈话中吸收养分。之后他会把进度禀告可汗先生，大家达成约定，而他则与西尔维娅度过这个礼拜剩下的时间。

六根手指。但何塞到底是左撇子还是右撇子？戴维找到他时并没有注意。下次见面他会留意这个细节。

＊＊＊

埃尔莎感觉有人在轻拍她的肩。她醒了，却仍闭着眼睛翻身，而对方依旧继续拍她。她睁开眼，发现是她的姐姐克里斯蒂娜，她还穿着前一天的护士服和开襟棉衫，嘴角微扬，但一脸掩不住的疲惫。埃尔莎第一眼注意到的是她挂着淡淡的黑眼圈。

"你睡着了。"克里斯蒂娜说。

埃尔莎的视线扫过四周一圈。她前一晚待在玛尔塔房间里的扶手椅上睡着了。她的双腿盖着绒被，膝上搁着小说《螺旋之谜》，慢慢地进入梦乡。她晚上开始读之后就迷上了。她从第一页开始，就着了魔似的一页页翻下去，直到看完三百页才罢休。当眼皮睁不开时已是凌晨四点。她放松肩膀，头往后仰，书放在膝上，一根手指还插在看到一半的那一页。

"因为我很放松，"埃尔莎说，"现在几点了？"

"七点半刚过。就算急，还是有时间可以冲澡。要我帮你拿衣服吗？"

"好建议。如果他们看到我穿着和昨天一样的衣服，可能会以为我搞一夜情。那里的女孩子非常爱八卦。"

克里斯蒂娜去帮妹妹拿衣服。埃尔莎盯着书本皱巴巴的书页。她记得前一晚，感觉书本好像在跟她说话，作者透过故事捎给她一则信息，仿佛在她耳边低喃。这仿佛科幻小说情节，但其实不是。

这是她从未有过的体验，她想着书里的角色，感觉能闻得到他们的气味。小说一行行的字句仿佛祈祷文，安抚她的情绪，让她感觉自己活着，感到平静。

"埃尔莎阿姨……"

埃尔莎回过神，视线落在床上的外甥女身上，她顶着蓬乱的头发，睁着一双发红的睡眼，举起手抚摸脸上的绷带。

"哈啰，小甜心。睡得怎么样？"

"睡得不好。我觉得那辆汽车整夜一直压在我身上。"

"亲爱的，这很正常。你现在处在精神创伤阶段，"她拉起玛尔塔的手，与她十指交叉，"你还需要一点时间，不过你会康复的。"

"你怎么知道？"

"作为阿姨当然知道这种事。"

"你现在要去上班吗？"

"对。"

"今天晚上会不会过来？"

"当然会。不过我告诉自己今晚要睡在床上。"

玛尔塔露出微笑，但疼痛立即袭来。她再一次抚摸绷带。

"谢谢你来照顾我。"

"这是我接下的任务。"

埃尔莎在她脸颊印下一个吻，替她盖好绒被。接着她离开房间，去和姐姐共进早餐。

＊＊＊

这里勉强可以称为商店。这是一栋屋子前面的房间，外面摆设几张长凳，上面堆满装着水果的箱子。房间内有一堆摆着食物罐头的隔板，以及一个个装着旧杂志的木箱；这里似乎是村里唯一能采买生活用品的地方。

戴维是在问了几个村民之后找到这里的。他想买一盒咀嚼片还给安赫拉。不过，他拿起一颗大青椒，捧在手里，接着凑到鼻子边用力一闻。这时他感觉时光仿佛倒流，变回了那个在小村庄的储藏室帮祖父母整理蔬菜的小男孩。这种味道从不曾改变，一如他回忆里的画面，当时人生比较单纯，没有那么多需要达成的目标。

"有什么需要服务的地方吗？"

店老板娘埃米莉亚是个上了年纪的婆婆，有个圆胖的身躯，穿着一条老旧的围裙，脸上挂着微笑，像有什么好消息似的。

"我要买一盒治胀气的咀嚼片。"戴维说。

"我帮您找找。"

她从店内拿出一个纸箱，箱子里乱七八糟，堆着一盒盒的药。她翻找半晌，最后发出胜利的欢呼："找到了！我还以为已经卖光啦。女木匠安赫拉几天前才买走一盒。因为她儿子有时候喝冰的饮料肚子会胀气。"

戴维心想，结果我接着她买走一盒。

"还需要什么吗？"

"有没有报纸卖？"

"这里只有《阿兰之声》，是地方报纸。偶尔才有全国性报纸。要看我先生有没有去波索特。听着，因为我们人不多。划不来。如果需要的话，等他带回来的时候，我再留一份给您。"

"不用，不必麻烦。只是习惯问问，想知道发生什么事情。"

埃米莉亚笑了出来。那是抹有传染力的开怀大笑，非常具有乡下人的气息。

"嗯，您知道，差不多都是一样的事。抢劫、抓到人、让他们认罪。有时一件事情落幕，另外一件事情又上台面。大致上都一样，您不觉得吗？"

戴维心想这未免太过简化了，不过他不想争辩。这不是他来这里的目的。

"嗯，是有一点。"

他嘴角上扬，付了药品的钱，准备离开。这时老板娘问："您住在埃德娜的家，对吧？"

"嗯……没错。"

"大半夜敲她房门那位？"

"是埃德娜跟您说的？"戴维问。

"不是她。嗯……埃德娜告诉埃米妮亚，埃米妮亚告诉洛拉，洛拉再告诉我。"

"消息传得真快！"戴维说。

"噢，朋友！在这座村庄什么事都藏不住。我们这里的人有句话：'若要人不知除非己莫为。'"

"感谢，"戴维说，"我会注意。"

"希望您的胀气赶快好！"她在戴维走开时大喊。

这时他看到熟悉的雷诺汽车，然后在几箱蔬菜后面碰到埃斯特万。他身穿一件斜纹法兰绒衬衫，双手抓着木箱的握把，眼镜滑到鼻尖。一瞥见戴维，他露出微笑。

"老兄！一切都好吗？"

"很好，谢谢。"戴维礼貌地回答。

"您太太好一点了没？"

"唉！怎么连您也知道？难道这里什么秘密都藏不住吗？"

"噢，您知道人常说，三个人要保密的最好办法是……"

"别说了，别说了，"戴维打断他，"我知道接下去是什么。"

"您介意帮我个忙吗？这是这个季节的最后一次收成。"

他指指那几箱堆在后车厢的各式蔬菜。戴维看见有青椒、小黄瓜、西红柿和苦苣。他有股冲动想把鼻子埋在蔬菜之间，但忍了下来。他拿起一个箱子，跟在埃斯特万后面到商店里头。

"您是农夫？"戴维问。

"不是，至少我不是专业的农夫。可是我喜欢种东西。我家花园有片非常漂亮的农田，种了点东西。吃不完，没送给朋友的，我就会拿来这里卖。赚不了几个钱，但可以支付肥料费用。"

他们俩把箱子放在前面的桌子上。

"埃米莉亚，您认识戴维了吗？他来这里度假。"

"我们才刚认识。"

"没错。"戴维点点头，虽然他们刚才并没有彼此自我介绍。

卸货完毕，埃斯特万感谢戴维的帮忙。

"听着，我要去乌梅内哈喝杯啤酒。要不要一起来？"

"感谢，但我还是趁老婆抱怨我丢下她之前赶快回去陪她吧。"戴维笑着说。

"好吧，总之谢谢您。"

埃斯特万把眼镜推回鼻梁，拨开额头厚重的刘海，在轰隆隆的引擎声中开车离开了。

戴维忍不住想，这里虽然是个任何事都公开透明的村庄，却有个村民把秘密藏得非常好。

当戴维回到旅舍，西尔维娅正在刷牙。她已经比前晚好多了。这天早上，她的脸甚至已经恢复血色，整个人神采奕奕。每个人都可能遇到不好的开始。这只是运气问题。可是她不想让这件事坏了度假的兴致。接着他俩出门吃早餐。

离开埃德娜旅舍，他们往前晚到酒馆的反方向走去，决定探访这座宁静的小村庄有何值得一窥之处；路上牵着小孩的妇女着迷地看着他俩，似乎凭直觉就知道他们不是当地人。

西尔维娅欣赏着屋舍的门墙，呼吸新鲜空气。这段静悄悄的时光让人想起了遗忘许久的感觉。她带着满足的淡淡微笑，一步接着一步，踩在这个位于比利牛斯山区小巷的石砖路面，鞋底碰触花岗岩时发出清脆响声，不像在城市里被噪音抹去。

"听见了没？"西尔维娅问。

"听见什么？"

戴维竖耳细听，但什么都没听见。

"我没听见什么奇怪的声音。"戴维继续说。

"没错。没有地铁工程的噪音，没有汽车因为前面停了其他车、开不出去而狂按喇叭，或是叫骂声。"

没错。这里只听见远处传来细小的说话声，几乎像在低喃。

"这是座非常宁静的村庄。"他说。

"没错，一个石头乐园。我不知道待在这种地方会不会慢慢觉得无聊，可是我想试试看。"

"我们不可能住在这里，你知道的。"

"亲爱的，我知道，但是别提醒我。就让我把白日梦大声说出来。"

"好吧。"

"住在乡村的人想搬到都市，因为他们说乡村太安静了。而我们这些住在都市的人却来乡下休息。看来没有人满意自己住的地方。我们都需要换个地方、充一下电。"

"我们也可以自己充电。"戴维说。

"我想我们人类都习惯遇到一点儿不快乐，否则，我们会找理由说服自己就是这样。我们会挑出自己的问题，放大再放大，直到无法面对。如果花点时间想一下，我们会发现根本没有真正的问题：我们有好工作、身体健康、爱着彼此；只是几个细节，让我们觉得不快乐。"

"什么细节？我猜，像是我的工作？"

戴维似乎能猜到西尔维娅到底想讲什么。

"不是，亲爱的，我没有特别指什么。我是说我们总以为自己还缺个东西才能快乐。拥有爱情的人心想：'噢！如果有钱就好了！'有钱也有爱情的人心想：'噢！如果有孩子就好了！'有钱、爱情和孩子的人心想：'噢！如果有点时间就好了！'我们总是在前方立一个终点、另一个目标，或者另一个借口。"

"西尔维娅，我们很快乐。"

"是的，没错。但是五天前我们吵过架。而且是为了愚蠢的理由吵架，我们讲到想要生孩子。以前的人生活在不幸的时代，只要一点小事就非常快乐。现在我们什么都有，只要一个小小的不如意都可能陷入愁云惨雾，觉得天像是塌了下来。"

戴维凝视着西尔维娅，她继续走着，视线落在前方，她的步伐轻松、充满自信，望着屋顶一片片长满苔藓的石板瓦。

"你今天早上的口气真充满哲学家的味道。"

"没错。我想是因为我有点融入这座村庄的氛围吧。隔着距离，问题有不一样的面貌。觉得问题缩小了。你没有这种感觉吗？"

他们走到了路的尽头，开始朝另一条平坦的石子路前进，路两旁布满整排赤松。他们继续聊着，远离最后的几间房屋；微风轻轻地吹拂树梢，发出沙沙的响声。不知不觉，他们的手靠在一起，十指交缠。他们通常是挽着手走路，此刻两人吓了一跳，但是没说出来，仿佛不该破坏正在顺利进行的事。

远处地平线出现一群身穿鲜艳色彩运动服的单车骑士。当他们接近时，向他俩打了招呼，并祝福他俩有美好的一天。大家动作一致。西尔维娅于是转过头看戴维。

"看到没？在这里每个人都会打招呼。"

戴维回她一抹微笑当作回答，两人继续散步。他们应该穿双其他的鞋，可是为时已晚。脚下的碎石像在提醒他们这里不是一座城市，没人把石子路铺上柏油。二十分钟后，他们抵达一处小小的广场，尽头有小教堂。教堂非常小，像座石头搭建的小屋，挺过了时光的摧残，并付出了高昂的代价。

正面门墙处有个小小的钟，后面的半圆壁龛有四扇窗户，屋顶则和村庄房屋的一样是石板瓦。门口半圆形的大门半开着。他们好奇地靠近。当他们站在门楣下时，里瓦斯神父从里面出来，挡住他们的去路。

"哈啰！"

"里瓦斯神父！"西尔维娅惊呼。

"什么风把你们吹来这里？"

"我们在附近散步，现在脚好痛。"

"最后走到了我的教堂。这有某种意义，您不觉得吗？"

"这是一座教堂吗？"戴维说，视线回到非常简陋又古老的建筑上。

"这座教堂是罗马艺术风格，建于17世纪。据说是一座失落建筑的一部分，不过不是太确定。我喜欢这座教堂，因为它就和我们一样，属于一个大团体的一部分。"

里瓦斯露出微笑，晨光清楚地勾勒出他的每一条皱纹、油亮的头发以及微笑——大大的笑容就和门口一样宽。

"您在这里主持弥撒吗？"

"这当然。信徒不多，所以空间不是问题。这里也举办祭礼，比如今天晚上。"

"今天晚上有祭礼？"西尔维娅问。

"噢！我以为您们知道。今天晚上我要主持向比亚努埃瓦的圣托马斯致敬的仪式，他是本村庄的守护者圣人。他虽然来自家财万贯的家庭，却把身家财产都捐赠给穷人。知道吗？我觉得这是一座适合他的教堂。我们的村庄不大，所以这不会是个万头攒动的仪式，但是大家怀抱忠诚的心，会是一场非常美丽的布道大会。"

"比亚努埃瓦的圣托马斯？"戴维问。

"没错，我知道您想到什么。他的一个门徒在1696年把雕像带到这里，从那时开始他就长伴我们左右。可以说是我们接纳了他。何不一起来呢？"

"嗯，神父，"戴维解释，"我们不算是教徒……"

"嗯，尽管如此，您们还是可以过来，享受一场亲近圣人托马斯的领圣礼仪式……"

"里瓦斯神父，实在是因为我们不信教。我们没有任何宗教信仰。"

"戴维，这就是上帝美妙的地方，尽管您并不相信祂，但这不意味祂不相信您。"

戴维本想回答，但掠过他脑海的话对这一刻来说似乎非常失礼。于是西尔维娅接了他的话。

"神父，我们很想来。我想这会是一场非常美丽的仪式。"

"太好了！圣人托马斯一定很想看到您们。总而言之，昨天您们帮我载过来的那箱蜡烛就是为了用在今晚，所以不论愿不愿意，您们早就涉入这场仪式了。"

里瓦斯神父向他们道别，返回教堂内。戴维和西尔维娅四目交接，眼神闪烁着讶异与会意。

"我们真的要来参加弥撒？"戴维问。

"嗯……"

"西尔维娅，你多久没参加弥撒了？"

"亲爱的，我们来这里就是要做很久没做的事。参加一场弥撒不会要了你的命。"

"这是我爸老是对我讲的话。"

"你父亲是个有智慧的人。"

他露出微笑，开始往回走回村庄。他想着父亲的确是个很有智慧的人。从小父亲就老是劝他一起参加弥撒，自己却从没陪他去过。

第七章　寂寞并非一种选择

西尔维娅在床上躺了两个小时。她紧紧裹着床单和毛毯，动也不动，发出平静、带着节奏和催眠效果的轻轻呼声。一回到房间，西尔维娅就脱掉鞋子，揉揉走到疼痛的双脚，接着就睡着了，戴维还自言自语了好一会儿才发现。戴维弯下腰凑近她的脖子，贴得很近，闻到她温热的呼气。他低声说："亲爱的，你醒着吗？"

"嗯……"

"西尔维娅，听见我说话吗？"

"嗯……"

"我要出门。马上回来，好吗？"

"嗯……"

他穿上鞋子，走出旅舍大门，路上并没有遇见埃德娜。她嫌他们大半夜打扰她，然而在他们抵达那天跟他们说明的上班时段，却不见人影。

他走到安赫拉家，打算还她胀气咀嚼片。他穿过花园，敲了敲车库的门。没人应声，于是他走到屋子门口按电铃。半晌，一个大约九岁、缺了一颗牙的小男孩打开门。

"哈啰。"小男孩说。只勉强听见他发出啰这个音。

"哈啰。你妈妈在吗？"

"在。妈妈！妈妈！"

他跑回屋内，使尽吃奶的力气大喊。戴维觉得留在门口等比较妥当。最后安赫拉出来了，她的儿子跟在后面躲着，露出缺牙的笑容。

"请进，请进，"安赫拉作势请他进去，"我可以用'你'称呼吗？"

"当然可以。我不需要进去，谢谢，我只是来还药。"

他递出在埃米莉亚的店买的那盒药，但她没接过去。

"谢谢，可是我需要你帮忙搬东西。所以，拜托你进来。"

她带着他走到车库，那里有一大块木板摆在地上。看起来就算两个人搬也不容易。

"这个吗？"戴维嘟囔，"看起来很重。"

"你昨天来求救时，可没像这样抱怨。"

于是他让步了，两人把厚重的木板抬到一座工作台上。戴维见识到女子的力气，讶异地发现她抬起另一头的模样似乎比他轻松许多。

"好了，"安赫拉说，"没那么难，对吧？"

"对。"戴维说谎，他因为帮西尔维娅把三十五公斤的皮箱抬进后车厢，现在背的下半部还感到灼热。

"谢谢。"

她陪他到门口。到了那里，戴维再把药盒递过去，这次她收下了。

"不需要这么急着还。"她说。

"我想把事情做好。再见。"

"再见，"安赫拉回答，"儿子，快说再见。"

那小男孩挥挥手，戴维盯着他看。他的右手有六根手指。

"老天！"戴维惊呼，"你有六根手指！"

"对呀。"小男孩说。他露出骄傲的神情，把手给他看。"妈妈说我这样很特别。"

"亲爱的，你当然很特别。"安赫拉说。

"你叫什么名字？"

"托马斯。"

戴维掩不住他的讶异。他不禁在心中对这等巧合露出微笑。

"你会认字吗？"

"会。"

"写字呢？"

"当然。我九岁了！"他说，越来越为自己感到骄傲。

"噢！小朋友！如果是你就好了，可以省掉我许多时间。"

说完他便道别，留下听不懂他笑话的安赫拉母子。

***

西尔维娅知道每次出门前花很多时间打扮这件事，让戴维很不耐烦，但她从来没放在心上。她说这是他得付出的代价。她不时会从浴室门口探出头，看他用奇怪的姿势趴在床上，尽管不耐烦，却不敢抱怨。终于，她踏出浴室，对他说"我好了"。他盯着她发愣片刻才回神。这一秒，一切都值得了；这一刻，她比以往都更令人垂涎欲滴。

"你真漂亮。"戴维称赞她。

"谢谢。"她甜甜一笑。

他们一起出门，遇到了埃斯特万和霍恩，也就是乌梅内哈的老板，埃德娜的兄弟。他俩都拿着一根点燃的长蜡烛。可以看到他们后面的其他村民也是，大家一起前往教堂。互相介绍一番之后，西尔维娅问那蜡烛是做什么用的。

"这是我们的传统。"霍恩解释。

"噢，真希望早点知道……"

"不用担心，我通常会多带。"

霍恩从夹克口袋拿出两支蜡烛，交给戴维和西尔维娅。他也给他们一枚避免烛泪滴到手指的圆形小纸片。

"不要用打火机，"埃斯特万说，"要从其他蜡烛借火。"

埃斯特万举高他的蜡烛、倾斜，点燃他们的烛芯。

"为什么要这样做？"

"因为整座村庄的所有蜡烛都是从圣人托马斯雕像旁的蜡烛借火。那根蜡烛整年不熄，保护雕像不笼罩在黑暗中。"

"这有什么特殊的含意吗？"戴维问。

"提醒每个人都握着自己的蜡烛，但共享同样的烛火。"

"所以教堂的蜡烛一直都点着？一直？"

"噢，"霍恩插话，"当然这些年也发生过意外。"

"那么你们怎么办？"

"嗯，就装傻，假装没发生过。"

大伙儿听到霍恩的绝妙回答都笑了出来。沿途也有其他邻居加入，小小的烛光照亮了街道和附近的树木。这时戴维发现埃斯特万两手都拿着蜡烛。

"这是帮不能来的人拿的。"埃斯特万解释。

戴维就着仅有的烛火，隐约看见他的脸庞闪过一丝阴郁。但那只是一瞬间淡淡的表情变化，戴维不禁疑惑是否只是一阵风吹过烛火造成的明暗效果。

他们往后瞧，看到村里近四百位邻居，每个人都伴随一簇火光走在路上。他们没再多说什么，只聊了多久会到。远处传来当当的钟声，带领走在碎石小路上的他们来到小教堂前。称这栋用石头堆砌的松垮建筑为教堂似乎是个玩笑，但它确实撑过了八百年来风雨无情的摧残。里瓦斯神父站在门口，和信徒一样手里拿着蜡烛。

"多么虔诚……"戴维说，"难道这村里没有不信上帝的人？"

西尔维娅听他竟在这种场合脱口而出唐突的问题，用手肘顶了他一下。

"我不信上帝，"霍恩说，"而且很多人和我一样。"

戴维诧异地瞅了他一眼。

"所以？"

"信上帝和信圣人托马斯有什么关系？"

"可是怎么……？"

"这完全是两码事。"

他继续走向教堂，结束了谈话。戴维转头看埃斯特万，对方耸耸肩，笑着对他说："这是完全不同的事情。"

教堂里很小，不可能容纳所有人，但埃斯特万和霍恩还是坚持要西尔维娅和戴维进去，于是他们在一张沿着墙边延伸的半圆长板凳上坐下。

"我们每年都会在这里，"他们两个说，"而谁知道你们是不是还有机会来。"

夫妻俩接受他们的好意，坐上延伸的凳子。教堂中，神父站在圣人托马斯旁的石头圣坛后面，里头挤满了大概五十个人。其他人待在外头，拿着自己的蜡烛，共享同样的烛火。夜晚冷飕飕，但烛火和人与人之间的温暖，似乎呼应了里瓦斯神父主持仪式时的话。戴维满脑子疑问：即使可汗先生做过调查，他还是忍不住想是不是搞错村庄了。他雇用的侦探指出是这里，可是有什么理由相信他？还是说他查到的地点根本就错了？厨师何塞非常符合他的猜测。他右手有六根手指，似乎这个特点就够了；但如果不是这样呢？如果托马斯·莫德是在其他村庄呢？比方说他在邻村，为了谨慎起见，跑到这个村寄稿子？他瞄了一眼身边的西尔维娅，她是如此专注地听着弥撒仪式，享受这场伪装的假期。他真希望自己能像她一样。真希望他能享受这一切，而不是脑子里塞满别的事。他没有其他选择。也没有备用计划。当几条通道的人站起来然后坐下的同时，他决定了自己唯一能做的就是继续执行计划。

"真是一场美丽的仪式，对不对？"西尔维娅低喃。戴维看向四周，教堂外的上百双眼睛看着同样的地点：圣人托马斯的雕像。

"对，没错。"

里瓦斯神父结束仪式时大声说："大家可以安静地离开了。"

四百个声音同时回答："感谢上帝。"

大伙离开教堂往广场而去。此刻蜡烛只剩下一团烛泪，熔在保护手指的圆纸上。

"你们喜欢吗？"霍恩问。

"非常美丽的仪式，"西尔维娅回答，"我们很久没踏进教堂了。"

自从婚礼以后，戴维心想。不过他把话吞下去，什么都没说。

"嗯，我们村民也不常上教堂，"霍恩承认，"要想让我们经常去，或许要有一座大一点的教堂。"

群众纷纷把烧完的蜡烛放在教堂里头或外头、在时间摧残下斑白脱落的窗台，以及石头剥落后留下的小小坑洞。当这几个地方逐渐摆满蜡烛，大家开始往底座摆。这个失落在比利牛斯山区的小小罗马建筑，在一片漆黑中闪耀着烛光与信念之光。

埃斯特万把他的两根蜡烛摆在一起，直到熔为混在一堆的烛泪。他伸长手，将烛泪摆到上面的窗台。

戴维凝视着发光的教堂，以及整场仪式都拿着蜡烛的村民，陆陆续续把蜡烛放到那里。他有种似曾相识的感觉，但说不上来是什么。他安静了半晌，专注的目光甚至引起了西尔维娅的注意。

"你不觉得眼熟吗？"戴维问。

"眼熟什么？"

"我不知道，这个……"

这时他想起来了。一股讶异窜遍他全身，而他露出了微笑。他想起在哪里见过这样的场景：在《螺旋之谜》里。他想起所有关于这一幕的细节：故事中的角色把蜡烛放在一座废墟上，让这堆遭遗弃几千年之久的建筑在夜里熠熠发光。仿佛每一簇火光都是天上的一颗星。然后那些角色就像他和他的妻子一样，在此刻感动不已。

"戴维？"

"这让我想起一本读过的书。"戴维说。

"噢，不要吧，又是你和你的那些书……"

是这个村子没错，他想。现在他确定了。倘若是这座村庄，而这一幕也出现在《螺旋之谜》里，意味着托马斯·莫德就在这里，凝视同样的教堂、把蜡烛搁在窗台上。这是他到目前为止离作者最近的距离。托马斯·莫德这个名字，是不是在向村庄主保圣人托马斯致敬呢？一个从不在意金钱的谦卑圣人。他感觉一股冷战涌上来。

"亲爱的，你还好吗？"西尔维娅问。

"都是风的缘故。"戴维找借口掩饰。

大伙开始走回村里。几百人的步伐在道路上印下了足迹。

＊＊＊

埃尔莎疲惫不堪地抵达了姐姐家。下班后她先回家一趟，收拾了一些衣服和盥洗用品。这两趟东奔西跑，花了超过一个半小时搭地铁，而且一路都没碰到空位。但她不是太沮丧，反而从包里拿出《螺旋之谜》，站着继续读。

她整天都忙着帮可汗先生和一组电影工作室的代表敲定会议，对方想谈妥把《螺旋之谜》搬上大银幕的细节。虽然双方早已签订合约，但想针对几点重拟协议；因此，他们要重新展开一连串的协调会议。

埃尔莎得安排所有会议。此外她要满足两边的需求，有几次要准备的东西甚至让人瞠目结舌。可汗先生的前任秘书叮咛她，当老板的秘书要找的东西包罗万象，从哈瓦那雪茄到酒店小姐都有。可是埃尔莎个性实际，她只愁月底是否领得到薪水，仿佛她得给孩子们买玩具一般。

她和准备出门值班的克里斯蒂娜在厨房吃了点东西果腹。埃尔莎的任务是陪伴。尽管这天有许多外甥女的学校朋友上门探访，女孩还是没能因此打起精神。

她在客厅的沙发找到正在看音乐频道的玛尔塔。女孩端着一张笑容消失已久的脸（至少半张脸是这种表情）。她们聊了一会儿，不过话题越来越沉重难受。一个整天闷在家里，另一个不想讲她在外面遇到的事。两人的心情都低落到谷底。

玛尔塔上床睡觉以后，埃尔莎留在沙发上继续读小说。她拿出书，从在地铁上看到一半的地方开始读。她一整天反复咀嚼读过的情节，迫不及待想继续。这个故事和里头的角色迷住了她，一股难以言喻的魔力在她心中扩散开来，如此简洁有力，让她就是无法再想其他东西。她从前看一本书至少需要三个月，但是依照目前阅读的节奏，她大概几天就能读完。她已经找到出版社放第二部的地方。

凌晨两点，她也准备爬上床睡觉。钻进姐姐的被窝前，她把玛尔塔的房门打开一点缝隙，发现她还醒着。

"进来吧，阿姨，我还没睡。"

"怎么了？你已经上床好一会儿了。"

"绵羊都逃走了。"

埃尔莎在前一晚打盹儿的扶手椅上坐下。她的外甥女支起身子。

"阿姨，你怎么这么晚才睡？"

"我读了一点东西。"

"昨天那本吗？"

"没错。你看到了？"

"我昨天半夜醒来，看见你正在读书。我喜欢你在这里陪我。"

"我也喜欢。"埃尔莎回答。

"谢谢你过来。我想你应该在家里比较自在。"

"可别那样想。那里是个有点悲伤的地方。"

"为什么？"

"空荡荡的屋子通常弥漫悲伤的气氛。"

"这要看住在屋里的人，对吧？"

"大概吧。"

一阵静默笼罩，两人都没开口说些什么。

"阿姨？"

"嗯？"

"你悲伤吗？"

"没有。"

"那么，是什么呢？"

玛尔塔发觉阿姨的声音有点哽咽。

"我不是悲伤。我是寂寞。"

"但是可以修补，对吗？"

"玛尔塔，寂寞不是一种选择，是一种状况。"

"因为离婚吗？"玛尔塔问。她从没跟妈妈谈过阿姨的离婚，心底有些疑惑。"胡安·卡洛斯不好吗？"

埃尔莎感觉外甥女挖出了她并不想重温的感受。

"他不是不好。只是我们无法互相扶持的时间到了。一对夫妻就像是一台机器，需要偶尔检修和淘汰故障的零件。我们一直撑到最后，直到无法修复。"

她希望这个回答能满足玛尔塔的好奇心。她不想深入细节。她的外甥女似乎也懂得察言观色，不再紧抓这个话题不放。她改聊其他东西。

"那本书好看吗？"玛尔塔问

"非常精彩。"

"你看完以后可不可以借我？"

"我会更慷慨。直接送你。"

她们拥抱对方，两人都被这样突然的举动吓一跳。或许是因为她们都渴望温柔的慰藉，也感觉对方需要这样的拥抱；她们抱了好几秒才分开。这时，玛尔塔认真地问她阿姨："埃尔莎阿姨，你觉得会不会留下难看的疤痕？"

"你妈妈怎么说？"

"嗯，她说不会。但你知道她是我妈，一定会这样说……"

"让我看看……"

埃尔莎靠近绷带，试着查看伤口。

"我不觉得会有什么好不了的状况。相信我，我很懂这个。我是秘书啊。"

玛尔塔笑了出来，过了几分钟便睡着了。当她呼吸的节奏平稳下来，埃尔莎就往姐姐的床铺走去。如果早上起来背还疼，她就得请病假。到时看谁能帮可汗先生安排会议。

＊＊＊

广场旁的巷弄里，西尔维娅对着小摊位上的瓷器工艺品赞叹不已。那是某位工匠在寒冷的冬天早晨，守在窑子旁，双手捏着冰冷的黏土整形，最后烧制出来的成品。手工制品往往有些细微的不同和不完美，但在喜爱粗制风格的人眼中是珍贵的作品。与这种人相反，戴维认为这触感太过粗糙，他这辈子还是偏爱继续使用工厂生产的钵或盆子。西尔维娅买走半打，再帮她妹妹埃莱娜买了一些，相信当设计师的她一定能找到用途。在大城市里，有些像这样的手工艺品都当作出自某位出色艺术家之手、以天价贩卖；在村庄里，反而是大小一致、有把手的钵盆受人喜爱。

他们中午时出门散步。前一晚天气转凉，到了早晨变成一场阳光和轻柔微风在山峰间的嬉戏，但是此刻太阳高挂。

他们听见铁圈在石头地上滚动的声响，接着一个小男孩出现，他拿着一根木棍敲打、调整然后再推滚铁圈。那小男孩对他们挥挥手打招呼，露出缺了牙的笑容。戴维慢了半拍才认出那是安赫拉的儿子托马斯。他跟他们打招呼时，暂时把铁圈抛到一旁，结果那铁圈撞上墙壁，弹到另外一条街，托马斯跑在后面追了过去。

戴维和西尔维娅解释他是怎么认识小男孩的。当小朋友再次出现在他们面前，头发乱糟糟的，脸颊上有沾到铁锈的痕迹。他们看了那个铁圈一眼，非常讶异竟然还有孩子在玩这种游戏：主要就是推滚铁圈，然后跟在后面跑。那是他们父母亲时代的娱乐，两人都在老电影里看过，而更令两人感到不可思议的是，这画面居然出现在一个每个小孩都会要求一台电动游戏机当圣诞礼物的时代。

"哈啰，托马斯，"戴维说，"你好吗？"

"很好，"小男孩说，"撞到了墙壁，不过没事。"

"托马斯，这是我太太。她叫西尔维娅。"

"哈啰。"西尔维娅说。托马斯露出缺牙的笑容。"你急着要上哪儿去？"

"去通知一个朋友。"

"通知什么？"

"今晚埃斯特万要说故事！"

"啊？"戴维问，"说什么故事？"

"嗯……他会说他乘船环游世界时发生的事。"

"埃斯特万是水手？"

"没错！他以前在一艘大船上工作，跑遍全世界。他去过非常非常多的地方，有法国、意大利、中国、日本，美洲……有些天气变冷的日子，会说说他在旅行途中发生的事。非常精彩。妈妈常常不让我去，因为故事开始的时间太晚，不过这种事不会再发生了，因为再过两个礼拜我就长大了。我要满十岁了。当一个人满十岁，就可以想睡觉时再睡，不管妈妈说什么。"

"这是谁跟你说的？"西尔维娅问，"你妈妈吗？"

"怎么可能！是胡里奥，我在学校的朋友。妈妈可不知道这些事。"

"埃斯特万要在哪里讲故事？"

"在乌梅内哈。但是动作要快，因为全村的人都会去，如果个子太矮，前面被挡住了，就什么也看不到，得从别人的腿之间看出去。"

"他讲的故事好听吗？"

"噢，精彩极了。只是有一些会让人害怕。有一天，他给我们讲了一个故事，害我和我朋友两个月睡不着。但是他说今天晚上的不是恐怖故事。不然妈妈一定不让我去。"

"那真是太好了。"

"嗯，我要走了，卡洛斯家要发给我们巧克力当下午茶，如果迟到，卡洛斯会吃掉我那份。再见！"

他转过头挥挥手道别，这时西尔维娅注意到她先生前一晚也看到的事。

"哎呀！你有六根手指！"

"对！"托马斯再一次骄傲地说，"妈妈说这是因为我很特别。"

西尔维娅嘴角上扬，很自然地擦去他脸颊上的铁锈，并说："我相信是这样没错。"

这一晚，他俩同意再次冒险，回到乌梅内哈听埃斯特万让人热血沸腾的旅行故事。这又是个继续仔细打量村民的机会。

* * *

父与子、搂腰的伴侣，以及单身男女，大家都走向酒馆。有些人问今晚埃斯特万要说什么故事，有些人则安安静静，不泄漏自己的想法，可是他们抱着共同的感受：期待。所有的人都希望能享受这场活动。这样的共鸣让戴维和西尔维娅吓了一跳。他们还沉浸在前一晚弥撒的感动当中，此刻则正要参加新的活动。

酒馆内挤满了人，但他们还是找到地方坐下来，这里就像车厢，不知道为什么，明明火车已经满载旅客，每到一站，还是有人继续涌进来。他们待在入口左边，这里的长凳有时会充作台阶，让距离比较远的人可以看到酒馆另一侧四张桌子凑在一起并成的讲台。

几乎人手一杯啤酒。没拿啤酒的人则等着饮料分送到他们面前。每张椅子都坐了人，每一面墙壁也都贴着人。

埃斯特万在酒馆另一侧，拿着一杯啤酒。

突然间大家安静下来。戴维想起当电影院灯光熄灭、但还没开始放映那一刻的期待心情。

戴维看见安赫拉和托马斯在第一排，这一次那个小男孩不必从任何人的双腿间看表演。埃斯特万开始述说。

"朋友们，感谢你们前来听我这个老水手的老故事。你们都知道我在船上待了十五年，那是一艘商船……"

第八章　静默的圣堂

我们花了一个多月时间跑遍印度尼西亚群岛。我们在菲律宾棉兰老岛的三宝颜半岛卸了一批布料，然后收集大量不同的商品，不过我只记得两三样。我们沿着东印度群岛海域前往苏拉威西岛、婆罗洲，经由马六甲海峡绕行苏门答腊。绕行了三天后，我们终于抵达巴东。这座城市毗邻一座两千九百米高的巨大山脉，在塔朗火山以南一百公里远。从港口，可以看见一座耸立的岩石山，仿佛美丽的禁忌，引人留在海边。

我们就是这样打算的。

一天下午，我们在港口利用滑轮卸下木箱后，船长怀里搂着一个漂亮的印度尼西亚姑娘，从船尾的阶梯下来，对我们宣布这一天接下来的时间放假，隔天休息，直到新的一批货物抵达为止。那晚，所有的水手在工作完毕后冲过澡、穿上唯一一件体面的衬衫，决定出门，学船长找个可人的小岛姑娘，沉浸在只要不是海水的任何东西里。

我可以向各位保证，我们从弥漫船舱的体香剂就能分辨一个人是上岸了还是待在海上。

我在船上的室友叫阿拉汗。他来自丹麦，因为前女友的关系，讲了一口流利的西班牙语。这是我们很快就熟稔起来的原因之一，此外，他脑子里有一本全印度洋内容最广泛的黄色笑话全集。这一晚，他怂恿我和马泰奥到一位印度尼西亚水手在实武牙向他力荐的酒吧。

马泰奥是土生土长的意大利特伦托人，他厌倦了春夏季花团锦簇、秋冬时白雪覆盖的山坡，便告别意大利北部有益健康的风，迎向全世界海洋吹拂的风，他认为他的人生应该能写成有趣的传记。

于是，我们三个冲过澡，尽量打扮得体面，从舷梯下去踏进巴东港口，这一次我们脚底下踩的不是一艘船，迎面而来的不是浪潮而是人潮。

港口的空气弥漫着各种气味，混合了啤酒、沥青和街道摊贩的异国水果气味。有时我以为可以用一种气味给一座港口归类，到现在，当我专注回忆时，仍能再一次感受那里的气味。

我们走在水果摊之间，闪躲形形色色向我们兜售廉价商品的小贩，他们不知道其中有一些是我们今天早上刚卸下的货物。我们抵达了有人推荐给阿拉汗的酒吧，店名"帕亚孔布"，据说是为了向距离巴东西北部八十公里处的一座山峰致意。

你们一定不相信，那是家高级酒吧。可不是那种你在里头根本不晓得自己在喝什么鬼东西的昏暗酒吧。这家酒吧点着一盏盏晕黄灯光，在每个角落、每张沙发洒落淡淡的光芒，让人恍若置身于一场东方风情的美梦当中。男士一身昂贵的西装，女士穿着剪裁利落的礼服，加上空气中弥漫浓郁的薰香气味，带给人一种心醉神迷之感。

我们目光一扫，就知道这晚会花大钱，可是……真该死！我们努力工作就是为了享受，不是吗？

如果不要太沉迷打牌的话，在海上工作存钱的速度很快。每当有人撞见在船首沉思的阿拉汗时，总会听到他说水手不要太计较。

我们大半个晚上痛饮威士忌和杜松子酒，每个人身边或者腿上都坐着一个女孩。她们用讨好的口气对我们说话，尽管我们听不懂半个字，依然沉醉在那热情的语调和银铃般悦耳的嗓音里，只从她们的动作发现她们的目的是要客人再点一杯酒。我们三个大笑、敲桌子，随着酒吧里的音乐起舞，此外还加上几首自己编的歌；我们喝得烂醉如泥。

突然间，我们听到背后传来玻璃碰撞的声响；后面有两个彪形大汉正在推撞一个体型只有他们一半的可怜男孩。那男孩用我们一点也听不懂的语言叫喊着。他们打了他两下，接着把他拉到外面继续打。我们三个看着彼此，然后一个个挺起肩膀，不吭一声地往门口的方向去，准备帮助那不幸的家伙。尽管人在异乡的潜规则是"管好自己的事"，看他挨打而没人站出来做点什么却让我们觉得很糟糕，而且，享受过美女和美酒之后，好好地打上一架能完美地将那晚的活动带向最精彩的高潮。

让我来用简单几句话跟小朋友说说那场架：打过来的拳头可不算少，但是我们挥出去的更多。那两个男人每个看起来都有上百公斤，我们狠狠地揍了他们一顿，让他们知道揍一个手无寸铁的小孩和三个出面救他的醉醺醺的水手是一件坏事。最后，我们成功让他们放过小男孩；而最重要的是让他们滚出我们的视线。

小男孩谢谢我们出手搭救——我们想应该是谢谢没错吧，因为实在听不太懂他说什么。打完架之后，我们才看清楚他身上的服装，惊讶地发现他穿着一件红橘两色的皱褶长袍。我们想起过着冥想生活的尼泊尔僧侣。他打赤脚、理光头，头上有刚刚被玻璃割破的伤口。

让我们讶异的是，小男孩开始使用另一种我们不懂的语言；我们更一头雾水了。他试了两次，之后改用英文跟我们沟通。马泰奥压根儿不懂半句英文，不过阿拉汗和我可以凑合一下，勉强能沟通。小男孩用英文跟我们道谢，说若不是我们搭救，他不知道会有什么下场。我朝着酒吧里扫视一圈，看见招呼我们的姑娘已经转去其他客人的桌子。我也试着想象，若不是冒出这位小伙伴，又会发生什么事。

他花了一个多小时跟我们解释他的遭遇，不过烈酒对英文一点帮助也没有。他告诉我们，他打小开始就住在山上的一座寺庙，在那里，人最大的渴求只有宁静，因为唯有绝对的静谧才能听到神明的声音。他似乎从三岁起就住在寺庙里，直到两天前从那里逃跑，寻找他从前在巴东的家人。

经过几次调查，他发现他的兄弟曾经在那间酒吧工作，于是他来找里边的服务生，想知道有没有人晓得他兄弟目前的下落。门口守卫认为让他这样打扮的人进去不太妥当，双方因此发生冲突。

最后，这位小伙子失去兄弟的线索，带着头顶的伤和沮丧的心情，决定该回到寺庙，接受师父的处罚。他的寺庙位于山上一座小小的山谷里，只不过两个小时的路程，四周净是隔开所有外界声音的巨大岩石。既然我们三个没办法回帕亚孔布酒吧，就决定陪他一程，大概能在凌晨时分回船舱睡觉。

小男孩带我们回到他的寺庙。我们穿越赛克省通道，一条位于两座山脉之间、只容一人通过的羊肠小径。他告诉我们那是一条没有太多人知道的路，除了几个要进城买食物的僧侣。

我们不知道小男孩怎么能忍受这趟路程。他打赤脚，而我们踩着厚底的靴子，等看见出现在丛林茂密枝丫间的一座小小寺庙时，双脚已经开始发疼。那座廊柱围绕的寺庙附近，错落着几尊雕像和当作仓库使用的建筑。这时，小男孩要求我们谨言慎行，不要向任何人泄漏寺庙的位置。他谢谢我们的帮助并打算道别，但阿拉汗坚持要他给我们介绍寺庙——只有他会这么做——即使只是外观也好。我们想劝他打消念头，不过丹麦佬争辩，说我们救了他一条命、护送他到家，他至少可以充当一下向导吧？小男孩有些慌张，尽管答应了，但警告我们任何声响都可能惊动他的师父。他冒着极大的风险带我们认识寺庙，我想是因为他觉得对我们有些亏欠。

寺庙是一大栋主屋，作为主要祈祷场所，四周有许多经由窄廊连接的小小建筑。寺庙由石头雕刻而成，但是我不懂分辨种类；那浅黑色的石头攫住外面照明火把的颜色，映照在外观上形成奇妙的形状。

当我们参观完毕，马泰奥问起与寺庙隔了一段距离、面积有六乘六米的小屋是什么。那像是从天空掉下来的一个坚固的黑桶。小男孩告诉我们那叫静思房，一个用来寻找绝对静谧、倾听神明声音，附属于寺庙的建筑。不过只有学识最深厚、谨守纪律的僧侣才能办到。我们努力想听懂他的解释，不过他还得再重复一遍。那房间吞噬了所有声音，只有最强悍的灵魂才能填补声音的空缺。

当然，我们很想试试。

他警告我们，只有道行高深的僧侣会进去那里，我们要是敢进去，不知道会有什么下场。他的话非但没有吓阻我们，反而煽动了那晚醉醺醺的我们。

一番激烈的争执之后，他终于答应让我们每个人进去一分钟。

起先这只是个胆量测试，但后来变成小小的争吵，因为谁也不愿意当先锋，第一个进去体验可能会发生的事。于是我们丢硬币决定——各位应该知道是谁先吧？对，没错。

我走到门口，在门楣下发现一串看不懂的刻字。我怕那是什么诅咒，便问小男孩是什么意思。他是这么翻译的："把害怕和愤怒、恐惧和怒火都留在门口。带来的越少，离开时带走的就越多。"

我一进去，他们三个就从外边把石头门关上。我走到中央，脚步声在房间里回荡。

突然间，静谧笼罩。

我感觉石头把房里的每一丁点声音都吸收得一干二净。只有我的呼吸和脚步声穿插其中。那是一阵绝对的静默。我的耳朵因为不习惯而痛了起来，仿佛想捕捉什么证明我并没有耳聋。

随着时间一分一秒过去，一股空虚占领了我的身体。虽然只待在房间里一会儿，我却慢慢失去了对声音的感知；不是恍若无声，而是声音恍若不曾存在。我试着大叫、摆脱这份静默，可是喉咙不听使唤。我的身体里面任何要出来的声音，都被不可思议的黑岩石吸收了。

我好似被一只冰冷的手捉住，无法反应；我的器官停止活动，我的灵魂在体内安静下来。我想，如果死人能感觉，应该就是像这样吧。

当我以为脑子就要炸开，耳朵开始听见某个声音。那是从远处传来、一种带着节奏的声响，非常远，不过正慢慢靠近。仿佛是敲在石头外面的声音。一时间，我自问是不是我的同伴在外面敲打。

我感觉声音很慢地接近，好似从岩石之间冒出来，而之前是被岩石吸收进去。那间隔半秒的单调敲打声朝我靠近，来到房间的中央，仿佛一道划破黑暗的光芒。

我感觉当那个声音碰到我，似乎被我的皮肤吸收，然后钻进每个毛孔，抵达我的体内，这时我才认出那是什么。

那是我的心跳声。

结果这个来自我体内的声音又被推出去，以加乘百倍的力量敲打墙壁、弹跳，再一次震动了我。

每次心跳声都跟前次结合在一起，因此，很快地就震耳欲聋。那咚咚的响声是如此强烈，让我以为岩石就要粉碎、屋顶会从我头上塌陷。我开始问自己谁能继续忍下去，是那些岩石，还是我。

我感觉自己失去了意识；声响逐渐减弱，我的双脚发软，整个人倒卧在地。

从这里开始只剩一片漆黑。

接下来，我只记得我的两个同伴失控地甩我耳光，以为我死了。当我睁开眼睛，他们把我拖出小房间。

他们没人敢接着进去。

等我恢复精神，我们仨便踏上返回船只的路程。我们不曾再有那位年轻僧侣的消息，但我问自己，他在那个房间会遇到什么？他最后是否听见了神明的声音？

大家开始鼓掌。埃斯特万举起他的啤酒罐，狠狠地灌下一口。喝完后，他大声地吐了一口气，仿佛他是憋着气讲完整段故事，现在终于能随意呼吸。那几十双手发出的如雷掌声让戴维回神，他马上开始在人群中搜寻有六根手指的手。无奈鼓掌的速度太快，加上酒馆内的忙碌，增加他寻人的难度。

不过他看得到小托马斯和妈妈坐在第一排；他仍旧若有所思，一颗心悬在故事当中某个他百思不解的部分。

西尔维娅碰了碰戴维的肩膀，要他转过头来。

"还不赖，嗯？他就像是那种村庄总会有的说书人。"

差不多，戴维心想，但他的故事是真的，或是根据真实事件编的吧。他可以想象，一个乘船在世界各地浪迹十五年的人，应该有很多故事可说，尽管为了娱乐听众而加油添醋。

"没错，当然还不赖。故事有个地方让我想起爱伦·坡的《告密的心》。"戴维回答。

"亲爱的，你总是想着书。"

还有作家，戴维心想。

大家慢慢地离开酒吧。戴维若不是还想着埃斯特万的故事，也许能看到那个右手有六根手指的男人正从他的面前走开。

＊＊＊

这一晚，西尔维娅和戴维享受了狂野的激情。不知道为什么，自从来到这座村庄，戴维觉得妻子显得特别热情。有可能是因为度假的心情，不过他们的确好几个月、甚至是好几年，不曾有过这样美好的性爱。

结束后，筋疲力尽的西尔维娅靠着戴维的胸口睡去。戴维在尽情享受后，费了好大的劲儿保持清醒。他多希望抱着西尔维娅、享受她的体温，躺在枕头上睡到隔天，可是他不能，他得等到乌梅内哈关门、跟踪那名厨师，监视他回家后的一举一动。他一方面觉得离开妻子的怀抱很糟，尤其是几分钟前才结束一番温存；但另一方面他心想，若能在这一晚揭露厨师的真实身份，就不必再编更多的谎言。

戴维不是傻瓜，他读过太多悬疑小说，知道不可能一直把谎圆下去。他还需要几个钟头，一切就能落幕。这时，他同情妻子，心疼她被自己这样对待；不过，他永远不会告诉她真相。

＊＊＊

大概凌晨两点，乌梅内哈里的灯光暗下来，服务生和厨师各自完成清洁工作后，陆陆续续从里面出来。戴维从类似窗格的小窗看进去，瞄见为了方便打扫而摆在桌上的椅子。

霍恩从大门后出来，何塞（也就是戴维从来到这里的第一晚发现他有不同的手指特征，就开始监视的厨师）跟着他。他们道别、拍拍对方的背，各自踏上回家的路。戴维隔着一段谨慎的距离跟踪他，穿越村庄的街道，再一次感觉自己像是约翰·勒卡雷小说里的间谍。他们两个的脚步声在这渺无人迹的时间回荡在街道上，戴维心惊胆战，就怕厨师猛然回过头，惊讶地发现他就躲在某个街角。他满脑子幻想，希望当场抓到对方坐在奥林匹亚打字机前，手里拿着《螺旋之谜》——如此一来，再怎么隐瞒也没用，只能老实承认。

何塞的屋子离村庄有点远。他整整走了二十分钟，先是沿着寒风刺骨的街道，接着是荒芜的小径，直到抵达他家门口。这是一栋两层楼住屋，用石头和木头搭建，四周被橡树包围，其中一棵橡树紧贴着一面墙壁。戴维觉得以莫德这样的名作家而言，这栋屋子未免坐落在太过偏僻也太安静的地点。烟囱升起袅袅白烟，代表家里还有其他人。是他的太太？儿女？

他等何塞进门几分钟后才接近。他踩着无声的脚步，紧靠一扇窗户往里面瞧。他以为会看到满是书籍的书架、美术馆的名画，以及墙边一张小桌摆着那有名的奥林匹亚 SG 3S/33 打字机。但那间客厅只有一张破烂的格纹沙发、一张布满刮痕的木头小桌，桌上有一本电话簿和一本汽车杂志。尽头的墙壁上挂着一幅镶框的 1980 年保时捷 911 海报。起先，他一头雾水，但他的脑袋立刻归纳出解释：托马斯·莫德想要隐姓埋名，他家客厅就不可能会泄漏线索，让任何来访的人看见。他应该有个藏匿一切的工作室，一个沉思冥想的场所，他在那儿可以得到绝对的静谧，创作在他内心孵化的情节。

他听到楼上传来声响。应该是他太太或其中一个孩子吧。如果他们真的有孩子，就能了解他为什么低调。当一个名人的孩子，应该是个难以承受的沉重包袱，或许遁世是要保护孩子别受到伤害。但这只是戴维心中一个又一个的猜测之一，他用尽全力揣测作家的苦衷。他做任何事应该都有理由；像他这么聪明的人不可能只是一意孤行。

他怀着满肚子疑问，站在屋旁的一棵橡树下。他从没当过马克·吐温笔下的汤姆，从来没有；他从小到大连一棵树也没爬过。树下正好有辆老旧卡车。他趴在车顶，解决了第一个障碍，然后抓住比较低处的枝丫。慢慢地，一寸接着一寸，他不慌不忙地爬上了距离地面两米高的地方，接着一只脚踩上一根稳固的粗树枝。三米高的地方有扇灯火通明的窗户。他抓住沾满树脂的油腻树枝，爬到了窗边。眼前的画面让他瞠目结舌。

里头有张双人床，赤条条的厨师和他的另一半正在床上翻云覆雨。

那名女子体型矮胖（虽然从平躺的姿势很难判断是不是真的矮），动作一点也不灵活。戴维呆若木鸡。两具汗水淋漓的赤裸躯体紧紧地交缠、用力冲刺，烙下密密的吻，这般夸张看在戴维眼里似乎过火了点。他们动作猛烈、毫无保留，释放了所有精力。一时间，他感觉这幅画面真是猥亵，但他想到几个小时前和老婆缠绵时，一点也不觉得下流，反而认为那有点美丽：伴侣透过亲密的接触，温柔对待彼此，让爱渗透到心房，两人充满了能量。他心想，厨师和他的另一半应该也有同样的感觉吧，尽管他在这一刻看到的只是在床上翻来覆去、汗涔涔的两团肉。

就在这一刻，攀在布满树脂的油腻树枝上，戴维心底有个确定的声音，像是个撼动不了的真相：这男人不是他要寻找的作家。绝对不可能是何塞，这个在乌梅内哈酒馆工作的六指厨师，从地上捡起掉落的食物却若无其事，品味止于一张镶框的跑车海报，下班后的乐趣除了看电视就是和另一半恩爱——不可能会是他正在寻找的那位既感性又聪明的作家。而且他没有书架也没有打字机，他的举止和聪明才智，不足以写下像《螺旋之谜》那样等级的作品。他符合的条件只有六根手指。宇宙应该是对戴维开了一个玩笑，让他觉得目标一天比一天更难达成、更加遥远。

确定这个想法后，该是他收起仅剩的傲气、回到老婆身边的时候了，他希望她永远不会知道这个难堪的插曲。他往下一看，发现自己竟爬了这么高，此刻他觉得要从这个高度下去是个问题，是个大工程。

他把一只脚踩在低处的树枝，百分百确定站稳，才敢放开高处的枝丫，然后慢慢一根根地踩下去，这时他变得自信满满。而就是这股自信酿成了悲剧。

当他在距离地面两米高的地方，一手攀着一根高处枝丫，一脚却踩到树脂打滑，因为不是两只手都抓牢，他没办法吊着身体重新找个可以踩的地方，于是摔到卡车后面，撞到金属发出巨大的响声，皮肤出现些许淤青。

戴维这么一摔，背撞上汽油桶，吓了一大跳，没听见屋里何塞和他伴侣的对话。

"听见没？"厨师说，猛然放开怀里的人。

"听见什么？"她回答。

"卡车那边传来金属碰撞声。"

"没有啊，我没听到。"

"我想有人要偷卡车。"

"偷卡车？谁？"

"你留在这里，我去外面看看。"

"天啊！小心点。"

何塞套上裤子和 T 恤、穿上运动鞋，一到屋外，他弯腰捡起一根最近一次修剪树木留下的树枝。

他悄悄地靠近卡车后面，那儿有一团正在蠕动的东西。

这时戴维正试着想站起来逃跑，背却痛得他动弹不得。他没看到厨师正拿着一根树枝靠近，朝他的头部打下——响亮的一声！何塞扑向他的囊中物，接着目瞪口呆，和几分钟前他眼前的人反应一样。

"是您！"

戴维唯一的回应，就是躺在那里蠕动，抱怨刚才的一敲。

"是您！"吓一跳的厨师又叫起来，"先是在酒馆骚扰我，现在要偷我的卡车！"

"不是那样的！"戴维大叫，他感到的是强烈的疼痛而不是怒气，

"我把您和另外一个人搞错了！"

"另外一个人？您要偷另外一个人的卡车？"

"不是！我是要……"戴维安静下来半晌，思索是否干脆承认要偷他的卡车比较好，而非他正在监视他，"很不幸，就是搞错了！我以为您是另外一个人！"

"听好，我不管您以为是我、还是另外一个正在找的人，我要报警。"

"不要！"戴维想到自己被关，西尔维娅得去找他，不禁吓得尖叫，"这都是我的错！是误会！我现在就走！"

"快滚！不要再回来！要是让我看到您再出现在我家两公里范围内，我立刻报警！该死的神经病！"

戴维看到他再一次高举树枝，心想该是全力逃跑的时候了。

＊＊＊

戴维顶着头上的伤和流下额头的鲜血，不知该往哪儿去。向西尔维娅求救，代表他会自曝马脚，或者他要编一个有说服力的理由。他不能对埃德娜说，尤其在见识过她的八卦能力之后。他不知道埃斯特万住在哪里，所以这个选择无效。那么唯一能帮助他的人是……安赫拉。

这一晚她家没有灯光。车库不像两天前灯火通明，而是一片漆黑，和整座村庄一样。他举起手敲了两声门板，接着等待，祈祷屋里的母亲会比儿子早一步起床。

没有人应门。他又敲了一次，还是没有回应。第三次敲门，他听见下楼急促、紧张的细碎脚步声。他希望安赫拉是个脾气温和的女人，他不希望对方也以为他是个贼，又打他。他可没忘记两人认识时，她拿着铁锤挥舞的模样。几秒钟过后，门开了一条缝隙，安赫拉探出头来。

"搞什么鬼？疯了不成？现在不是拜访人的时间！"

"抱歉，可是上次来的时候，你没告诉我医生在哪里。"

"所以你以为现在是上门来问的时间？"

戴维明白他做错了选择，要说明他的情况，得解释太多事。他低下头，当作回应，安赫拉于是看见他头上的伤口。

"你在流血！发生了什么事？"

"嗯，就是……"他该说什么？要怎么解释？他唯一能做的是以问代答，"你能帮我吗？"

"嗯……"她迟疑片刻，"没问题，当然可以。进来。"安赫拉回答，表情有些不知所措。

"谢谢。"

他进去后，关上了门。当安赫拉开灯，戴维看到她穿着印着棕色小熊的白底蓝绒睡衣，套着一件黑蓝格纹的棉睡袍。她那头泛着淡红色泽的棕发此刻凌乱不堪，几绺发丝乱翘起来。这样私密的穿着，让他感到有点慌张。

安赫拉回过头，发现他注视的目光。

"你在看什么？"她问。

"你的睡衣。"戴维老实说。

她低下头看自己的衣服，然后拉上睡袍，仿佛里面一丝不挂。

"我没料到会有人上门。"她回答，语气粗鲁。

浴室里，她把一个盒子放在洗手台上面，撕下一块棉花递给戴维。

"盖住伤口。不然血会流得地板上都是。"

戴维乖乖听话，将棉花紧紧地压在头上。

"我有一些钉针。幸好你碰到的人是木匠，我们比大多数人还多了这种东西。不过托马斯让我总得把药箱补满。他净在做些不可思议的事。"

"钉针？我想你该不是想钉我的头吧？"

"真幼稚。我是要用医院用的那种手术缝钉。不是装潢用的钉枪。"

她要他在客厅的沙发坐下，检查他的伤口。

"唉哟……"检查了几秒，她说。

"老天，别吓我。现在我只怕更糟的消息。"

"不会，不严重。不过恐怕你得像和尚一样剃光头。"

"啊？"

"我不能在头发上帮你钉伤口。这样会感染。我得帮你剃掉有伤的地方的头发。"

"妈的……"

"等一下，我马上回来。"

几分钟后，她拿着一罐除毛泡沫、剪刀、除毛刀和一条毛巾，在他身边坐下。

"我没有新的除毛刀，只能拿这把用过的帮你剃。"

要是他在医院听到这些，一定会暴跳如雷。但这里不是医院，她愿意帮忙就够了，他何必抱怨。

她拿起一把小剪刀剪去头发，剪得差不多之后用除毛刀。

"今天起床时，我不可能相信会有人要帮我剃头……"

"每一天都会有新的体验。这是我对托马斯说的。看着我。我从没帮男人剃过头。这就像和尚的……"

"削发仪式。"戴维接话。

"没错。"

戴维感觉刀片刮过他的头皮。刮掉头发后，她拿起沾湿酒精的棉花清洁伤口。戴维转过头。

"不用担心，几乎没刮掉什么头发。"

"谢谢。"他回答，继续忍受头皮的刺痛。

"现在轮到钉针上场。"

她在头皮剃掉头发的部分钉了两个针，然后弹弹手指。

"再来一针以防万一。好了！可以了。现在只需要再等一下，等伤口不再流血。"

她问戴维是否要喝点什么，于是他要了一杯威士忌。这一刻他需要来点强劲的东西。当他开始啜饮，安赫拉收拾药箱，也给自己倒了一杯威士忌。

"独饮不好。你还没跟我解释发生了什么事。"喝了一口后，她问。

"很难解释。我把某人错认成另一个人，结果对方不太开心。"

"哎呀，很有趣的样子。"

"这是个令人难过的错误。对我来说更是如此。谢谢你的帮忙。"

"不客气。不过你要知道这里不是救护站。我晚一点再把医生的住址写给你，下次可以用到。他才是专家。"

"你的技术也不赖。"

"我没那么大的兴趣。走上木工这行，通常是意外，特别是在一开始的时候。我替自己缝过伤口，而且不只一次，我也替托马斯缝过。有一次，我给自己弄了一道小小的划伤。"

她给他看手指上一道非常笔直的小伤口。

"你是在车库做那个东西的时候弄伤的吗？"

"没错，被一块滑落的钢板割伤。"

"你在做什么东西？"

"树屋。"

"好奇怪的委托！"

"这不是客户委托的工作。是我要送托马斯的生日礼物。就在下个礼拜。我会把树屋架在树林里的一棵树上，但是托马斯经常在那里玩，所以我准备好一片片的材料，等到最后一晚再组装。"

"真是一份隆重的礼物。"戴维回答。

"他是个大男孩了。"安赫拉说。

"我不想过问跟我不相干的事，但出于我们到目前对彼此的信任，加上这杯威士忌，所以想问这个问题……托马斯的爸爸呢？"

安赫拉脸上的笑容消失，坐回了沙发。

"他不在这里。"

戴维感觉这是个棘手的话题，试图弥补错误。

"抱歉。都是我的错。我不该……"

"没关系。我很少对其他人提起这段过往，对我来说事情已经解决很久了。托马斯的爸爸来自一个我不想提起的村庄。我和他的关系破裂了好一段时间，我唯一愿意记起的是现在拥有的这个儿子。他不想对孩子也不愿意对我负责。从他离开以后，我就再也没有他的消息。"

"托马斯似乎是个好孩子。我在酒馆见过他，他对埃斯特万的故事很着迷。"

"没错，托马斯喜欢他的故事。全村庄的人都喜欢他的故事。"

"埃斯特万是个有趣的人。我到村庄以后，是他载我到乌梅内哈。他跟我和我太太玩了一个推理游戏，猜得非常准。"

"这是埃斯特万的风格。他心思非常敏锐。尤其是对于目前面对的情况。"

"什么情况？"

安赫拉停顿半晌，似乎不知所措，但很快就恢复镇定。

"不好意思，我以为你知道。埃斯特万的太太生病，而且是末期了。"

戴维想起他在教堂拿着两根蜡烛。

"老天……"

"她得了肌萎缩性脊髓侧索硬化症，卧病在床。我几乎每天都去看她。如果有需要，会帮着负责照顾的护士搬动她。她看起来似乎没有感觉，但我还是能发现她有反应。这事很难解释。其实明天是她生日。"

"这样子过生日真不好受。"

"没错，可是埃斯特万从非常哲学的角度看待这件事。我不是说他不痛苦，他其实很难受，毕竟他和阿莉西亚很亲密。非常亲密。可是埃斯特万……很冷静。"

他俩安静下来，仿佛话题已经结束。戴维和她聊得很自在，但是感觉自己过度利用她的好客；该是告别的时候了。

到了门口，安赫拉把医生的地址给他，以免他又遇到其他问题。

"再一次感谢。你是我的救星，"戴维真心诚意地说，"现在我得回去找老婆，编一个理由，以免她把我当成笨蛋。"

"呃，她是你太太，应该知道这件事吧？"

她露出微笑，顶着一头依旧凌乱的头发。戴维从敞开的睡袍，瞥见了里面睡衣的小熊图案。

***

这天对埃尔莎来说又是繁忙的一天。可汗先生从米兰闪电出差回来，和里佐利出版社洽谈《螺旋之谜》第六部的版权。他在下午上班的最后一个小时出现，吩咐埃尔莎更改接下来几天的会议。他两天内要再去米兰一趟，因此得取消和电影制片公司的会议、延到下周。这次出差他得带着把书卖到不同国家的所有文件。不只是《螺旋之谜》。还包括其他书籍。他试图给出版社打造一个稳固强大的形象，即这是一门出版各类书籍的赚钱生意，不只有他们最出名的小说。这是事实，许久以来其他书籍也一样带来丰厚的收益。

出版社老板要传达的是一本书之所以成功并非侥幸。这点对他来说尤其重要。他倾尽全力推销其他作者的作品，仿佛知道光靠出版社最有名的小说还不够，任何一天，都可能不再为他赚进财富。

虽然所有书籍的数据都经过会计部门计算，埃尔莎还是得统一整理不同报告，集结成一份，再附上老板最爱用的图表。根据他的看法，这样能让不习惯看资料的人对出版社的发展一目了然。

埃尔莎做完报告，打印四份、装订，摆在可汗先生的桌上，让他到米兰出差前可以检查一遍。

她到街上搭出租车直接回家。她在公司加班到这么晚，只领一点加班费，这是一种补偿。至少今天不用在地铁抢位置。第二天她再把收据交给会计报账。

半路上她改变主意，决定到姐姐家。并不是她的外甥女玛尔塔需要照顾，而是因为她不想回公寓，给自己煮一个人的晚餐。她总是有这种感觉，最后只开了一个罐头，在厨房的中岛草草吃掉。

当她抵达时，克里斯蒂娜早在两个小时前就出门上班了，迎接她的外甥女原本以为她这晚不会过来。她们两个一起准备了一顿丰盛的晚餐，然后各自拿着酸奶一块儿欣赏晚上的电影。广告时间，玛尔塔整理脸上的绷带，她时时刻刻都在担心松脱。埃尔莎用眼角余光瞄着她。

"放心，不会松掉的。"她柔声对玛尔塔说。

玛尔塔马上放下手，仿佛被抓到做了什么不该做的事。

"亲爱的，不要紧张。瞧你坐立不安的样子。"

"我不希望绷带松掉，因为有一天早上我醒过来，几乎整个都松脱了。"

"什么时候要拿掉绷带？"

"还不知道，要看医生怎么说。很快我就得去换新的。到时他们会仔细帮我检查。"

"太好了。"她回答。

玛尔塔淡淡一笑，有点紧张。她们安静了几分钟，看着继续播放的电影。最后玛尔塔打破沉默对阿姨说话，这时剧中女主角发现男主角和其他女孩共进晚餐。

"阿姨……"

埃尔莎别过脸并回答："怎么了？"

"我今天拿掉绷带，看了一下。"

"玛尔塔！小心点，你摸脸的时候，可能因为手脏反而受到感染。"

"我知道，所以先洗过手，我很小心。我拿掉绷带，不喜欢现在的模样。"

"亲爱的，那是伤口，当然不好看。但是不要担心，会治好的，不会有什么问题。"

"我知道，"玛尔塔回答，"我知道没那么严重，会治好的。可是我怕的是留下疤痕。或者脸颊中央一块变成粉红色。我读到的信息说，皮肤可能增生，留下深浅不一的色素沉淀。"

"你在哪儿读到的？"

玛尔塔拿起她的手机。

"网络上。"

"网络上说你会留下粉红色的疤痕？"

"不是会留下，而是可能会留下。要看皮肤的色素沉淀。"

"你担心吗？"

玛尔塔叹了一口气，声音几乎低得听不见，仿佛这是个难以回答的问题。

"是……是啊。我不希望留下任何疤痕。或许有什么去除或淡化疤痕的手术、镭射治疗，或者这类的治疗吧。"

"玛尔塔，你是个非常漂亮的女孩。假设，注意我说的是假设，留下了什么疤痕，你依然非常有魅力。你是卡雷罗家的女人，我们的特质是无敌的感性。"

埃尔莎以为她的笑话会让她会心一笑，但外甥女依然挂着严肃的苦笑，双眼泛着淡淡的泪光。

"你担心留下什么疤痕吗？"

"我担心的是比较麻烦的东西。我不认为我漂亮，但也不认为自己丑；我属于中等的一群，你知道这是怎样的；任何特征都会被放大、嘲笑。屁股太大、戴眼镜、太单纯，如果是疤痕的话……"

玛尔塔逐一细数所有她认为一个人不想拥有的外表。她是个年轻女孩，有着充满机会的未来，却因为一道伤疤惴惴不安，弥漫在她内心的恐惧慢慢地渗透出来，淹没了她整个人。她的阿姨从她的喃喃自语中发现，她不再是以往认识的模样。埃尔莎在她身上看到了自己年轻时候也曾有过的恐惧。后来胡安·卡洛斯出现，扫去了她所有恐惧。不过一段时间之后，出现了只有曾经尝过的人才知道的另一种恐惧：曾经相信的唯一一个人最后变成自己最大的错误。而她和那个人一起搭建的桥崩塌了，自己被压在下面窒息。

"总之，阿姨，谁会喜欢我这张脸？我们都知道粉红色疤痕已经算是最好的状况；还有其他更糟的：脸可能变形，留下又粗又深的疤痕，怎么化妆都掩盖不住。这样永远烙印在脸上的疤痕，像是犯了什么罪而必须付出代价。"

埃尔莎能体会她的痛苦，就像心疼孩子因为伤口而痛哭流涕。她希望自己是玛尔塔，希望替她承担、帮她摆脱痛苦。

"亲爱的玛尔塔，你遇上的是很常见的意外。你的疑惑每个人都曾经有过，现在在冒出来，是因为你在家里待了三天，没事可做，成天想着问题。但听我说，问题会过去，悲哀的是，它会被新的问题取代。现在的我，几乎不再为和你一样年纪时有过的担忧而难过，但是我有其他新的担忧。当我在你这个年纪时，也就是不久前，我记得我害怕挂科、朋友背叛、未来找不到好工作、长大以后遇到和爸妈一样的事……总之，担心一箩筐的事。现在我根本不担心那些了。因为最后功课都及格了，继续和一些朋友交往也失去了一些朋友；爸爸过世、妈妈得了关节炎，还有一份老板不愿意付加班费的工作。"

"阿姨，我没那些问题，我担心的是……"

埃尔莎遮住外甥女的嘴巴，打断她的话。

"你担心的是最后会不会孤单一个人。会不会没人喜欢你。让我告诉你，这些是所有人，绝对是所有人，包括你想不到的人在内，都担心过的问题。这算是人类的本质。你以为我没怕过吗？你妈妈呢？你妈妈二十岁时，曾经因为和某个男朋友分手，每天下午都哭得很惨，说没人爱她，每个人都干涉她的事。"

"真的吗？"玛尔塔露出这段时间以来的第一个微笑。

"嗯，因为你妈有点傻。不过那时是 80 年代，看事情的观点不一样。你怕孤单吗？当然怕。我也很怕。因为到了我的年纪，单身的人比你这个年纪单身的人少多了，我唯一拥有的只有我这个人，和在巴列卡斯区一间乱七八糟、没有家具的公寓。"

"阿姨，你为什么要跟姨夫分手？"

"有时事情会失灵，你曾经以为坚固的绳结，时间一久就松了。"

"但是应该有个原因吧。人不可能为了离婚而离婚。"玛尔塔继续抽丝剥茧。

"不是某个特别原因，而是一连串事件，日积月累……"

"噢，阿姨，你们分手，应该是发生了什么。"

"你姨夫和贱女人鬼混。"

这句话一出口，随即一阵沉默笼罩。秘密见光了。玛尔塔被挖到的新消息吓一跳，变得非常安静。这时她真希望自己不要那么不死心，可是经验不是在事前，而是事后才学到的。

"你吓死我了。"停顿过后，玛尔塔终于挤出声音。

"想想我的处境。不是的，他不是在外面寻找家里没有的。他找的不是爱情而是性。至于我，我不喜欢在我的床上和陌生人胡搞。"

"这当然会是离婚的原因。"

"但这不是唯一的原因。和贱女人鬼混是引爆点，让人决定放弃一切，而不是继续努力维持我们的婚姻。我们的关系已经恶化很久。明明已经被波浪淹没，有时却还妄想舀掉水。那件事只是压倒骆驼的最后一根稻草。"

"如果他没做那件事，你会离婚吗？"

埃尔莎用几乎听不见的声音说："我也这么问过自己很多次。有时我会想这样或许比较好，让我省下许多等待。至少我现在不必依靠任何人。我可以自己打理一切，尽管不容易。"

玛尔塔往前环抱住阿姨的脖子，两个人紧紧地抱在一起几秒钟。她们都不知道对方是不是在哭，但是都没开口问。

"埃尔莎，"玛尔塔很少这样直接叫阿姨，单喊她的名字，"你觉得我们会找到真命天子吗？"

"我的话，不知道，但我相信你一定可以。"她的阿姨回答。

玛尔塔挣脱拥抱，直视埃尔莎的脸。

"我想你也会找到的。"

玛尔塔在阿姨脸上烙下一个吻，两人再一次抱在一起。她们恢复精神，仿佛知道了对方害怕，自己反而就没那么害怕了。

"阿姨，一定要是个男的吗？"

"看情况。"埃尔莎回答。

"什么情况？"

"我想，如果是女的话，要看长得漂不漂亮。"

于是两人笑了出来，此时她们不像是阿姨和外甥女，反倒像是姐妹，或是好朋友。

第九章　棺材树林

戴维一整个早上都在等机会用手机打电话给老板。他特地到街上，以免不小心被西尔维娅听见，这时他老婆正躺在旅舍怪异的金脚浴缸里享受泡泡浴。

他没告诉老婆任何有关头上伤口的事。根据他决定采纳的版本，两人恩爱过后抱着睡到天亮，他没有离开过房间。双眼的眼袋是因为食物不同或环境改变的缘故。他没出门去找什么可能的作家，没爬树，没看到对方和另一半赤裸裸地翻云覆雨，也没掉到什么卡车后面，然后那位可能的作家追过来往他头上敲了一记。他没在凌晨时分让某个女人治疗伤口，也没和她在她家沙发上喝了一杯威士忌。他没注意对方的睡衣。这一切都没发生。

因此，一回到旅舍，他就立刻梳好头发遮住伤口，既然他一直待在老婆身边，自然不会有弄伤自己的机会。就技术上来说他没有扯谎。就道德上来说又多扯了一个。

可汗先生的秘书埃尔莎要他稍等，查一下他的老板现在有没有空。过了几秒，可汗先生焦虑的声音从电话的另外一头传来。

"戴维，还好吗？找到家父了没？"

尽管戴维迟疑，可汗先生依旧坚持他们要在电话里使用这个代号，以防遭人窃听。他们敲定的说法是，可汗先生的父亲失踪了几天，音讯全无，戴维要去他住的村庄寻人。

"遇到几个问题。本来我以为找到他了，但最后那个人并不是令尊。"

"确定吗？家父可能有点难以捉摸。记住，他非常聪明，"他又加了一句，继续演下去，"像他儿子一样。"

"我相信绝对不是那个人。要继续找。"

"这么难吗？你没碰到和家父有一样特征的人？"

"嗯，有一个。"过了半晌，戴维说。

"然后呢？调查他了没？"

"我想没那个必要。"

"为什么？我们一个都不能放过！"

"这个只能放过。他是个九岁的小孩。下个礼拜满十岁。"

"噢，"这是电话另外一头传来的唯一回答，"那你有其他寻人计划吗？"

"我还是希望找到符合令尊特征的人。"

"好吧。但是我只跟你说一件事。我这个礼拜会和整个家族聚会，接下来几天都会。每个人都想看到他的新作。我也是。懂吗？"

"懂，可汗先生。"

"有消息打电话给我。"他的老板说。

"我会的。"

可汗先生没说再见就挂断。戴维把手机收好，神情显得有些沮丧。昨晚的经历，加上老板的代号，让他开始觉得自己根本是个搞笑版的间谍。

* * *

打完那个电话、享用过一顿丰盛的早餐，他们不知道接下来该做什么。正如他们听说的，在这座村庄没有太多活动可以选择，戴维也不可能挨家挨户敲门，问谁有六根手指、他家客厅是不是有打字机。但是他有种奇怪的预感，相信如果找到对方，应该是靠运气，而非刻意寻找。命运已经替他们安排了相会的时刻，他只需要等到时间到来。他答应老婆到附近森林散步。还好这天早上他们穿的是鞋底比较厚的靴子。碎石子地面看起来赏心悦目，但是穿一般的鞋子走起来并不舒服。

这座森林是一大片茂密的山毛榉和冷杉，再加上赤松，装点了点点淡橘和青绿。这些树木就像巨大的盆栽，甚至高达三十米，他们置身其中仿佛小小的精灵，失去了对大小的判断。

山毛榉的树根覆盖一层碧绿的青苔。树皮的触感粗糙，颜色和大象的皮肤一样是浅灰。冷杉和山毛榉好似兄弟相拥在一块，那泛白的树皮加上闪烁银光的影子，增添了森林神秘的气息。树皮分泌的块状树脂自古以凝结形成的香脂闻名。

每一步，他们都感觉自己在巨大生态系统的包围下是多么渺小，似乎连时间感都丧失了。戴维唯一清楚的是，在这里时间和空间是相对的，人类的匆忙对树木来说毫无意义；同样的，它们也不在乎雨水、寒冷，和他每天愚蠢的寻找。

西尔维娅虽然喜欢散步，却每走几步就抱怨一下，说靴子摩擦着一双习惯城市鞋子的双脚。

"怎么那么多石头！拜托，我们到那边坐下来休息一下吧。两条腿不休息一下，我会走到倒下断气。"

于是他们坐下来休息，西尔维娅脱掉靴子，按摩双脚。

"噢，真舒服，早知道我就带运动鞋来。还以为这是登山靴，可是穿上去怎么可能走得动？"

"我想我们的脚太习惯城市了。我们不习惯像今天一样走这么远的路，而且是泥土路和碎石路。"

"可是地面是平的，应该能减轻脚步的震动。"

"没错，是平的，但不是平常走的路。我们的脚是踩在倾斜的路面，要保持平衡，得稍微用到肌肉。"

西尔维娅抬起头望向天空，仿佛目光能穿透树木的枝丫。戴维凝视她纤细修长的脖子，嘴角浮现浅笑。

"戴维，还有其他地方。"

"西尔维娅，我们已经讨论过了。当然还有其他地方……"

"不，我不是说这里。"西尔维娅指向她的四周，她脚下的石头，以及围绕她的树木。"我是指这里。"她举起一根手指放在太阳穴。戴维点点头说："我们有多久不曾这么平静了？"

"我不记得了。"

"我也不记得。这座村庄的人，这个地方的石头，空气有什么特别之处吗？"

"你感觉到什么？"

"我不知道。我想着教堂的弥撒，想着昨天酒馆的故事……这里仿佛有其他法则，有其他的生活方式。"

"他们的确有自己的生活方式。"

"为什么他们能过这样的生活，我们不能？为什么我们得屈服于一些不是我们定的规则？"

"他们感受不到社会强加的某种特定行为模式。"

"但是他们也属于这个社会呀！他们也看电视、使用网络。"

"没错，不过他们不是住在压迫人类灵魂的大城市。他们不必搭乘拥挤的地铁，不必到办公大楼工作。"

"你不觉得这只是让我感觉好一点的借口吗？"

"我不知道，西尔维娅。我只知道我喜欢和你在一起。不论是在这里还是在城市里。重要的是和你在一起。"

"我也喜欢和你在一起。"

戴维抓起石头旁的一根树枝、折断，发出轻轻的啪一声，然后拿给他老婆。树枝的一端有一撮小白花和亮黑色的果实，还有灰绿色天鹅绒触感的叶子。

"拿着。感谢你容忍我。"

"谢谢，好漂亮。"

"连去花店都省了。如果我们住在这里，我可省了一大笔花在生日和结婚纪念日的钱。"

"戴维，你总是这么浪漫。"

"我不是这个意思……"

"我知道你的意思。不是免费就不美丽。"

她靠过去，抚摸他的脸庞，在他的嘴唇印下一个轻轻的吻。

"亲爱的，你刚用这双手按摩脚丫子啊。"

"噢！"

***

回程路上，他们试着找比较近的路，不想让双脚过度摩擦；但是他们搞错方向迷了路。他们来的时候涉水而过的一条小溪被灌木丛遮住，找不到这个路标，他们开始摸索方向；绕过几堆岩石，他们抵达一处空地，眼前矗立一排巨大的山毛榉。他们想，这应该是系统性的造林，所以应该不会离村庄太远。他们走在两旁都是树木的小径，仿佛这是一条奇妙的天然隧道；他们发现每棵树的树皮上都刻有一个名字和姓氏，好似给每棵树命名用以辨识。很快地，他们在某棵树底下遇到一个弯着腰的人。当那人站起来，他们认出是埃斯特万。他一手拿着园丁的铁锹和一袋像是肥料的东西。

"哈啰！"戴维打招呼。

"你们好，"埃斯特万说，"在散步吗？"

"不是，"西尔维娅插话，"我们一个半小时前在散步。现在我们想回到村庄。可是我想我们迷路了。来的时候我们沿着一条小溪走，可是现在找不到在哪边。"

"那条小溪消失在树林里。如果对森林不熟，很容易迷路。"

埃斯特万瞄了一眼西尔维娅手中带花的树枝。

"老兄，马缨丹！"

他们俩看向那植物，想确定他说的是不是这个。西尔维娅举起花。

"对，是戴维送我的。"

"希望你们没吃掉果实。"

"黑色的果实吗？没有。怎么了？"戴维问。

"那个有毒。虽然不是像黄杨一样致命，但是会引起恐怖的呕吐和腹泻。"

西尔维娅把树枝拿远一点，展现出了一路都没有的谨慎。

"没，幸好没碰。"西尔维娅说。

"只是拿来欣赏。"戴维补充。

"噢，那么没问题。我会发出警告，是因为你们不是当地人，怕发生不幸。"

"谢谢警告。"戴维感谢他。

"对了,你在酒馆说的故事很精彩。"

"你们来了吗?我没看见你们。"

"对,我们在最后头。人多得不得了。看来你有很多听众。"

"没错,大家爱听,我爱讲。而且有免费啤酒可以喝。"

"大家都想喝免费啤酒,"西尔维娅笑着说,"你在这里做什么?你是园丁吗?"

"怎么会!当然不是,"埃斯特万也笑了出来,"我喜欢照顾这里的树。每一个人都要照顾自己的树。"

"对,我们发现每棵树都有个名字。非常有趣。"

"可以在一棵树放我的名字吧?当然,要是还没有名字的一棵。"

埃斯特万没马上吭声,而是思索着该怎么回答。最后他说:"如果没有名字,就不是任何人的树。你想要的话,就做吧。"

戴维拿出他的万能小刀,在附近一棵树的树皮没有树结的部分,小心地刻下他的名字,他在自己的名字后面接着刻了一个"和",正打算刻上西尔维娅的名字,埃斯特万出声阻止:"抱歉,一棵树只能刻一个人的名字。"

他俩讶异地对望,仿佛他们做了什么没教养的事。

"对不起,"西尔维娅说,"那是这里的某种规定吗?"

"不是。你们选的是一棵小树,木头不够两个人用。"

"啊?木头不够两个人用?"

"当然!这里的树没有足够两个人用的木头。就算等四十年也一样。相信我。"

"木头是要做什么用?"戴维问。

"当然是要做棺材。"埃斯特万说，恍若这是再明显也不过的事。

"什么棺材？"

"父母会在小孩出生时，替他挑选一棵树，等到他过世以后，这棵树会砍下来当棺材。当他的棺材。"

"老天爷！真可怕！"西尔维娅嘟哝。

"你是说这里的每一棵树将来都会变成棺材？"

"没错。每一棵树都属于村庄的一个居民，过世以后，会把他的树做成棺材。山毛榉是木材行的珍品，做出来的成品非常棒。"

他们俩看向四周，刚才他们眼里美妙的乡村风景，在知道每棵树系着村庄每位居民的命运后，变成了悲凉的画面。

"这并没有你们想象的那么可怕。几个世纪以来，人类和大自然就在森林共存，我们依赖它们，连过世以后也一样。"

"你既然知道，为什么还让我在树干上刻名字呢？"

"因为这棵树还没有主人，如果没有主人，任何人都可以在上面写名字。戴维，你已经有一棵自己的树了。"

戴维看着刻下自己名字的树干，心想："我已经有棺材了。"

"说真的，我以为你们知道。我看你们来这里，还以为你们是要来亲眼看看。"

"不是，"西尔维娅说，"我们吓了一大跳。"

"对，我看到了。好了，我得走了。如果你们想的话，我可以陪你们回村庄，这样你们就不会迷路了。"

"好啊。"戴维说。

"对了，今天会在我家举办烤肉派对，庆祝我太太的生日。你们要不要一起来？"

"当然要！好多活动！"西尔维娅兴致勃勃地说，"我们很想去。"

"听着，"戴维打断她的话，"我们不想打扰，尤其是听说了你可怜的处境之后。"

"一点也不会打扰！大半个村庄的人都会来！"

"什么处境？"西尔维娅问，瞪着他们俩瞧，听不懂他们在讲什么。戴维想解释，但在埃斯特万面前实在无法启齿。最后是当事人开口了。

"我的太太得了肌萎缩性脊髓侧索硬化症，卧病在床。但是她可以感觉四周围绕的人。我知道她会希望你们可以来。"

"如果你觉得这种情况适合庆祝生日……"

西尔维娅试着放缓语气。埃斯特万的表情暗下来几秒钟，常见的笑容变得僵硬。

"继续庆祝生日能让我们知道她还没死。另外一个庆祝的理由是她可能不会再有机会庆生。"

他们夫妻僵住了半晌，不知该回答什么。

"如果是这样，而且照你说的不会有任何麻烦，"西尔维娅说，"我们很愿意过去，和你们一起庆祝生日。"

"我很开心能这样。希望你们白天没吃太多，晚上我们准备了一大堆食物。我想你们应该知道，我们这里的人就是这个样子。"

他们三个由埃斯特万带路，踏上了返回布雷达戈斯的路程。埃斯特万拿着园艺铁锹和袋子，西尔维娅则拿着戴维送她的马缨丹。

***

他们在村庄小巷子里的一家小餐馆用午餐。里面的迷你厅堂只能容纳四张桌子和各自的椅子，尽头有道小门，服务生从里面端出阿兰谷的传统餐点。他们依照建议，开胃菜点了阿兰谷猪肝酱。根据解说，这道菜是由猪肝、猪下巴和肥猪肉制作，洒上大量的盐巴与胡椒，再经过三个小时隔水炖煮。接着，他们享用了西红柿酱卷心菜卷。西尔维娅称这是一场美食假期。

戴维一口接着一口，脑子里却想着跟埃斯特万在森林里的对话。起先，他和老婆一样为村民自己挑选棺材的木头感到吃惊。他总是认为讲究死亡细节的人有点变态。一个人照顾死后用来做棺材的树木实在非常不可思议。住在布雷达戈斯的人一直以来都仰赖森林过活：蘑菇、芦笋、猎物、木头……

用来制作棺材的木头来自附近的森林，这么做也很单纯，但是连哪具棺木来自哪棵树都明确决定，等到主人过世也立刻丢了命，是他并不想深究的细节。

戴维来自一个认为死亡是过失的社会。在这个时代，人类拥有史上最长的寿命，轻而易举就活过九十岁，一天比一天更令人惊叹，让人感觉死亡只可能是因为意外或者不小心。要是心脏病发作死亡，会引起一连串疑问，像是为什么医生束手无策，是不是救护车迟到，还是救治方法的缺失。可是没有人会怀疑是不是只是因为时辰已到。

医生和上帝比赛看谁能延长人类的寿命，虽然他们事前就知道注定会输掉，也知道优势一天比一天减少，却仍梦想有一天能和上帝达成和棋。这样一来，他们就能公平竞赛。

而他感觉这座村庄把死亡当作再自然也不过的事。因此，他们可以不知道死亡是否即将到来，就去碰触相关的细节。他们想象那一天已经注定，像是替森林里的树木浇水和照顾这么繁琐的事，并不能让人离那个日子更近。当他们看着树木时，看到的不是将来的棺木，而是人还活着，还在呼吸，还能移动，还能互动，是一种碰触得到的测试。每一棵树代表的不是一个人未来的死亡，而是现在还活着。

"你怎么知道埃斯特万太太的事？"

戴维回过神，在餐厅，咀嚼西尔维娅的问题。

"什么？"

"当埃斯特万对我们说话，邀我们参加今晚的派对时，你说因为他的处境不恰当，不想打扰。"

"噢，他太太的病。"

"对。你怎么知道她的病？"

戴维的脑海开始浮现所有和村庄里的人相处过的画面。他怎么知道的？西尔维娅不知道，是因为当时没和他在一起。他没和她在一起的时间，只有在那间酒馆，以及在安赫拉的家……没错，是安赫拉。是安赫拉昨晚告诉他的。昨晚，他应该是和老婆抱在一起睡觉，却跟踪厨师到他家，在那里受伤。这一刻他想起来了。那是他在等头上伤口止血时听她说的。他应该赶快编个讲法。

"杂货店老板娘说的。"他尽可能快速回答，可是他知道离听到问题至少隔了五秒。

"怎么会聊到这个？还是她只是讲出来而已？"

"不是，让我想一下。进商店之前，我遇到埃斯特万，帮他从车上搬下几盒蔬果到店里。他走了以后，老板娘对我提到这件事。她说埃斯特万遭逢不幸但是非常坚强。"说完后，他看着她，想知道她是否相信这个编出来的答案。他的描述相当接近事实，有些数据也吻合。

"你之前为什么不告诉我？"她问。

"不知道。忘了吧。你没问，我也不觉得这很重要，直到今天早上他邀我们参加派对；为什么这么问？"

"没什么。因为通常你才是状况外的人……"

戴维想回话，但忍住了。他很幸运，挣脱了这个状况，唯一的代价只是背上出了一点冷汗。不过他知道他用另外一个谎来圆一个谎，这场复杂的游戏风险提高了一级。

甜点部分，西尔维娅选了淋上蜂蜜的茴香威化饼。

戴维一边舔着他的棒棒糖，一边扫视餐厅内的客人。他们是村民，他甚至记得在酒馆里看过其中一两个。角落的桌子坐着一个男人，他身穿一件格纹法兰绒衬衫和一条立体褶痕裤，正小口吃着面包，翻阅桌上的杂志。戴维不知那个男人为何特别吸引他的注意。当然，他们不认识，也不曾见过。他只是觉得对方的外表有点格格不入，不像是当地村民。他看来优雅温和，那只拿着叉子的手有着细皮嫩肉的纤细手指，不像是拿过比笔还要重的东西。这时他发现为什么自己会注意他。

那只翻阅杂志的手紧紧吸引他的目光，因为有六根手指。

他拿着叉子的那只手是左手，也就是说他是个左撇子。和托马斯·莫德一样。戴维打量着还在阅读杂志的男子长相。他差不多四十岁，年纪可能再大一点，因为保养得很好。他留着仔细整理过的胡子、一头浓密的黑色鬈发，头发隔着一条一丝不苟的发线梳向一边。

那把胡子搭配了一对黑色眉毛和一双灵活的眼睛，视线随意地扫过杂志。法兰绒格纹衬衫是绿、黑与灰色交织，扎进系上款式简单的银扣皮带的裤子。裤线完美无瑕，男子跷着二郎腿、身子微微地转向一边。他的第六根手指就和戒指一样，像个装饰品。某种不实用的装饰。

戴维想着应该找他攀谈。这是他期待的巧遇。他发现自己紧张得双手汗涔涔。如果是他呢？如果他终于和托马斯·莫德说上话了呢？他该对他说什么？

他只想到一个接近他的方式。

"西尔维娅，你记得派对几点开始吗？"

"不记得。我真的不记得。晚上开始。我猜，天黑以后吧。"

"等一下，我找人问一下。"

戴维没等老婆回答，直接起身往那个男人的桌子走去。他握住椅背，拉开椅子。

"不好意思，我能问您一件事吗？"

那男人有些诧异，先是左顾右盼一下，再回答他。

"当然，请坐。"

"谢谢，"戴维在椅子上坐下来，突然间觉得嘴巴好干，"您认识埃斯特万吗？"

"当然认识。他在村庄里是个名人。"

"听着，我今晚要去他家，但不知道住址。不晓得您知不知道？"

戴维心想找他攀谈是那样不真实，一如他搭讪何塞时那样。但总算打开话匣子。他坐在他的桌边，正在跟他讲话。

"您要去派对吗？"男人露出微笑说。

"没错！他邀我和我太太一起去。可是我们不知道在哪里。"

"很简单。只要沿着主街走到尽头。那里有一条小径，走十分钟就到他家了。不会迷路的。你们刚到村里吗？是埃斯特万的亲戚？"

"不，不是的。我们来自巴拉多利德市，经一个喜欢这座村庄的朋友推荐，来到这里。您是本地人吗？"

"没错，一辈子都住这里。我在这里的祖先可以追溯到三百年前。我叫亚历克斯·帕罗斯，帕罗斯家族的人，是这座村庄最古老的家族之一。"

"哇，所以一辈子都是当地居民。"

"恐怕是这样没错！"他哈哈大笑，声音响亮，"这是我的命运，又能怎么办呢。"

戴维跟着他一起笑，继续这场游戏。

"您从没想过上大城市之类的念头吗？"

"想过，可是我不能走。我得留下来管理一些事。"

"希望不是什么严重的事。"

"不，不是。可我出租农庄，必须留在这边处理可能会发生的问题，虽说并不多。而且我的人生就在这里。"

"所以您不用工作吗？我是说一份正式的职业。"

"不用，我靠收租过活。或者说，靠收租勉强度日吧。"

打开话匣子后，戴维把西尔维娅叫过来，跟他们坐在一起。亚历克斯·帕罗斯是个温和、有礼、十分健谈的男子。他告诉他们两人许多村庄的小事，以及一些关于居民的事。西尔维娅开心地聆听。最后男子跟他们握手道别，那是坚定有力的一握。

西尔维娅想知道戴维怎么会想要跟亚历克斯讲话，问他埃斯特万的住址。

"你不也听到埃斯特万说了。整座村庄一大半的人都会去！"

"那你怎么会认为，那个男的是会去的那一大半？"

"我好像在埃斯特万在酒馆说故事的那晚看过他。而且他如果不知道也不会怎样，不是吗？"

"当然不会。可是你知道吗，从我们到这里以后，你的举止就非常奇怪。"

"我没注意。"戴维说谎。

"我注意到了。你知道吗？我还挺喜欢的。"

戴维笑了出来。西尔维娅也是。亚历克斯有六根手指。六根手指，年纪相仿，类型也相近。此外，他说他靠收租过活。戴维几乎能看见《螺旋之谜》的封底印上他的照片。他是个完美的可能人选。戴维想在今晚试着跟他聊天，挖出一些东西来。

究竟怎么做比较好？或许这是命运昨晚阻挡他之后给他的另一个机会，一个如久旱逢甘霖的机会。他只要专注，线索会在调查的途中慢慢出现。他只需要一一解读。

他还来得及挽救现在的状况。

第十章　阿莉西亚的生日

埃尔莎走出地铁车厢，映入眼帘的空荡月台有种悲凉氛围。仿佛这一站没有人下车，大家要前往的是其他更好的目的地。她姐姐克里斯蒂娜的家就在附近，她只需要换乘其他线，再坐一站。她手里拿着从办公室带回家的《螺旋之谜》第二部。她在破纪录的时间内啃完了第一部，想要继续读下去，她已经能想象出书里角色的长相、触感和气味。她老板办公室里的一个角落，有个装着大量样书的箱子。可汗先生相当乐意赠送出版社的书给访客，不只是托马斯·莫德的作品。要是有人来谈马里奥·贝尼特斯的作品，他会在送别时赠一本莱奥·巴埃拉的书给对方。这是他在自己口中所称的那段艰困日子学到的简易营销手法。他在那段日子，身兼出版社数职。现在，埃尔莎可以把第一部送给玛尔塔，让她读读有趣的东西，别再满脑子都是负面的想法。

她搭乘地铁的一条地下自动人行道，靠着扶手阅读。反方向有个约二十八岁的年轻男子，他穿着褪色外套，看上去油腻腻的，一双眼瞪着屋顶瞧。他顶着油腻腻的中长发，下巴冒出三天没刮的胡茬。有那么一刹那，埃尔莎为了人行道上没人而感到害怕，但过了一会儿，距离拉远了，她的视线又回到书上。

看了不到十行，那个年轻男子便越过扶手，跳进埃尔莎的那条人行道，站在她后面几米处；他趁埃尔莎左手翻书时，冲过去紧紧地抓住她的包，用力一拉，害她跌倒在地。他抓着包仓皇奔逃，回头看了一次地上的受害者，与她四目相接了一秒。年轻男子别开头，继续奔跑，过了两条走道后，他猛然停下脚步，迅速打开包寻找钱包。他在钱包里找到两张纸钞，一张十块钱，另一张是二十块。他抽出十块钱那张塞进牛仔裤后口袋，接着把钱包和钥匙放在墙边的地上，留给巡逻警察。这样一来，那个女人至少不用重办证件或换锁。然后他再一次迈开仓皇的脚步，爬上了楼梯。

他到了一条街灯坏掉的昏暗巷子，卡洛斯躲在一个货柜后面等他。

"拿到没？"

弗兰理一理刘海，把二十块钱纸钞亮给他看——引来同伴抱怨。

"只有这个？"

"经济不景气。大家手头都紧。"

"妈的，一个人只能分十块钱。"

"卡洛斯，就只有这些。"

"所以我的意思是，你何必冒险？根本是个屁。"

"冒险的是我！"

"你没挑对人，我对你讲过很多遍了。手机呢？"

弗兰翻找包，拿出手机。

"妈的，这根本换不了十块钱。"

卡洛斯打开手机，抽出用户识别卡，扔到地上。

"下次换我来。见鬼，你成不了什么气候。"

他转过身，往公车站牌方向走去。弗兰低声咒骂，追在他后面。

公交车司机都知道怎么分辨当地毒虫，所以看到这两个人没付钱就溜上车，大气都不敢出。他们早就知道该怎么处理这些手拿着针筒又不怕死的家伙。总之，他们司机也只是领薪水工作，可不打算为了一张车票赌上性命。

公交车将他们载到金字塔街区，他们居住的大楼就在这里。他们和其他两个人住在三楼一间六十平方米大的公寓，里面乱七八糟。他们敲了门，但没人应声。最后弗兰从外套口袋掏出钥匙。两人走进玄关。

"喂！有人吗？"卡洛斯大吼。

"混账，还会有谁？"一个声音从客厅传来。

所谓的客厅，只不过是形式上的称呼罢了。这儿充其量只有一张铺在地上的床垫、一张摆满旧报纸的矮桌和一座墙边的破沙发。空气里弥漫着沙发旁煤气炉发出的气味。

"见鬼，好臭。打开窗户，可恶，谁能呼吸啊。"

"想都别想！我们会冻死。我倒宁愿被闷死。有什么货？"

弗兰拿出三个纸包，摆在小桌子上。这时，第四名房客踏进大门。

公寓另外两个房客是马努和拉科，两人脸色青黄，都是一副悲惨模样。他们站在桌边，弯下腰。

马努紧张兮兮。

"哪个是我的？哪个？哪个？是这个吗？"

他拿起一包，可是卡洛斯打他的手，那包纸掉回桌面。

"不是那包，见鬼，那包是我的可卡因。这包才是你的海洛因。"

马努失望地看着那个纸包。

"里面有多少？这包根本不够三份。"

"哈！"卡洛斯说，"两份，这已经很多了。难道你以为现在在降价大促销吗？"

"我给你三份的钱！卡洛斯，我希望你不要糊弄我，我们是朋友。"

"我怎么会糊弄你！别傻了！是涨价了！"

拉科睁着一双流露深沉悲痛的眼眸，他拿起纸包，转过身时说：
"马努，这个世界没有朋友，只有毒友。有时甚至连毒友也没有。"

他钻进自己的房间，关上门。因为某个令人不解的原因，他不让
大家看到他注射。接着其他人拿走各自的纸包忙起来。卡洛斯的是可卡
因，马努则是海洛因。

弗兰和卡洛斯从贫民窟巴兰基利亚带回拉科和马努的货时，当然趁
机偷斤减两。那是他们两个得付出的跑路费。如果想占大家的便宜，就
亲自跑一趟，要不就忍受被人揩油的风险。没有人知道卡洛斯留下那些
海洛因要做什么。他们已经好一段时间没混用毒品，尤其是据传热可卡
因害许多人丧命之后。如果要注射快球，得非常小心，因为每次注射都
是在玩命。

"我想我现在还要再来一份。明天我要再去多买一点。"卡洛斯说。

"随便你。"弗兰回答。

可卡因毒虫就是这样，只要手边有货就无法自拔。海洛因毒虫反而
比较节制。他虽然也被害惨了，但能够控制。吸食可卡因，快感会加速
到极点，让你想再来更多。就像常听人说的，越是快、越是要更快。海
洛因反而会让你缓下来，越是吸食，越能逃避自己。有人能够控制在一
天三次，但一般都是有多少就注射多少。吸食海洛因的人能控制情绪的
比例较高。弗兰希望自己够幸运，能成为这些人当中的一个；可是他失
控过太多次。此刻卡洛斯吸食的可卡因开始出现药效。

"第二份吸完，我要找葛罗莉亚温存一下。"

"嗯，好。"弗兰回答。

"噢，朋友。跟女人相好很爽啊。你们这些绅士就是不记得怎么趁
女人兴奋的时候上她。老兄，要用可卡因助兴。海洛因是给差劲的人用

的。你现在不想来一炮？"

卡洛斯的语气流露着优越感。弗兰斜睨他一眼，不想对上他的视线，更不想回答他。

"那么你就留在这里吧。"卡洛斯说。他猛地站起来，离开了客厅。"我上她的时候会想着你的。"

"想你老妈。"弗兰说。但是卡洛斯已经离开了。

他受不了卡洛斯很"嗨"的时候。这时卡洛斯的脉搏加速，嘴巴冒出来的都是些不干净的话。他一整天叨念要吸可卡因，要这样抢那样偷，要这样讲或那样说才好杀价。毒贩根本不管这些，要他们帮你，除非能拿到什么好处。在毒品交易市场奢谈互助根本是天方夜谭。

马努已经坐在沙发上昏了过去。他把所有的海洛因一次注射完毕，现在正在昏睡，针筒还插在赤裸的前臂上。弗兰走过去拔掉他的针筒，放在地上的一个可口可乐罐子里。细细的血往下流到马努的手腕，但他似乎没有察觉。他的旁边有个用来吸食毒品的香烟滤嘴。尽管非常不应该，他还是不听话，使用前会先拿来抽烟。

弗兰坐在地板的床垫上，不知道该做些什么，直到昏昏睡去。他感觉不愉快的事都消失了，内心浮现平静。他还有大概四个小时才需要另一剂，接着是五个小时后，绝望会再一次席卷而来，会让他愿意施用在街上向任何毒贩用天价买来的毒品。不过他现在口袋里还有一次的分量。

他口干舌燥。他拿起从那个女人身上抢来的包，翻过来把里面的东西倒在床垫上：一副太阳眼镜、一支口红、几包面纸、两片卫生棉，还有一本书。没有巧克力，也没有项链、耳环或任何可以卖的东西。他把书翻过来，看了一眼封面。《螺旋之谜》第一部。

这应该是这屋子里唯一的一本书。他打开第一页，从头开始读起。

还不赖。他想起自己还看书的时光。那是不久之前。他两年前离开和室友同住的公寓。他记得那时看一本书并不稀奇古怪，朋友也不会嘲笑这种举动。卡洛斯老是说阅读是可怜人才会做的事。不过他早就是可怜人，所以没有损失。

他继续读下去。

如果他从旁边看这一幕，可能会觉得很可笑：某个男人吸食海洛因后昏迷不醒、躺在沙发上，他的同伴却坐在地上读一本书。但是他非常专注，沉浸其中。他从自己的位置可一点不觉得可笑。

＊＊＊

他们依照亚历克斯·帕罗斯的指示，沿着主街一直走到石砖路尽头的一条泥土小径，埃斯特万的房子是板岩屋顶，上面长满青苔，门前有个前廊，那儿的吊床年复一年，忍受冬天天气无情的摧残。

门口台阶上，只有一个门环能通知客人上门。埃斯特万开了门，请他们进去，他忙得焦头烂额，说声抱歉后，到厨房用抹布擦干双手，然后站在那里大声对他们说放轻松点、把这里当成自己的家。他们觉得这间屋子很奇妙，因此带着惊喜的心情在客厅绕一圈；这里有一扇后门，直接通往宽阔的花园。

戴维自从开始寻找托马斯·莫德的下落，总会不自觉地搜寻任何线索，这时他也直觉地分析起这间客厅。壁炉前有两张破旧的沙发，椅背覆盖毯子，似乎在等待有人能坐下来享受炉火的温暖；火幯里啪啦烧着，散发出满室的木头香。他的目光扫过挤满埃斯特万和爱妻纪念品的书架，从陶瓷人偶到旅游书籍，或许那是埃斯特万年轻时，从遥远的他乡背着行李带回来的东西。他凝视室内，仿佛能在某个角落看到一张矮桌，上面摆着一架打字机，或者某座书架上放着一本《螺旋之谜》。若是这样的话，事情会简单许多。可是人生的问题错综复杂，没有那么容易的解决办法。他目前遇到的就是非常复杂的问题。

在花园尽头看不清楚的距离，矗立一道木篱笆，隔开了他的家和隐身在阿兰谷黑夜里的森林。

这一大片辽阔的土地几乎有三分之一是菜园。一边有个石板烤肉架，此刻火焰在黑夜中发亮，肉架旁边站着一位邻居，正拿着火钳拨弄炉火、添加木炭。他举起手对他们俩打招呼，说他们太准时了，火候还不够，要再等个二十分钟才会开始准备食物。

尽管没有必要，戴维还是习惯城市人的准时赴约。或许和朋友约会迟到可以原谅，若是公司开会的话是不被允许的，否则个个打着领带、已经坐妥的职员的目光可会扫射踏进来的那一位。戴维通常会按照潜规则提早出门，预防可能发生的意外。看来在这座村庄，潜规则比较宽松。

这时埃斯特万大步走向他们。

"不好意思，刚刚我在厨房处理急事。看来，你们已经认识了我们今晚的大厨埃米尼奥。看到没，他可是一流的烤肉专家。"

"对，我们已经认识了。"

"过来，让我向你们介绍阿莉西亚。埃米尼奥是她表弟。"

认识阿莉西亚？戴维突然间紧张起来。要怎么认识阿莉西亚？他要带他们过去、介绍给他身体无法动弹的妻子？或者他的意思是要让他们看相簿之类的？恐怕不只是这样。

他领着两人沿走廊穿过屋子，走到尽头的一间房。戴维可以闻得到生病的气味，他的脑海回忆翻滚，一些他以为已经跨越的事，如今再一次浮上心头，一如他翻阅旧时相簿也会勾起就学时的回忆。

只是他的回忆并不是足球赛、考试，以及坐在长凳上等待女生从健身房出来。他的思绪飘回一条安养中心的走廊，那空气弥漫消毒水味的环境，以及那些老人，他们盯着他紧抓妈妈的手，脚踏瓷砖地面，仿佛迷途的船难者。

这一刻，他真想拔腿就跑，头也不回地远离这里。他愿意付出昂贵的代价，只求时间提早几分钟，让他能错过这个介绍的机会。

阿莉西亚的房间几乎只有一张占据整个空间的巨大电动病床。埃斯特万卧病在床的妻子身形枯槁。

戴维心想，不久前的她应该是个风情万种的女人。一根连接机器的橄榄绿管子伸进她的腹部，还有另一根天知道是什么用途的管子插进她的喉咙。埃斯特万看见两位访客一脸惊恐，便决定向他们解释。

"你们瞧，肌萎缩性脊髓侧索硬化症，是一种让延髓运动神经元慢慢死去的疾病，"他边说边用手指指颈项，"这些细胞透过了类似缆线的轴突与肌肉连接，并传达指令。当下运动元神经死去，肌肉便会无法接收指令，也就无法移动，慢慢地失去力量。当身体无法自主移动，肌肉也就开始萎缩。所有非自主性的动作，比如消化、呼吸等等不会受到影响，至少在病程的大部分时间是维持这个样子。

"随着肌肉失去力量，呼吸会变成自觉性动作，需要由气管造口管来协助。当咀嚼和吞咽开始变得相对吃力，就得装上胃造口管，直接插到胃部。这些辅助能让维持身体机能变得容易许多。肌萎缩性脊髓侧索硬化症广为人知，是因为美国棒球选手贾里格（Lou Gehrig）罹患同样的疾病。我看到你们一踏进这里，一脸诧异的表情，所以稍微解释一下。"

"抱歉，埃斯特万，我们是对夫人身边这么多的机器感到吃惊。"西尔维娅说。

"不必在意。我已经习惯了，我了解这个画面对于第一次看到的人来说冲击很大。"

他转过身，对他们指着坐在机器后面一张扶手椅上的女人。

"她叫帕洛马，是阿莉西亚的看护，负责在我没空时照顾她。"

"很荣幸认识您，帕洛马。"他们俩说。

埃斯特万靠近他妻子，轻柔地牵起她的手，那份温柔触动了西尔维娅的心弦。他多少次牵起那张病床上妻子的手？多少个夜晚他坐在她的身边，凝视她再也无法回以同样目光的脸庞？

"亲爱的，"埃斯特万轻声在她耳边说，"这两位是西尔维娅和戴维。他们来自巴列卡斯区，到村里度假几天。他们今天早上在森林里迷路，我带他们回来，如果不是这样，恐怕他们现在还在绕圈子找小溪在哪里。"

埃斯特万嘴角上扬，仿佛讲了一个属于他们之间的笑话。

他们等阿莉西亚的反应等了一会儿。西尔维娅显得冷静，相较之下戴维好几分钟前已经受不住了。

在他看来，对这样一具活着的尸体如此亲昵十分荒谬，阿莉西亚没有反应，等她响应无非是等待一块石头。埃斯特万回过身看他们。

"她握紧我的手。她喜欢你们。"

当着戴维诧异的目光，西尔维娅向前走去，靠在阿莉西亚的身边。她语带温柔地对她说："阿莉西亚，生日快乐。我们很开心认识你。你先生是我们的向导，带我们走出森林、认识村庄。现在我懂了，一个这样亲切的男人，应该有个非常特别的另一半。请容我说，你是个特别而漂亮的女人。"

埃斯特万露出微笑。

"她再一次握紧我的手了。"

面对他们和阿莉西亚的亲昵，还有自己的抗拒，戴维有些承受不住。他感觉在这个房间每过一秒，不安和羞愧感就愈发强烈，他越来越希望埃斯特万结束这场介绍，好让他们可以离开这里。令他失望的是，埃斯特万继续下去说："你们看到了，阿莉西亚喜欢家里有人。她不是个爱独处的人。她需要感觉有人出现：客厅里的声响，电视开着，有人切换频道，布置餐桌的餐盘声音……对她来说，人就是屋子的灵魂。她总是说一栋空荡荡的屋子就像一副大型棺木。"

戴维开始发抖。多年前的回忆席卷而来，那个赡养中心的房间、用常人方式对待阿莉西亚，以及把空屋比喻成棺材，让戴维不得不靠着墙壁，以免脚软。埃斯特万和西尔维娅发现他不寻常的举动。

"戴维，还好吗？"埃斯特万问他。

"还好，还好，"他支吾，"我只是血压低，加上房间沉闷的空气让我有点头晕。"

"去呼吸一点新鲜的空气比较好。"埃斯特万说，并站了起来。

"对，会好一点。不好意思，我不是故意这么没礼貌。"

"不，千万别这么说。别在意！我只是想介绍你们认识。出去呼吸新鲜空气，喝点东西吧。你只要几分钟，就能舒服一点。没错，这里的空气有时有点沉闷。"接着他对护士说："帕洛马，待会儿请你开一下窗户通风，但是你知道……"

"我知道，埃斯特万，别急。"帕洛马回答，她似乎很会掌握状况。

埃斯特万点点头，这时西尔维娅扶着戴维的手臂，陪他从走廊离开。

客厅已经开始出现第一批宾客。里瓦斯神父站在饮料桌旁边，端着一个巨大的啤酒杯。当他看到他们俩，便靠了过来，三人聊起蜡烛夜的布道。戴维对神父指指啤酒杯。

"呃，戴维，人不可能光靠弥撒的酒活下去……"

这句话一出口，两人都笑了，戴维于是也像他一样端起一杯，小口小口地喝着。这里比较通风，他感觉舒服多了。

"我喜欢生日派对。我也喜欢埃斯特万面对太太的疾病所做的一切。大多数人在这样的情况下感到沮丧，可是我相信这栋屋子从许久以前就需要一个派对。这不只对埃斯特万好，也对阿莉西亚有帮助。"

这时，阿莉西亚负责烤肉的表弟埃米尼奥从花园的门踏进来，他端着一个热气腾腾的金属盆，里面装满了香肠、熏肉、血肠和其他猪肉制品。

"各位，上菜了！"

他拿掉隔热手套，以胜利之姿举起双手。戴维看见他的右手有六根手指，愣住了。

"噢，老天……"戴维喃喃自语。

"怎么了？"里瓦斯神父问。

"埃米尼奥有六根手指……"

"这没什么好大惊小怪的！"神父大声说，"就像有人是金发，有人是棕发，有人是黄发，有人少了一条胳膊，也有人一只手有六根手指。可是大家都是上帝的孩子……"

戴维倒了一杯酒，一口气灌下。怎么一回事？村里到底有多少人有六根手指？为什么这一切这么复杂？

所有预期的宾客都陆续来到派对，但也有其他人。大多数人都带来他们在家悉心准备的拿手菜，或端着盘子，或拿着沙拉盆。埃斯特万负责烤肉和饮料，宾客则负责配菜和甜点。戴维和西尔维娅惋惜自己没带任何东西，哪怕只是两瓶酒也好。

这一晚，埃斯特万像在酒馆一样讲了个故事，屋里挤得和沙丁鱼罐头一样。沙发都坐满了，扶手也一样，他们一手拿着酒，一手拿着小羊排，正天南地北地聊着。花园里，一小群一小群的人，像是一束束的花朵聚在一起讲话、叫喊，他们穿插着讲西班牙语和当地方言，戴维和西尔维娅一开始有些不知所措，但很快就学着讲。于是他们知道大蒜、平底锅、菜园以及热等等方言的说法。

西尔维娅一如往常，比戴维早一点跟大家打成一片。遇到这种场合，一向自诩为社交型人物的他总会领悟残酷的事实。在场宾客都是热情外放的乡下人，他们不聊自己苦恼的问题，只希望与人度过愉快时光。他们会聚在一起吃吃喝喝讲笑话；他们会非常欢迎想加入行列的人，不会有偏见或者隔阂。

因此戴维和西尔维娅享受了片刻他们的陪伴、食物和笑话。

戴维努力节制别喝太多。他一开始想摆脱头晕，多喝了一点，变得有些紧张，之后他发现脑袋昏昏沉沉。当他注意到，决定停止喝酒，可是每过一会儿，就会有个人过来硬要给他敬酒，所以怎么控制也是徒劳。他感觉很开心很高兴，无法节制的后果是，他开始出现烂醉如泥的征兆：比平常聒噪、爱讲笑话。西尔维娅对于到村里第一晚的遭遇还心有余悸，她只喝了几杯白酒，吃了不到半口面包，用温柔的语气礼貌性回绝那些想灌醉她的先生。

安赫拉在屋里角落跟杂货店老板娘说话。托马斯和其他孩子都在妈妈眼角余光的监视范围内边吃边聊天。安赫拉稍稍别开一会儿视线，看向戴维；他的双眼发亮，有点失去平常控制得宜的举止，看起来比较自在也放松许多。他身边有个漂亮的女人，笑起来像芦苇俯身摇曳，姿态优雅自然。她知道那是他太太。他们和其他参加派对的人看起来不一样。比较有城市人的味道。戴维也别开视线，他们的目光穿过宾客交汇在一起。安赫拉感到惊慌失措，露出一抹微笑。她不用照镜子也知道自己微微脸红了。戴维马上报以一笑，接着转过身呼唤西尔维娅。半分钟过后，他带着西尔维娅到摆脱其他客人的安赫拉面前。不过他在半途遇到酒馆的厨师何塞，吓得对方瞪大眼睛、快步落荒而逃。戴维没跟太太多解释，将她介绍给安赫拉，于是三人开始闲聊。

"安赫拉是我们到这里的第一晚，给我胀气药片的人。你记得我说过我找不到药房吗？"

"真是感谢。那天的晚餐似乎让我太不舒服了。"

"炖锅吗？"

"嘿……没错。你怎么……？"

"那是乌梅内哈的独门菜色。好吃，但不好消化。"

"你那天晚上是怎么跟我说的？你说，亲爱的，吃不惯这边食物的人会很惨，事情就是这样。"

戴维说，打断了安赫拉的话。

"要帮助消化，我们会喝一种核桃烈酒。"安赫拉继续说。

"他们没给酒，所以我中招了。"她再一次笑得俯身。安赫拉立刻想起了随风摇曳的芦苇。"戴维对食物没那么敏感。吃了这么多年的办公室售货机食物，他早就练就近乎百毒不侵的铁胃。"

戴维观察眼前两个女人聊天。她们都长得漂亮，安赫拉像头野生小马驹，顶着一头泛红铜色泽的头发，睁着一双深色绿眸；西尔维娅仿佛华丽的天鹅，有双清澈的棕眸，雀斑散落在鼻翼，消失在两颊。她们是不同类型的女人，当然，都非常引人注目。他年轻时曾梦想美女环绕，这一刻他感觉梦想成真。

"戴维，你喝个不停。"

一只手搭上他的肩膀，把他从幻想拉回了现实。难道这座村庄的人都不从正面走过来吗？他转过身，迎上了亚历克斯·帕罗斯，也就是戴维问他埃斯特万住址的六指男人。

"看来你找到屋子在哪里了。"他说，并伸出手握手。戴维可以感觉到在手背的第六根手指。

他们聊了聊枯燥的文学，戴维最爱的话题。此刻戴维真希望自己没喝太多。他试着想揪出托马斯·莫德的真面目，找到在马德里听笔迹专家提起的那个知道如何随机应变的聪明男人，但他现在力不从心。

"不，怎么会呢，"亚历克斯回答一个戴维不记得自己是否问了的问题，"我不太读书。偶尔会读，但是兴致不高。哈维尔反而喜欢。他的书架上都是侦探小说。"哈维尔？哈维尔？他是不是漏听了什么？

"谁是哈维尔？"戴维蹙眉问。

"我还没帮你们介绍吗？抱歉，真是失礼。哈维尔！"

他转过身，在人群中寻找叫作哈维尔的家伙。当他找到他，又喊了一次，对方于是向他们走过来。

"戴维、西尔维娅，这是我的朋友哈维尔。哈维尔，这是戴维和西尔维娅。"

朋友？戴维瞧见他把手摆在那男人的后背，直觉他们的关系不止于朋友。

哈维尔往前一步伸出手。戴维感觉他的手背似乎有个东西，于是他没放开那只手，反而把手翻过来。

他有六根手指。

"您有六根手指。"

哈维尔瞄一眼他的手。

"对，我知道。"

"您有六根手指？"戴维再问一遍。

"对，从出生开始。"

"六根！"

"不多不少，"亚历克斯插话，"这是我们都知道的事。"

"可是，您怎么会有六根手指？这里的每个人都有六根手指吗？"

"不是每个人，但是绝大部分的人都有。"

"啊？为什么？"

戴维晕头转向。他的脑袋开始发昏。他感觉像是《荒原狼》里的哈里·哈勒尔。那是一出奇妙的戏。只欢迎疯子进场欣赏。亚历克斯嘴角上扬，开始给他解释。

"瞧，布雷达戈斯是一座相当古老的村庄，坐落于山区，这个不利的条件使得人口一直不多，历史却可追溯到四百多年前。在很长一段时间，这里主要居住三大家族：博鲁埃尔家族、鲁伊塞克家族以及帕罗斯家族。我的祖先当中最有名的一位叫伊西德罗·帕罗斯，他的右手有六根手指。他生了三个儿子，其中两个右手也有六根手指。他的儿子娶了另外两个家族的女儿，彼此通婚，他们的子女有些遗传了这个特征，有些没有。没有遗传的人也带有基因，但不是显性的，所以即使没有这个特征，也生下有六根手指的子女。这几个家族继续通婚，再加上慢慢移入的新住民——不要以为我们是族内通婚的村庄。起先，可以从六根手指追溯祖先的踪迹，但是经过世世代代之后，这变成不可能的事。所以，现在所有有六根手指的人可能是近亲关系，也可能没有任何关系。只是如果姓帕罗斯，就可以确认这个特征的来源。"

"亚历克斯，你真爱说这个故事。要是每听一遍这个故事就收一分钱，我现在可能是百万富翁啦。说真的，强调帕罗斯的来源已经变成老生常谈了。"哈维尔用厌烦的语气说。

戴维依旧晕头转向。酒精带来的沉重随着亚历克斯·帕罗斯的每一句话更加严重。一切都完了。

现在他明白许多事。太多事了吧。他的计划都化为乌有。

"村庄里有多少人有六根手指？"戴维讷讷地问，忍住了呜咽。

"我们没做人口普查！但是铁定一堆。呼！一堆啊！"

当他知道自己这三天来的努力根本是笑话一场，差点大叫起来。来这里以后，他调查过的手……骚扰邻居……爬上厨师何塞家的树……阿莉西亚的表弟埃米尼奥……亚历克斯·帕罗斯，哈维尔……安赫拉的儿子托马斯……根本是笑话、闹剧、荒唐、胡闹。

于是他再也忍不住，开始大声咆哮。

"这根本违反自然！荒谬！每个人都有六根手指，没有一个人喜欢看书！你们都疯了不成！"

每个人都回过头看谁在大吼。厨师何塞转过头对他的同伴说："看到没？我跟你说过他是疯子。"

戴维沮丧不已，派对剩下的时光都在借酒浇愁，而且是高浓度酒精。宾客看过他的崩溃后，纷纷恢复谈天说笑。

安赫拉发现托马斯和一个朋友正在偷喝威士忌。她威胁儿子要赏他一顿痛打，把玻璃杯抢过来，马上决定该回家了。

西尔维娅考虑带烂醉如泥的先生回去，先是为失控场面道歉，接着跟主人告别。埃斯特万回以一笑，要她别在意，并说一个没有吼叫的派对算不上派对。

他们离开屋子，步下门口的阶梯，遇到了抵达这里那晚、在酒馆听到戴维问厕所在哪里却转过身不搭理的年轻男子。他们认出彼此，那男子不吭一声又转身溜了。附近森林里的动物可以听到大半夜里一个酩酊大醉的野人大吼着："小鬼！下次敢再跑，我就打肿你的脸！管你有几根手指！"

第十一章　你有一则留言

　　莲蓬头里的水洒下西尔维娅的身体，淌下她的脖子，顺着胸部中间往下，流经她结实的小腹，来到肚脐以下，也就是戴维最迷恋的部位。她享受着热水疗愈的安抚，冲走她小小的不开心。

　　这天早上，穿透百叶窗细缝的阳光唤醒了她。她睡眼惺忪，翻过身，希望看见戴维的脸。她想避开刺眼的晨光，回过头把脸埋在先生的颈间，却成了空想。她的理智察觉到有点不太对劲，于是从睡梦中醒来，发现床垫是空的。

　　前一晚，她一路扶着他走回旅舍。然后替他脱掉鞋子，尽可能帮他宽衣解带。戴维几乎使不上力，他半睡半醒，嘴里嚷嚷着村民有六根手指等支离破碎的句子。她试着从他的话里抽丝剥茧，不过时间不够；她还没替他脱完衣服，他就睡着了，她也只能躺在这个男人身边，闻他浑身的酒味。

　　因此，这天早晨她百思不解他怎么会不见踪影；她原以为醉醺醺的戴维会睡到午餐时间。她不知道的是当她在十点四十分睁开眼睛，她先生早就出门一个多小时了。

　　她别无选择，只好独占大床再多睡半个小时，然后冲了一个很长的澡，恢复精神和体力。她不在意戴维没通知一声就离开。或许他一大早就醒来，决定让她继续睡。还是他是去买杯咖啡配吉事果，再过几分钟，他们就能在床上享用早餐？戴维总是注重细节，一些不花任何力气，但是能让两人关系维持甜蜜的细节：在床上享用早餐、出差带回小礼物、趁她低头看书时吻她的脖子、一起看电影时轻抚她的手背……说些傻话，或是一些主动的小动作，让人知道他想要取悦另一半。比方说这趟旅行。

当戴维端着早餐回来（因为她想不出他还能做什么），她一定要将他扑倒在凌乱的床上，享受一场狂野的性爱。至于带回来的吉事果得晾在一旁变冷，等他们结束。等她先吃掉他。

她在淋浴间似乎听到手机响。换成戴维，或许会光着湿答答的身体出去接，但他们现在正在度假，不会是太紧急的事。他们应该晚点再打。

她围着浴巾，头发再围上一条，踏出浴室。她用的是戴维讨厌但不得不搬上车厢的那个大行李箱带来的浴巾。埃德娜不提供浴袍，她认为这算衣服，不是浴室的必需品。

响的不是她的手机，而是戴维的。他竟然会忘记带走，真是不可思议。她看见手机就摆在夜桌上，语音信箱有一则留言。

是戴维吗？或许他从村里打回自己的手机也说不定？她犹豫该不该听，不过她母亲说过：如果犹豫，代表你已经下决定。所以她打电话到语音信箱听留言：

> 哈啰，戴维，我是可汗。你的寻人任务进行得如何？找到我父亲了吗？我不想催你，可是我现在要搭飞机到米兰，和里佐利出版社谈他作品的翻译版权。戴维，情况对我们不利，注意，我们需要时间阅读作品和校对。能不能当托……我父亲的新编辑，就看你了。好吧，听到留言打手机给我。我会在中午十二点十五分降落。

在这之前，我不会开机。跟我保持联络。再见。

西尔维娅听完留言，手机还搁在耳边。她想着这趟旅程的匆忙。她想着戴维。想着自己。

这条留言改变了许多事。

***

戴维捧着一杯热乎乎的咖啡在森林里散步。他一大早离开旅舍，阳光还没晒干冷杉和山毛榉树叶上的露珠。咖啡馆没有随行纸杯，可是戴维保证会把咖啡杯还回去。

他的步伐短促、慵懒，没有方向地漫步着。这样的缓慢能帮助他思考。咖啡则稍稍消除他的宿醉。

一切都进行得不顺利。他已经到村庄四天了。四天来他跟踪、骚扰厨师，参加了一场弥撒，聆听一个男人的爱妻故事，认识一个当木匠的单亲妈妈，一个每次看到他就逃跑的疯子……他遭人冷落、羞辱、拒绝、殴打；他感到羞愧……还欺骗老婆。

"我骗了她又毫无所获。这趟旅程我赌上好多东西。我的婚姻和工作都岌岌可危。我骗了老婆四天却依旧两手空空。上次从里斯本出差回来，她已经不太高兴，但有其他事需要优先处理，先暂时摆在一边。这场小旅行改善了我们的关系，我们不再吵架，也没那么紧绷。现在我们处在这几年相处最亲密和房事最甜蜜的时刻。我还是感觉很糟。她对我说她很享受在村庄的时光。若没有出版社的鸟事，这应当是一趟梦寐以求的旅行：宁静的村庄、美丽的妻子、散步，以及聊天到凌晨。还有温存。

"她越是身陷骗局，越是热情如火。我也无法自拔地乐在其中。可是等这件事落幕，我会良心不安。我该不该告诉她一切？她能理解吗？我不觉得。如果在马德里时就老实说，她不可能会跟我到这里来，最后两人会以大吵一架告终。一定是这样。如果现在说，她会抛弃我。

"我以为这是轻而易举的任务。来到这里、找出有六根手指的男人，然后回家。以为这是007系列的某部电影：六指男。但这并不是电影。该死。我也不是庞德。大半居民都有六根手指。我现在该怎么办？该怎么继续下去？我以为像托马斯·莫德这样卖了九千万本小说的作家，会住在一栋豪宅里，有花园、草坪，坐在一张巨大的樱桃木桌前工作；要是有人看到桌子会想：伟大的作品就是在这里诞生的。可是并非如此。这里才没有什么大房子。托马斯·莫德怎么可能住在这里？不可能！伟大的人物通常过着不平凡的生活。或许侦探搞错了，他不想告诉可汗先生如何查出稿子是从这里寄出的，为什么？他可能瞎掰吗？或许布雷达戈斯只是稿子寄出的其中一个中继站。不可能。稿子上分明留下六根手指的指纹。有个有六根手指的人摸过稿子。是谁？谁知道。而且我在教堂亲眼目睹烛光那一幕——对，应该是这座村庄没错。"

他走着走着，没有留意路线，走到了棺材树林；他和西尔维娅前往埃斯特万家的时候，给这里取了这个名字。他想起每棵树代表一个活人。这让他精神为之一振。就某方面来说，这片树林因此不再那么阴森。但他撞见了树木的残骸。他凝视着，不禁想这棵树的其他部分此刻变成了墓园里一具尸体的外衣。在几个地方，树木残骸旁还有另一棵树。埃斯特万告诉他们，很多人会把自己的树种在某个心爱之人的树旁边。有祖父母和孙子，父母和子女。

他走到前一天埃斯特万维护的树木旁，视线扫过树皮寻找名字，而令他诧异的是，上面写的不是埃斯特万的姓名，而是他的妻子：阿莉西亚·鲁伊塞克。

埃斯特万照料的不是他的树，而是妻子的树。因为她没办法自己来。她罹患肌萎缩性脊髓侧索硬化症，卧病在床。阿莉西亚就快咽下最后一口气，每个人都知道这个悲伤的事实，包括埃斯特万。尽管如此，他依旧照顾她的树，一如照料她的人。

他继续找寻埃斯特万的树，结果遇到了他自己的，于是他自问以后谁会用到这棵树？总之，这棵树已经有了主人。他的名字清清楚楚刻在树皮上。他拿起小刀想清除名字，不过内心有个东西阻止他动手。

感谢我吧，或许我因此救了你一命，他心想。

***

戴维没带吉事果回来。就算带了也无济于事。当他踏进房门的一刻，他发现大行李箱打开放在床上——有些特定画面往往透露着不祥的预兆，比如一封塞在门缝的信、一张房间里倒地的椅子、一个摆在办公桌上的纸箱，当然还有眼前这个在床上的行李箱。尤其当这是某个女人的行李箱的时候，情况更糟。不祥之事发生了。他还没搞清楚状况，但铁定是坏事。

西尔维娅从浴室里出来，抱着满满的香水、发胶、浴帽以及小化妆箱。她只瞄了他一眼，就把东西全扔进行李箱，散在一堆没折好的衣服上。西尔维娅相当在意行李箱的整齐。她习惯将行李箱尽量填满。有次到旧金山旅行，海关人员把行李箱打开检查却怎么也关不上。西尔维娅得拿出翻乱的东西，当着在她后面等待的整排队伍，小心翼翼地折回去。于是那名官员不敢再查戴维的行李箱。

她应该是怒气攻心，才会把东西扔成这样。不过她的声音没有泄漏半丝愤怒，连最细微的颤抖都没有。这也让戴维胆战心惊。他怕一个平静女人的愤怒。

"你的语音信箱有一则留言。"她指着小桌子说。

拜托，希望她没听，希望她没听，戴维想。尽管他非常清楚她已经听了。这是事件发生的一连串合理动作。为求谨慎，他试着保持一会儿冷静再确认。

"谁留的？"戴维问。

"你老板。"

我惹毛她了，他心想。我真的惹毛她了。

"他不知道我在度假吗？真烦，明明放假还不放过员工。"

他早上出门时忘记带走手机了。怎么会忘了呢？宿醉。他脑子里只容得下咖啡。他已经四天没接到电话，压根儿没想到老板会打来问。可是，他怎么会把手机放在夜桌上？或许他老婆说得没错，自从来到这座村庄，他似乎变了个人。

西尔维娅安静地盯着他，等了几秒才开口，这短暂的片刻在戴维看来恍若永恒。

"戴维，你娶我的时候，喜欢我哪一点？"

令他讶异的问题。

"你让我每天早上有起床的动力。"

"就这样而已？"她的眼神依旧冰冷，仿佛能让水冻结。

"当然不止。你以前和现在都是个聪明、迷人又积极的女人……"还有哪些形容词？还有哪些？"我以前爱你。现在也爱你。"

"你娶我的时候，把我当作白痴吗？"

"当然不是。"

"那么，为什么现在把我当白痴耍？"

戴维没回答。底牌掀开了，他已全盘皆输：凑点数、配对、比大小……[1] 最令他痛苦的是失去妻子。西尔维娅继续说下去。

"那是你老板的留言。他要你找到他父亲，赶快读到校稿过后的版本，及时出版他的书。我不知道你们公司的人是不是全都是笨蛋，但可汗真以为能用这个代号骗人的话，那么他应该是把大家都当成白痴。"

"没错，可汗是白痴。我也是。我们公司的人其实都有点蠢。"

他在行李箱旁坐下来。他再也无法站着承受那样的眼神。

"告诉我真相。"西尔维娅说。

"这重要吗？"

"我猜应该算重要吧，让你决定赌上自己的婚姻。"

这句话像杯冰冷的水从他的脖子后面浇下。他知道自己应该大声说出真相，但不认为该这么做。

他还记得和可汗先生的保密约定，不过最后他决定一五一十吐露。该死的约定。在豪华的办公室里谈约定很容易；该死的是在破烂旅舍的房间里还要遵守。

"我得找到托马斯·莫德，《螺旋之谜》的作者。没有人知道他是谁，连可汗自己也不晓得。他似乎住在这座村庄里。他从四年前就不再寄任何东西给出版社。有点蠢的可汗先生却依旧马不停蹄地签合约，当作自己手上有小说的续集。所以我得来这里找出他是谁，跟他谈判，说

1　此处指西班牙纸牌游戏"Mus"的各个回合。

服他写完小说。这样的话，可汗能拿到他要的书，我可以升官。"

"不能派其他人来？"

戴维以为这样解释能让西尔维娅知道重点在哪里，可惜他错了。或许她说得没错。或许只有他一头热、栽在这些事上。

"可汗信任我。我上次出差替一个作家化解困境，"如果带莱奥·巴埃拉从派对回家是一场救援的话，"所以可汗认为我是可以解决任何问题的印第安纳琼斯。"

"他是在我们谈完后的隔天要求你的吗？"

"对。"

"你为什么要接受？"

"我跟他谈了一个丰厚的条件。如果我解决问题，将来能坐办公室，领更多的钱，不用再经常出差，有更多的时间可以陪你和孩子。"

"戴维，我们不需更多的钱。我只要你在我身边。这是我唯一的要求。"

"我们当然需要更多钱。升官后可以领更多钱。不过我比较不爱这个职位的工作。我比较爱和作家沟通、帮助他们找到一条继续前进的路。但是我不在乎新工作的内容。我认为这样对我们最好。所以我接受了。"

"你以为这样对我们最好？"

原本放松了一下的西尔维娅，再次变得剑拔弩张。戴维瞄见她脖子的肌肉紧绷。

"现在的工作不好。新的职位加上钱，我才能帮你买加装婴儿座椅的新车。"

"戴维，我从不想要新车。我想要和你用旧车就可以了。我最不想要的，真的最无法相信的，是你骗我。我们谈完之后换来的是你的欺骗。"

"我不想惹你生气。我真的以为来到这座村庄、找到作家后，可以和你把剩下的假期过完。这是我的计划，可是这一切变得很棘手。如果我老实对你说，你会跟我来吗？"

"不会。但至少我不用现在自己一个人回去。"

西尔维娅关上行李箱，那砰的一声巨响，让人想象可能有个化妆盒破掉了。戴维起身站在她面前，不过她仿佛当他不存在，继续收拾行李。

"不要一个人走。让我陪你。"戴维说。

"不用了。我要一个人走。"

"不要这样，让我陪你。"

"戴维，我想一个人走。不管你愿不愿意。"

"这样的话，我会在家里等你。"

"戴维，我不会回家。"

戴维瞠目结舌。他不知道该接什么。最后他勉强嘟哝出几个字。

"那么，你要去哪里？"

"我要去我妹埃莱娜家住几天。我已经通知她，我需要思考很多事。车子我开走了。如果你要用车，租一台，再报公账。"

"无论如何，我也会离开这里。"

"别傻了。留下，找到你的作家，拿到升官机会。否则你只是浪费时间。我的话，的确是浪费了东西，不过不是时间。"

西尔维娅拖着她的巨大行李箱，戴维转过身想帮忙。

"让我帮你。"

他想至少这是他能做的。她不管怎样都要离开。如果他紧抓着行李箱不肯给她，只会让她丢下行李箱走掉。他拖着她的行李箱到旅舍门口，车子从他们抵达的那天起就一直停在这里。之后他们好多次都是散步出门。他把行李箱塞进车子后座，因为他知道塞不进后备厢。

西尔维娅打开车门，然后停下来凝视他半晌。

"我只是希望和你共度过几天假期。我不在乎地点是人烟罕至的村庄，睡在一间破烂的旅舍。但是我并不愿意和你老板分享这段时光。你要不跟他在一起，要不跟我在一起，但是你不能脚踏两条船。"

"西尔维娅，我是跟你在一起啊。"

"戴维，你知道这不是事实。"

她钻进车子，发动引擎。两人没有吻别。

她拉下车窗，丢给戴维一记悲伤的眼神。

"再见了，戴维。"

戴维凝视她，感觉自己仿佛被掏空。

"我会想你，西尔维娅。"

"我不会。至少这几天不会。"

她走了，鼻翼的雀斑离开了，那双清澈的棕眸也消失了。

他转过身，看到埃德娜站在门口。她盯着他看，一点也不觉得偷听他们的对话很羞耻。

"一个人和两个人住的房价都一样哦。"她说。

戴维不吭声，经过她身边，爬上楼回房间。他们在森林迷路那天摘的马缨丹摆在夜桌上。

植物已开始枯萎。

仿佛是戴维的写照。

**

清晨五点半，弗兰再也忍受不了焦虑感起床，他整个额头都在冒汗，挂着一对仿佛失眠一个礼拜的黑眼圈。他不时感到朝身体袭来的一阵阵战栗，淹过了脚底板直抵颈项的汗毛。如果再过一个小时还是这样，接下来的就是抽搐和冷战。弗兰最厌恶的就是冷战。一旦有预感，他就肌肉僵硬、咬紧牙根，这感觉就像冰冷的钟乳石从脖子后面插下去，穿过脊椎、肝脏、肠胃，抵达鼠蹊部（在那里逗留一会儿），窜过睾丸，最后在肛门附近融化。这种冰冷的折磨透过皮肤吸收部分的冷汗，滞留在身体中，让人好几个小时仿佛置身冰窖。

他双手颤抖地拿出前晚的针筒，用打火机的火烧烤半晌，再拿起他最后"注射包"的海绵，吸饱酒精，清洁前臂。在药效发作前，小心翼翼抽出针筒。他感觉平静再次顺着血管蔓延，人躺回了床垫上。好冷。他起床，拿下挂在椅背上的一条老旧毛毯。他紧紧裹住自己，再一次躺下。温暖愉快的感觉让人忘掉一切，他躲在内心的某个角落，避开饥饿、寒冷、痛苦、戒断症状和羞耻感，让这些东西化为话语，再也不能伤害他。

早晨过了大半，卡洛斯还没回来。或许他正留在格洛丽亚家再温存一会儿，试着说服她掏钱买几份毒品给他。又说不定被警察抓走了，悬赏还真的有用。但不关他的事。就像拉科前一晚说过的，海洛因的世界没有真正的朋友。

马努也不见人影。他想起他今天和另外一个家伙有桩进行到一半的小型交易，有关什么拖板车的。他记不太清楚。总之，这也不关他的事。

他敲敲拉科的房门，看见他站在窗边盯着街上来往的行人。他油腻的头发往后梳，两天没刮的胡青布满凹陷的双颊。他那双平静的眼睛望着对面人行道某处。当他发现身边有人，便回过身来。

"拉科，你在看什么？"

"没什么。没什么好看的。我们这一带是文化沙漠。"

他挤出一抹笑，嘴角却没有上扬。

他俩一块儿注射了一点海洛因。弗兰知道拉科是任何毒贩眼中最容易上钩的毒虫，为了半克海洛因，甚至敢出手打亲生母亲，然后或许又换成一丁点可卡因。独自吸毒永远不是好的选择。

＊＊＊

他们去过巴兰基利亚以后，来到毒窟，他后面的口袋放了一小包海洛因，另一包正在乘着他的血液流窜。

拉科注射完一剂后，就去处理几桩交易。他从不提那是什么，但弗兰从其他地方听说他在地铁乞讨。弗兰不知道他是不是羞于启齿，或者他不论是这件还是其他所有的事都有所保留，而他的室友理论上不知道他打哪里弄到钱，实际上却知道这个公开的秘密。卡洛斯暗地里叫他"慈悲小圣母"。

毒窟是个吸毒场所，在这里可以流连一整天。这边设有小房间，里头放置所需工具，提供干净的注射环境：皮下注射针筒、酒精棉垫、蒸馏水、柠檬酸和止血器。一张海报提醒大家把使用过的针筒放进桌旁的蓝色小桶子里。

如果需要的话，这里也有几间供冲澡的浴室。弗兰不需要，不过许多在街上苟延残喘的人就不同了，这几间浴室成了他们保持基本卫生的唯一渠道。如果时间来得及，也可以在这里吃饭。另外这里也有供过夜的床铺，不过床位有限，也不常有人使用，这是因为必须待到营业时间，也就是清晨七点半，因此，如果像弗兰这一晚因为戒断症状醒来，就不得不痛苦地熬到开门时间。对许多人来说，这个理由就足以让他们选择街上的长板凳，裹着毛毯、纸板或者报纸。自由是需要代价的。许多个夜晚，代价就是挨冻。如果要在大街小巷过夜，气温降到零度以下，可能就此冻僵。

弗兰坐在客厅的一张天鹅绒扶手椅上，读起前一晚抢来的书。当他开始新的一章，本以为自己应该忘光夜里读过的东西，但是才过几十行，他就记起来了。他慢慢地翻页，享受每一段文字。有些文字强烈地吸引他，让他重读两三遍。他不急着读完。读得越久，越能享受乐趣。

在这间客厅里，人们像是焦躁的狮子，在隐形牢笼里来回走动的狮子。没人能坐下来超过两分钟。他们迟疑地看着门口，不知道踏进来的会是带货来的朋友，还是找麻烦的家伙。警察不曾踏进毒窟一步。只要传开有他们出现的消息，毒虫就不会再上门。

弗兰的脑子踩着错误和不知方向的脚步，在记忆里游荡。他回想从前。上课、书本、同学、咖啡馆抽烟，在操场、运动中心打牌，以及在课堂上抽烟。有些朋友时间久了失联；有些糟蹋了友谊。他大学的同学都到哪儿去了？他们会想象他在哪里吗？

有个他认识的人靠过来，跟他要来一针的钱。他是受罚者佩德罗。他有这个绰号，是因为当他还是巴列卡斯区的拳击手时，太多次在比赛中接受惩罚。

"喂，弗兰老兄……有没有几毛钱？"

"佩德罗，我两个口袋空空。"

"别这样,老兄。你一定有点钱,别耍我了。不然,你怎能这么平静地在这里看书。"

他讲话时,目光涣散,汗如雨下。弗兰看见他嘴唇发抖。这是发作的症状。

"你知道的,你每次来要钱,我都有求必应。"

这是谎话。弗兰从没给过他半毛钱,但是佩德罗太过焦虑,记不清自己跟他要过几次。不过这个回答似乎能应付他。

"好吧,老兄,没问题。可是你如果知道什么……呃……如果你知道有什么……嗯,你知道我的意思。"

"我会告诉你的,佩德罗。放心。"

佩德罗继续走了几米,向另外一个家伙要钱。要钱通常很难,可是想跟毒虫要钱一定要乐观。

弗兰继续埋首小说直到午饭时间,他的手忙着翻页,以免一个心不在焉,双手不自主去摸后面的口袋,然后往前臂注射一剂。

午饭过后,他照着日常作息,徒步到雷卡兹比地铁站出口,在那儿耐心等待茫茫人潮中出现落单的旅客。他等了超过一个小时。终于,有个棕发的矮个子出现。当他接近,弗兰一派自然地伸出手搭他的肩,押着他走了几米到比较僻静的角落。他发现这男人弓着身,像只受惊吓的小动物。当他们躲进角落,他抽回手,面对男子。

"把身上的东西交出来。"他尽可能装出最冰冷的语气说。

"我身上什么都没有,真的。"男子用唯唯诺诺的声音说。

他从口袋拿出针筒,亮在男子面前。

"噢,真的。把皮夹给我。快!"

发抖的男人从口袋掏出皮夹,交给了他。弗兰打开皮夹,看到了钞票露出微笑。超过四十欧元吧。

"什么都没有？嗯？妈的，老兄，你有钱。"

"拜托，那是我女朋友的钱。"

他想拿回皮夹。弗兰伸长手臂，把皮夹拿远，然后用那支针筒指着他。他希望自己用不到针筒。

这是他从毒窟拿来准备晚上用的。要是拿来戳这位老兄，他可不会想再用它。天知道会感染到什么。

"老兄，冷静点，别冒险，这不明智。"他拿远皮夹并说。

"那真的不是我的！"

弗兰瞅了一眼，他紧张到两边太阳穴上都是细小汗珠。

"看清楚，我们要这么做，你有……"他看了皮夹然后数了数，"……四十五欧元。我把十五块留给你吃晚餐和搭公交车。"

那男子发出低低的哼声，他知道这是从一开始就输掉的战争。当你所有东西都可能被搜刮一空，也代表你没有可以谈判的筹码。

"好吧，但是起码把皮夹还给我，里面有我的身份证和驾照。"

"对呀，还有信用卡。"弗兰说。

男子睁大双眼。想到自己可能被强押到提款机、让人抢走信用卡所能领出的最多金额，不只感到羞愧，也觉得自己没用。但弗兰不干这种事。风险太高。即使对象是这样一个矮小的男子，也可能有任何细节出错。所以卡洛斯才落得被通缉的下场。

他替这个眼睛紧盯着皮夹不放的男人感到悲哀。

"皮夹拿去。抱歉了，老兄。我需要钱。我知道你很难受。"

男子听到他道歉，诧异地瞪着他，接着一个快速精准的动作拿回皮夹。

"不是你的钱最好用，狗娘养的毒虫。"

他趁弗兰还没来得及回应之前，飞也似的逃开。丢下这句话肯定让他好受多了。嗯，他就在这里。他不觉得自己会去报警。他能怎么说？我被毒虫抢劫，对方还留钱给我吃饭、搭公交车？哈！肯定会在警察局里惹得所有人哄堂大笑！

＊＊＊

戴维把威士忌连同杯子丢进啤酒杯。他上一次跟朋友狂喝到天亮已经是好几年前的事了，当混合两种酒精时，他感觉一股怪异感油然而生。时间过得真快。他还会和几个朋友见面，但次数寥寥可数；他们都和从前不一样了。现在他们偶尔一起吃午餐或晚餐，但那些说笑话、喝DYC威士忌以及上酒吧的时光已画下句号。现在，他们换成喝卡杜威士忌，到宜家家居。每个人都有责任：老婆、重要的工作、孩子……从前他们聊的是皇家马德里队的米格尔·帕德萨和埃米利奥·布特拉格诺，现在满嘴都是税金。

没错，当然已经不一样了。

他坐在乌梅内哈酒馆里。从牛眼窗倾泻进来的阳光照亮了留有木屑的地面，尽管如此，里头还是开着灯，照亮远处的角落。他不知道自己为什么来这里，或许是不必绞尽脑汁去想到底要到哪里去吧。他不想散步，不想探索新的地方。少了西尔维娅，什么乐趣也没有。

他知道事情失控了，还是想不透怎么会以这种方式收场。尽管西尔维娅不喜欢他的工作，他依旧是个编辑。身为一个编辑就必须为出版社做出一点牺牲。这是个非常费心费力的工作，但也是他的工作，他最专精的领域。他也可以换到一家国际企业公司工作，过着早上八点上班、晚上十点下班的日子，只有周末用笔记本电脑写报告时才见得到老婆。

戴维从小就喜欢看书。每个礼拜天吃完午饭，他总是跟着埃米利奥·萨尔加里[1]一起徜徉在丛林、海洋和大草原上，而他的母亲则在一张木板上拼图；木板是他家的机动性家具，他母亲会根据情况需要，搬到屋子的各个角落。后来青少年时期，他迷上探险小说，尤其是其中比较具有颠覆性的几本。

他在中学时喜欢上文学，不只当作娱乐，还开始阅读俄语经典作品。他的阅读涉猎越广，越是想继续下去。许多书里都会提到其他著作，这样串串相连，变成一张永无止境的链接清单。

当他还是青少年的那些夜里，他认真思考过自己能否写作。他比一般孩子读得还要多，算是有点构想故事的天赋。但是当他利用不上课的夏季漫长夜晚，真的投入其中——刚开始使用打字机，之后用文字处理软件——读过一遍自己写的东西，发现自己缺少了什么，而那区隔了所谓的业余作者和文学创作者。故事还算可以，但像是勉强铺陈出来的，仿佛一辆想要加速前进却办不到的火车，一路使尽吃奶的力气，喀啦喀啦前进。

他难以接受。他循着许多作家从初试啼声到攀上巅峰的创作路线，决定修正风格、情节和角色设定；他想象着他们的处女作应该也不是令人拍手叫好的作品。几乎没有谁一开始就一鸣惊人。而且每位作家都不是出版第一本小说后就大红大紫、摇身变成世界知名作家。许多人虚掷了二三十年光阴，只耕耘出平庸的作品，直到凭着一本让他们卓立文学之林的书超群出众，而其他作品仿佛只是等待璀璨之作诞生的草稿。他

1　埃米利奥·萨尔加里（Emilio Salgari, 1862—1911），意大利作家，尤以侠客冒险小说著称。

能跻身他们的行列吗?

他花了一些时间才发现不能。之后,他总感觉身上扎着一根刺,每天夜里他饱受折磨,并思考文学梦破灭后的现状,以及未来能成就什么。

我们往往无法成为梦想中的自己。我们当不成足球运动员、航天员或画家,世界却多的是出租车司机、售票员、超市收银员以及肉贩。难道,在学校操场上玩耍的孩子,能想到长大之后会以这些工作谋生?有个作家曾对他说:"我们写作,是因为被判出局,不晓得还能做什么。"

现在,受限于个人喜好,他只读亨宁·曼克尔[1]。

所以他对工作并没有不满意。现在他正如希望中一样,与作家并肩工作。他看着他们写作,从他们的眼神、他们的思考方式,寻找自己与他们之间的落差。神经元的联结助他们创作不辍,却让他文思枯竭;助他们名利双收,却让他两手空空;助他们梦想成真,却让他梦想破灭。而且永远找不到原因。

如果有个漂亮的女人走进一个房间,心理学家会观察的是大家的眼神,而作家会看心理学家。

每个作家都是特别的,所以必须用不同方式对待。他知道该怎么做。他做这份工作得心应手。

而他愿意为西尔维娅放弃这一切。他的人生,无法只靠汲取别人的想象力、捡拾别人梦想碎屑存在,也无法总是调整目光、混淆自己的和他们的工作,以为书是他和作者的共同结晶,成功有一部分属于他。他渴望的是人生真实的东西:老婆和孩子。他会想念和这些人的相聚,不

---

1 亨宁·曼克尔(Henning Mankell, 1948—2015),瑞典作家,代表作为"维兰德"系列侦探小说。

过他更想念西尔维娅。一本书无法在夜里给你温暖，不会趁你半梦半醒之间、把手伸进你腿间叫醒你。不会在你悲伤时抱紧你。

戴维拼的是这个。所以他想要升官坐办公室。所以他来到这里。为了西尔维娅。

无奈她不懂。她误以为他出于自私自利，把她骗来这里。如果他从一开始就据实以告，她会了解吗？当然不会。她不会了解他是放手一搏，换取更好的薪水更高的职位来养孩子。现在不是 70 年代，养一个孩子要花上一大笔钱：尿布、摇篮、衣服、鞋子、私立学校、和班上同学一样的电动玩具、更多的衣服、家具、计算机、网络、脚踏车、摩托车，最后还要一辆车。钱，钱，钱，要从哪里生钱？从出版社主编的工作中。这是西尔维娅不懂的地方。

他又灌了一大口啤酒加威士忌，感觉筋疲力尽。他考虑过跟她回家，求她原谅，但是他太懂她的个性。西尔维娅不随便生气，也不轻易原谅。她的怒气是默默的、悄悄的、悲伤的。她不会一边尖叫一边往墙壁丢盘子，但会睁着一双空洞的眼睛，带着麻木的心，每天冷淡以对。赶回家、在她窗下唱歌，或许是最罗曼蒂克，但绝非最聪明的做法。他得想出对两人最好的方式。而那就是留在这里、一鼓作气找到托马斯·莫德、返回马德里，到小姨子家告诉她，他终于升官，再也不用出差，乞求她原谅，谅解他所做的一切都是为了她。

从这一刻开始，他要定出行动计划。坐在酒馆喝闷酒不可能解决问题。六根手指不再是可靠的线索，不能再被误导。从这一刻开始，他不再寻找多根手指的人。他要找到作家。不管对方愿不愿意，都要找到他。他会揭开他的神秘面纱。之后他就不必再埋首书稿，可以回到真实世界。

他走到吧台，撞见那个从他抵达这里后两次对他视若无睹的年轻男子。他正闷头吃着火腿炒蛋配一瓶冷饮。他慢条斯理地咀嚼，仿佛数着嚼了几遍，然后一小口一小口连续喝着饮料。戴维不知道他是谁。每次他一开口，这名年轻男子就转过身离开，当作他不是在跟自己说话。戴维直视他的双眼，想要引起他的注意，可是年轻男子别开脸，继续用餐。

"你记得我吗？"戴维问他。

年轻男子不吭声。

"哈啰。哈啰！"

他依旧安静不语。戴维决定再试一遍。

"我在埃斯特万的派对看过你。"

年轻男子瞅了他一眼，迎向他的目光。戴维心想，如果换作其他场合，或许会以为他这是在挑衅。

"您是陌生人。"对方用冰冷的语气说。

他吞下咀嚼完的食物，一口气喝掉饮料，然后离开酒馆。戴维看着年轻男子走远的背影，不太明白他的话。酒馆老板霍恩靠过来，发出低低的笑声。

"是个奇怪的年轻人，对吧？"

"对。他说我是陌生人。"

"不要认为这句话有不好的意思。耶莱是个……特别的年轻人吧。村里每个人都认识他，也能谅解他特殊的小地方。他不跟没经过介绍的人说话。"

"为什么？"

"他爸妈在他小时候叮咛过他不要跟陌生人说话，所以他执行得非常彻底。哈！想一下还真好笑。其实他几乎不跟任何人说话，即使是认识的。他是个天生的观察者。"

"我懂了。至少他这次跟我讲了一点话。通常他都直接转身离开。"

"因为他正在吃早餐。他爱吃蛋，可以吃得盘底朝天。我每天都请他吃早餐，但从没听他说过一句谢谢。上次他对我说的是：'火腿呢？'不过我可没忘记他是个好孩子。对了，三欧半。"

"啊？"

"啤酒和威士忌。三欧半。你不会以为我每个人都请吧？"

第十二章　巴兰基利亚

　　安赫拉的篮子差点就满出来了：沙丁鱼罐头和鲔鱼罐头、一盒盒钉子、粘合木头用的快干胶瓶和小金属曲尺统统装在一起。埃米莉亚的杂货店除了食品，也有包罗万象的商品，从木工、五金用品到过期的八卦杂志都买得到。

　　安赫拉把篮子放在柜台，埃米莉亚用一台计算器加总金额。那台计算器非常巨大，大大的按键正适合她胖嘟嘟的手指，她每拿出一个商品就加进去，但是加错的话，就得从头算起。

　　戴维踏进大门，问埃米莉亚是否有阿兰谷的电话簿。埃米莉亚眼睛盯着计算器，要他等一下。安赫拉拍拍他的手臂。

　　"嗨！"安赫拉说。

　　"你好吗？刚才没看见你。"

　　"你忘掉帮过你的人还真快。"

　　"抱歉。我来这里找电话簿。"

　　埃米莉亚用力地敲打计算器一下，摇摇头，重新算起。

　　"来，过来，让我告诉你东西在哪儿。"

　　安赫拉带着他到店后头看一个箱子，里面堆着还没拆封的电话簿，有些还是许多年前的。

　　"希望有你用得到的。注意日期。"

　　戴维弯下腰开始翻找。

"你把西尔维娅留在哪里？"安赫拉问。

戴维别开视线，尽管从他的位置，安赫拉并不能看到他的表情。他临时掰了另一个谎话；这仿佛变成一种习惯。

"她回了巴拉多利德市。她的假用完了。"

"你没跟着一起回去？"

"没。我还有几天假。"戴维回答，不过他知道这句话听起来有点怪。

"她一个人离开吗？"

"对。回去以后总是会有一堆等着处理的工作，几乎没办法待在家里。我的工作压力非常大，所以会尽可能利用假期。"

"你说你从事哪一行？"

他说过吗？看来他应该在睡觉前记下讲过哪些话，仔细留意一下。

于是他再掰一个讲法。

"我是计算机工程师。托马斯呢？他去哪儿了？"戴维说，试图引开话题。

"他在埃斯特万那里，学着认识一些农业的东西；我的意思是让埃斯特万教托马斯。"

"他们非常要好，对吧？"戴维想起埃斯特万要在酒馆讲故事的那天早上，小男孩神情兴奋。

"没错，嗯，埃斯特万和阿莉西亚是他的教父和教母。"

"噢！我不知道这件事。"

"嗯。其实他的名字是他们取的。"

埃斯特万替他取的？这不是什么不常见的名字，却是个非常重要的巧合。所以他在船上度过人生大部分时光，厌倦了海上的生活之后，决定落脚在这座位于比利牛斯山区的村庄。他在这里遇到妻子、娶了她，几年过后，安赫拉生下儿子，他们顺势变成教父和教母。一切兜得起来，不过就和所有的推测一样，有待填补的坑洞、空穴和隙缝仍然存在。

"阿莉西亚应该是非常有趣的女人。我昨天刚认识她。"

安赫拉似乎徜徉在记忆里，慢了一会儿才回答。

"阿莉西亚很特别。非常特别。你真应该认识还健康时的她。村庄的人都非常敬佩她。"

"这应该是个痛苦的意外。"

"对，"她再次回想起阿莉西亚健康时的模样，表情转为凝重，"当然很痛苦。"接着，她的五官重新放松下来。"我待会儿要去看她。要一起来吗？我们还可以帮埃斯特万打扫一下——当然，如果你没其他要事的话。"

"没，我没事要做。我正打算去散步，晒点太阳。"

"你要电话簿做什么？"

老天。这个女人专挑很难回答的问题。

"等下次我要大半夜闯进你家，就可以先打个电话给你。"最后他说。

***

下午他们一起去埃斯特万家。托马斯替他们开门，脸上沾着泥巴，一只手里拿着园艺铁锹。安赫拉先是责备他会把泥巴带进屋里，接着要他回后院的菜园继续工作。派对欢乐的氛围依旧笼罩在屋里；角落的食物残渣透露已经初步打扫过了，架上的空塑料杯还没收拾。整体上，只差拿扫把、拖把和大塑料袋清洗一遍。

戴维听见走道尽头阿莉西亚的房间传来声响。他走过去，每跨出一步都感觉沉闷的生病气味愈发浓重，钻进他的鼻孔。他猜埃斯特万正在跟安赫拉说话，但是跨进房门那刻，他吓了一跳。是耶莱坐在床边的矮椅上，用不太相称的声音，小声地对着阿莉西亚说话。他像个在课堂上朗读一本书的孩子，吐出一个接着一个的音节，没有任何节奏感，只是将音节串接起来。这是不习惯一直讲话的人的声音，语气却满溢着温柔与敬重。他不是在对自己说话。这不是一场在心爱的人墓碑前的独白。耶莱说完一个句子，会停顿一下，等待回应。过了几秒，再继续。

　　戴维转过头看安赫拉，问她年轻男子正在做什么。

　　"跟她说话。"安赫拉回答。

　　"但是她不会回答他。"

　　安赫拉转过头，停顿了一会儿才回答。

　　"嗯，不完全是这样。"

　　"怎么说？他有什么能跟她沟通的办法？"

　　"嗯，他似乎找到他的办法了吧。"

　　戴维转过头研究耶莱，还有他和阿莉西亚沟通的怪异方式。他们两个之间存在一种其他人无法看到的联系。

　　"可是……耶莱能听到她的话？"

　　"他说她会回答他。"安赫拉说。

　　"可是这个年轻人不太擅长……怎么可能？"

　　"我不知道，戴维。没有人知道。不过我可以保证他们的确在说话。而且他非常多次帮我们跟她沟通。耶莱几乎不和村里的任何人说话；他愿意讲话的少数几个人之一是阿莉西亚。他不觉得在她失去说话能力后，就不能跟她说话。"

"或许不了解主宰我们的定律，反而能找到其他不一样的方法。"戴维说。

"请你不要试着帮他找解释、妨碍他。事情是这样。就是这样。"安赫拉下结论。

埃斯特万和阿莉西亚的看护帕洛马出门购物。耶莱留下来照顾她。他没有半丝恐惧，寸步不移地照顾插满管子、活着却只剩呼吸的阿莉西亚。他留在这里看守，万一出事好通知他们。

安赫拉去准备打扫工具。戴维留在原地等她。尽管他前一晚在这里被往事压得差点窒息，此刻却无法转身离开，视线紧盯着在眼前上演的这一幕。他仿佛正欣赏着自己人生的一章，只是角色换上了不同演员。

这房间弥漫着难以忍受的沉闷气味，一种生病的气味，恍若一阵风吹过记忆的沙漠，暴露沙丘底下的过往回忆。那张电动床、床边的椅子、夜桌上的药物……让他想起阳光谷的老人赡养中心，想起三楼的一个小房间，从走廊数来右边的第四扇门。

戴维那年十三岁。他的祖父恩里克在他九岁时去世。当时母亲大半夜叫醒他，坐在他的床边，告诉他祖父心脏病发走了，他们得去守灵。到了那里，他看到的不是曾经熟悉的祖父，那个会和他玩纸牌、下棋，总是搞混已经改名许久或被拆迁的街道名称和建筑的祖父。那只是一具从头到脚覆盖裹尸布的身体，松弛的五官不再熟悉。他不觉得在守灵期间或在葬礼时的人是祖父，可是从那一天开始，他开始前所未有地想念起他。对戴维来说，他已经离开，只留下空缺。把身体放进棺材下葬只是一种形式。

然而他的祖母不这么认为。她在失去丈夫后，因为上了年纪出现的不明显反常行为，循序渐进地转变成了老年失智。她再也无法独立生活，搬去与子女同住又不可行；他们试着请看护照顾她，但行不通。她不停地说他们绑架她，看护殴打她、喂她吃粪便，还趁她睡觉时偷钱。

兄弟姐妹聚在一起讨论后，认为对她最好的做法是入住赡养中心，希望她和其他同年纪的人能处得来，并接受专业人士的照护，尽可能地减少痛苦。对祖母来说，起先的改变非常艰辛，不过随着一个礼拜一个礼拜过去，情况变得比较容易忍受。

他们兄弟姐妹轮流去看她，带她出去到附近的村庄散步、晒晒太阳、做运动。孙子们也会跟着爸妈一块儿去探视。

戴维和爸妈起先会和她共度一整天，可是到了某个时候，祖母不想再和他们在一起。她不停地说她和一具尸体当室友，早上尸体会上发条，动上一整天；她巨细靡遗地和他们描述护理人员如何强暴她。他母亲只是一笑置之，试着说服她那不是真的，而且他母亲不是太认真，仿佛正在嘲笑那不过是小孩子的幻想。这是发生在她还能认得他们的那段日子。

有一天，她脑中仅存的回忆也被扫空，她无法再辨别家人与其他人。她经常问他们是谁、在她房里做什么，还叫护理人员来确认他们的身份。当戴维和他爸妈跟她说话时，她有时候会好奇地看着他们，有时则不甚自在，有时还吓得半死。戴维每讲一句话，她都会改变表情，于是他明白了祖母不懂他是谁、为什么要告诉她考试的事，表情从冷漠变成害怕。

后来的探访，辱骂声与眼泪变成司空见惯。从这时起，戴维开始祷告他们探访时，祖母都在睡觉。到了某一天，他拒绝再去探视祖母。戴维的爸妈没有要求他，不过他母亲的眼神流露出失望、悲伤，知道下次儿子再见到祖母时，应该是在葬礼上。没有任何责骂。

葬礼上，哭哭啼啼的人不多。可以感受到悲伤，可是大家难过的是她的失能，她在丈夫过世后健康状况的每况愈下，以及她脆弱的理智线随着时间的脚步慢慢断裂。

戴维刚满十四岁时，他觉得自己受骗了。一方面他还是个孩子，不太能感受痛苦，一方面他已经能像大人那样理解事情。为什么祖母不能像祖父那样去世？为什么有些人得受尽折磨再死去？活得幸福美满，某天晚上上床后永远地闭上了眼睛，这样不是比较好吗？上床睡觉，刹那间事情发生了，隔天早上被人发现。他害怕极了爸妈和自己或许也会有同样遭遇。他告诉自己，当他感觉自己变老那天，他要跳窗自杀。或许上帝已经决定死期，但戴维宁愿自己选择时间和方式。

眼泪卡在他的喉咙就要溃堤。这些年自动压抑下来的泪水，争相想要重见天日，趁着他软弱的时刻，慢慢地从他的眼睛、喉咙，他的鼻子涌出来。戴维看着阿莉西亚、讲话的耶莱，看着还活在他回忆里的祖父母斥责他打破窗户……他再也忍不住，拖着蹒跚的脚步离开房间到花园。

走到这里他的泪水扑簌簌掉下来。他在太短的时间里遇到一箩筐的事：寻找作家的计划不成功，欺骗了老婆，老板的催逼，昨天的烂醉如泥，以及今天涌现的童年回忆。他以为自己早已克服了，但回忆只是埋在沙漠里的沙丘底下，等待像阿莉西亚这样的一场暴雨，让它再一次回到地面。他的祖父母过世了，妻子弃他而去，工作危在旦夕；太多事，太多压力了。

"这个世界有太多悲伤。"

有人悄悄来到，大声地说出这句话。

"你顿悟了很多人一辈子都不可能了解的事情。"

戴维回过头，看见埃斯特万。他提着的购物袋此刻搁在地上。戴维赶紧拿袖口擦掉眼泪。

"戴维，你可以安心地哭。我们很愚蠢，总是想藏起让我们变得更有人味的东西。"

"抱歉，我不是故意造成你的困扰。"

"这不是困扰。人都会哭。我们可以别开脸，尽管这样并不能擦干眼泪。"

于是戴维告诉他往事。说他如何为自己对待祖母的方式感到羞愧，以及看到人慢慢地憔悴感到悲伤，还有对这种死亡的逃避；他仔细述说有时只能对陌生人畅谈的心事。他没有寻求协助，没有要求拥抱，只要求听他说。当他宣泄完毕，他感到一股许久以来不曾有过的如释重负。

当戴维向埃斯特万陈述他的痛苦时，几乎没注意他的反应。此刻，他宣泄完毕，发现听着他倾诉为祖母死亡所苦的男人，他的妻子就在几米外走廊尽头的房间，慢慢地被肌萎缩性脊髓侧索硬化症吞噬。这个画面让他觉得自己像个吵闹的小孩，对着动心脏手术动到一半的父亲抱怨有个玩具坏了。

"埃斯特万，对不起，我想我太随便了。我的意思不是生病的人就……那种状况非常脆弱，有时候甚至难以承受，可是我不想让人误解在某些状况……"

埃斯特万看着戴维又试图对自己搞出的麻烦道歉，露出似笑非笑的表情，并打断他。

"戴维，放心。我知道你的意思。"

"不，你不知道。因为我有时表达得太差，让我平静下来给你解释。"

"不需要。"

"要，需要，"他坚持，"我不要你误以为我是在说……"

"戴维，我知道你的意思，因为我也想过很多遍。"

他们俩默默地望着彼此，打量一番之后，埃斯特万继续说："戴维，当阿莉西亚病情开始恶化时，我们再也无法沟通，我真的很难受。我多希望能替她受罪。我也想过这一切最好快点结束。我想的不是我，是她。但有天晚上发生了一件事。那时只有我们两个，她染上呼吸并发症——控制肺部扩张的肌肉萎缩，让氧气无法进入身体——阿莉西亚开始抽筋，我抓住她，凝视她僵硬的脸慢慢地失去生命气息。我以为这是我跟她相处的最后时刻，于是我告诉自己，如果她熬过这一夜，我会珍惜两人能在一起的时光，不管她病得如何。如果时光不多，就珍惜它。如果很多，也珍惜它。

"隔天，我们帮她装上了现在使用的呼吸器。戴维，我不想骗自己。我知道我太太的时间所剩不多。终点即将到来，这是我无力改变的事实。我只能接受。可是我要享受我们剩下的时光。所以昨天我庆祝她的生日。我知道她会很开心，她能感觉朋友就在身边。

"我太太过世以后，我不会为她的死伤心难过，而是会感激曾与她共同生活、共度人生的一段时光。对我和她来说，这些快乐时光谁也带不走，而且会一直存在。我会把它收在心底，每天回忆，直到我去跟她会合那天。我知道她不管在哪里，也会一直记得。"

于是戴维明白了安赫拉所说的埃斯特万对于永恒的定义。他并不是屈服，而是拥抱一种能击倒大多数人的东西。戴维很少在别人面前暴露自己的脆弱，哪怕是在西尔维娅面前，他有把握自己没办法做到这种程度。可是他从埃斯特万身上了解到，每个人都会遭遇痛苦的时刻。悲伤、寂寞或恐惧，都是共通的语言，如果不曾有过这些感觉，不论是平淡的还是深刻的，都不能说自己完全活过一遭。

吐完苦水后，他们回到屋内，和安赫拉、托马斯一起收拾杯子，刷洗地板，清洁家具，把昨晚小型飓风席卷过的家什各就定位。耶莱也在某个时间点离开房间，安静地加入他们。埃斯特万停下手边的工作，把他慎重地介绍给戴维，让两人正式地认识彼此。此刻年轻男子再也没有借口拒绝跟他说话了。

戴维感觉得出，安赫拉和埃斯特万相当亲近。尽管他们相差超过三十岁，却仿佛一辈子都是朋友。他觉得他们就像父女，加上托马斯这个顽皮的孙子。而刹那间，他感觉自己也是这个家族的一分子。

***

弗兰走在前往巴兰基利亚药庄的路上。那里紧邻马德里食品市场，矗立着一间间用各种废弃物材料搭建的陋屋，里面堆了各式各样人类的杂物，是首都恶名昭彰的最大毒品交易市场。在这两个性质不同的市场，一天流通的金钱要比许多地方政府一年经手的费用还多，除了一个是卖吃的，另一个卖命。在那里，每天都可以听到这种话："我愿意拿命换一剂。"而旁边会有人回答："我也愿意拿你的命换一剂。"

警察总是在附近巡逻，可是他们不会介入毒贩的交易。高层下令不时要抓一票人做个样子，好对舆论有所交代。要是把毒贩的毒品充公，得到的唯一结果是下一批货价格飙涨两倍，逼迫毒虫作奸犯科。

毒虫会一再地把存货混合手边的东西稀释：糖粉、面粉、辣椒粉、可可粉或者药物。他们会买一次的分量，分作两份分别加入这些东西，转卖给其他那些垂头丧气、在街上游荡的傻子。然后这些人会再分半稀释，转卖给下一个傻瓜。

注射毒品前，用小拇指沾毒品试尝一下是惯例。如果有种甜味或者咸味，最好先确定一下那到底是什么东西。不过同样是毒虫，有些人可是稀释的高手，他们使用立妥威、咖啡因、乙酰氨酚、乙酰胺脑代谢改善剂、甲苯喹唑酮、苯巴比妥、利度卡因，或者苯佐卡因，因为是苦味，所以几乎分辨不出来，而这种状况越来越常见。

纯度下降之后，会迫使许多毒虫得注射比以往多两倍甚至三倍的量，才能达到同样效果。一旦市场不再缺货，纯度就会恢复正常，公园或空地则会开始出现注射过量的尸体。

这也是为什么很少收缴毒品，因为一般而言，引起的问题要比解决的问题多。

毒贩和毒枭永远不会输，卖家永远是赢家。

弗兰挂着黑眼圈和三天没刮的胡茬，钻进了黑漆漆的陋屋。到这里之前，他走过前一晚被雨水淋湿的空地，两只脚踝都沾满了泥巴。他站在玄关，有个吉卜赛青年坐在露营椅上看巨大屏幕上播放的八卦节目。年轻人瞅了他一眼，目光透露着轻蔑，似乎不欢迎他出现，接着才问他的目的。弗兰说要买货，报上毒贩托特的名字。年轻人视线回到屏幕前，挥挥手要他过去，并在他迈开脚步前要他脱掉脚上的脏鞋。弗兰把鞋子夹在胳膊底下。这不是他第一次从这里离开后，发现自己得光着脚走回家。

下一个房间地板铺着一张张不太有秩序也不协调的地毯。其中一面墙壁前矗立着电视架及电玩游戏，尽头则有一个施工用的桶，里面放着各种面值的欧元钞票。一般的缴费机没办法应付这里的生意规模。没有人确切知道这些在巴兰基利亚的吉卜赛人为什么赚了这么多钱还继续过这种生活。有个上了年纪的吉卜赛人拄着拐杖坐在一张皮沙发上，冷淡地看着他。托特坐在他旁边，他是少数几个在这里做生意的人之一，脸上经常挂着一抹冷笑，头发绑成马尾垂在脖子后面。

"要什么，弗兰？"托特在目光谨慎的老人面前发问。

"半克海洛因。"

"现在货没那么容易拿到，咖啡色的海洛因很贵。"

"多少？"弗兰问。

"半克五十欧元。"

弗兰低声咒骂。几乎是两倍的价格。

"那是海洛因还是驴子？"

驴子是指稀释过不知道多少倍的海洛因。

"老兄，是海洛因。我的价钱可高也可低，但你清楚我卖给你的是什么货。我知道你可以在外头用四十或三十五块买到半克，不过可可是早餐喝的，不是拿来注射的。"

弗兰知道他说的没错。在这一刻，卡洛斯正用天价转卖从大伙儿手上偷来的毒品。

"给我四分之一克。"

他掏出二十五欧元，托特接了过去递给老吉卜赛人，后者再放进身旁的桶里。好几次，他心底痒得要命，想要伸手进去，抓一把钞票然后逃跑，可是据听来的传闻，他知道自己应该过不了玄关。

托特在桶后面跪下来，拿着一根汤匙从地上一包海洛因里挖出一些。弗兰歪着身子，可以看到四周的警察封条。毒贩把汤匙挖出的东西放进一个小袋子，放到电子秤上称重，最后满意地交给弗兰。

"你知道上哪儿可以找到我。"他在弗兰离开前说。

"对，我知道。"弗兰回答。

他到了门口穿上鞋子，打算找个安静的地方注射。他在药庄附近闲晃，想找个比较阴暗僻静的地点。他走过一间陋屋，门是敞开的，招牌标示这里是"喜乐商店"。那不过是一块摆在桶和几张酒吧回收凳子上的木板。而其中一根柱子上有张告示写着：禁止没穿 T 恤进入。

他在村庄一侧找到一个僻静的地点，这里有辆正等待拆解、车轴裸露的卡车。他打开车门，坐到副驾驶座，拿出注射的器具。

他从袋子里倒出一点东西到专用的折叠汤匙上，接着拿出一小瓶蒸馏水，将褐色的海洛因粉末倒进去混合。弗兰总是带着备用的蒸馏水，以免像有些人就近用水洼里的水溶解海洛因。

他打开一个小袋子，抓了一点柠檬酸粉粒，丢进混合的液体里加速溶解；之后他准备滤纸，在加热液体时用滤纸留住残渣。大家几乎都用香烟的滤嘴，这是不错的替代品。他拿起长条滤纸，用手指弄成球状。这团滤纸球吸收了已经溶解的液体。

他舔舔针头，除去可能黏附在上面的毛发，然后放在卡车的仪表板上面。他一只手肘撑在大腿上，另一只手拿起一个浸湿酒精的手帕清洁前臂，再给针头消毒。他从口袋掏出一个避孕套，拉长它并用力地绑在距离手肘三指宽的上方。他打开又握紧拳头几次，然后曾经扎过针孔的血管浮起，渴望着再多扎几针。

弗兰小心地避开动脉，扎住一条静脉。他扎的是上次位置往上两厘米处。由血液带往心脏，再输送到身体各个部位。他在药效发挥前拔掉针筒，松开手臂上的避孕套，放在仪表板上。他连清洁注射部位的时间都没有。

接下来，只有一片白雾；让人快乐似神仙的白雾。

＊＊＊

武器上膛时传出一声清脆的声响，不过淹没在三个爬到一间陋屋高处的吉卜赛小孩紧张的嬉笑声中。他们正在争论哪个人先开第一枪。但一如往常，总是个子最高的拿着猎枪站起来，手一挥要其他人安静，似乎在警告：闭嘴，否则小心没命。

他两手手肘撑在太阳晒热的石棉屋顶，准星对准毒虫的额头。他的目标歪着头，嘴角一抹似笑非笑的神情，似乎正神游在一个美好的地方；但很快就会回到现实。

"再会了，老兄。"

他开枪。

空气枪在千分之一秒内发射，整座村庄除了射击的声响，几乎悄然无声。

弗兰一手捂住脖子，从货车摔了下来。那个吉卜赛小孩打偏了几厘米，石头击中他的后颈；如果情况惨一点，可能会毁掉他一只眼睛。然而这一刻弗兰并不觉得自己运气好。

小孩的第二枪打中货车，发出碰撞金属的巨大响声。或许巴兰基利亚不是波斯尼亚，这辆卡车也不是狙击手大道，但弗兰仓皇逃出的模样像极在那些地方。这些石子真是痛死人了。

弗兰披着毛衣，袖子系在脖子上，穿越紧邻药庄的铁轨。一股灼热从里而外烧出来，他知道明天一定会出现又紫又黑的伤口。这股灼热逼得他掉下泪来，加上面对空气枪射击的无能为力，他感到沮丧万分。遇到这种事该怎么做？告诉他们的父母？告诉他们的学校老师？

这些孩子每天看着自己的爸妈如何利用为了一剂毒品连命都可以不

要的毒虫，奴役他们、让他们像狗一样睡在门口，喝地上的馊水，盲目服从药头的任何命令。而且也找不到这些孩子的老师告状。

他们没有登记户口、没有身份；在法律上来说，他们是幽灵人口。

许多无名氏来自这些药庄。一旦踏进这个地方，不管是大学生还是工人，跨国企业总裁还是汽车音响小偷，都不再重要。狙击手不懂什么叫身份文件。

真是狗屎人生！弗兰东张西望，只看到巴兰基利亚来来去去的毒贩，他们一身破旧，沾满污渍的 T 恤里是瘦得露出骨头的身体，睁着一双呆滞的眼睛，两手颤抖着，散发哀伤的气息。在这里看不到微笑的踪迹。一旁，他瞧见有个女孩正跪在一个拉下裤子的家伙面前。弗兰以为那是在大街上讨生活的妓女，可是走了几步，他发现那女孩其实是拿针在戳男子的生殖器。弗兰怕感染，只找静脉扎针。许多人扎在下体，是不想暴露针孔，尤其是新手，真可笑。把毒品打在命根子上，并不是怕双手感染：只见那名男子闭上双眼、紧咬嘴唇，但表情和高潮时的飘飘欲仙天差地别——至少在药效发作以前。

应该有更好的办法。毒虫知道自己每天走在会通往何处的路上，但鲜少有人设法改变方向。他们盯着血管，不想要任何改变。他们是溺水者，明知前面是瀑布，却疲倦得无法挣脱水流。

他喜欢这个句子。如果他有笔记本，一定要记下来——可是那种日子已经过去很久了。那时候他的背包里总是放着一本笔记，内页净是记下的句子；都是他私人所有，没给任何人看过。他喜欢在夜里翻开来读，想着自己是个特别的人，肚子里有点墨水。这是那时他对自己的想象。此刻，他只数着下一次注射毒品的时间。他试着回忆自己曾创作的短句，结果一句也想不起来。现在他的人生有其他更要紧的事。

有两三个毒虫聚在一辆交换针筒的货车前面。每个礼拜三、四的五点到八点半，这辆货车会停在药庄附近，提供针筒以旧换新的服务则到晚上八点为止。每个使用过的针筒可以换到一个新的，加上蒸馏水、柠檬酸和消毒棉片。货车会尽量让他们都有新的针筒，不要彼此借用，预防比如艾滋病或其他传染性疾病。货车来这里已经持续十多年了，大伙儿会过来拿针筒，再回到他们来的地方。在这里，听不到令人难堪的问话。也没有责怪。

货车侧门有个蓝色的塑料桶挡着，这时一个中年女子探出身来，身上是一件印有非政府组织交换针筒标志的 T 恤。

"请告诉我你的出生日期。"她对面前的男子说。

"别闹了！老姐，我来这里两年了，你还不记得我的出生日期？把我的东西拿出来。"

"那这样吧，"她回答，"如果你能说出我叫什么名字，我就多给你一份。"

那男子瞠目结舌，不知该说些什么。

"噢，老兄，真糟糕，既然你都在这儿两年了……"

女子揭开桶，指示他把用过的针筒丢进去。男子照她的话做，然后拿走新的针筒，不吭一声地离开。

"嘿！"女子叫他。男子回过头。"我是玛丽亚。你呢？"

"罗贝托。"

"你的生日是哪天，罗贝托？"

"1971 年 5 月 11 日。"他用悲伤的口吻回答。

"谢谢，罗贝托。很荣幸认识你。"

队伍往前挪一个位置，此刻轮到另一个男人，身边是弗兰看过很多次的妓女，她在这一带卖淫。

"我叫克劳蒂亚。他是……"

"拉法。我知道，"玛丽亚笑着说，露出中间有一条细缝的两颗门牙，"所以你们两个知道。叫我玛丽亚。绝不要叫我金发女、老姐或是大姐；我只让朋友喊我的名字。"

"我们想要几个针筒和避孕套。"拉法说。

"拿着，"她把东西递给他们，"克劳蒂亚，避孕套是要工作用的吗？"

克劳蒂亚肯定地点点头。

"那么再多拿几个。我没办法多给，但每个礼拜三晚上我们有个服务，会分送多一点。喏，这是时间表。"

她递过一张纸，两人拿了便离开。毒虫和妓女的组合很常见。女孩赚皮肉钱买毒，要是碰到嫖客施暴，会由毒虫来照顾。弗兰朝车门走过去。

"哈啰，我叫……"

"弗兰。告诉我你的出生日期，弗兰。"

他吓了一跳。他没料到她竟记得他的名字。他们通常只是询问，然后记下来以便统计人数。他从没想过他们记得住。

"我没带器具。"

"没关系。我们通常会给两组，以免你们手边囤积太多。但是如果你们能拿来还，我们可以多给一些，好让你们总能用新的注射，可以吗？"

弗兰接下两个针筒，继续站在原地看着她。

"还有什么事吗，弗兰？"

他闭上嘴巴，不知该回答什么。他该怎么告诉对方他想聊一下？而汽车的刹车声填补了两人之间的静默。有两个男人下车，杵在门边，抢走弗兰的位置。

"嘿！金发女，给我们几支针筒。"

"等我和这孩子讲完。待会儿会给你们。"

"可是他已经拿到他的针筒了！"

"人不可能只靠针筒活下去，请了解。"

她看着弗兰一会儿，等待他回答，而这两个男人也回过头。

"呃……我……"

"看到没？"其中一个男子说，"他不要其他东西了。给我针筒，见鬼！"

玛丽亚的视线与弗兰交汇，对他伸出一只手。

"弗兰，上去，我想和你聊一下。"

"我呢？不能上去吗？"他们其中一个生气地大叫。

"等你知道我的名字以后，"她回答，"你的针筒，拿去。"

弗兰进去之后，碰到另外一名工作人员，是个年约三十五岁的高瘦男子。玛丽亚的声音从下面传来。

"妈的！不准叫我金发女！难道要我叫你油头发？"

她的朋友笑了出来。这个女人还真有种。

"弗兰，我们看你似乎很想聊聊的样子。"

"呃……对，没错，我想找个人聊一下。"

"我叫劳尔。"

他对弗兰伸出手。这是他们在短短几分钟内第二次伸出手。

***

他们一直聊到快收车的时刻。劳尔帮他治疗空气枪打伤的伤口，以及其他第一眼看不出、但是比较深的伤口。对弗兰来说，有人关心他的感受和他的状况非常怪异。和只顾自扫门前雪的人同住三年后，他很开心能和一个专注看着他的人聊聊。他告诉劳尔村庄的吉卜赛孩子、毒品涨价，每天早上醒来知道自己得到街上去为海洛因筹钱的悲伤。每天。没有假期也没有希望。

他一股脑儿把心事全说出来。他开始了就停不下，感觉每讲出一个字就舒服一些。

"我不知道，我想要戒毒。"他突然说。

劳尔嘴角上扬，斜睨玛丽亚一眼，然后说："或许花了你很大力气，但是你终于说出来了。"

"啊？"

"通常爬上来的人都是想要稍微发泄一下，而我们会聆听。有些人——但非常少——会在谈过之后冒出这句话来。我们对这些人感兴趣。"

"为什么？"

"因为跨出这一步的人，不只是想聊聊而已，而是已经准备好。"

"准备好什么？"

玛丽亚接着说。

"准备好聆听。"

于是他俩替他分析目前有哪些机会。马德里公共戒毒中心大概只有二十来个名额，候补名单却长得看不到尽头。如果他有钱，也打算用掉，比较容易找到欢迎他的私人诊所。

不然得寻求其他戒毒途径，也就是小巴士。它和交换针筒的货车大同小异，除了发送的是美沙酮，唯一的条件是得提供身份证号码并接受检验。一旦办理手续后，便开始疗程：每天下午领一杯美沙酮，它有苦味，会让在人一天结束之际忘掉其他苦涩滋味。

小巴士有很多种。有些每个礼拜做一次麻醉检验，确保珍贵的药物是用在真正想戒毒的上瘾人士身上。其他小巴士只发放药物，不过问，也不检验哪些人好好使用、哪些没有。因为海洛因的效力从上瘾者的眼睛就可以分辨，不需要另做检测。

在针筒以旧换新的货车附近就有一辆小巴士。车子驻点在药庄附近，有许多人想服用美沙酮减缓戒断症状，但不久又补一份令人飘飘欲仙的海洛因，导致过量的案例时有所闻。好在马德里好几个点都有小巴士。

天色已晚，不过他们约好隔天让劳尔陪他去见负责的人。

"你有没有被通缉？"

"没有。"

"你想戒毒，还是想减缓戒断症状再吸毒？"

"戒毒。"

"你有没有可以帮助你的朋友或家人？"

"没有。"

"这个疗程的成功几率是两成。不容易。非常不容易。尤其是一开始的时候。可是你如果撑得过去，就会像倒吃甘蔗。最好找个能转移注意力的东西，某个能让你开心、不要老是流连在街上的东西。"

"我再想想。"

"太好了。那下次见面，我们会让你接受治疗。"

弗兰离开货车时，天色几乎已经暗下。太阳没入马德里食品市场的建筑物后方，行走在道路路肩上的毒虫变成了一抹抹黑影。他离开前，玛丽亚从货车那儿叫住他。

"嘿！"

他转过身。

"你已经踏出了最困难的一步。"

弗兰送给她一抹微笑，再一次变成路肩的众多影子之一。

第十三章　莎拉

《阿兰之声》报社的正面门墙，一点也没办法和历史悠久的报社大楼相比，比如《纽约时报》。

这栋俯瞰整座村庄的花岗岩建筑也是。入口太低，板岩屋顶又旧又脏。从侧面的一扇大落地窗，可以窥见里面摆放三张桌子，地板满是一堆堆杂乱无章的文件。

戴维和报社老板有约。前一晚和埃斯特万聊过之后，他做了一个清单，上面列出一些托马斯·曼德可能在本地从事的工作。像他那样不用担心钱也不在乎名声的人，应该是从事最爱的工作，他心想，当地报社的高阶职位是个相当可以接受的选择。这是乱枪打鸟，但他要求自己有方法、有条理地执行任务。报社的人应当认识这些村民，或许和老板谈过之后，能找到什么蛛丝马迹也说不定。

对方称自己非常忙碌，不过只考虑几分钟就答应见他。

戴维穿越大厅，经过三个用怀疑眼神盯着他看的编辑。尽头就是总编的办公室。他敲了敲门，走进去。胡利安·贝尼托正在打电话，但请他就座，并加快速度结束谈话。戴维于是有一点时间仔细打量这间堆满杂物的小办公室。四面墙壁挂满了照片，上面都是他不认识的人，可能是村民或某个乡代表吧。报社总编挂上电话，伸出手给他坚定有力的一握。他大约四十岁，一双冰冷的眼眸四周只有几条细纹。

"很荣幸认识您，贝尼托先生。"

"请叫我胡利安。这里不是《国家报》报社。不介意的话，我想叫你戴维，听起来比较亲切一点。"

"好。"

"嗯，戴维，告诉我是什么风把你吹来报社。"

戴维已经准备好问题，也编了一个小故事。他做来不费吹灰之力，这是他从来到这里以后一直在做的事。

"是这样的，胡利安，我在马德里的一家小报社《多一点消息》工作。我们每天会在地铁分发两万份报纸。"

"哟，真棒。"总编说。

"听着，我和太太来这里度假几天，刚好读了贵社的报纸；内容很不错，没必要嫉妒首都发行的。我想多认识一位同行。这是你的报社吗？"

"很高兴你喜欢这份报纸，戴维。这并不是完全是我的报社。我之前创立了一家报社，不过规模太小；几年前，《阿兰之声》邀我们加入，报道当地新闻。我们维持中立，然而力量更强大、更能专注在自己的土地上。"

"你当时应该很年轻。"

"没错，小毛头一个。那时我二十五岁，正在决定该到大城市投效比较有前途的工作，还是自己当老板。嗯，后来我决定留下。"

"为什么？"戴维问，"你是个才华洋溢的人。"

胡利安倚着椅子，对他投去一抹打量的目光。

"戴维，你在试探我吗？"

"不，老天，不是。纯粹是记者的好奇心。像你这样的人大可在其他地方赚很多钱。"

"我对钱不感兴趣，"胡利安回答，"我知道或许听来有点老套，但我对自己不得不坦白以对；不管是在工作还是在私生活方面。"

"老天，听起来真棒。在现代社会这样的全力以赴已经很少见。你怎么会想创立自己的报纸？"

"在那个年纪，我知道所下的决定会影响接下来的人生。我喜欢这里，而这里没有报纸。我太太和我的家人都住在这里，我待在这里很自在；为什么要走？我想要报道真实、有趣和有人味的新闻，不用受出版社高层的限制。"

"这是一种美丽的人生哲学。"戴维说。

"没错。很多人以为我疯了，但我总是说，只有寻找真相的人有资格找到真相。"

戴维动弹不得。那是句引语！是《螺旋之谜》的引语！他是故意说出来的吗？仿佛他知道戴维的身份，知道戴维是为了什么而来。好似这是两个老友之间私下的笑话。戴维不动声色地打量他，评估他的反应，等着他的一个动作，挤眼或是点头同意，不再隐藏身份。但对方只是杵在原地，盯着他看，什么也没说。戴维开始流汗。这不可能只是个巧合。他的运气没那么背。

"你还好吗？戴维。"报社总编辑问他。

戴维俯身向前，用一种拿了纸牌所有幺点的自信，凝视他的双眼。

"好多了，胡利安。你可能难以想在这之前有多糟糕。你喜欢写作吗，胡利安？"

"当然喜欢。"

"你写过什么吗？"戴维问，他的身子越来越往前。

"当然写过，"胡利安有些不解地回答，"我创办过报纸。那个时候都是由我操刀所有报道。"

"噢，当然，只有报道。你从没写过故事、小说之类虚构的东西吗？"

"写过，嗯，我写过一些故事，但是那是年轻的时候。现在我的时间不多。"

"所以你写过东西。你从没想过要出版？"

"没怎么想过。写作只是个兴趣，不用经过出版获得认同。"

"所以你不需要认同。这一点我倒是非常有把握，"戴维自以为讲了个笑话，并露出微笑，"你觉得自己写的故事精彩吗？"

"可以说还不赖吧。但是距离出版，还有一大段……"

"噢，当然，当然。让我们假设一下你写得非常好；我不是说你写不好，但是让我们想象一下，如果你写了部真的非常精彩的作品，一部可以感动全世界几百万人的作品，你会想要出版吗？"

"老天，我怎么会知道？"报社编辑回答，越来越迷惑。

"当然，我也猜到应该是这样。虽然说，当然喽，你的目的不是钱，你也不需要认同，我想你应该会找到一个方式让大家认识你的作品，但是不会搅乱你在这座村庄的生活，对吧？"

戴维越说越开心。

"当然喽，"戴维继续说，"我猜最好的办法是继续窝在一家看不到任何评论的报社当编辑。"

"我不知道你到底想说什么。"

"当然，没有人会发现。但没人发现的东西有一箩筐，对吧？这是一座到处都是秘密的村庄，很多人都有所隐瞒，但是有些人隐瞒得更多，我说得没错吧？"

"我觉得你到这里以后所讲的话，没有一句让人听得懂。"胡利安说。

"托马斯，我喜欢你的人生哲学。非常喜欢。甚至可以说，我非常敬佩。"

"谁是托马斯？我叫胡利安。"

"当然喽，托马斯。你爱叫什么名字都可以。你有权利。这十四年来，你都一直有权利。我喜欢你说的，人在二十五岁下的决定，会影响后半辈子。如果你走其他行，你的人生应该是完全不同的面貌。你也不可能躲在这座村庄不受打扰，不可能领导一家报社的分部而不成为焦点。你隐瞒得真好，托马斯。为了找到你，或许我赔上婚姻了吧。我太太昨天抛弃了我。"

"一点都不奇怪。"胡利安回答。

"但是现在一切都有解了。我只要你知道，我们会答应你开的条件，你不用改变现状。该死！为什么你就是不愿意透露身份！要不是因为那句引语，你可能就瞒过我了吧。噢，朋友！小小的细节会造成差别！"

"你是指什么？"

"《螺旋之谜》的引语：只有寻找真相的人有资格找到真相。噢，这是一句非常美丽的引语。"

"这句引语怎么了？你知道这句引语？"

"我知道这句引语？"戴维惊呼，"我当然知道！你知道是谁写的吗？"

"知道。托马斯·莫德写的，来自他的小说《螺旋之谜》。"

"没错。你认识书的作者吗？"

"我怎么会认识他？"

"嗯，不用再解释了。我不会把你的秘密说出去，可汗先生也会保密。我们会答应你开的条件。"

"滚。"

"不要发火，托马斯。我只想知道你为什么停笔了。"

"谁是托马斯？而且我跟你说过了。我停笔是因为这只是个兴趣！"

戴维俯身向前，越过桌子，压低声音对他说，以免其他编辑听到。

"你不用装了。你已经躲了太久。我们不求别的，只求你把第六部寄给我们。等我们解决问题之后，你可以继续在这里的生活，好像什么事都没发生过。至于我们这边，一切照旧。你会得到你要的东西：如果你要更多钱，就能得到更多钱。我得到授权谈我们未来的合作关系。"

"来，让我给你看看我要什么。"报社编辑站起来，伸出一只手搭在戴维肩上，然后绕过他的脖子。起先，戴维以为那是个示好的拥抱，但是力道却越来越紧……

当戴维撞到地面时，才发现石砖路面是多么坚硬。一眨眼，他被胡利安·贝尼托和他旗下的三个编辑带出去，丢在报社外，幸好不是从太高的位置落下，所以伤得不严重，但也足以让他接下来几天无法好好坐着。

＊＊＊

劳尔和玛丽亚说到做到。两人陪着弗兰和其他两个吸毒者一起接受美沙酮疗程。劳尔认识小巴士负责人，他们是老朋友，热络地招呼彼此。

弗兰看过其他两个一起来的男孩，有回他从药庄回去时跟他们交谈过。这两个人就像同一个模子刻出来的：同样的蛀牙、油腻的头发、发愣的眼神，和一身破烂的衣服。他们是昔日的自己被摧残殆尽后的模样。于是弗兰不禁自问其他人眼中的他是什么模样。他的牙齿并未被鸦片剂毁掉，不过外表应该没好到哪里去。他三天没洗澡了，穿着一条脏兮兮的牛仔裤，脚上的网球鞋原本是白色的，现在沾满了巴兰基利亚的泥巴。

他们两人其中一个是通缉犯，希望在被逮捕前接受美沙酮疗程。疗程开始之后，也不会因为坐牢中断，他在狱中还是会继续进行下去。否则，到时等着他的会是一段有一搭没一搭的毒品日子，使用借来的针筒、跟所有囚犯相互感染疾病。在小巴士登记身份证之后，逮捕他这件事会变得棘手，但是负责人当然有对策。他们可是一群老狐狸。

接受血液检验后，他们交给弗兰一个塑料杯，里面放着第一剂美沙酮，混合了减少苦味的柳橙汁。弗兰望着杯子，心头浮现一种怪异的感觉，这个小杯子里面的东西，是一把通往未来的钥匙，那是一个他能掌握自己的未来。

他决定不告诉室友这件事。他尤其怕卡洛斯知道后，故意成天拿海洛因在他面前摇啊晃的。他会努力找点事做，以免整天待在公寓里不停想着这件事。如果他能隐瞒一段时间，就不会向卡洛斯的引诱屈服了。戒毒之后，他要做什么？他毫无头绪，也不愿想象太多，免得幻灭。他会试着当百分之二十的人，但是八十种负面的想法在脑子里奔腾。他有一大把时间可去想除了毒品以外的事。

这一天，他把原本买毒的钱拿去买了一点晚餐。这是另一个重点：营养。他得改掉只靠啤酒和面包度日的方式。

他提着购物袋踏进公寓，跟以往一样，没人出来欢迎他。他把袋子放进冰箱，里面只有一盒过期的牛奶和一包发霉的火腿。

公寓里空无一人。卡洛斯、拉科和马努或许正在想办法弄钱吧。只有他在家。他不饿，不过还是用微波炉加热了意大利面，勉强吃一点果腹。微波炉是马努一年半前在某间有人非法占住的屋子偷来的，很老旧，有过度加热的问题。或许填饱肚子能让他不会想着来一剂。食物其实也是一种毒品吧？

虽然一点也不能拿来比较。美沙酮抑制他吸毒的欲望，但他的身体习惯每天来三次，所以想念那种感觉，每个毛孔都在强烈地呼唤。他吃掉意大利面，把胃塞满。

饱足之后，他坐在客厅的沙发上，努力想找点事做。他花了二十分钟盯着墙壁，仿佛分析一件油漆斑驳脱落的艺术作品。

真希望卡洛斯没卖掉电视。

过了许久，他才想起陪他度过许多失眠时光的小说，只读到一半。他裹上一条毯子，翻开书，寻找上次坠入梦乡前的那一章。他重读一些段落，重温整个故事的氛围。

他很开心能找到事做，开始一页页翻下去。

于是他眼前出现一个新的世界。一个不是他人生的世界，一个与他无关，却透过印刷字体深深吸引他的世界。他的脑海浮现往日阅读并构想故事的时光。

从前，他喜欢午后拿着一盒烟和一本书，坐在公园草坪上，享受日光浴，感觉故事激荡心灵，沉浸在情节当中，化身为主角，不像后来他连自己的人生都无法主宰。他曾希望自己此刻的人生是另外一种样貌，可以用余生徜徉在书本的各个情节里。

他享受着在寂静中阅读，思考着，或许文学是熬过这阵子的好工具。

这时门打开了，一个女人走了进来。

当他听见一阵想提醒有人在的干咳声时，他抬起头，看见一个睁着一双明眸、个头娇小的棕发女孩。他看着她，没说半句话。起先，他没问自己她怎么进来的，来这里做什么。女孩穿着一条紧身牛仔裤，和一件遮不住丰满胸部的老旧外套。她一手拎着一个装满衣服的垃圾袋。他们就像两只在黑暗中碰面的猫，仿佛花了永恒的时间打量彼此。女孩并不急着解释。弗兰的时间则多得很。

他们都没开口，直到马努从门口钻进来。

"弗兰！妈的，你今天怎么看起来这么正派？"他指着袋子还拿在半空中的女孩，"弗兰，这是我表妹莎拉。她要来和我们住一段时间。莎拉，这是我的室友弗兰。"

"哈啰。"莎拉说。

她有着腼腆的嗓音。看起来不超过二十一或者二十二岁吧。他不禁想她来这种地方做什么，但是他从经验可以捉摸故事的来龙去脉：离家出走的女孩染上毒瘾，最后投靠一个也是毒虫的亲戚。女孩的角色一再换新面孔，故事却是老一套。

马努处理完一件悬而未决的事情，几分钟后就离开了，让表妹自在地安顿下来。女孩很快地把袋子放在一间房，瞧瞧四周，心里想着：莎拉，看你闯进了什么狗窝。

接着她回到客厅，做了唯一能做的事：和刚到时撞见的家伙聊天。

"你和我表哥分租公寓吗？你们住一起多久了？"

"你的讲法好像我们是伴侣。"弗兰回答。

"我是指分租公寓。"

"大概两年。"

"你们怎么认识的？"

"我们以前一起做过几次生意。"

做生意。打人。打很多人。

"那你呢？"弗兰问，"你怎么会来这里？"

"说来话长。"

"我有的是时间。"

"改天吧。我现在没力气跟你说，"

"好吧。"

他们俩安静下来几分钟，分享客厅的空间。弗兰决定问她一个问题。

"你也染上了？"

莎拉露出诧异的表情。最后她点点头。

"可卡因还是海洛因？"

"海洛因。"

"多久了？"

"从十九岁开始。"

毒虫之间的问候许久以来从一般常听到的"你哪里人？读哪个专业？有没有兄弟姐妹？"变成比较无礼但贴近现实的问题："毒瘾很深吗？哪里买货？什么时候第一次吸毒？"

"嗯，"弗兰点点头，"你被赶出家门，还是有其他原因？"

"不是。我是自己离家的。但他们终究也会赶走我。只是时间迟早的问题。"

"你几岁？"

"二十六岁。"

"也对，再过几年二十六吧。我不觉得你超过了二十二岁。"

"好吧，二十三。"莎拉说。

"这比较有可能。"

他们继续聊了半个小时。弗兰挺喜欢她的。莎拉对于正要展开的新生活感到惴惴不安，她努力别让自己泄漏一丝端倪。弗兰在她身上看到自己刚接触毒品的反应，想给人这是她的决定的感觉。

差不多是这样。

"害怕，对吧？"等他们聊了一会儿后，他问她。

"害怕什么？"她问，仿佛不知道似的。

"离家，到这里和三个陌生人住。"

"我认识马努。"

"这倒是，我发现你们在这之前已经很亲密。"

莎拉试着保持镇静和语调平稳，不泄漏她的紧张。

"一切都在掌握中。"她说。

"我想一定是。"

她没回答，只是紧绷着身体，盯着客厅里寥寥可数的几件家具。弗兰暗自窃笑。这个女孩不容自己犯错，即使有人拿烧红的铁块威胁她。

"我自己离家时确实是吓到了。马努也是。所有的人都是。而且持续很长一段时间。"

她依然没搭腔，仿佛没听见他的话。弗兰再一次拿出书继续阅读。当他看到某一段抬起头时，发现女孩正斜睨着他。

***

戴维已经花三天在村庄里寻找作家的下落。跟报社总编见面那次一败涂地之后，他试着加强观察，并三思而后行。只要踩错几步，寻人任务就可能失败，就像他已经赔上的婚姻。他原本真的相信是那个报社总编。

然而这不是电影，事情没有那么简单。他从那次见面唯一得到的东西，就是右边臀部有一大片淤青，以及深感自己闹了一个笑话。而他从抵达这座村庄开始，笑话已经闹了不少。

他唯一能做的只有相信自己终将摆脱此刻的困境。他前往清单上的第二个地点：图书馆。

图书馆员的工作很简单，有许多空闲时间。处理书不需要太急。不会有人为了要查书，把你从被窝挖起来。书能熬过光阴摧残，摆在书架上几十载，不像我们会逐渐衰老、慢慢憔悴。一份朝九晚五的工作，四周围绕几千本书，拥有大把时间阅读和构思故事，一本书接着一本书，一个人生到另一个人生……

对一个热爱文学的人来说，这根本是个完美的环境，让他创造出这样一篇大格局的故事。他会在孩子们还书时跟他们聊聊，了解他们喜欢哪种书，然后推荐他们其他书。这是适合单纯生活的单纯工作。

图书馆在广场旁一座小型文化中心的一楼。要到里面，得先穿越一条贴满历年童画的走廊。

他用手指敲敲门，但是没人回应。于是他进到里面。

他花了两分钟才找到有个老先生坐在一张椅子上，一手拿着圆珠笔，一手拿着书，正在打盹儿。

他的腿上搁着一本写到一半的小记事本。

戴维伸出手搭在他的肩上，等他醒来，但一点用也没有。老先生睡得很沉。他稍微摇一摇他，瞧见他眼皮下的眼睛转了转。过了几秒，他慢慢地睁开双眼，并瞪着他瞧。接着他看向左边又看右边，似乎不太确定自己在哪儿，最后视线又回到眼前的陌生人身上。

"呃，"他干咳儿声，"您是哪位？"

戴维向他自我介绍，说他想拿一本书。老先生站了起来，然后踩着疲惫的步伐，回到木头柜台后面。他拿出一个装了几十张借书卡的盒子，问他叫什么名字。

"我没有借书卡。我刚来村庄不久。"

"好吧，没关系。我们可以马上帮你办一张。但是，如果我是你的话……"他停顿几秒思考。

"我不会挂着一张这么沮丧的脸，懂吗？"

他讲完自以为是的笑话，大声地笑出来，戴维也陪着露出微笑。

"我得先去看有没有您要的书。"

"我在找托马斯·莫德的《螺旋之谜》的任何一部。"

他搜寻任何在老人眼中掠过的无奈或担忧，却只看到老先生露出一脸茫然，试着在脑中翻找信息。

"没有。我们没这本书。"

"没有？"

"嗯，老实跟你说，我们这里几乎没有书。看看架上。"

戴维转过身，只看到空荡荡的书架，仅有的几本不是书页发皱，就是封面破损。他猜，把这里称作图书馆，是为了遥想往日的美好时光，现在几乎不能这么称呼。

"为什么书这么少？"

"孩子们。那些小王八蛋。他们拿走书以后，就没还回来。因为过期罚一块半欧元。不管是遗失还是弄坏，除了赔偿还要加罚款。您以为这样能吓阻他们？不能！什么都吓阻不了那些孩子。他们简直是噩梦。借走书，读完了，就占为己有，根本不在乎文化传播或礼貌。我打电话给他们，要他们还书，他们答应会还；你以为他们后来真的来还了？没来，当然没来。他们根本不怕一个老头子的威胁。我年纪大了，没办法一个个找上门去。"

戴维想起一句俗谚：要有一座好的图书馆，只需要有许多朋友，以及不要太计较。图书馆员继续炮轰。

"警察拒绝搜寻那些小鬼，推说这是市政府的工作，但是要政府介入也太小题大做。真是一群混账！小题大做啊……我们别做梦了，他们根本不会在乎。他们宁愿在汽车里打瞌睡，也不愿搜查民宅寻找失窃的书。他们连一丁点力气也不肯施舍给图书馆的书。那些小鬼的父母实在应该管管这件事！现在，我这里根本没书可以放回架上。但是总有一天会有所改革。到时那些小鬼就得为未归还的每一本书、迟还和弄坏书皮付出代价。到那一天，我会哈哈大笑。连在法国的人都会听到我的笑声！甚至远在瑞士的人也都将听到我的笑声！"

戴维让他尽情发泄，等他结束了，便试着拉回对话。

"那您记得这里有过那部小说吗？"

"什么小说？"老先生问，似乎不懂他在指什么。

"《螺旋之谜》的任何一部，托马斯·莫德的书。"

"嗯，我得查一查书卡。"

他翻了一遍抽屉。里面似乎空空如也。

"以前我会在书后面记下读过那本书的人的名字，但现在我已经没办法这么做了。因为那些混账带走书不还。我说过了吗？他们不还书！一群臭小鬼！我懂肚子饿了或缺钱可能从超市偷东西，但是偷一本书……一本书！应该是疯了。听着，这座村庄到处都是疯子，借书不还。"

戴维抬起头，呆望着接下来要发生的事。

"我已经七十六岁了，根本走不动。不然的话，他们就不会有好下场。我还没退休，是因为没人回应图书馆员征召启事，懂吗？哈！不然我才不会在这里！我希望下一个战友是个严肃的人，身上有疤痕，有一双大手可以掐住那些畜生的脖子……"

戴维尽其所能地忍耐他如雨下的口水，然后落荒而逃，留下老图书馆员和他空荡荡的书架，以及他对死亡与衰败的想象。

他手上已经没有其他线索。

第十四章　触底

弗兰前往驻扎在阿甘苏埃拉区政府的小巴士领取他的美沙酮，那个地方叫作时间之屋，位于莱加斯皮地铁站出口附近。他到一扇小车窗前报上名字，说是劳尔介绍的，不过对方似乎不太在乎。他在名单上，对方一个干净利落的专业动作，递来他的杯子。

他说完谢谢然后离开。警车就停在附近，车上的警察从后视镜监视小巴士附近的所有动静，或许是想认出通缉犯吧，仿佛猎人正在等猎物自投罗网。名单负责人自有一套办法应付通缉中的毒虫，但警察也有自己的一套花招找到他们。

刚开始几天，弗兰拿出吃奶力气对抗戒断症状，甚至把自己关起来、铐住自己，但内心还是有一股呐喊："给我一针，你知道你需要一针，你会感觉很舒服……"最难受的时刻是凌晨，他习惯在五点半醒来，注射一针。此刻，他没有睡意，辗转难眠，努力不要去想注射海洛因。这个时间静悄悄的，街上也听不见车子经过，内心的声音于是显得格外清晰。

到了下午，服用美沙酮后，情绪比较平稳，他习惯到街上绕一圈，他总是走相反方向，远离药庄和那里的违禁品。第一天他走太多路，脚酸得发疼，但是很快就恢复，现在他满享受散步时光，就像有人享受上瑜伽课那样。运动对他好处多多，让他想起还有其他的小区、居民和环境，一些虽然没有熟识太久，但一直埋在记忆里的东西。

他通常每天下午花两个小时待在公园，带上半打啤酒，坐在长凳上晒太阳。酒精不是海洛因，但是总比头脑保持清醒要好。开始疗程的第二天，他到一家中国商店买了一本记事本和两支笔。

他看着情侣手牵手散步，或单身男子遛狗，希望碰上迷路的女孩，并在笔记本里写下当下的想法。

他任凭自己沉溺在酒精发酵的灵感中，脑子时而涌出一个个没太大意义或不连贯的句子。句子不需要合乎逻辑，只要能让他愉快地度过午后时光，把其他负面的想法赶出脑海。

他开始服用美沙酮的同一天早上，在街上巧遇奇克，一个从前经常混在一起的同伴。他们已经失联两年，偶尔还会想起对方。现在，奇克有时晚上会开一辆纸类回收车，不过不是帮市政府工作，而是专门偷窃政府回收箱的纸张，再一公斤一公斤卖给回收工厂。那儿按每公斤贱价收购，不过他们载来满满一卡车，还利用金属床架做成围栏，扩充载运量。

奇克和他的同伴们需要人手负责监视警车，所以他很高兴能介绍工作给两年没见面的朋友。弗兰没跟他提到自己正在戒毒，而奇克也没问他是不是在吸毒。他们是朋友，清楚有些事最好别探究太多。如果非说不可，也会用比较自然的方式。他知道他那票卡车的同伴可能不愿意找个毒虫来接这份工作，而他也不是真的想知道。弗兰给人的印象就是个浪费生命的人，这个理由就够了。在街头世界没有什么可靠的履历，工作经验要比大学文凭有用。

于是弗兰晚上忙着东张西望，好让卡车四人组用滑轮吊起回收箱，让大量的纸张、纸箱、广告单和杂志倾泻而下。他们戴着手套，拿着铲雪锹，把纸类铲进卡车里、压扁，再进攻下一个回收箱。他们与区政府去同样的地点回收，交给同样的回收商，只是他们收钱，装作热爱生态环境。回收场的人也不过问——在街道非法生意构建成的小型地下世界，问得越少越好，尽管这样大量的纸堆从哪里来是个公开的秘密。运来超过十六公斤的卫生纸卷筒一定令人起疑。

快天亮时，他双腿疲累，口袋里多了差不多十四欧元，足以买点吃的和隔天要喝的半打啤酒。

这不是坐办公室的工作，他也不是习惯西装笔挺的人。

这天晚上，他踏进大门，撞见了正要出门的卡洛斯。对方嘴角上扬，靠过来，伸出一只手搭在他肩上。

"见鬼，弗兰，看见马努的表妹没？那对奶子！迷死我了，老兄，我要上她。我现在要去格洛丽亚家，都怪那个表妹让我心痒痒。听着，反正她最后也会流落街头，被其他人搞。说真的。"

卡洛斯带着一抹匆促的笑，和总是硬挺的下半身离开了。进到公寓，他遇见正在煮东西的莎拉，锅子里似乎是意大利面加炒蛋。他穿过大门，与莎拉视线交汇，她一看到是他，目光不再那么紧张。

"呼！"她叹道，"我以为卡洛斯又上楼了。我觉得他好像随时可能强暴我。他盯着我的样子好像是我充气娃娃什么的。"

"卡洛斯看每一个女人的眼神都是那个样子，不是特别针对你。对他来说，女人和充气娃娃的唯一不同是女人会跟他要钱。"

莎拉露出微笑，并开玩笑。

"可是照我看来，你们这间公寓里不是每个人都像他。要不要吃点东西？我做了一堆。"

"太好了，谢谢。"

这不是一顿亲密的烛光晚餐。他们一面狼吞虎咽意大利面，一面聊过得如何。

他们前几天不太常碰面，而弗兰发现她第一天的自信全是装出来的。莎拉巨细靡遗地告诉他，马努怎么陪她去药庄，到他的药头面前，而对方怎么将她从头到脚打量一遍，评估她愿意拿什么交换毒品，以及愿意这么做多少次。表哥和她仔细解释哪些事得小心：注意海洛因的颜色、质地，不要向陌生人买，尽量不要信任人。之后他们表兄妹各自注射需要的量，马努去做他的"生意"，她溜进地铁站，直接回家。

弗兰反而对他的生活轻描淡写。他告诉她，他成天忙几件拖延很久的事，完全没提到他在进行戒毒疗程。他希望尽可能保密，万一失败了，也省得觉得丢脸，不必听他同伴的讪笑；如果成功了，他有的是时间让其他人知道。到目前为止，他忍受了上瘾的折磨，但他听过警告，知道这是一场长程比赛。

自从卡洛斯为了买可卡因而卖掉电视，到了夜晚，公寓里都弥漫着有点哀伤寂寥的氛围。马努不是特别爱说话，拉科满腹苦水，不敢跟任何人说心事，至于卡洛斯，听他聊东西，还不如让他闭上嘴比较好。

为了填满到睡觉前的时间，莎拉告诉他自己是怎么沦落到这般田地的。她的故事并不独特。她跟许多人走过同一条路，从中学的下课时间跟朋友一边抽零卖的烟，一边说笑、聊男生，到后来在学校里改抽大麻烟，下课后泡舞厅。她利用爸妈规定的门禁时间之前去喝几杯、抽根大麻，偶尔偷尝迷幻药；她们看到同伴迷昏会大笑，而平常听了一点也不好笑的笑话则变得有趣极了，以及过去在她们眼里平凡乏味的男生突然间变得幽默风趣。就这样，她在嗑药后飘飘欲仙，倒在舞厅里随便一张沙发上。她是朋友中第一个到男生打开的裤裆里摸有什么的女生，而她找到的东西马上就探索了可以进入她的地方。

很长一段时间里，毒品和性爱是她在床上的密友。她觉得性爱是有点具体的东西，她不会考虑把自己全心奉献给一起上床的男生。如果她是在嗑昏头后上床，性爱会给她全新、不同的感受，不再只是具体的行为。在新的世界里，没有人能命令她，她感觉她能当原本的自己。

很快地，所有能给她药物的人，都能得到她张开腿作为回报。她不要固定的男伴，只要男伴给她的感觉。有两年半时间，她不用一分钱就能拿到迷幻药，也不用卷大麻烟，但她的毒瘾比一起的许多女性朋友都深。

过不了多久，莎拉在所有男生眼里不再有趣大胆，他们不再认为和她在汽车后座度过开心的一晚，隔天不会悔恨交加。

之后她上大学预科班，换了学校，舍弃了原本那一所。这时迷幻药已经是小孩的游戏。吞下迷幻药上床有点不够，完全比不上吸食可卡因。男生会变得更加精力充沛，她则放得更开。高潮似乎无边无际地延伸下去，在她腿间留下欢喜的感觉，让她渴求更多：多一点性爱，多一点可卡因。

那一年，她一本书都没翻开过。到了六月，她四科没过；九月，她只救回一科。她的父母一直认为她是个好学生，是个有责任心的女儿，这时开始问自己女儿到底发生什么事了。是分心了？或是把和朋友参加派对看得比学业还重要？他们一向教导女儿以学业为重。很快地，他们找到了原因：有一晚他们提早回家，发现女儿和一个男生躺在他们的床上，正在把可卡因粉末塞进她的肛门里。

后来莎拉重念了一次大学预科班，但和父母并未重修旧好，学校成绩也没进步。第二年她又挂科了，于是放弃念大学，开始到小区的一家超市工作。在那儿她碰到从前中学的女同学，她们在如火如荼准备大学课业的空当，偷闲陪妈妈出门买菜。

她的父母选择相信她，认为女儿能扭转生活，莎拉也试过了，但冷淡的家庭生活和缺乏工作热情，让她和那些不曾从电话簿删除的朋友继续上床并吸毒，他们知道莎拉能给他们一段销魂时光。之后她开始投向海洛因的怀抱，海洛因能为她提供避风港，让她游荡在陌生的迷幻世界。这个新发现，让她不必再和那帮混账上床，任凭他们对她做女朋友不愿意配合的事。她的新朋友是海洛因，她成为自己人生故事的女英豪。她不必再把这个角色拱手让人。

　　又过了两年，家里的状况变得难以忍受，莎拉决定在无法挽回之前离家。她透过表哥出手援救，搬到这间公寓，和三个她不认识的毒虫住在一起。

　　弗兰专注地听她的故事。他完全没提出半句批评。他不觉得有这个权利。他自己在十九岁那年就和一个看对眼的妓女尝试过在她的大腿吸食粉末。

　　"所以，看到了吧，事情就是这样。那你呢？有什么故事？"

　　"嗯，女孩，我现在提不起劲跟你聊我的人生故事。或许改天晚上吧。我们不要一口气把力气都用完。"

　　"嗯，既然你不跟我说故事，那我要去睡了。但是记住你欠我一个故事。"

　　接着她对弗兰送上一个微笑。已经好久没有女孩对他这样笑了。如此真诚、自然和友善的微笑。

　　这一阵子，他想起好多已经许久不曾有过的东西。他从戒毒开始发现，回忆慢慢地浮现脑海，比如某次同学会见到的朋友。而女孩子的微笑也是他想念的事物。或许生活能没有这些，但是会比较平淡无味。

* * *

他只剩下两个选择可以试试。托马斯·莫德要不是邻村的文学老师（布雷达戈斯没有自己的中学），就是从事能满足某种嗜好的某种生意。他要试试第一个选择，就得跟波索特的乔瑟夫普拉中学的文学老师约时间见面，那里是离布雷达戈斯的孩子最近的一所学校。

戴维无精打采，提不起劲儿，也几乎不抱希望。一开始就应该要小心谨慎、循序渐进的伟大任务，到现在一败涂地，他只能问不认识的人他们不知道的东西，又没办法清楚解释。他寻找可能让人选泄漏身份的蛛丝马迹，但其实不需要，他从跟《阿兰之声》报社社长见面后便学到了教训。他根本是在大海捞针，只是大海是这座村庄。现在还扩大到了邻村。

他出发前先做了一些调查。那间波索特中学的文学老师非常着迷创意写作课程。他会依据年级分派简单的作文，比如在假期做了哪些事，或者给出某篇故事的第一页，要学生接下去完成。在后段的课程，会分析比较具原创性的文本。看来，这座中学在一些全国性文学比赛中累积了不少奖项。

谁知道呢？或许他最后没找到托马斯·莫德，但是遇到了《春风化雨》里那样的老师约翰·基廷。他坐在这位老师办公室外的椅子上等待，像个学生。他最后一次坐在这种椅子上已是许多年前的事。那时，大家在黑板上画了一个点，只要老师一经过，大家就会同时冲向椅子，制造震耳欲聋的声响，淹没老师的声音。戴维是笑得最大声的一个，这也让他得到校长室一趟，坐在一张和此刻屁股下相似的椅子上。为什么人不管几岁，只要踏进一所中学，就会感觉自己像学生呢？

他旁边的门打开了，有个妈妈出来并向拉蒙·卡萨多道别，也就是戴维约见面的老师。他对戴维比手势，要他进去，然后请他坐下。

他的办公室像是杂物间改造的，让人有一种幽闭恐惧感。戴维觉得仿佛伸长手就能摸到老师办公桌后面的窗户。拉蒙·卡萨多穿着一件灯芯绒外套，系着过时的宽大领带。他年约五十岁，除了嘴边因为微笑形成的细纹，保养得不错。他旁边的地板上摆了一个老旧的皮革公文包。

"噢，佩拉尔塔先生，请说吧。"

"是这样的，我刚到隔壁的布雷达戈斯。"

"了解。"

"我不久前才搬来，正在找工作，想当中学老师。我在巴拉多利德，也就是两个礼拜前还住着的城市，是中学语文老师。现在试着在这一带村庄找工作，看看哪边有适合的职缺。当公务员最糟糕，多数时候，只能住在找得到工作的地方。"

拉蒙·卡萨多往前俯身，思索着他的话。

"您该不会想抢我的位置吧？"

"当然不是！抢您的位置？要赢过所有您获得的奖项？还有您在这里的名声？没有人会弃您而雇用我的。校长先生对您的教学成就很满意。"

"校长女士。"老师更正他。

"噢，我刚是用概称，"戴维解释，"她说，学校雇用员工是由部长决定的，而不是源于意见或投票，但若要找消息灵通的人，那一定非您莫属，您的人脉这么广。我知道我们不认识，可是您应该是教书战友当中，可以给我指示的人。"

"佩拉尔塔先生，听起来您是个厉害人物。我对长相向来过目不忘，可是我不太记得您是哪一位。"

"噢，我是大众脸，"戴维说，"我老是在街上遇到人说，'您是哪位？是帕斯夸尔吗？'我老是被认错。"

"那么让我想一下。老实说，当语文老师比其他学科的老师不容易。现在大家重视科学，尤其是一堆工程师的工作出现以后。人们以为傻瓜才会念语言学之类的……"

的确没错，戴维暗暗对自己说。我就是读了西班牙语言学，瞧我现在沦落什么田地。

"我教书不会只照教学手册。但无法上创意文学那样的课。我爱看书，但无法写作。我熟稔所有的技巧和要诀，但缺少火花、组织对话的能力，以及不拖泥带水的笔法……"

"我觉得您很眼熟，不知道是在那儿见过。而且是不久前，刚刚看过的。"

卡萨多盯着他，一手托腮，手肘撑在桌面。对他来说，感觉在那儿看过眼前的人似乎变得很重要。与此同时，戴维继续他编好的对话。

"当我阅读，不知道，或许是像托马斯·莫德那样格局的作品，会满心羞愧。像我第一次读《螺旋之谜》，有一种眼前的东西比我还伟大的感觉。我想要教创意写作课程，但我要是写不出东西，要怎么教课？既然讲到托马斯·莫德，让我来打个比方，您知道没有人认识他吗？这个人在家里写作，再把作品寄给出版社发行。至少听说是这样。不求名也不求利，只为了兴趣而写作，这样的事实在叫人难以置信。就是要把这样的模范教给学生。谁知道呢？或许您的课堂上就有下一位托马斯·莫德。您认识他吗？"

"认识谁？"

"当然是托马斯·莫德。"戴维说，仿佛在这间狭小的办公室提出这样的问题并不恰当。

"您不是说没人认识他？"拉蒙·卡萨多回答，脸色没有丝毫变化。

"嗯，我是说一般人不认识他，可是他应该和每个人一样，有朋友或邻居。"

"那我怎么会认识他？我连他的书都没看过！"

"噢？没看过？那么您应该拜读一下。那是本伟大的小说。在全世界销售超过九千万册，翻成超过七十种语言，得过雨果奖、星云奖、轨迹奖……发行了几十版……"

"我知道了！"

"您知道了？"戴维问，身体往前，"知道什么？"

"好不容易！从您踏进这里，我就觉得怪怪的，我看过的是照片上平面的你，所以对不上。我只回想最近几天看过的人！"

"您在说什么？"戴维问他。

"当您在跟我讲那些无聊事时，我也这样问自己！最后您终于泄漏线索。感谢老天！不然我还真想不起来呢！您知道吗？您在报纸上看起来比较矮胖。"

"什么报纸？"

拉蒙·卡萨多往前俯身，把戴维进门那时看到的公文包放在桌上。他打开公文包，从里面拿出一份《阿兰之声》。他翻了两页，给戴维看中间几页地方新闻的部分。在那儿的左下方，有一张他的照片，他一手叉腰、一手摸着臀部，痛得半旋过身子。他因为疼痛和丢脸，顶着一张扭曲的脸。照片底下的报道标题写着："奇怪的游客骚扰本村庄。"

下面大约几十行解释了戴维怎么接近村民，并问他们可笑的问题。他问布雷达戈斯的居民有几根手指，或者拿书本短句骚扰他们。看来，报社的人似乎采访过厨师何塞，拿到一些资料，再加上和报社老板那场丢人的闹剧，在中间几页刊登了一篇简短的报道。报道甚至猜测他可能是从比利牛斯山某家疯人院逃跑的患者。

最让他印象深刻的是他们竟然以迅雷不及掩耳的速度拍了照。现在他发现他那时看到的闪光不是疼痛的幻觉，而是相机的闪光穿过办公室的落地窗。

拉蒙·卡萨多对他露出微笑，等待某个认出他但不会领到的奖品。戴维站起身，拿起报纸，夹在腋下，不发一语地离开那里。

当他跨出门口那一刻，他下定决心要结束这趟寻人之旅。

* * *

戴维提着行李箱。他感到肩膀的肌肉僵硬，得换手拿行李，空着的手悬在身侧，每踩一步路，身体就摇摇晃晃，毫无节奏或风格可言。他内心的疲累让他驼着背，而行李箱（这是西尔维娅在一次大特价时和她那只大行李箱一起采购的）金属凸边摩擦地面发出嘎吱声，震动也让他觉得发麻。

他穿过花园，瞥见车库灯还亮着，决定到大门叫门。他花了半分钟试着整理思绪，编一套能清楚解释现在这副模样的说法，而大门打开了，站在门口的是小托马斯。他将戴维从上到下打量一遍，发出童稚的嬉笑声，然后扯开喉咙大喊："妈！疯子来了。"

他跑回屋里，没邀请戴维进去。戴维提着行李站在原地，若是得比预期中还快逃离这里，就不会浪费时间。当安赫拉出现在几分钟前儿子站着的位置时，她对戴维说："戴维，你这副模样让人看了很心酸。"

"安赫拉，因为我就是让人觉得心酸。"戴维说，附和她的说法。

"来吧，进来喝杯咖啡，"她的视线再次回到他身上，"顺便补充一点维生素。"

当他们沿着走廊前进时，她不禁偷偷笑了出来。

安赫拉和戴维坐在厨房的餐桌前，咖啡壶发出有趣的汽笛声和滚沸的咕噜声。安赫拉瞅了一眼她的访客紧拉不放的行李箱。

"那是怎么一回事？"

"埃德娜把我赶出了她家。"

安赫拉吓了一跳，差点把手中的咖啡杯掉到地上。

"真的吗？"

"拜托，别笑。这一点也不好笑。我回旅舍时，发现我的行李箱被丢在门口。我喊埃德娜，想知道发生什么事，但她拒绝替我开门。她隔着大门对我大吼大叫，说她不想留宿一个危险的疯子。看来她已经看过报纸了。她说她年事已高，没力气抵抗一个神经病的攻击。我试着告诉她这一切是场误会，说她要是不开门让我进去，等于让我白白浪费两天住宿费，可是她说我再不离开，就要报警，让他们赶走我。而且这不是我来到这里以后第一次听到这句话。

"所以我拿起行李，在街道上游荡，思考该怎么做，要去哪里。可是我发现有群孩子跟着我，想知道疯子被赶跑以后会做什么。西班牙孩子那么多，好像我遇到的是唯一一群会读报纸的。他们越聚越多，突然变成一个军团。其中一个拿弹弓射我。剩下的开始鼓噪，也攻击我。我整片后背都是淤青。我不知道该怎么办，最后我做了刚刚做的事：来到你家，想或许你愿意可怜我，留我到明天。我已经找到要去的地方了。"

戴维讲完之后抬起头；安赫拉的椅子是空的。她倒在地上哈哈大笑，边笑边抽搐，试着呼吸让空气进入肺部。她控制不了大笑了半分钟后，开始能够控制自己，坐回厨房的椅子上。这时她还是掩不住笑意。

"戴维，你差点让我笑死了。抱歉，因为我太久没好好地笑了，实在忍不住。如果你仔细想想，你会知道这太搞笑了。"她对他说。

"或许等时间过去，我会那样觉得吧，"戴维快快地回答，"能让我留在这里吗？"

"当然可以，老兄。把我家沙发当你家沙发吧。"

她说要去洗手间，离开了厨房，留下戴维独自喝咖啡，和依旧回荡在家里每个角落的哈哈笑声。

他们三个一块儿用晚餐。托马斯老实告诉戴维他下午在学校听说的传闻。安赫拉的儿子和所有贝雷达戈斯的孩子一样，在波索特读书。那场和拉蒙·卡萨多的会面结束后，消息就像野火燎原蔓延开来，烧到了一年级上课的大楼。很快地，每个班级都拿到一份报纸。没人知道报纸打哪里来，但就是出现在课堂上。当托马斯告诉同学他认识戴维，所有人都围过来，拿问题轰炸他。他遭到一群根本不认识的孩子问东问西，立刻变成学校注目的焦点。现在他变成了"疯子的朋友"。然而，他跟下午贝雷达戈斯的孩子丢石头的举动无关。

戴维告诉他们母子俩这完全是一场误会，是记者过度渲染，企图报道一个违背真相的消息。他只是告诉他们，他跟村里的几个人讲过话，引起"文化隔阂"的误会，就这样罢了。他保留了寻找作家这件事。

安赫拉家的沙发太小而且不舒服。戴维的双腿悬空，不得不穿回袜子，以免脚趾冻僵。这真是丢人现眼又漫长的一天。他辗转难眠，身体疲累再加上内心倦怠，而车库传来的叮叮咚咚敲击声更是让情况雪上加霜。他不想再思考，但是失眠，只能盯着屋顶，无法再做其他事。他努力别想前几天的事。他也不想再重拟寻找托马斯·莫德的计划。他开始恨他，如果他是个普通的作家，这一切就不会发生。

他想着西尔维娅。她睡着了吗？或者盯着屋顶在想念他吗？他在她妹妹的录音机留了几次话，但是没得到任何回复。尽管如此，他有把握她都听了。西尔维娅会听录音机的留言，看看听到什么，再决定回话还是不回话。

戴维却想着她。这几天他满脑子只有老婆和托马斯·莫德。这两段碰壁的关系。他想要在马德里、在他的家，抱着老婆，闭上眼睛睡觉和睁开眼睛起床。他希望一切赶快过去，希望这一场闹剧能一次解决他的问题，给他幸福快乐的日子，照计划生个孩子，有个爱他的老婆。

他要求不多。他为了想要的东西努力不懈，虽然他距离终点只有一步，这一步却可能让他全盘皆输。

他从沙发站起来。他知道自己不停回想着这条走来的路，已经想了无数遍。他垂头丧气。所以他宁愿起来在屋里闲晃，找点事情做。

此刻，他要阻止那个快让他发疯的敲击声。

**

安赫拉嘴里咬着铁钉，仿佛裁缝师咬着缝针。她左手扶着铁钉，然后猛然一敲，准确地把钉子打进去。她的动作精准，几乎不用刻意专心。戴维先看着她钉完两根铁钉，才打断她。

"这么吵，托马斯睡得着吗？"

安赫拉转过身，拿下嘴里剩下的钉子。

"小孩子在哪儿都能睡。我吵醒你了吗？"

"没有。这点声音我还睡得着。"

"抱歉，是沙发不太舒服。"

"不是沙发。是我不停胡思乱想。这是托马斯的小木屋吗？"

"对，"她回答，"后天就是他的生日了。我要开始组装木板。我只需要在前一晚全部装好。我尽量用组装的方式来做。"

"他会很喜欢。"

"真的吗？希望如此，我花了一个半月在晚上动手。不是一整夜，可是都在晚上抽空……"

"我爸妈最多送我一套轨道车或类似的东西。我没有任何抱怨，我爱轨道车。但是小树屋需要更多心血。光是架上去就是天大的工程。"

"你想帮我架上去吗？我打算明天晚上到森林里去架。"

"没问题。我也没什么事要忙，现在我是个无可救药的人。但我警告你，我对木工一点也不在行。"

"放心，很简单。你只要根据我的指示。我会分派简单的工作给你。"

"嗯，这可以抵住宿吧。算是交易。"

"埃斯特万也会来。所以我们一共三个人。人越多，工作越少。"

戴维往前走几步，瞧瞧组装到一半的材料。他努力回想从前在技术制图课所学，睁大眼辨别出小楼梯和地面木板。

"我懂了，"他边走边说，"骄傲让我吃尽苦头，要是懂得谦虚……"

他歪着头，再回想一遍最近几天的事。

"嗯，这是窗户！托马斯应该非常骄傲有个花这么多时间帮他建造这样东西的妈妈。"

"嗯，我努力想用某种方式补偿他。"

"补偿？怎么说？"

"托马斯是个没有爸爸陪伴长大的孩子。我知道这不是我的错，但有时我也注意到，若是再多一个人，我们会是个比较完整的家庭。当然，他适应得很好。他是个乖孩子。我看过他嫉妒地盯着某一家人看；我讨厌自己没办法满足他。为了补偿，我想为他盖间小屋。"

"单亲妈妈没什么不好。"

"当然！我没说不好。不要误会，但你知道孩子是怎么想的。他们看到其他人都有爸爸，自己没有，可能会觉得自己少了什么。如果他们是嫉妒同班同学有耐克运动鞋就简单多了！我不希望托马斯感到自卑，因为他不该自卑。他会有一番成就的。"

"他现在有个其他人没有的：一个会盖小屋的妈妈。"

他指着放在车库地面的木板。安赫拉一个眼神扫过去，疑惑他说的是否是真心话。是真的。

"我在二十二岁那年怀了托马斯。老实说，这不在计划中。但就是发生了。里瓦斯神父或许会说那是上帝赐给我们的，可是当然选错了家庭。至少我从一开始就知道他是个笨蛋。

"我没工作，也没念书。我不想嫁给孩子的爹，一开始打算堕胎。现在想起来那真是个丑陋的想法，可是我发誓，在当时那是个比较明智的选择。埃斯特万和阿莉西亚来找我，尤其是阿莉西亚，她说服我把孩子留下来，她和托马斯会在我怀孕时和孩子出生后几个月照顾我。埃斯特万跟阿莉西亚年纪比我大，然而从那时开始，我们的关系变得亲密，就像亲戚。其实现在几乎像是一家人。

"他们努力想生孩子，但没有成功。我起先以为他们想在托马斯出生后带走他，把我当作代理孕母之类的。他们对我太好了，不求任何回报。不过我错了。现在我知道的确有这样的人。阿莉西亚跟我说她不孕，为此很悲伤。看来，她认识埃斯特万以后，两人有共识要组个大家庭。而我肚子里已经有个孩子却不想要，让她很难过。她不是反对堕胎或是否决我的决定，只是觉得很悲伤，因为自己生不出孩子。所以，她说她愿意帮我，不管是在经济上还是身心上。

"于是我生下孩子。现在我的人生不能没有他。他们两个援助我，后来阿莉西亚变成我的朋友，可靠的朋友。你可能无从想象，她是个非常棒的女人。她是那种当你无所适从时会去投靠的人，因为你相信她一定有解决办法。只要有办法，阿莉西亚一定找得到。她和埃斯特万是我见过最棒的神仙眷侣。他们夫唱妇随，用眼神就能知道对方的想法。某种化学物质让他们能猜透彼此在想什么。我从没看过他们吵架。一次也没有。

"生下托马斯后，很自然地，我请求他们当孩子的教父母。不然要找谁呢？我知道万一我遭逢意外，他们会把他当作从未有过的孩子那样照顾。我从没想过是阿莉西亚出了事，就像孩子从没想过爸妈会过世。那是一种身体上的疼痛，我光想就觉得痛苦，想摇头把那样的想法甩掉。四年前，意外砰一声降临，肌萎缩性脊髓侧索硬化症。现在阿莉西亚卧病在床，等待生命结束的那天。我知道或许这样说很老套，但真的都是好人先离开。你得看看埃斯特万。他夜晚都睡在她身边的沙发上，牵着她的手。那种对待她的温柔会让你心碎。"

安赫拉泪光闪烁，泪珠滚落她的脸庞。

"你知道最糟糕的是什么吗？如果反过来，是我得这种病，我会去找阿莉西亚。我相信她会找到解决办法。但事实不是如此。是她病了，而我只能看着她日渐憔悴。真希望阿莉西亚有个分身能告诉我该怎么做。而这没有可能。她快走了，我得替她的教子打造坚固的堡垒。"

戴维上前两步抱住她。他没多想，只是靠过去这么做了。安赫拉把头靠在他的肩膀上继续哭泣，戴维则轻抚她的后背。她应该很久没靠在其他人的肩膀哭泣了。她不能找埃斯特万，至于其他人，她总是伪装出坚强的模样。他想说些什么安慰她，脑中却一片空白。于是他继续抱着她，直到她的啜泣声止住。

安赫拉抬起头，凝视他。他们离得很近。他们的视线交汇，戴维感觉这一刻只要主动，一定能亲到对方嘴唇。

安赫拉也感觉到了。他们就这样停住动作，持续了仿佛永恒的三秒。接着两人同时分开。

"夜深了。"安赫拉吐出一句老掉牙的台词。

"是呀。"戴维点点头。

"明天托马斯上学的时候，我就能完成这个东西。"

"太好了。"

他们俩离开车库。安赫拉回她的房间，戴维回他的沙发旁。

这一晚，他们都没睡太多。突然间，戴维又有一堆该想的事。

第十五章　发颤

这天早上弗兰碰上瓶颈。他像以往一样在清晨五点半醒来，身体渴望来一剂海洛因，而且不只是想想而已。他花了几秒回忆注射工具跑哪儿去了，直到他想起自己正在接受美沙酮治疗，不再注射毒品。尽管身体的瘾头已经靠每天下午服用的替代品安抚，心理层面的瘾头却变得强烈，他的血管饥肠辘辘。他凝视前臂的青色静脉，感觉毛孔都张开了，乞求着针筒的抚慰。

他的脉搏加速一直持续到早上九点，这时他决定做点事。他满头大汗，走到了一家中国人开的杂货店，用前一晚收集纸箱的工钱买了一瓶伏特加和半打啤酒。

就这样，他在早上九点二十分空腹灌下伏特加，喝到喉咙开始像是有把火烧过。他停顿一下，吸口空气，再继续喝，希望酒精尽快发挥作用，让他倒在地上昏睡。哪个比较惨？是毒虫还是酒鬼？什么都比当毒虫好。

当他失去知觉倒在充当床铺的垫子上，瓶底已经朝天。

他睡到吃午饭时间，遇到准备和马努到药庄买毒的莎拉。她靠过来，在他还没刮胡茬的脸颊印下一个吻，在他耳边说今晚有个惊喜要给他。弗兰试着套话，但只换来一句："晚上就知道了。"

她没对他邋遢的外表、浮肿的双眼、黑眼圈，以及宿醉做任何猜想。或许是出于尊重。或许在这个世上，这样的事是可以被接受的。或许对她而言一点也不重要。

弗兰按照计划的作息度过一天。吃点麦片果腹、去小巴士那儿，带半打啤酒到公园里坐在每天报到的同一张长凳上。早上喝下的伏特加作用还没消失，他感觉胃部一阵剧烈绞痛。酒精轻柔的低喃，根本掩盖不了海洛因瘾发作时的尖叫声，但至少让他有这个声音能专注。

这时，早上的宿醉、午饭后的美沙酮以及下午的啤酒混在一起，在弗兰的身上产生影响。每一种都呐喊着要占据一小部分的他，夺去他的尊严。这天下午，他写在笔记本上的字句仿佛出自一个站在深渊边缘的人。而他会继续努力熬过新的一天，相信一切如倒吃甘蔗，终将有所回报。

日子会这样一天天过去，直到有一刻，他从戒毒服务的人口中听到他已经好几天只服用果汁。

但是离那一天还有一大段路……

＊＊＊

晚上，他跟着奇克和他的同伴收集纸箱。结果有辆警车出现，他们不得不赶紧离开，所以这一晚他们没赚到什么钱。一个人差不多分到八块，弗兰拿到钱以后放进脏兮兮的牛仔裤后口袋。他准备回家，吃点罐头填饱肚子后上床睡觉，祈祷不要跟这天清晨一样醒来，受到戒断症状的折磨。

他根本忘了莎拉说的惊喜。他打开门，看到她站着，仿佛正在等他。她送上和前晚一样的微笑，这时他想起来了。她牵起他的手，要他闭上眼睛，带着他到沙发旁。当他睁开双眼，他的面前出现一台差不多有二十年历史的电视。应该是莎拉出生那年出厂的吧。电视有着仿木的塑料外壳，按钮已经褪色到看不清楚。在这个平面电视的年代，弗兰看到一台破旧的老电视，很受触动。

"这能看吗？"他问。

"当然！用译码器设定过后已经能看了。"

"从那儿弄来的？"

"有人丢掉的，你相信吗？"

"相信。"

"既然你不愿意说说睡前故事，我考虑我们或许该看部电影。"

"我不是不愿意，而是……"

弗兰看见莎拉的表情，安静下来，没把话讲完。

"开玩笑的，弗兰。"

"了解。"

"而且，看看我在同一个垃圾箱找到了什么。"

她让他瞧瞧电视后面。电视用一条钢制粗锁链绑着小桌子。

"这是防止卡洛斯又盘算卖掉电视。"

弗兰原本想说："谁会买这么老旧的电视？都丢进垃圾箱里了！"但他反而称赞："真是个聪明的办法。"

他们坐在厨房的凳子上，一起吃掉两个即食罐头，接着愉快地看电视。这种可以放空脑袋的机器，非常适合他们这样的人。他们越是能逃避思考现状越好。这件事让别人去做吧。其他人想什么与他们无关，他们可以省下思考的力气。

他们不知该看什么节目，过了一会儿，找到了一个专播旧电影的频道，正好要开始播这一晚的电影。

莎拉起身拿来弗兰睡觉时盖的毯子，盖着蜷曲在沙发上的两人。

他们看的是《日瓦戈医生》。两人都不知道片长，以为就是平常的一个半小时。每个淡出的黑色画面，他们都以为是片尾字幕，但却是过了几个月或几年，故事继续演下去。过了五六次淡出画面，莎拉开始抱怨，说这是欺骗观众，但是弗兰挺喜欢的。他喜欢一边欣赏着一部有关俄罗斯寒冷的电影，一边感觉莎拉依偎在身旁的温热。她在某个时候睡着了，他继续看最后两个淡出画面。当她醒来时，已经播到片尾字幕。

"后来过了多久？"她问。

"二十年。"弗兰回答。

"噢，在我梦里似乎没这么久。真令人难过，弄来电视竟然让自己睡着了。"

"这就是电视的功用。让你省下安眠药。"

莎拉听了他的笑话笑出来，接着两人发现他们正在接吻。弗兰起先吓了一跳，但很快地跟上节奏，她一路吻下他没刮掉胡茬的脖子，舌头在咽喉附近留下细小湿痕。

很快地，弗兰的双手也加入游戏，尝到了卡洛斯赞颂的胸部。那对乳房恍若岩石般紧实坚挺，其他形容词都不足比拟。莎拉把手伸进他的裤裆，以为那里已勃起如直布罗陀半岛，没想到却是一滩烂泥。

弗兰惊慌地看着莎拉逗弄他瘫软的生殖器，试着让它勃起却徒劳无功。多逗弄了几分钟放弃后，弗兰不得不解释。

"海洛因没有壮阳功效。"

"嗯，没关系，"莎拉说，但几乎掩不住她的失落，"我还有一个节目。"

她离开客厅，留下弗兰一个人待在沙发上。一分钟后她回来，两只手各拿一根针筒。

"我请客。"她说，然后递给他一根。

弗兰不知道该怎么反应。他想来一针想得要命，当然，他也想和她上床。一件是他想但是办不到的事，另一件是他办得到但是不应该的事。他望着那两根针筒，迟迟未下决定。

"莎拉，谢谢你，可是我不要。"

"怎么？你想当史上第一个瞧不起来一针的毒虫不成？"

他讨厌那个称呼。毒虫。她的语气流露轻鄙，属于弗兰厌恶而她不能自己而沦落的某个社会阶层。

"我不能，莎拉。别强迫我。"

"为什么不能？难道你妈禁止？"

"莎拉，我在服用美沙酮。我已经一个礼拜没碰毒了。"

莎拉瞠目结舌，仿佛她早该瞧出端倪，却疏忽了。

"那你瘫倒在那儿是怎么一回事？比方说今天早上。是因为服用美沙酮又注射海洛因？"

"我喝挂了。我知道那也不是什么好东西，但是能帮我别碰海洛因。今天早上我几乎灌下一整瓶伏特加。"

"老天。"她只挤得出这句回答。

"对，老天。还有，谢谢请客。我知道请客背后的意义。"

他们沉默了一分钟。讲清楚这件事后，他们也就没什么可吵的。

"可以帮我一个忙吗？"莎拉问。

"当然。"

"你能帮我注射吗？"

弗兰吓了一跳。他知道很多情侣会彼此注射，当作是性爱的代替品，可是令他惊吓的是莎拉要求的是一个刚刚说自己正在戒毒的人。这一点也不妥当。

弗兰不吭一声，比她还熟练地拿起了针筒（几年下来经验的累积结果）。他像个外科医生，熟知该拿手术刀切开哪个部位——绑好止血带后，不费吹灰之力就找到一条静脉。她的手臂纤细，一下就看到留下针孔的静脉。他开始注射，在莎拉的注视下推进针筒活塞。弗兰感觉到她那双像发情母猫的眼睛，牢牢地看进他眼里，仿佛一种惩罚，责怪他的不举。接着她的瞳孔放大，身体倒卧在沙发上，仰躺在那儿，一只手及时摆在大腿上。

弗兰要离开客厅时，他听到莎拉说："弗兰，你有钱吗？今天我口袋空空了。"

弗兰的牛仔裤后口袋里还有收集纸箱赚的八欧元。他的手伸向那里时打住了。

"抱歉。我手头很紧。"

莎拉没回答。她的头放松，沉浸在吸毒后的世界里。

***

埃斯特万帮他们把木头组件搬上他那辆老旧的雷诺汽车。安赫拉没算好车子的空间，最后得卸下两块木板、拆掉一些木头，放到后面和其他组件摆在一起。她带了一个工具箱，里面有一切要在森林里组装小屋的工具：铁锤、手套、延长线插座、金属曲尺，木头黏胶……

戴维要把一大堆材料扛到森林的一处空地。车子避震器生锈，每次驶过坑洞，腿上的木材就跟着弹跳并刺中他。车子不是四轮传动，森林里也没有平坦的柏油路。抵达目的地时，已经有一些木屑刺进戴维的皮肉。

安赫拉先让他们看要拼装堡垒小屋的树木，总共五棵山毛榉，除了中间那棵，都是中型大小。中间的应该是其他小树的父亲，底部布满苔藓，树根粗厚，很容易就能打造通往树冠的最底下几级台阶。安赫拉将树枝交错在一起，好支撑木材，然后将树枝用螺栓固定在地面，增加稳固性。她已事先告诉他们，不会使用任何铁钉或螺丝，以免伤害树木。埃斯特万从车里拿出一小组加满汽油的发电机，好在森林里提供足够的照明，免得工作起来太危险。安赫拉拿出几张平面图，摊开在车子的挡风玻璃上。平面图是用尺和马克笔绘制的，四边有比例与刻度。在这里没有 AutoCAD 绘图工具查看立体架构，也无法放大检视细节。安赫拉犹如老练的建筑师，指挥他们组装，而他们就像知识不足但是能发挥想象力的工人。

这晚，戴维化身为精通组装和木工的大师。他开始固定安赫拉的梯子，接着把她要的木头搬过去，再用绳索绑好架在树身的梯子；天亮前，他吊着一根树枝，调整安赫拉夜夜打造的木头组件。其实，对于一个曾经把柜架外包给木匠、自己出差五天和住在图卢兹的作家工作的人来说，这是不错的主意。

第一道曙光划破天空，照亮他们最后的收尾工作。三人筋疲力尽，睁着一双睡眼，欣赏着刚刚完成的小屋，虽然不习惯这样长时间的劳动，身体疲累，心情却很欢欣。尽管接下来几天，要忍受肌肉酸疼、碰撞的皮肉疼以及木屑扎肉的疼，但是此刻的情景将长伴他们，提醒他们采取行动并没有那么困难。

离地面两米高处，有个大概六平方米的平台，四周围着栏杆，让小孩抵御想象中的怪兽；两座阶梯和三条打结的绳索，能让勇者攀爬到两座高台上。而一座小树屋在其中一个平台下面，贴着地面，作为一座可以拟定作战计划的总指挥部。

戴维感觉那个童稚的自己苏醒过来，一个从未拥有过这样礼物的孩子，他曾玩过最类似的东西只是马德里公园里的金属攀爬架。在一个都是柏油路的城市，在那儿娱乐地点都经过仔细规划，不可能看到这种东西。树木是市政府的财产，没有人能拿来打造任何东西。城市里的绿地不多，而且需要维护。他想象自己和朋友睡在小屋里，拿着手电筒看恐怖故事集，以及吃软糖吃到肚子疼。刮伤变成他的伪装，对抗一个他不想要的世界，因为他拥有自己的小天地，就在离地面两米高的小小几平方米中，在这里，假想的野兽抓不到他。这是一个抵抗现实世界的庇护所，只有孩子能躲在这里。

戴维瞥了一眼身旁的安赫拉。她双眼疲惫，手臂满是刮痕，一脸满意。一开始，戴维觉得为了一个生日盖这种东西未免太过铺张，但此刻他明白了其中的意义；他从安赫拉的眼神预见隔天托马斯会有多高兴。

"好啦，各位，你们觉得如何？"安赫拉问。

"非常棒。"戴维回答。

埃斯特万没搭腔。他盯着小屋堡垒看，仿佛攻读艺术的学生在博物馆里欣赏一幅画作。

"埃斯特万，你喜欢吗？"安赫拉对着他再问了一遍。

"托马斯能在好多年里好好地享受这个小天地。我也想要一个这样的东西，可是我的父母手不够巧。真希望有个妈妈为我亲手打造东西。这不只是个漂亮的堡垒，而是一个孩子所能收到最棒的礼物：爸妈花时间打造的心血结晶。"

埃斯特万搭着安赫拉的肩，面对她，继续说下去。

"我预见这座堡垒会熬过岁月的摧残。托马斯会长大,而这座堡垒会继续在这里,等你的孙子到了年纪来这里玩。当他们问爸爸是谁打造了小屋,他会转过头告诉他们:是安赫拉奶奶在爸爸十岁那年替我打造的。然后你的孙子会看着你,届时你不再只是他们眼中那个在孙子来访时烤饼干给他们吃的女人,而是现在的你,好像时间不曾过去。我们总有一天会离开,而我们在这晚盖的东西却会屹立不摇。"

安赫拉伸手环住他宽广的腰,两人拥抱。

戴维突然感到醋意翻腾。他也想到这些话,也想这样告诉她,但是他怕自己闹笑话或是过于感性,才不敢说出来。

他看过像埃斯特万这种擅长利用言语力量的人。他一直想变成这种人,只是真正到了该表达的时刻,他反倒舌头打结,不知该说什么。他觉得自己有种特殊能力,懂得这类特质。他相信帮人挖掘特质,能磨亮自己这项被其他人特质的光芒盖过的特殊能力。否则他这种小鱼会被大鱼吃掉。

他静静地凝视拥抱着的埃斯特万与安赫拉。一阵冷风穿透他的外套。他试着告诉自己这是因为天快亮了。

＊＊＊

弗兰一整晚读着《螺旋之谜》没合眼。留下莎拉在她的世界神游后,他就拿起小说,啃掉了剩下的一百五十页。读完之后,他又花了两个小时重温他最喜欢的几个场景。最后他合上小说,把书本压在额头上,想象书中角色穿透他的毛孔,与他合而为一,陪伴他寻找;于是他决定继续读第二部。

他睡得安稳，天亮的戒断症状不再找上门，当他睁开眼睛，太阳已经高挂，而且棉被里有个惊喜。

他往下看，发现了一顶小帐篷。他已经忘记起床时勃起的感觉好久一段时间了。当他会意过来那是什么，他立刻想起前一晚，很高兴今晚不会再沦落到同样下场。那是他想再重温一次的感觉。他的瘾头进化了也不错：从海洛因到酒精，再从酒精到性爱。

他的性欲回来了。他不知道会持续多久，但他期望能延续到这晚。

一整天他都在想象晚上约会的情景。他愉快地服用美沙酮，吓了小巴士工作人员一大跳。他想和劳尔或玛丽亚聊聊，但他不想上药庄去，生怕自己再度沦陷。等他戒毒之后，他会好好和他们促膝长谈，谢谢他们为他做的一切。这是他开始接受疗程以来第一次觉得自己的康复之路是真实的东西，不只是空想。他试着冷静下来，离完全戒除还有一大段路，但他就是忍不住嘴角上扬。

这一晚，他和奇克坐在卡车的座位上，底下是一堆纸箱，奇克对他说："弗兰，我看你今晚眉开眼笑的。"

"没错。"

"怎么回事？"

"因为今晚我要创纪录，我要大战一场。"

"你要打炮！是这样说吧！"

他们两个放声大笑，然后击掌。他们开心的叫声在马德里空荡荡的街道回荡。

***

　　他开心地回到公寓。他买了一些食物想给莎拉一顿丰盛的晚餐。他已经一段时间没和人上床了，想尽可能地延长欢爱的前戏，好好享受一番。他要享受包括晚餐在内的序曲。他甚至买了一些吃的给拉科，以免他打断他们。

　　他到了厨房，把袋子放在那里。家里似乎没人。客厅空无一人，电视还绑着小桌子。

　　走廊传来阵阵的呻吟声。他走到卡洛斯房门口。看来他自己不是今晚唯一要享受性爱的人。他把耳朵贴在门板上，听见室友满足的粗哑呻吟声，像个飞航管制员指挥："对，就是这样，继续，现在左边，快一点，对，非常好……"他觉得诧异，格洛丽亚竟然愿意来这里，毕竟她有个舒适的公寓。

　　他从袋子里拿出要给拉科的晚餐，敲了敲他的房门。起先没人应门。他又敲了第二次。奇怪，拉科怎么会不在。于是他打开门。

　　拉科坐在椅子上，手臂绑着止血带，牙齿正咬着带子一端。他瞄了弗兰一眼，要他进来并把门关上。

　　"怎么了？"

　　"我不想让卡洛斯看到。"

　　"为什么？"

　　拉科不喜欢有人看到他注射。

　　"我们从卡洛斯那里偷了一剂。"他嘴角上扬，告诉弗兰。这是弗兰看到他微笑的少数几次之一。

　　"疯了嘛！怎么办到的？"

"是莎拉帮我拿到的。"他解释的样子仿佛这是一次学校考试，而这一科之后一定能拿高分；语气是忍不住的兴奋。

"莎拉知道卡洛斯把海洛因藏在哪儿？"

这间公寓里，大家纷纷猜测的一个秘密是：卡洛斯从大家一起买的海洛因里搜刮走的部分藏在哪里。有一次，大家甚至趁他不在，把公寓搜过一遍，想找到东西。

"我也不知道。莎拉拿到一剂，然后她离开前，把给我的另外一剂放在玄关的小桌子上。她肯定是对他耍了什么花招。"

"为什么卡洛斯会给莎拉一剂？"弗兰问。

"他们做了一个交易。"

"什么交易？"

他已经猜到了。而且他愿意给钱拜托拉科不要说。但是他既然问出口，代表他已经准备好听答案了。

"卡洛斯给她一剂交换上她。她半毛钱都没有，整天都没注射毒品。"

弗兰感到一股椎心之痛。他能体会十个小时没碰毒那种啃噬心理和身体的两种痛苦，能想象戒断二十二个小时过后是什么滋味。他很难过，她竟然屈服于不到六欧元那点少得可怜的量。他很痛苦，她竟然是和卡洛斯，不是和他。他感到心碎，她因为前一晚没从他这儿拿到钱，不得不这么做。他感到受伤，觉得自己在淌血；他决定打断他们，亲眼目睹一切。

他走到卡洛斯房间，打开房门。

卡洛斯悬在莎拉一动也不动的身躯上。他那黝黑的臀部正在她的腿间冲刺，每次前进都伴随一次喘息，还有嘴里逸出似乎痛苦多于快乐的低声呻吟。莎拉仿佛若无其事，躺在那儿盯着窗户看。弗兰不知道她是否正神游物外，或者试着看着别的地方想其他事。她转过头，看见他。那双半闭的眼没有悲伤也不见欢欣。她的目光里没有羞耻或挑衅。瞳孔只有对注定无法逃避的事默然的屈服。最好的办法就是不要太专注眼前，尽快咬牙撑过去。然而，有那么一瞬间，只有那么短短一秒，弗兰相信他看到在那个世界的她眼珠转动，而且清楚正在发生的事。于是她感到一点疑惑，一种难堪和羞耻，转过了头，不想继续看他。

卡洛斯迟了一点才发现弗兰闯进来，他暂停一秒，一边喘气一边对他说："该死，给我滚！连搞女人也不让我安静！"

他打算再啰嗦几句，但停住了。他发现弗兰顶着一张压抑着怒气、濒临爆炸的脸，那眼神似乎恨得想从柜子里拿出猎枪，把所有人打成蜂窝。房间里笼罩着一股惶惶不安的氛围，没人知道接下来会发生什么事，连弗兰自己也不知道。

他握着喇叭锁，往后退两步。他饱含怒气的眼神仍紧盯着卡洛斯不放，并撂话。

"卡洛斯，总有一天你会得到报应。但是不配由我来做。"

他离开房间，并非常慢地拉上了门，让人想念砰的关门声。

卡洛斯的吼声穿透门板出来。

"弗兰，老兄！我们没必要为这只母狐狸吵架！"

弗兰知道自己还有时间行动，因为卡洛斯不是那种事情做一半的人，他会继续被打断的性爱。不管如何，他可是付出两剂的代价。

千刀万剐狗娘养的儿子，弗兰想。那家伙明知道自己染上了艾滋病，还没戴套子就上。

第十六章　雷克纳

弗兰没有太多东西可以收拾。只要是毒虫，任何有价值的东西老早就卖掉或拿去换东西了。他把四件肮脏的 T 恤、两件皱巴巴的牛仔裤，和三双不成对的袜子塞进旧背包里。他还放了今晚买的餐点，以及两个表面凹凸不平的金属锅。他差一点就没带走从那个地铁站女人那儿抢来的书。他拿起《螺旋之谜》塞进去、盖好。他最后一次用过的针筒搁在踢脚板那儿摇摇欲坠，他也一并带走当作纪念。针筒塞上还留着几天前已经干涸的血迹。他经过拉科的房间，他的室友已经注射完，像平常一样望着窗外，但看见他背着背包，立刻明白他的打算。他没有劝阻弗兰。他知道同住的日子早在开始前就已写下结束的时间。拉科握住弗兰伸出的手，尽管使不上什么力气。

"再会，拉科。你是个好朋友。"

"这里没有真朋友，你知道的。"

"那么，就说最像朋友的朋友。"

拉科对着离开公寓的弗兰露出微笑，这是今天第二次。那是一抹真正悲伤的笑。

这是他这辈子倒数第二次看到他微笑。

他沿着马德里的街道走了半个多小时，才开始想该怎么办。现在是凌晨一点，刮起的风和细雨穿透他外套的破洞，寒冷像裹尸布缠住他全身上下，他感到惴惴不安。他不能这样闲晃一整夜，也不可能躺在长凳上枯等。他需要一个温暖干燥的地方休息、思考接下来该怎么做。他得快点想办法。

桥下有几处避难所，是纸箱和几样杂物搭建的，简直和巴兰基利亚的风格一样，但他不认为能在那里过夜。另一个选择是躲在垃圾桶里。几点会有人来收垃圾？半夜还是早晨？如果他睡着了，醒来发现自己被倒进垃圾车里呢？最后他可能会出现在某件社会事件的报道上。

当他漫无目的踱步、找寻其他办法，一个绿色垃圾箱出现眼前。就在他往那儿走去时，雨势开始变大。他打开垃圾箱。里面是空的。雨水顺着他的头发流下他的背，突然间，他不觉得这是个糟糕的选择。他东张西望半晌。没有人。他爬了上去，跳进里面，然后拉上头上的盖子。

里面臭气冲天。铝制的壁面布满他不愿也无法想象的硬块，屁股坐的位置黏乎乎的。但他身体是干的，虽然不怎么温暖，但也不冷。他把脸埋进 T 恤内，想避开臭味，可是他身上发出的也不是香味，所以还是选择闻原本的气味。接着他双手环住自己想借此取暖。

他感觉自己像废弃物，被弃置在漆黑的垃圾箱里。他想着这几天发生的事。不到几个小时前，他还雀跃不已，以为今晚会是个春宵之夜，此刻他却在这里。他的世界崩塌了。

卡洛斯压在莎拉身上。拉科和他的针筒。配着果汁服用的一小塑料杯美沙酮。跟奇克捡纸箱。早上九点二十分灌伏特加。下午坐在公园里喝啤酒。弥漫客厅的瓦斯暖炉臭味。莎拉和他依偎在一起坐在沙发上。日瓦戈医生。黑色的淡出画面。小屋。血管的针孔。艾滋病毒。发颤。戒断症状。《螺旋之谜》。背包。脏衣服。莎拉把手伸进他的裤裆。地铁抢劫。卡洛斯偷藏海洛因。没戴套子。垃圾桶。莎拉。垃圾桶。疗程。毒窟。莎拉。

莎拉。莎拉。莎拉。失去莎拉的人生。

抛弃毒品的人生。

她不是适合他的女孩。目前不适合。或许在其他时机吧，但他旋即打消想法。他们在其他时机不可能会认识。这是事实。

如果他得不到帮助，他会活不下去。认识到自己需要帮忙，就是在帮自己。但是还是需要有个人拉一把。

虽然惨，虽然苦，这却是他唯一的机会。

每个从外面传来的声音，都像钉在他棺材上的钉子。他怕要是有个没睡的人出来倒垃圾，发现他在里面，该对他说什么？

最后他睡着了，之后从关不紧的盖子钻进来的最初几道曙光唤醒了他。他打开盖子，很快地跳出去，尽量不去在意是不是有人注意到他。踏上地面后，他整理一下肩上的背包，迈开脚步，仿佛自己不是从垃圾箱里出来的。

＊＊＊

八点十五分，他出现在雷克纳家门口。他不敢相信自己此刻在做的事，但他实在走投无路。他最后一次踏出这扇门时，抱走了一组音响。那是雷克纳的音响，雷克纳是他在学院里的同学，也是他狠下心盗走屋里所有东西、变卖换成海洛因之前的室友。他没看到雷克纳下班回家发现屋内遭洗劫一空的表情，但是这两年来的许多夜里，一幅想象的画面一直在他脑海里挥之不去。他慢慢失去这个朋友，最终背叛他，不知道自己来自哪里或者该往哪里去。当一个人不知道自己该去哪儿，一定是走错了路。

他举起手敲门，感觉像是永恒过后，他听见了锁头转动的声响，接着胡安·雷克纳出现在眼前，他牛仔裤打扮，脚上踩着莫卡辛鞋，身上的T恤有烫坏的痕迹。他们望着对方，仿佛过了千年那么久。雷克纳不敢相信自己的眼睛，他嘴巴不由自主地张大，传达了他无声的惊讶。

"哈啰。"弗兰打招呼。

有那么一瞬间，弗兰以为他会砰一声关上门。

"你来这里做什么？"他回答。

"我需要见你？"

"见我而已？"

"不止。还有其他事。"

"除了我的电视、音响和计算机，你还想要什么？录放机？"

弗兰语塞。他感觉在两年后来求对方原谅太虚假，但也不能假装什么都没发生。他往后退两步，不期待胡安会张开双臂欢迎他。他怎么可能会欢迎一个对自己做了那些事的人？

"算了。我不该来这里。抱歉。"

他转过身，拿起背包，准备从走廊离开。

"等一下！"

弗兰转过身。

"你既然来这里，我想应该有原因。"

弗兰没回答。他不知该回答什么。

"进来。我们喝杯咖啡。"

他带着迟疑，往前踩一步。

"进来啊，混账。我不会求你两次。"

他走了进去。大门是关上了，但他在屋子里。胡安倒了两杯咖啡。

一杯加牛奶和糖，一杯黑咖啡。

"你还记得我的口味。"

"我们一起喝过很多杯咖啡。"

"也对。"

又一阵不自在的沉默笼罩。然后持续。

"嘿，弗兰，你要是不开口，我不会帮你。这不是童话故事。你不可能连着三年占某个人的便宜，还到他家，期望对方给你一个拥抱外加一个吻。"

"我并没有这种期望。"

"最好是，这样你才不会失望。"

"我需要你帮忙。"

胡安默默地听进那几个他以为对方不可能说出口的字。

"我猜你应该费了好大的力气将尊严踩在地上，才来到这里这么说。"

"没有那么难。我已经没什么尊严了。"弗兰心想，剩余的最后一丝尊严已经留在那个垃圾箱里。"老实说，要不是你请喝这杯咖啡，我恐怕连踩的机会都没有。"

"要帮什么忙？"

"我需要住的地方。"

为了活下去，弗兰心想。他吞吞口水。

"分租？你要付房租？"

"不行。我赚的只够吃饭。我没办法分担房租、管理费、水、瓦斯……没办法分担任何东西。"

"真是个好交易。巴望别人养。这里不是忏悔室，无法让你来这里祈求罪过得到宽恕。"

"这两年，我已经为我的罪过付出更昂贵的代价，相信我……"

"不是付给我。"

"没错。不是付给你。"

"那么你打算拿什么交换？"

"老实说，我什么都没有。"

"好吧，说来听听。"

"我从一个礼拜前开始接受戒毒疗程。这是我两年来没碰毒品的最长一段时间。我刚刚为了一个女孩，离开和其他毒友分租的公寓。因为就在昨晚，我发现她竟然为了一丁点海洛因，和一个有艾滋病的男人上床。所以我和那个家伙杠上了，没办法再住在一起。我把所有东西塞进这个背包，然后来到这里。"

"直接来这里？"

"不是。你还是别知道我在哪里过夜比较好，相信我。老实说，我很怕。因为我不知道离开这里的话，能去哪里。"

"看来情况不太妙。"

"没错。逼得我不得不来求一个被我背叛好几次的人收留我。如果你拒绝，我会站起来离开。不会有任何怨言。如果相反，我想我会对你死缠烂打。在这段时间，我学会非常自私。这是我得改正的另一个缺点。"

他们的谈话到此为止。雷克纳安静下来两分钟，他们继续喝咖啡、吃玛格达莱娜蛋糕。弗兰耐心地等待。

他没其他事可做。最后雷克纳开口了。

"嘿，弗兰，我现在没办法回答你。你知道我不喜欢随便做决定。今晚我再跟你说。我上班要迟到了。"

"好吧。"

弗兰起身准备拿起背包，等晚上再回来听决定。胡安递给他一把钥匙。

"我大概晚上十点或十点半回来。如果我回来少了什么……我不想也不愿意去想。你可以用微波炉加热昨晚剩下的中国菜填饱肚子。客厅有张沙发床。床单是铺好的。我一年前把你那间卧室改成工作室了。"

"好。"

"还有，多洗几次澡。海绵拿去用，用完后丢掉。"

雷克纳起身穿上外套。弗兰送他到门口。

"雷克纳。"

"嗯？"

"谢谢。不管今晚如何决定。"

"嗯，我等着今晚跟你见面。"

"不，这次是我等你。"

"再见。"

他关上门。弗兰靠在门上叹了一口气。他得到了机会。光是没被轰出去就代表他在情义攻防战上打了胜利的一仗。这鼓励了他。

人在门廊的雷克纳也靠在门上。他心里有个声音对他说：友谊永远不变质，会变的是朋友。

***

托马斯拿掉眼罩，看到了小屋堡垒，眼睛像萤火虫一样发亮。他和十来个朋友看到安赫拉设计的木头与绳索打造的小屋，全都发出了惊叹，直到安赫拉对他们说："还等什么？快去啊！"

于是他们冲了过去。

有些人爬上从树根往上延伸的阶梯，抵达平台，有些人攀爬打结的绳索。短短几秒，所有参加生日会的孩子都爬上了树，眺望换上全新面貌的森林。托马斯最后一个上去，不过他也只是慢了一下，为了在妈妈脸上印下响亮的吻。

　　安赫拉的双眼流露感动。开车来这里并不容易，她一路不停踩离合器换挡。此刻，把礼物送给托马斯，看到他神采奕奕爬上爬下的模样，对她来说也是一份礼物。

　　孩子们玩了一整个下午，而安赫拉、埃斯特万和其他两对父母忙着用干柴生火，再拿石块压住。

　　他们绕着小屋跳来跳去、跑来跑去、爬上爬下。原本的一堆木头、铁钉和绳索，化为伊沃克村、加勒比海的海盗船，以及一大堆大人在孩子断续的欢乐尖叫声中无法分辨的地方。

　　游戏过后，他们生火，火光照亮森林的空地，空气弥漫木柴和树脂令人愉悦的气味。他们烤了香肠、血肠和排骨。

　　戴维觉得篝火有种特殊的魔力，但不是淡淡的火光激发想象力，或者发出香气包围他们。也不是在夜幕笼罩的森林传来窸窣声，数十种在白昼隐身的动物，到了夜间发出轻柔的嘈杂声、摩擦声和嚎叫声。而是一种像是来自其他时空的回忆。这一刻可以是在任何时代、任何地方。不需要从历史找寻前例，在这些森林里，会改变的只有住客。应该不只他有这种感觉。所有的孩子开始齐声哀求："埃斯特万，讲一个故事嘛！"

　　"小朋友，现在不能。"

　　"为什么不能？"

　　"因为我没准备，现在想不起任何故事。"

　　"好啦，埃斯特万，拜托嘛，只要一个故事就好，应该想得出来……"

埃斯特万嘴角微微上扬。他没摇头，视线扫向所有人，看着每张映照火光的脸庞，然后回答："噢，我在旅途中有过一次奇遇。"

所有人开始鼓掌，仿佛故事已经落幕。最后大家安静下来，让埃斯特万继续说下去。

我对1967和1968这两年的记忆是天寒地冻。那时我们沿着太平洋航行，花了七个多月走完商业航线，和我一起出航几次的智利朋友马塞洛，帮我在乔治王岛的弗雷·蒙塔瓦总统南极科学考察站找到一份工作。那时我差不多二十岁，常听马塞洛讲起南极大陆，觉得待上一段时间是个不错的主意。我们俩读遍所有找得到的有关南极的资料，却根本无法帮助我们了解就要抵达的一千三百万平方公里的大陆。

南极是一大块位于地球尾端的巨大冰层，我的意思是那里是想象的尾端。天气冷得要命，所以陆地四周的海洋在冬天都结冰成块，渔船要是误闯会撞得支离破碎。

乔治王岛位于南极洲西北方，距离阿根廷九百多公里远，岛上要设立南极科学考察站。因为距离非常遥远，要是碰上麻烦可不得了。

你们知道谁是第一个弄清楚围绕南极洲有哪些岛的人吗？是海盗。没错，小朋友，是海盗航行绕过合恩角：詹姆斯·库克和弗朗西斯·德雷克。库克是第一个勇闯南冰洋的人。但是在1819年，威廉·史密斯登上利文斯顿岛之前，没有人踏上过南极洲。而且还要再等四分之三个世纪，到了1895年，才有人真正踏上南极大陆。

国际地理学会决定进一步探索新的陆地。他们开始组织探险活动。有时是科学性质，为了绘制地图和研究物种。有时是为了名声，比如抵达无人能及的南极点。那是个战绩辉煌的时代。很多勇于探险的人遭遇超出他们能力负荷的历程，很多人魂断旅途，变成其他人的前车之鉴。

阿蒙森是史上第一人，在1911年抵达南极点。他的队伍先在大陆搭盖小屋过冬，到了春天，他们顶着阳光出发，展开追求荣耀的冒险。你们应该知道，那里的夜晚和白天每次都延续好几个月，可能连着四个月都是白天，然后再连着四个月是黑夜。10月20日，五个男人、四架雪橇，以及五十二只雪橇犬，踏上了旅途。他们带着四个月的粮食面对零下三十度的气温。

他们从过冬的小屋出发后，往前迈进一千四百多公里，沿途遭遇暴风雪、强风；他们避开雪地的坑洞和厚实的冰层，12月14日，抵达了南极点。他们筋疲力尽却欢天喜地，他们插下丝质的旗帜，把那里命名为哈康七世高原。他们抵达目的地，成为英雄。

可是在南极洲不只有成功的英雄。阿蒙森夺得荣耀，而罗伯特·福尔肯·斯科特带领的探险队得到的却是南极大陆冰冻的泪水。

斯科特也想要第一个抵达南极点，可惜这场比赛只能有一个赢家。斯科特的探险队伍不是带狗出发，而是小马，虽然马比较强壮，能拖雪橇，却会陷在绵软的雪中，而且皮肤流汗导致身体毛孔无法透气。这个以及其他的困难（从罗斯岛要比从阿蒙森的基地出发多出一百五十公里距离）绊住他们，让他们比另一支抵达终点、夺得荣耀的队伍慢了一个月。他们在终点发现了挪威的国旗、阿蒙森的帐篷，和他写给国王的信。他们的美梦破碎，筋疲力尽，踏上归途，还遇上粮食严重短缺。

他们其中一名队员劳伦斯·奥茨深感自己拖累其他队友、危及他们的生命，于是冒着暴风雪离开帐篷，漫无目的地行走，直到迷失在一片雾中，从此不见踪影。队伍继续前进，但是一连八天的坏天气，让他们停在距离储存超过上千公斤粮食的补给站只有十八公里的地方。全部的人都冻死了，尸体直到来年夏季才被发现，身旁是他们采集的岩石和一本罗伯特·斯科特亲笔写的探险故事。

马塞洛和我最初几个月都在听这些，以及许许多多第一批到南极大陆探险队伍的故事。下班后的晚上时间，总有人在火堆旁，就像今天你们和我在一起这样，告诉我们成功与失败的故事，那些人的痛苦与荣耀，他们在未知中勇往直前，靠的是他们的勇气、他们打不倒的精神，而不是我们的科技。许多人在冰天雪地中失去性命，但他们的故事流芳百世。

1968年初，我们开始盖考察站。我是商船水手，所以除了帮忙盖刚说的考察站，还得负责运送所有需要的建材到乔治王岛。你们一定不相信我竟然这么听话，不过人在这样渺无人烟的地点，很快就被驯服了。在那儿，夏天还可以忍受，但是到了冬天，在太阳下山后就不得不离开考察站，直到气候好转。你们听过吹过冰河的风声吗？听起来像浪涛。

今天的考察站什么都有：飞机场、学校、医院、邮局、银行，甚至有夏季经营的滑雪升降椅！可是在1968年，那里只有气象站和供科学家住的生活舱。盖了一年之后，智利政府想趁每次出航多赚点钱，决定利用船上的降落平台，提供直升机升降。他们的点子是推出空中探索岛屿，针对海岸常见的帽带企鹅和阿德利企鹅进行研究。直升机每隔几小时会飞回来补充燃料。基本上只进行探索任务——但是在发现某个出人意料的东西之后，原本的飞行不再单纯。

你们还记得我刚刚讲过英国官员威廉·史密斯吗？第一个登上南极洲岛屿的人？那座利文斯顿岛在我们气象站所在的乔治王岛南部几百公里处。根据历史资料，他在那次登岸发现了一艘西班牙帆船圣特尔莫号的残骸，也就是一艘在暴风雨中偏离航道、打算前往殖民地的帆船。一次，直升机从我们的船只起飞，在打算研究企鹅的探险飞行途中，从利文斯顿岛上发现了一艘船的残骸。

那会是圣特尔莫号吗？1819年，威廉·史密斯也许发现了船，但一直无法证实，他的发现掀起莫大反响，因此直升机出动若不是因为学者想研究企鹅，就是为了历史学家。发现残骸后，他们通过无线电通知智利政府，而政府要他们立刻降落岛上，找到发现的东西，以无线电传输完整的报告。

就这样，寻找传说之行展开。

直升机可以载运四名乘客，两名是科学家，所以船员得陪他们上路，以防发生意外。我和马塞洛受到斯科特、阿蒙森、沙克尔顿、韦德尔和埃德伯格故事的影响，拼死拼活争取这份工作。马塞洛辩称这是一艘西班牙大帆船，而且我是船上唯一的西班牙人，有权利调查属于我伟大祖国的事物。最后，动用多方关系、请光我们手上所有的酒之后，我们终于击退其他候选人，雀屏中选。

那次探险回来一段时间之后，我们才听说船长其实也决定派我们两个去。船上的人手不多，我们比较没经验，万一有个闪失，他失去的不会是实力比较强的水手。他拿人薪水的主要工作是驶往乔治王岛，其他水手才是航线上不可或缺的要角。不论如何，我们被选中，由衷感激有机会亲眼目睹遍布整个南极大陆的传说当中的一小部分。

我们从甲板起飞，往利文斯顿岛去。我和马塞洛在整趟旅程里难掩激动。我们瞥着对方，会心地挤眉弄眼。我们就像十岁的孩子，而不是一个二十岁、另一个二十二岁的年轻小伙子。

为了确保直升机的安全，我们降落在离船只残骸有点远的一处空地上，徒步走了二十五分钟到圣特尔莫号。

我们就在那里找到了残骸。船身生锈的证章证实了它的身份。帆船困在大浮冰之间，经过了数十载，最后牢牢地沉到冰河底下。这一刻，船底下的水让船身浮起、倒向左舷，像在哀求的姿势。第一斜桅的吊杆卡在冰墙里。那时，南极点还没正式发现。没人来搭救他们，救援不可能抵达一个还不存在的地点。

我和马塞洛爬上甲板，靠着露出来的船身。整个露在外面的木头覆盖了一层冰霜。除了桅杆上的船帆不见了，我们还发现帆船只剩光秃秃的船骨。不知道木板是在某次暴风雪中被拔起，还是圣特尔莫号船员的杰作。

我们下到船舱，发现里面是空的。风穿过弧型木头灌进来，变成一道气流，窜过船首直到船尾柱。我和马塞洛同时感到一阵毛骨悚然——但这次可不是因为冷。这艘船上凝结的空气创造出一种停滞的气氛，仿佛时间在一次重大事故后停下脚步，然后慢慢地，时钟的指针再次恢复行走。我们以为会看到数以百计的日常生活用品：衣箱、地图、衣服、航海图……结果里头空无一物。这艘船上不管曾有过什么，全都被拿走了、消失无踪。我们搜遍所有房间，最后来到厨房，也就是这次搜查的最后一站。

而在那里，我们解开了谜团。

炉灶旁有个蜷缩的人形，蹲在早已熄灭的火堆旁，身上裹着一层又一层的衣服。低温完整保存了他的身体，从他覆盖冰霜的睫毛和肿胀的双颊，可以看出时间留下的足迹。他头上似乎戴的是他自己缝制的帽子，手里还死命地抓着一封信。一时间，我们以为这最后的幸存者带走了全部船员失踪的秘密，直到我们看见炉灶。那是个很宽敞的炉灶，从一堆各种残余物中，可以分辨出木柴、铁钉、项链和骨头。更仔细一看，我们发现有一大堆人类的头盖骨，眼眶被火吞噬殆尽。这个最后的幸存者烧光了手边所有东西：用具、家具、桅杆和船帆，最后，是慢慢冻死的船员尸体。他在尸体还没冰冻之前，逐一分解肢体、丢进火中。当最后一具尸体烧尽，他也无法拆解船上的木头，只能等待甜蜜的死亡降临。人在冻死的过程里，肢体会去知觉。当四肢失去感觉，人会慢慢地睡着，而当眼睛合上，便再也睁不开了。

他们没料到遇上这种气候。他们是在航向殖民地途中偏离航道的。或许是被卷进南极的环流之中，那可是世界上范围最广、最凶猛的洋流，汇集了大西洋、太平洋和印度洋的海水。他们被大浮冰困住，那是航海者的噩梦。我总是自问，他们当时脑子里在想什么，是否知道这里就是他们的终点。他们是否想过面对如此巨大的浮冰，所有的奋力抵抗都是白费力气。

我们在离开船只之前，最后看了一眼那个幸存者的衣服。在他袖子上的是船长的标志条纹。他是最后一个倒下的人。他手里抓住的信尽管已经褪色，还能辨识出他的妹妹露西娅·费尔南德斯的签名。他在最后一个战友的尸体燃尽之前，就着最后的火光一遍又一遍重读家书。

我们搭直升机回到船上。回去之后，我们几乎没提到自己目睹了什么，后来也不曾那样做。把资料传给智利政府后，改由一批真正的历史学家出马，深入研究圣特尔莫号的残骸，而非迷恋传说的水手。

1969年3月7日，弗雷·蒙塔瓦总统南极科学考察站落成，现在也是航空基地。启用之后，我和马塞洛收拾各自的行李回家。我在甲板上最后一次凝视那片结冻的大陆，告别在探险途中丢了性命的英雄。我带着一颗比抵达时还要冰冷的心，跟着马塞洛回到了智利。

戴维感觉听故事时仿佛置身天寒地冻的南极大陆，忘了自己身处何方。而脸上映照火光的孩子们都喜欢这个故事。安赫拉带头先鼓掌，接着其他人加入，如雷的掌声回荡在森林里，那些动物肯定不太习惯。埃斯特万露出一抹大大的微笑，慎重地往前一鞠躬。

戴维坐在树木残根上，这时有一种很像福尔摩斯解谜之后应该会有的感觉：一股暖意从肚子往上蔓延到胸口，还有一股超过他所能负荷的力量，恍若药效发挥，进入他的血管，窜遍他全身上下，最后化为一种冷战，抵达他的后颈，最后停在那里，而这种感觉对着他呐喊：埃斯特万就是他要找的作家。他是个水手！跟保罗·奥斯特成为作家之前一样。他之前怎么没发现？他要找的人一直在他眼前，从他来到村庄的那一刻起。埃斯特万毫无疑问是他所认识的可能人选当中，最有可能的一位。他的右手没有六根手指，但戴维早就放弃那条线索了。他不再相信那些检测或是实验，他应该抓准自己的直觉。

而他的直觉告诉他，埃斯特万就是托马斯·莫德。

刚刚听故事的时候，他心里充满跟读《螺旋之谜》时一样的感动。埃斯特万有种特殊的本领，能把不可能的事情说成真的。戴维不是孩子，他喜欢故事，但不相信那个帆船困在浮冰间的故事。或许他是在抵达南极考察站时，听人说起第六个大陆的故事和他们的初次探险，再加上他对圣特尔莫号与船员一番加油添醋的想象力，勾起大家的兴趣。

那次在小酒馆听他说故事，戴维发现他是说故事高手，可是当时没多做联想；他满脑子都是六根手指。但他现在看得比较清楚了。埃斯特万乘船跑遍大半个世界，有足够的时间思考，见识不同的国家和新的文化；他有很多构思故事的机会，尤其是透过亲身经历去穿凿附会。

或许那座寺庙静思室的故事是真的，他也去过亚洲姑娘陪酒的酒店。他在酒店可能看见某个僧侣，纳闷出家人来这里做什么。戴维和作家开会，最常听到他们说的是：故事就在那里，但是作家从凡夫俗子间脱颖而出的要点在于，他们具备怎么把故事挖掘出来的本领。也许埃斯特万遇见僧侣之前还不是作家，但那次相遇激发了他的想象力，隔天在船上，故事就在他的脑海成形。就像今晚一样。

戴维好奇他是何时，以及在什么样的情况下构思出《螺旋之谜》，这个史上最有名的传奇故事是如何萌芽的。翁贝托·埃科在想象毒死一个修士之后写下了《玫瑰的名字》。斯蒂芬·金站在学校更衣室的卫生棉售货机前找到《魔女嘉莉》这个故事。肯·福莱特伫立在圣彼得堡的大教堂前，捕捉到《圣殿春秋》的灵感，威廉·彼得·布拉蒂读到一份真实的驱魔报告，并根据资料写下《驱魔人》，而玛丽·雪莱在某次说恐怖故事的聚会中想出《科学怪人》，当时一起参加的还有她的夫婿珀西·雪莱、约翰·济慈以及拜伦勋爵。托马斯·莫德是怎么想到的呢？在读《黑暗宇宙》的时候吗？他是不是在某个遥远的国家，阅读某份早已不知踪影的报纸时，看到什么故事？戴维自问，是否该在揭穿他的身份之后问他呢？

他祈求埃斯特万就是托马斯·莫德，因为他没力气再忍受一次失败。他已经不想再爬上任何树了。

＊＊＊

每个孩子都想留下来，待在这晚初次启用的小屋过夜，不过他们的父母都没点头同意。安赫拉对孩子们说，小屋隔天和接下来的日子都会在这里，他们不用着急。孩子们面对父母的反对也知道这是场会输掉的战争。当大家正在收拾他们的用品、熄灭篝火，埃斯特万靠近托马斯，给他一个包裹。

"生日快乐，托马斯。"

"谢谢！"小男孩惊呼，他以为礼物都已经收完了。正当他想打开时，埃斯特万伸出手，要他再等一下。

"这是阿莉西亚选的礼物。这是她的东西，她希望你留着。"

托马斯小心翼翼地打开它，那份戒慎恐惧实在不像出自一个孩子，但说明了他重视这是来自阿莉西亚的礼物。出现在他手中的是旧版迈克尔·恩德《永不结束的故事》。书脊是壁垒分明的橘灰两色，每个章节的字体以红色和绿色轮替。封面因为使用多年而已经磨损。

"这是阿莉西亚很喜欢的书。她希望你能读一读。"

"我会读的。我很乐意读。"

"她写了贺词给你。"埃斯特万继续说。

托马斯打开书本的折口，高声念出阿莉西亚密密麻麻的字体。

"双脚让我们走路，书本帮我们发展心智。重要的是，你要找到自己的路，也要找到你要读的书。托马斯，生日快乐。献上香吻一个。阿莉西亚。"

"这是几个月前，她还没失能前写下的。"

托马斯往前抱住埃斯特万。

"真希望她在这里。"托马斯对他说。

"她也希望能在这里。何不明天去看她？然后谢谢她。"安赫拉说。

托马斯点点头，还抱着埃斯特万不放。

当他们把东西搬上车，戴维的视线锁着埃斯特万。此刻他在戴维眼中已不再是个开着老旧卡车的村民，而是那位一直让他朝思暮想的作家：这个人不是不在乎，而是不需要其他人评断他的作品。

第十七章　将死

雷克纳盯着屏幕太久，感到两眼发痛。这是一台屏幕更新频率过低的旧计算机，画面一直跳动，仿佛每秒像素不足的电影，动作看起来断断续续。是 80 年代那时候的计算机了吧。他眨了几次眼睛，结束设定网络环境；现在这层楼所有的计算机都看得到了。

从学院时期，大家就叫他雷克纳，目前他在 ArtaNet 公司，一家专做办公环境计算机设定的公司工作。他们公司组装计算机、架设内部网络，并设定网络联机，对不懂自行设定的企业客户提供售后的技术支持服务。这还包括他们得打理一切，让只会使用 Excel 和 Word 的员工可以不必担心计算机系统，安心工作。

"不是每个人都知道计算机怎么运作。如果只需要使用 Excel 交会计报告给上司，就没必要知道怎么架设计算机连上网络，或是知道设定工作组和区域群组的不同，或者担心联网是透过非对称数字用户回路路由器还是代理服务器。很多人会开车，可是他们了解引擎吗？或者要开车需要了解柴油不需要火星塞，而是靠压缩空气和温度来点燃油气？计算机也是。员工需要专注在他们的工作上，ArtaNet 提供的是他们能在最佳的环境完成工作。我们是计算机的技师。你忙你的工作，其他的交由 ArtaNet 来负责。"

这是雷克纳的上司米格尔对于开发新客户的高谈阔论，而他就是 ArtaNet 的所有人。

这家公司有六名约聘员工，米格尔在不违法的范围内尽情剥削他们。他仗着约聘合约，以及利用让他们轮流在两家公司工作的方式，只给他们公司需要的雇用时数，再视当时 ArtaNet 的需求，决定是否继续约聘几个月。雷克纳有过很多次下午被开除、隔天再用一张合约聘回的经验；没错，约聘他的是另一家公司，但上司都是同一个。这六个人就跟着一张又一张的约聘合约流浪，不晓得月底拿不拿得到薪水缴纳房租。

　　他的工作内容千篇一律，米格尔在第一天给他的合约就清楚载明。雷克纳知道该做什么，他工作相当仔细，这一点最讨他的上司欢心。

　　他在大学攻读计算机技术工程，毕业以后，他希望找到计算机程序设计的工作。他还在念书时，就在课余忙着学了好几种程序语言：Visual Basic、Java、Cobol。Cobol！在西班牙，应该没几个人懂得使用这种非常古老的程序语言，但对他来说用途不大。他总以为自己会找到坐办公室的工作。

　　他对工作要求不多，只要能用他学过的程序语言以及应用少许他在大学学到的知识做项目。他不奢望优渥的薪水和公司配车，只要能待在一个可以感到适量幸福的地方。

　　而他感到自己很幸运：跟他一起读书的同窗，有许多人根本找不到工作进入职场，到现在还和父母同住，继续在网站上找工作。

　　没错，他不是盯着屏幕写程序，而是在装 Windows XP。这台计算机不能装较新的版本，否则会死机，每次他们的会计打开文件就会咒骂："该死的工程师！计算机又出问题了！"他们不知道自己工作的设备太过老旧，也不考虑加装内存。

　　而且他几乎都在晚上工作。在员工使用计算机时装操作系统，代表客户得同时支付工程师和员工薪水，因为后者只能抱着双臂看计算机，或是和其他同事闲聊。对老板来说最省时间的是工程师等员工下班后开始工作，隔天一切都打理好。周末也行。白天时间，ArtaNet派工程师进行维护工作。要是有客户因为某台计算机故障，打电话过来，他们其中一人就得在背包塞进一套吃饭工具出发：操作系统、驱动程序和光盘。如果计算机需要特殊的硬件，米格尔也认识供货的商店，那里贩卖的价格会加上给他的一定比例利润。

他设定好内部网络的最后一台计算机，检查并确定所有计算机都能相连。测试完毕后，他离开办公室，让安全警卫看过他背包里的东西，然后跟他告别。看来他们的客户放心让他碰他们的计算机，却不确定他是不是会摸走办公室里的物品。这就像是到白金汉宫参加宴会，离开时却要确保宾客没偷走面包片。

工作到这么晚的唯一好处是回家不会遇上塞车。收音机传来超脱乐团震耳欲聋的《从不介意》，这个城市仿佛是属于他一个人的，而红绿灯变成了圣诞节的装饰灯光，几乎没汽车需要看它指示停下或开动。人很容易在夜幕笼罩的城市感到孤单。

他问自己回到家时，里面会剩下什么。在装操作系统的空当，他的思绪不断绕着弗兰打转。两年没见他。谁知道他做了哪些事。他曾在许多夜里想到弗兰，不是因为他是自己生活圈里的人，而是把他当作一个多年不见的朋友。有时是毫无缘由断了联系，有时是有明确的理由。

时间会冲淡理由，当时认为重要的事，几年过后，变成芝麻小事。他只需回忆入学考就能体会，当时他看得比什么都重要，现在只觉得那是人生的一个阶段。弗兰没和他一起考。当时他三科不及格，大学预科班没过，需要等九月通知。并不是因为他是好学生，只是那年运气不好；事实上，他的成绩往往在及格边缘，要等九月公告的定夺。

雷克纳总以为他们会一起参加入学考，也想象过两人都学同样专业。弗兰没特别想学哪一科，他说过想和雷克纳读同样的科系。当一个人不知道自己想要什么时，就会随波逐流，而弗兰和雷克纳从进中学的第一天起就认识，他不管自己会念什么，但至少有个可以在下课时间一起分享咖啡馆时光的朋友。

十八岁是个思考未来的美妙年纪。你会以为你和所有的朋友、一切都将顺顺利利，后来随着时间过去，发现没有一件事会如同你的想象：你的女朋友没有你以为的那么忠贞，报酬优渥的工作都被同样的人拿走，当初一起在咖啡馆喝几杯的一群伙伴，后来只有少数几个保持联络。非得等到时间过去，才发现美好的时光不曾来临；现在也正在发生，因为想着其他事，而错过了那段时光。

一开始的许多个夜晚，回到公寓后，他内心总期盼能遇到弗兰。他进入大学后，他们不再像中学时那般常见面，但仍保持联络，偶尔约见面。尽管他们之间有所改变：他在大学结交了一群新朋友，弗兰则继续和中学时代的一个朋友在一起。当雷克纳努力冲刺考试，弗兰开始沉沦麻药，稍微越界，然后再稍微越界。然后再稍微越界。他清楚记得有一晚看见弗兰从牛仔夹克拿出一包可卡因，倒在包上面分粉末。那时，派对上看到人群情绪高涨很正常，可卡因也很常见。他以为弗兰只是偶一为之，就那么几次。他忙着应付考试——他花了五年而不是既定的三年，没时间关心弗兰。

后来他的毕业论文终于通过，搬出去自己一个人住；两个月后，弗兰搬来和他住。两人都认为合租是个好主意。他们是多年的朋友，不过很快地，他们也发现彼此的友谊就像停止浇水的植物，慢慢地枯萎了。

他们还是朋友，友谊却已经变调。弗兰有他自己的麻烦——他自己这么说，总是来无影去无踪，不太解释自己去了哪里还有做了些什么。他们会聊天，但不再像从前那样无所不聊，一个话题换过一个，不知道会聊到哪里结束。

他们有过相处融洽的短暂时光。不过越来越少，最后他们的交集只剩下中学时的回忆，以及聊些该去超市买什么。他甚至一次出门好几天才回来，回来时一副什么事也没发生的模样。雷克纳帮不了一个拒绝接受帮助的人，弗兰就是完全地拒绝他。有一天，他回到家，弗兰已经离开。连电视、电脑，甚至音响都不在了。也没留下任何交代的纸条。他试着从他父母和共同的朋友那边联络他，可是没人有线索。一段时间过去后，他换掉门锁，白天不再想起他，哪怕每个夜里几乎都会想到他。

今天，他回来了。而雷克纳让他进门。该死。弗兰不是他能装作视而不见的地铁站乞丐，他是朋友，他直视他、乞求帮助。雷克纳感觉有责任要伸出援手，就算只是不想让自己内疚。

当他踏进公寓，里面什么都没少。这时差不多是凌晨一点半，所以他没期待弗兰还醒着。他躺在沙发床上睡着了，手里还拿着一本书。雷克纳进到厨房，发现有个盘子摆在当作桌布的餐巾上，还盖上另一个盘子。旁边有张纸条：本来想等你一起吃晚餐，但夜深了，我先睡了。弗兰。

他拿开盘子，发现是一份马铃薯蛋饼和一点沙拉。他嘴角上扬。他在两人同住期间不只称赞过一次弗兰的马铃薯蛋饼。他说过为了能吃到这玩意儿，值得忍受弗兰。

他喜欢自己还记得这些细节。

＊＊＊

　　埃斯特万不在家。照顾阿莉西亚的看护帕洛马告诉戴维，他正在酒馆帮霍恩修理锅炉。于是他在酒馆地窖找到埃斯特万，他一脸油污，手边有箱工具，头顶上有个巨大的储水槽。霍恩则蹲在他旁边看他工作。

　　"哈啰，戴维。"霍恩说。

　　"你好。"

　　"你该不会懂得一点锅炉吧？"

　　"很抱歉，不懂。"

　　"真可惜，"霍恩说，"动不了了。"

　　"会修好的，"埃斯特万说，"瞧！我相信问题是这个，"他拿起扳手转松一个螺丝，检查下面的控制板，"不，不是这个。"

　　"很抱歉我姐姐把你赶出门。"霍恩猛然说。

　　"噢，哎哟。她告诉你了。"

　　"不是告诉我，但是你也了解这座村庄。我刚听到传言。"

　　"唉。"

　　"不要怪她，她有点冲动，而且非常非常不信任人。你可以试着跟她谈谈，说服她让你回去。"

　　"不用，没关系了，我有地方住。"

　　戴维发现他喜欢待在安赫拉家，一想到要回没有西尔维娅的旅舍就不开心。少了她，黑夜仿佛漫漫没有尽头。待在安赫拉家有人陪伴，而总是到处玩耍的托马斯能经常让他分心。他就像是他的一个侄子，至于安赫拉……他不知道安赫拉像什么。可是他知道比起孤单一个、待在像埃德娜那样歇斯底里的疯婆子的屋子里好；在安赫拉家很自在。

"噢，太好了，你有地方住。那我就不用担心了。"

"无论如何，都谢谢你。"

"对了，我有一份影印的报纸，上面写着……嗯，你知道的。如果你想留着做纪念的话。"

"不用了，我想我现在不需要。或许，嗯……永远都不需要。"

"霍恩，看一下有没有热水。"在储水槽下面的埃斯特万说。

"我上去看看，再跟你说，"

霍恩奔上楼梯，然后大叫埃斯特万。他们做了测试但是徒劳无功。

"来，戴维，把那个螺丝起子拿给我。"

戴维把东西递了过去。

"可以帮我拿一下这个吗？"

他弯下腰，看见他说的东西。躺在霍恩脏兮兮的地窖地板上可一点也不好玩。

"当然可以。"

接下来一个半小时，埃斯特万就躺在地上锁紧螺母、固定管线、拆掉电阻器。不知多少次，埃斯特万在他耳边大叫，要霍恩试试看。全都不行。最后，在固定某个零件后，埃斯特万要他再试试，霍恩从上面大声回答说已经可以了。于是他们俩离开地窖。埃斯特万整张脸沾满油污和灰尘，只有微笑时露出的牙齿是白的。

"我就知道问题是那个。"埃斯特万下结论。

他们爬上酒馆，霍恩倒了三杯冰啤酒。他们咕噜噜一口气灌下。

"越是努力工作，越是能感觉啤酒甘甜。"霍恩叹道。

戴维觉得他说得没错。他这辈子在很多地方喝了很多啤酒：爱尔兰的健力士、美国的滚石啤酒、捷克的皮尔森欧克啤酒、澳洲的福斯特啤酒、比利时的智美白修道院啤酒……

"戴维，要不要比一下？还是你有其他事要忙？"

……墨西哥的科罗娜黑啤、秘鲁的库斯科啤酒、德国的克莱斯勒啤酒、加拿大的世界末日啤酒，以及日本的朝日啤酒。他在很多国家喝了很多啤酒，却没有一种比得上此刻正在喝的。

"啊？"

埃斯特万指了指一张放置棋盘的桌子，所有棋子都收在一个小木盒里。

"我不太会玩。"

"但是你玩过，对吧？"

"对，小时候跟哥哥玩过，还有一次在中学纸牌被抢走的时候。"

"所以对你来说应该不是问题。坐下来。要白棋还是黑棋？"

戴维的战斗本能被挑起，他选了白棋。

埃斯特万拿出棋子，摆在棋盘上。

"埃斯特万，我要提醒你我不太会下棋。"

"别担心，戴维。我们这里的人下棋只是为了娱乐。"

戴维耸耸肩，移动王前兵。棋赛开始。埃斯特万出动后翼马。

"我不知道你会修储水槽。"戴维说。

"我在今天之前不会修。"

主教的兵建立坚固的防卫。

"噢？"

"我以前都没修过。"

黑王的兵来到白王的兵前。

"都没修过？那你怎么会修？"

"东西坏掉时，你会先检查一下是不是哪里破损。"

黑王的主教来到戴维的马前。戴维开始在棋盘中央布局。

"所以你习惯先检查？"

"不一定，有时候不会。我通常会先拿万用表测试整个电路板，如果一边有反应、一边没有，就是有问题的地方。"

后以斜切方向前进到最后。擒拿王。

"将！"

"这时你会怎么做？"

兵往前威胁后。埃斯特万往斜后退一格。

"我会把故障的零件拿到店里说，'给我一个这种零件。'换好零件后再测试行不行。"

"这么简单？"

又一个兵棋往前，威胁黑后。埃斯特万使出他的王前兵吃掉对方。戴维也出动他的另一个兵吃掉埃斯特万的兵，接着被黑后吃掉。埃斯特万击溃戴维的防御队形，比他还多出一个兵。他想移动那个兵棋，以免黑后受困。

"孩子，如果行了，表示恢复正常。如果不行，就要继续测试。"

这时该使出重量级的棋子。戴维往前移动他的白后，来到埃斯特万的黑王前面，想要吃掉他的兵并擒王。

"埃斯特万，我很难相信这招每次都管用。你上过什么课吗？"

埃斯特万往前移动马，威胁白后。

"戴维，我只是靠一般常识。有时候这样就够了。如果损坏很严重，比方说电视机的映像管坏了，我会带去找专业人士修理。尽管如此，我还是能修理八成的故障。"

他把后棋放到他的马棋前面，远离黑后的范围，也让他的马棋无法以 L 型路线移动。

"我会把工作交给专业人士。因为我不知道问题在那儿，所以不插手。"戴维说。

埃斯特万使出马棋吃掉他的主教棋。戴维嘴角上扬，让后棋上场吃掉马棋。或许埃斯特万正在进攻，可是他此刻唯一打前锋的只有后棋。正当他暗自窃喜时，埃斯特万却吃掉后棋旁的兵棋，再次给他一将。

"将。"

戴维阻断对角线的黑主教。如果他想吃掉那个主教，会失去自己的白后。埃斯特万把黑后朝对角线前进一格。他让戴维看到，当后棋有空间移动时，是多么让人手痒。目前的情势越来越艰困。这场棋不只是游戏，而是想隐藏身份的作家和想要解密的编辑之间的角力。戴维心里有个声音对他说，若能打赢，就能得到作家的敬重。他想要向对方证明，自己在这场比赛里不只是个简单的兵。可汗出版社派来的不是个简单的办公室白领，而是未来的总编辑，是灵活、知道应变的主教。

"俄国小说家屠格涅夫说过，国际象棋和文学都是非常重要的必需品。"戴维说，并移动他的王棋朝对角线前进一格，保护他的马棋。

埃斯特万让自己的后往后退，吃掉另外一个兵，困住戴维的王和马。

"将。"

埃斯特万光用他的后就吃掉戴维五个兵。戴维把自己的王换到后方，保护主教和马，那个马在整场比赛还没移动过半步。据说，马在开局时比较能派上用场！

这时，埃斯特万认为他的后已经多次进攻，而且棋盘不只这个棋子，便把后前兵往前移动一格，准备擒拿主教。

戴维把他的后棋朝对角线前进一格，首次对黑王发动将棋。

"将！"戴维直视埃斯特万说。

埃斯特万安静地对他挤了挤眼睛，移动他的王棋朝对角线前进一格，来到后的兵棋后面。

躲好，我马上把你揪出来，戴维暗暗地说。

他出动后翼主教，再一次发动将棋。

"也听说下棋时不只有四个马棋。"戴维说。眼睛盯着棋盘不放的霍恩，发出低低的笑声。

埃斯特万把他的王棋往后移，来到主教旁边。戴维发动他的主教，以自杀方式吃掉埃斯特万的主教。但后者立即出动他的王棋吃掉了戴维的主教棋。接着他紧闭的嘴巴嘟哝一声。他很快瞥了戴维一眼，想看出他是否注意到刚才的声音。戴维没看着他的眼睛，但瞄到对手在看他。埃斯特万刚走错一步，而这会让他因此输棋。

戴维伸出食指把他的后棋推到棋盘最底。

将死。

"戴维，火力全开，"霍恩说，"就像外科医生般精准。三刀解决。"

"该死。我应该出动车吃掉主教的，"埃斯特万抱怨，"我太紧张，急着摆脱困境继续攻击。"

戴维感觉很好。他靠着出动后棋摆脱困境。埃斯特万护住他的黑主教，反而给了戴维一个得胜的机会。埃斯特万只用一个棋子追杀他，但戴维向他证明了两个棋子也可以赢下比赛。不过他没那么激动。这是场不寻常的棋赛，很多棋子都没移动一步。四个车棋，除了倒数第二步，完全没影响到赛况。

他知道自己不是高手，往往被同伴打得落花流水。但是埃斯特万比他还差。他像个初学者，专注移动他的后棋，却没派其他棋子保护；他的后棋的确利用兵棋的状况，吃掉戴维许多零散的棋子，但这个优势没能持续太久。他让棋盘中央变空城，戴维只需要移动棋子就能陷他于困境。他的技法十足像个十岁的孩子！

戴维以为像埃斯特万这样常下棋的人，应该是个策略家，因此他非常认真地下这盘棋，想打赢这位世界级的文学大师——文学是一种纯粹的脑力活动，只有聪明人能驾驭。而埃斯特万走了三十一步后输棋，任何中等的棋手都能看破他的战略。戴维有点不解。他以为猎场上的是狮子，却只遇见猫咪。

"我应该在后棋旁边放个支持的棋子吗？"

还用问吗！他怎么了？一个世界知名的作家竟输给一个超过十六年没下棋的编辑！

"我想是得那样，埃斯特万。但往往是输棋的时候才会知道。"戴维说。不过他心里想着："当你发动后前兵、让主教棋门户洞开的时候，就是给我进攻机会。你破坏了节奏，让我能进攻，而不只是防守。"

"埃斯特万，我以为你会赢。"

"我也一直以为我会赢。"

"不，我的意思是你看起来经常下棋。"

"我的确经常下棋。"

戴维迟疑了一下，然后才回答，而埃斯特万看穿了他的心思。

"经常下棋并不代表是高手。"

"没错，当然喽。可是人会喜欢下棋是因为经常赢棋。"

"嗯，没有什么原因，只是我喜欢下棋时思考下一步着法，不会因为输棋失去兴致。我下棋经验丰富，所以清楚地知道自己不是高手，但我起码了解这种游戏的博大精深。我知道有人可能愿意奉献一生，但会赢棋也要偶尔输棋才有趣味。不然会变成例行的工作。"

这是个怪异的想法。他只听说赢家会专注在跑步本身，而置比赛于度外，从没想过输家也一样……

"好吧，戴维，请我喝一杯。这是规则。赢家买单。"

"才不是这样！"霍恩尖叫，"是输家买单！"

"关你什么事？"埃斯特万对他大叫，"他本来不知道！"

＊＊＊

午后的最后时光，埃斯特万和戴维相偕去一条沿着布雷达戈斯蜿蜒而行的小溪钓鱼。帕洛马中午出门办事，下午回来换班，于是埃斯特万便在饭后陪着妻子。卧室里笼罩阴森的静谧，而他一脸忧伤，手肘撑在床垫，用轻柔的语气和她聊天，不确定她是否听得见。

与此同时，戴维在乌梅内哈和霍恩吃午餐，想从他身上挖到一点线索，但没有结果。

埃斯特万拿着一根鱼竿和一个藤篮，里面放了鱼饵、钓鱼线、铅锤以及绕线轮。他们决定下午去钓鱼的地方叫作熊穴，是个隐秘的保护区，也是越来越稀少的比利牛斯山熊冬眠的地点，从那儿可以抵达一处人烟罕至的溪流。

"这附近有什么？我们会不会遇到什么惊喜……"戴维害怕地问埃斯特万。

"不会。上个世纪初，这附近的森林是熊群的居住地，可是随着时间过去，它们逐渐消失，在这一带的比利牛斯山区，最乐观的估计是只剩二十余头。这边会叫这个地名，是因为以前真的有熊居住，但现在不会遇到危险。不过繁殖计划的确在进行中。"

"也就是说，至少我们今天很安全。"

"对，今天很安全。希望数量能越来越多；阿兰谷是个非常适合它们居住的地方。连那些在法国野放的熊都来到这里……"

"来观光的熊啊。"

于是，埃斯特万在前往溪流的路上，慢慢地告诉他毗邻布雷达戈斯的森林物种。对于一个大半辈子都住在城市，只看过宠物的人来说，听人细数西方狍、野猪、松鸡、獾、松貂、白鼬或土拨鼠，令他感觉自己恍若置身一座没有铁笼的动物园。

戴维试着模仿埃斯特万甩钓竿，可是结果与他希望的差很多。埃斯特万的动作是多年来养成的个人风格，不像表面看上去那么简单——拿起钓竿，无名指和中指握着绕线轮底部，空出食指压住钓鱼线，把勾上鱼饵的钓竿往后，接着往前甩，松开钓鱼线，让线拉出去，这样一来可以让鱼饵掉在想要的位置。戴维喃喃念着步骤，模仿埃斯特万流畅的动作，结果却是笨拙又僵硬。他大多数都是卡在抛钓竿，不是钓鱼线没松开，就是太急促，搞得脚边一堆钓鱼线，不得不重新卷好。

"我从小经常听到钓客被鱼钩刺中眼睛的故事。"戴维用开玩笑的口吻说。

"很容易。"埃斯特万回答。

"勾出眼睛吗？"

"不是，是抛出鱼钩。你只需要一点练习。当你学会怎么轻松地抛鱼钩，我再教你怎么抛到河底，大鱼都在那里。"

"要怎么知道哪边水深？"

"嗯，就是知道，"埃斯特万说，并清楚地解释，"从水的颜色和水中回流的位置。高竿的钓客可以观察水的流动、看出河床的形状。想象一下，水是一堆同质的物质，水面的变化一定是看底下有什么。当然，我还没有那么厉害。我现在会分辨河流哪边水深就很开心了。"

戴维专注地凝视水流，但是在他看来都一样：一堆往下流去的水，只有冲刷石头或树枝时才有变化。

"好吧，如果你这么说的话……"

埃斯特万的目标是钓一条晚餐吃的鳟鱼。在达成目标前，他们钓到一些鲤鱼，这种外来种会出现在这里，是因为被当作活饵，最后侵略了阿兰谷的鱼种。尝试过几次之后，戴维终于把鱼饵顺利抛进河中，掉在埃斯特万指定的位置。

现在，只欠等待，这里的村民习惯这样，不过对城里人来说这么做很没效率。他瞅了埃斯特万一眼，他正在安静地削木头，脚边堆了小山似的木屑。

"这里是个居住的好地方。"戴维自顾自地大声说。

"没错。"埃斯特万回答。

"这里的宁静似乎有股感染力。每个人都能放松，静下心做事。"

"在布雷达戈斯，没什么急事好忙。"

"你不想住在其他地方吗？"

埃斯特万似乎思索了一下才回答。

"我太太在这里。我的屋子在这里。我的地盘在这里。"

"没错，但是住在其他地方也一样可以做到这些。布雷达戈斯的确非常可爱，但考虑到世界这么大，这里并不是唯一一个漂亮的地方。比方说，你说的故事里出现的那些地方。"

"我无法想象自己住在其他地方。我在这里很自在。我人生美好的时光都在这里度过。我在这里认识我太太、在这里交上好朋友。我在这些地点留下最美好的回忆。"

"没错。"

接下来沉默笼罩，埃斯特万继续他的木雕，戴维继续盯着钓竿。水流带走了一分一秒的时间，留下的足迹是埃斯特万身旁那堆小山似的木屑。戴维再一次进攻。这是个再好不过的机会。

"埃斯特万，你知道我在平静的时刻，最喜欢做什么吗？"

埃斯特万没搭腔。他只是望着他，等待答案。

"我喜欢读书。读书能让我放松。"

"那是个好习惯。"

"对。"

戴维打算再一次进攻，但不是要揭穿敌手的身份，只是想营造一点紧张气氛。他感觉自己就像演员呈现的哈姆雷特，想引起克劳狄斯国王的不安。可惜没有一个反对他意见的霍拉旭。

"你知道最近让我最惊艳的是哪本书？……《螺旋之谜》。"

埃斯特万，我只需要一点表情变化：眼神透露讶异，瞳孔放大，泄漏你就是我要找的人。我会像下棋那样追杀你。

"你喜欢那本书？"

没反应。他面对戴维丢下的炸弹面不改色。

"那是本大师之作。写得很棒。我不是唯一一个这么觉得的人。全世界上百座城市都有人读过：在地铁、在公园的长凳、在公交车上……图书馆里满满都是这本书，因为每个人都想借。现在书已经重印了几百次，卖了几百万册。"

"卖得可真多。"

"是一个叫托马斯·莫德的人写的。我独处的时候喜欢反复地读，这能让我从不同角度来看待事情。"

"如果真是那么棒的书，或许我该读读看。"埃斯特万回答。

"对，读一读吧。"戴维说。

戴维暗暗对自己说，这个男人要么不是托马斯·莫德，要么就是出奇的冷静。从他吐出《螺旋之谜》开始，他都没察觉对方的表情有一丝变化，或态度有什么改变。他想再施加一点压力来确定。

"而且，这位作家有个很有趣的故事。没有人知道他是谁。他决定用假名写书，不想让人找到他、紧追他不放。他不接受访问，不领取颁发给他的奖项。"

"哎哟。"埃斯特万只回答这样。

"我觉得那是个很聪明的选择。或许他不想变成焦点，以免像托尔金遇到那种好奇的人，或是企图对凡尔纳……"

"企图对凡尔纳什么？"埃斯特万第一次打断他的话问道。

"有个心理有问题的人朝他的膝盖开了一枪，要大家注意他始终不是法兰西学术院的一员。"

"哇，世界到处是疯子。"

"对！所以我能了解，也尊重托马斯·莫德。成为某个行业的专家，不代表可以剥夺他的隐私。尤其是作家，很多时候作家需要保有隐私，让他们可以观察人群，不用伪装或者刻意计划举动。我完全支持他的决定，愿意在我的能力范围内帮他。"

"我也会帮他，"埃斯特万回答，"人应该要依照自己的喜好活着，如果这人不愿意透露身份，他是有权利这么做。"

戴维感觉快昏过去了。他在村里试过这招好几次，虽然都没用，还是希望这次有点效果。刚开始，他把这当成是猫捉老鼠的游戏，但现在变成两只猫在寻对方的游戏。他决定把一切押在最后一张牌上。他要使出全新的一招，只有在所有的陷阱、欺骗、花招和计策都失效时，才会用的一招：诚实。

"埃斯特万，我想对你坦白。我不是像一开始说的来自巴拉多利德市。我在可汗出版社工作，地点是马德里。我是编辑。我的工作是监督作家写书，帮助他们，满足他们的所有需求。我经常出差，无法依照老婆的希望随时陪她，所以和西尔维娅的关系开始变得冷淡。

"在我工作的出版社，我们有位光芒盖过其他同行的作家，也就是我跟你说的《螺旋之谜》的作者。他叫托马斯·莫德。接下来我要跟你说的是逃不了刑罚的部分，尤其是我和出版社老板签了保密合约。我会告诉你，不是要引你注意，而是想让你看出我的诚意。我不是带妻子来这座村庄度假，而是骗她来这里陪我完成上司托付的任务：我必须找到托马斯·莫德。几年前，可汗先生收到一份厚达六百页的稿子，书名是《螺旋之谜》，使用假名托马斯·莫德，但是没有任何个人资料。和稿子一起附上的是一封写了账户号码的信，如果出书了，钱必须汇到信上指定的银行账户。

"这本书是一整篇故事的第一部，后来小说在全世界打破销售纪录。可是没有人知道作者是谁，包括可汗出版社。我们经过调查，发现他住在这座村庄，小说的每一部是从这里寄出。我的任务是找到托马斯·莫德，了解为什么他不再写下去，并说服他写完故事。我有谈判权：如果他要更多钱，我们愿意付更多；如果他想继续隐姓埋名，我们会替他保密。我绝不会做任何托马斯·莫德不愿意的事。如果他要我跳着脚走路，我就跳着脚走路。

"而你知道吗？我唯一的希望是完成上头托付的任务，回到马德里乞求西尔维娅重新接纳我。现在，让我问你，是不是你在《螺旋之谜》签上假名'托马斯·莫德'，把书稿寄到可汗出版社？我请求你在回答之前，先仔细思考一下，因为你的答案攸关我的个人和工作前途。"

埃斯特万已经停止手边的雕刻好一阵子，仔细听他诉说。他伸出一只手抚过白胡子，接着伸出无名指把眼镜推上去，最后拨开遮住视线的刘海。

"抱歉，戴维，但那个人不是我。"

戴维原本紧绷的肩膀垮了下来，清楚传达了他的沮丧，仿佛没通过九月升级考的学生，感觉脚边的地面仿佛裂开一道深渊。他已经没有出路。失败不只是可能，而是确凿无疑。

"抱歉，"埃斯特万说，"我很想帮你。"

"这不是你的责任，你也爱莫能助。你根本没有六根手指啊！"

这时，一直没动静的钓竿开始颤动。他们俩看见钓竿往空中飞了出去，在掉进河里之前，埃斯特万及时伸出右手抓住。

"抓住！戴维！"

戴维抓住钓竿，听从埃斯特万的指示，拉着竿子并松开钓鱼线，接着收回绕线轮。就这样过了几分钟，一条怪鱼上了岸，在他的脚边扭动。

"哇！是长牛角！"

"什么？"

"是长牛角！一种在北部山区的鱼，会出现在这里还真奇怪。"

那是一条睁着一双凸眼，有着透明鱼鳍，身体有黑色和棕色斑点的鱼。

"现在抓住鱼头下面，小心地把鱼钩拿出来。"

戴维用前臂压住鱼，以免鱼再扭动。然而，鱼想活下去的渴望，让它的力气大过戴维的手臂。它拍打尾巴、摇晃头部，想要往河里跳，结果鱼钩刺中了戴维的中指。

"该死！埃斯特万，帮我拿掉！"

"等一下，不要动，不然会刺得更深。让我去拿钳子。"

戴维忍耐着鱼在他的怀里拍打，这时埃斯特万拿了一个藤篮回来。长牛角会不会咬人？

埃斯特万剪断鱼钩，把鱼放进篮子里。

"过来，我们回家，让我帮你拿出来。我家有可以初步处理的器具。"

＊＊＊

戴维指头缠着绷带，无法下厨，所以工作就落到厨艺不怎么高明的安赫拉身上。她正拿着除鱼鳞刮板在鱼身上蹭来蹭去，围裙沾满亮晃晃的鱼鳞片。

"戴维，长牛角的头全是刺和鱼鳞，肉质一点也不鲜美。"

"我不在乎好不好吃。钓到这条鱼害我差点失去一根手指。不管味道怎样，我都要吃掉它。"

埃斯特万后来不得不把鱼钩刺穿他的指头，好用钳子剪断无法把钩子拉出来的钩头。剪断之后，就可以把钩子从刺进去的位置拉出来。戴维除了小时候骑脚踏车造成的伤口，已经几乎忘了非食用酒精的灼痛感。他咬紧牙齿，保持安静，但泪水模糊了他的视线，让他无法假装没事。

安赫拉和托马斯吃着肉馅派。戴维慢条斯理地嚼着配马铃薯与洋葱的长牛角，嘴巴不时吐出细小的鱼刺。

"戴维，你不一定要吃鱼。"

"我当然要吃。"

他继续嚼着鱼肉，直到啃得一干二净，花了超过半个小时，安赫拉和儿子早已在欣赏电视播放的一部老电影。戴维在一张扶手椅坐下来，盯着窗外。

他想着西尔维娅。想着那场追踪托马斯·莫德的盛大棋赛，他牺牲了最具价值的一个棋子，他的后，追捕一个最后黯然退场的王。此时此刻，他感觉自己无依无靠，任由环境因素摆布。迟早，他会被反将一军。

"戴维，你有心事。"

"嗯，有一点。"

"今天过得不好吗？"

"你遇过不顺的一天吗？一整天下来什么都不顺。"

"当然。"

"那么你应该可以了解我的生活。"

至少了解自从我来到这座村庄起的生活，戴维想。

第十八章　我们梦想成为的人

这天早上，还睡得迷迷糊糊的弗兰觉得自己喘不过气，仿佛有个非常重的人坐在他的胸口，他只能勉强汲取所需的空气，撑着没昏过去。他张开嘴试着多吸点氧气，可是那想象中的巨大形体把他当作凳子用，不让他如意。它直视他的眼睛，露出微笑，他们彼此知道，该怎么做它才会走开。

他试着不要想这件事，试着喝酒，但是才灌下几口，他就知道这一次连酒精也帮不上忙，只会让情况恶化。他去拿雷克纳的急救箱，想找到某种可以减轻他焦虑的药物，可是没什么有用的；只有一盒阿司匹林和一瓶止痛喷雾。他喝一口水，吞了两个药片。

他感觉到的不是身体的药瘾，而是心理的，毕竟他注射多年，突然间就这么戒断。但他的身体习惯忽高忽低，忽低又忽高，现在美沙酮让他能正常走路。他不可能不想着来一针，只是他压抑冲动，一直忍到下午服用美沙酮的时间。弗兰内心有股空虚撞击着、喊着想要再多一点。这股焦虑在他脑海里响起，在他的脑壳中回荡。

这时一声清晰的喊叫划破了这股焦虑。

没有人需要了解为什么。

有谁会费心了解？提供美沙酮的那些人不会，雷克纳也不会。他感觉自己不该坏了这份好运，而明天可能有另一个好运降临。

他拿走一些朋友的衣服，离开公寓，锁上了门。

前往药庄的路上，他觉得良心不安，因为他要去做一件事，一件背叛雷克纳信任的事，虽然雷克纳永远也不会知道。不过他若想继续这场长途赛事，就得去做。

我们每个人都是成瘾者，他不断告诉自己；有些女人购物成瘾，她们看到的总是寄到信箱的目录，而不是之前购物的账单。有些人健身成瘾，一天可以花六个小时举哑铃、凝视胸肌上的血管，以及吃类固醇增加肌肉量。数以百万计的人早上一定要摄取咖啡因展开一天，接下来一整天还要不断补充。很多人在办公室的抽屉柜里放着一个扁扁的小酒瓶，开完会出来会喝一口。有亿万个年轻人对能疏通水管的汽水上瘾。每年有几百万人死亡，都是因为无法戒烟，而这种政府研究许可的毒品，因为其中的化学物质，会让人越来越上瘾。

有人说过其实没有什么所谓的上瘾，只是自己骗自己。

他从交换针筒的货车前经过，看见劳尔在车门前和一个打扮体面的家伙说话，那人从一辆丰田汽车下来，是那种明明知道自己有足够的钱到药房买针筒，却怕成为街坊邻居笑柄，所以来药庄买货的乖孩子。劳尔抬起头，看见弗兰跨过铁轨走来。弗兰不想看他，低头耸肩、双手插在口袋里继续往前走。

他走进阴暗的小屋，再次来到那个吉卜赛小孩面前。小孩坐在同一张露营椅上，看着大电视里同样的八卦节目。小孩瞄了他一眼，把他从上到下打量一遍，然后问他想要什么。

"我要见托特。"

那孩子没回答，起身进入隔壁的房间。几秒钟过后，他出来，身边陪着一个身高超过一百八十五厘米、虎背熊腰，穿着牛仔夹克的吉卜赛人。

"你要见托特？"

"对。"弗兰点点头。

"托特已经不在这里了。"

"不在这里？怎么会？"

"没什么。他只是走了。"

"为什么？"

"我们这里不欢迎喜欢逞凶斗狠的家伙，就这样。他一直以来都在玩火，最后把自己玩死了。从现在起，由我替代他的工作。你要海洛因？"

弗兰很想跟他买，但有个声音告诉他，这个男人不能信任。这个世界上最重要的几个规则之一，就是要找能信任的药头。托特不是全国最诚实的人，可他从不提供稀释过的海洛因。他的名声好，拥有一群好顾客。他不了解这个由上而下打量他的男人，也不想在没事先探听的情况下冒险。

"不是，"弗兰回答，"我只是来捎个信息给他。"

"了解。"

男子没告别，直接返回房间。吉卜赛小孩坐回椅子，继续看他的八卦节目，完全不关心周遭发生的事。

弗兰回到光天化日之下，没拿到他来这里找的东西。他不知道自己为什么这么多疑。如果只这么一次，他大可不必顾虑太多，冒险买一些。但不是这样，某个原因让他犹豫了。他发现自己不想从那个新药头那儿买海洛因，是因为直觉告诉他不可能只买这一次。尽管他考虑只要碰一点就好，他的反应却是可能每天都会碰。他知道不会是这一次，这一次是个起点：首先零星一次，遇到特别时刻，再来可能是偶尔、心情不好时，之后变成一个礼拜三次。等他回过神，就会发现变成一天来三次，像条鱼儿被饵吸引，上钩了。

走出药庄时，他遇到受罚者佩德罗，巴列卡斯区的三流拳手。他正在找钱买毒，此刻对他的老友送上灿烂的微笑，露出蛀蚀发黑的牙齿。

"弗兰，老兄，真高兴看到你。"

正常的回答应该是：我也很高兴看到你。但他只是说："佩德罗，你好吗？"

"很好，很好，还过得去。嘿，你手上该不会有一点可卡因吧？"

"我很希望有啊，老兄。嘿，你知道什么有关托特的消息吗？"

"见鬼，当然知道。你没听说吗？"

"应该没有。"

"你死哪儿去了？当然，不会是在这附近。"

"我去做点买卖，不在马德里，"弗兰撒谎，"我刚回来，去到他的屋子找人，却遇到一个吉卜赛壮汉。"

"他们逼托特退休了。"

"不会吧！发生什么事了？"

"很像是他和其他货源谈好交易，可以拿到比较便宜的药，想要自立门户。"

"所以他跟他们说了？"

"不！怎么可能讲！他一声不响地跑了，隔天在其他地方另起炉灶。他告诉所有向他买货的人说，来他这儿买比较便宜。昨天他就被发现死在五号国道的排水沟里。新闻播了。我没看到，但我听凯姆说，他有电视。"

"见鬼。"

"听着，老兄，我要走了，我得去找钱。"

"再见，佩德罗。"

"再见，兄弟。"

所以他们除掉了托特。见鬼，真可恶。难怪药庄绝大多数都是吉卜赛人。除了同胞外谁都不能信。如果你在药庄当药头，可以分到一杯羹，也知道自己分到的钱只不过是这门生意的皮毛。你每天在钱桶附近打转，收入的几百万却是进了其他人口袋，当然有一天你会想要变成那个其他人。

而拿走钱的都是隐形人，他们躲在小区中央的一间防弹屋里。他们能在警长来查询时跟他们谈判、让他们带着微笑离开；他们知道打通关系得损失一点钱，但比起赚到的，那只是一丁点数目，而不是有一天连赚都赚不到。他们控制毒品市场，只要嗅到一点威胁，你的尸体就会在隔天一早出现在高速公路的某个路肩。

野心或许也是一种毒品。但是在这行，当他们决定不要你，你不会是拿着装个人物品的箱子离开，而是冰冷地躺在棺材里。

而这一切都是为了钱。为了该死的钱。

他为托特难过；他和大家一样是个狗娘养的儿子，只是他不会卖你掺了糖的可卡因。真怪，他居然会为这样一个家伙难过，尤其是在毒品的世界。如果托特是在一家正派的公司，应该会被当成积极有想法的大将；搞不好老板会升他当自己的副手，要他帮忙怎么从项目里榨出更多油水。他可能会有一部奔驰、一栋别墅，还有一个大胸的金发女郎白天躺在某家俱乐部的折叠式躺椅，晚上睡在他的床上。

不管如何，他一样会是个狗娘养的混账。

他离开药庄，心不在焉地走着，当他发现时，已经和劳尔四目相接了。他还在货车那里。他朝法兰打手势，要他过去。

"弗兰，还好吗？"

"我没碰了，如果你是要问这个。"

"我不是要问那个。"

"但是你想问。"

"我们来这里是要尽一切能力帮助你们，而不是审判你们。"

"所以审判是上帝的工作？"

"上帝啊！祂已经在这里审判过太多人。"

弗兰露出微笑。

"所以现在你好吗？"劳尔问。

"还不错。我现在住在以前的室友家里；他不吸毒。"

"那太好了。离开你的环境。服用美沙酮效果如何？"

"不错，不错。虽然我真想来一点。我是为了这个来的，但是我的药头被弄掉了。"

"托特？"

"见鬼，你怎么知道？"

"这里就像告解室。很多人会来这儿跟我们说八卦。况且他的事上新闻了。"

两人聊完，弗兰打算离开，货车上的劳尔叫住他。

"弗兰！等你戒了，我们要请你喝杯啤酒！"

弗兰哈哈大笑。

"不要！当我戒了，应该是我来请啤酒！"

＊＊＊

他搭公交车回到雷克纳家，没做那件出门时以为会做的事。这天早上的焦虑已随着这趟旅程和托特的消息烟消云散，而弗兰知道自己迟早会再回去。今早醒来时的那种感觉，每隔一段时间就会再回来，即使是美沙酮也阻挡不了，他势必得再面对一次，而他期盼自己能拿出比今天还坚强的意志力。

他得付公交票。那种逃票的日子已经过去。他诧异地发现公车票涨价了。

他得找个事情忙。待在雷克纳家一整天无所事事，不会有什么好事，而收集纸箱的时间太少。他需要可以填满他白天时间的活动，让他不要去想未来的问题：要做什么，以及怎么赚钱填饱肚子。

公交车摇摇晃晃，他觉得很不舒服，其他乘客在每一次转弯就会挤到他身上。他左顾右盼，寻找其他空座位，但所有座位都是满的。他得忍受不舒服，直到要下车的那一站。

那本书几乎没引起他注意。他在这几天看了那么多遍，迟了一会儿才发现那不是他的书。在他眼前二十厘米距离，有个人在读《螺旋之谜》第一部。他看不到那人是谁，因为对方的脸被书皮遮住了。他垫高脚尖，试着想看清楚。

这一刻——一切发生得非常快——有辆汽车横越车道抄到公交车前面，公交车司机用力踩刹车以免撞上去。所有站着的人都失去重心，第一个人跌在身边的人身上，引爆了众人，大家像人体骨牌般倒下，结果《螺旋之谜》压上了弗兰的脸，接着他倒在地板上，一共六个陌生人压在他身上。

咒骂声四起，但弗兰没办法加入。压在他胸口的重量让他无法呼吸，更不可能大叫着要大家从他身上滚开。这是今天早上他第二次无法呼吸。在对他来说仿佛漫长的几秒挤压过后，人们慢慢地站起身，终于让空气得以进入他的肺部。当大家跟他说话时，他还闭着眼睛专注在呼吸上。

"还好吗？"

"不好。"弗兰过了半晌回答。

"哪里痛？"

"脚踝。有人踩了我的脚踝。"

"对不起。我想那个人应该是我。"

弗兰睁开双眼。一个年约二十二岁的女孩正看着他，同时摸一边脸颊的胶布。

"你怎么这么确定？"

"我踩错地方的那只脚很痛。"

"真幸运。"

公交车的前后门打开，许多跌倒的人下车，想舒缓撞击的疼痛和淤青，嘴里冒出一连串抱怨，并咒骂马德里市公交车公司，特别是他们的司机。弗兰和那个女孩在亭子底下的长凳坐下。

"好一点了吗？"她问他。

"嗯。那么多人压在我身上时，我无法呼吸，有点失去力气。"

弗兰摸了摸他的脚踝。他发现有点肿，但看起来不严重。

"让我看一下。"

"你是医生？"

"不是。我妈是护士。"她说，仿佛这样就回答了他的问题。

"可惜她不在这里。"

女孩检查他的脚踝，很快地分析过后，她排除了任何可能受伤的迹象。

"只要两天就会恢复了。"

她再一次摸着脸上的胶布，想确定没有移位。接着她检查刚才看的书，不太开心地发现封面折到，有几页弄皱了。弗兰看到那是《螺旋之谜》。

　　"老天。"他说。

　　"怎么了？"

　　"原来看书的就是你。刚才在车上，书就在我面前，我还在想看书的是谁。你看一下封面，可能会发现上面印着我鼻子的痕迹。"

　　"你看过这本？"她问。

　　"看过，而且才刚看完。我非常喜欢这本书。"

　　"我也喜欢。我不是个重度科幻迷，但……我不知道。我感到一种特别的东西。"

　　"我知道。我也有同样感觉。"

　　弗兰定定地凝视女孩。她不是特别美，中等姿色，皮肤上原本青紫的淤伤此刻已转淡黄，恍若覆盖一层肮脏的颜色。他再看仔细。那黄色的中央又有接近蜜色的淡褐色一点。女孩的嘴巴小巧，讲话时一直啃着嘴唇。她的长相讨人喜欢，拿掉绷带以后应该很漂亮。

　　"想不想喝杯咖啡？"她问弗兰。

　　接着她凝视了他一会儿，表情混杂着不自在和不知所措。

　　"不行。我得走了。"

　　"噢。"

　　女孩从长凳起身，迈开脚步就要离开。接着她停下来并转过身。

　　"如果你想改天的话……"

　　"好啊，"弗兰笑着说，"对了，我叫弗兰。"

　　"我是玛尔塔，"她说，"很高兴认识你。"

　　很高兴！还有其他人听到吗？很高兴！

"跟故事里的一样。"

"故事里的？"

"对。跟那些迷人的公主一样。"

玛尔塔笑了出来。她喜欢听到他叫她公主。

此刻弗兰离雷克纳家还有两站距离。玛尔塔离开后，他又等了一会儿，直到站得起来，踩着碎步前进。他不急。走着走着，他经过转角的一家小书店，里头贩卖所有上学的所需用品。他摸摸口袋，里面放着他原本要买毒的钱。他进里面找《螺旋之谜》第二部。这样一来，当他们一起喝咖啡时，他就有点东西可以和她聊。

***

午夜十二点十五分。雷克纳站着，一只膝盖撑在旋转椅上，一边设定网址一边低声咒骂。这间办公室里的二十五台计算机应该要能相连，并连到一台外部服务器和网络。雷克纳跑过一个又一个位置，选择设定，等程序开始跑，再到下一个位置。他就像个同时应付二十来个孩子需要的父亲。

突然间，所有的屏幕都变黑了。

办公室的灯光也熄灭了。他走到服务器那儿。那是唯一一台还运转的计算机，因为加装了不断电系统，遇到断电可以再支撑四十五分钟。这段时间足以让他存好所有的设定和备份。

他拿起手机打给他的上司米格尔。这位 ArtaNet 的老板正在刷牙，他要雷克纳等几秒钟，让他先漱口。

"怎么了？"

"米格尔，停电了。我该怎么办？先离开吗？"

"不行，那些计算机要在早上九点前设定完毕。在那里等等看电会不会恢复。"

"如果不恢复呢？我要在这里等到早上九点跟他们解释吗？该死，米格尔，我什么时候能睡觉？"

"服务器开着吗？"

"对，因为连着不断电系统。"

"计算机没有？"

"没有，太省了。他们选的是只能供应一台计算机的型号。"

"剩下多少电？"

"四十五分钟。"

"噢，好吧！这够了。雷克纳，这里是马德里，停电不会太久。留在那里等电恢复完成工作。"

"米格尔，现在十二点了。我今天早上十点就上工。我不想在这里摸黑等来电。"

"不然我们该怎么做？要是你现在走了，十分钟后来电，计算机都没设好，我该怎么跟客户交代？说我的员工困了？这一点都不专业！"

"米格尔，在这里有很多事都没办法专业。"

"听着，至少留在那里，等到服务器没电。因为没电要再开机，而我们没有密码。"

"他们没给你密码？"

"哈！怎么可能。我们只有所有位置计算机的密码。就这样，好吗？你再等半个小时。如果连伺服器也没电、关掉了，就不是我们的问题。他们应该装好一点的不断电系统。"

"就到一点，米格尔。多一分钟都不行。"

"我只要求你到一点。好吧，我们明天再谈。"

"好。再见。"

雷克纳继续低声咒骂。此刻四周只有一片漆黑。十二点五十分时，他对上司、工作和计算机都觉得厌烦透了，索性关上门，把钥匙交给警卫，启程回家。

他费了好大工夫才停妥车子。这时间所有地方都停满了，他最后只找到一个夹缝，靠着技术勉强塞进去他的福特小车。然后他散步回家。街道上有一群群朋友和一对对伴侣，他们看完电影、喝完酒，或者在公园恩爱。一群幸运的混账。

回到家时，他碰到正在看电影的弗兰，他裹着毛毯，一脸睡眼惺忪。

"这个时间不是该去睡了吗？"雷克纳问他。

"我就是在我的床上。"

弗兰站起来，陪着雷克纳到厨房。到了那儿，雷克纳用脚跟脱掉鞋子，打开冰箱，拿出一包香肠，倒点油到锅子里。

"你有时会突然下班回家？"

"今天我突然下班是因为停电。要不然我现在还在某台计算机前面。"

"简直是剥削员工。"

"还用你说……"

弗兰拿出一包土豆泥，打算倒到单柄汤锅里加热。

"放到碗里加热比较好。省得还要刷洗。"

弗兰照他的意思做。

"真是倒霉的一天。我得把车子停在另外一个小区。每个人都怕车子被偷，所以买车位。不过我不用买。我的车太旧了，根本没人想带走。"

"你还是开那辆福特小车？"

雷克纳点点头。

"开几公里了？"

"二十四万公里。"

弗兰吹了声口哨。

"那不是你读大学预科班时，你伯父卖给你的吗？"

"对。那时就已经很旧了。"

香肠在油汤里吱吱作响，这时弗兰拿了根叉子翻面。雷克纳坐在其中一个板凳上，手肘撑着膝盖，手掌托着脸颊。

"烦死了！"他大叫，"我以前很喜欢计算机，但是最近觉得很讨厌。我真想把一切送下地狱——我的老板，我的工作、车子和我的人生。这不叫生活！我得做一份不喜欢的工作来支付一间家具不多、小到不行的公寓，和一辆待在维修厂技工旁边比待在我旁边时间还多的汽车。我总是吃得匆忙而且不定时。早上喝咖啡、中午吃沙拉、晚上吃香肠配土豆泥。我现在比毕业时胖了十一公斤。而居然听说全世界最有质量的生活在西班牙。或许是在其他国家吧！还有所有那些广告，地中海岸边的香煎蔬菜和房屋。别胡说八道了，谁在过那样的生活？"

"当然不会是我们。"

"没有人在过那种生活。这不是我计划的人生。我花三年攻读这一科，费尽千辛万苦毕业。我以为当工程师会比较容易找到工作，事实却不是这样。他们只要程度不高的人，教他们三件事，把他们变成面板和键盘操作员，在一切计算机化的时代，只需要这样的角色。你要不接受，要不离开，你后面还有两百个人排队等着接受任何工作。这是我最气的！那就是我应该对现在拥有一切心怀感激的理由！"

"现在什么事情都不容易。"

"当然。还有，这座城市，马德里，大家口中的欧洲之都。来这里观光的确非常棒。这里有普拉多博物馆、阿尔卡拉门，以及像萨维娜说的，在安东马丁广场有比全挪威还要多的酒吧。但是早上九点每个人都得上班，四百万人得在两个小时内移动。无时无刻不在塞车。当然，除了凌晨一点。那个时间，只有在田园之家公园才会塞车。当然，这样不需要上帝就能找到一辆出租车。"

雷克纳安静半晌。弗兰没吭声。他想让朋友发泄完。

"该死，弗兰。我每天早上睁开双眼，会坐在床上找一个起床的理由。可是一天比一天更难找到。我去工作只是为了赚钱。只有喜欢工作的人才会以工作为傲。而我不是他们中的一分子。我根本不喜欢我的人生。说真的，我从没想过会是这个样子。我才二十九岁就已经觉得厌倦。我简直像个老人，只差坐在长凳上晒太阳、喂鸽子吃东西。"

"我们从不是自己梦想成为的人，"弗兰回答，"不然你以为我想要成为毒虫吗？"

"前毒虫。"他的朋友更精确地指出。

"我还是，还在接受疗程。"

"但是你已经戒完了吧？"

"怎么可能，我至少还要花一年。如果我没再碰它的话。"

"你觉得有可能？我是指再碰。"

弗兰等了半晌才回答。他不确定自己够不够聪明，能跟他描述今天早上发生的事。

"雷克纳，差一点呢。"

"什么意思？"

"今天我起床时，你已经去上班了。我感觉喘不过气来，决定去药庄买一份。"

"你又吸毒！"

雷克纳站起来面对着他。

"并没有。让我解释。所以我才说差一点。我的药头被清算，死了。还上了电视新闻。你看到了吗？出现在国道五号排水沟的那具尸体。"

"我几乎不看电视，弗兰。"

"事情就是他死了，所以我想到，我们迟早都会那样。我不是指死，我知道我们都会死，但是能活到六十岁的毒虫并不多。你要不戒掉，要不就要清楚地知道会有什么下场。"

"但是你还有戒断症状？"

"没，我没戒断症状了。我的情况是自己想要来一次，尽管没有戒断症状。刚开始几天我得灌醉自己、抑制冲动。现在喝上两杯，手就不会抖了。美沙酮就像是你在减肥时吃的全麦饼干，能充饥，但你还是会想吃。"

"没其他更好的方法，对吧？"

"如果你知道什么更好的办法，告诉我，我立刻记下来。雷克纳，我小时候也没想过自己长大会变成这样。结果往往会出乎我们的预料。"

"就说嘛。"

"你小时候想当什么？"

"我不知道。不是什么特殊的职业。我总是想象自己有老婆小孩，和一份自己喜欢的工作。虽然有点普通，但我想应该有个梦想。"

"我不知道……当你问一个孩子长大后想做什么，大家都会回答足球运动员、航天员、消防队员。我们从不说我们想要快乐。因为我们把工作和快乐画上等号，但事实不是如此。完全不是。这两样有时甚至不可能同时存在。"

"我希望不要花太多时间工作，多留一点时间给自己，去散步、阅读、郊游，不管什么都好，这样就不会想抱怨了，该死！"

弗兰露出一抹苦笑，他想起了他和莎拉在沙发上。接着是公交车上的女孩。他的微笑转甜。

"你笑什么？混账。"

"没什么。我只是认识了一个女孩。"

"哇，弗兰。"

"你知道我在想什么吗？"

"告诉我。"

"我以前不会这样。有点奇怪。但如果我不是毒虫，我不可能会去药庄买毒。如果我的药头没死，我可能就不会那么快搭公交车回家，也就不会认识玛尔塔。"

"所以呢？"

"所以？没什么。只是让我思考了这件事：或许一个人得遇到不好的事，最后才会遇到好事。也许为了让你走这条路，就是得先遭遇不幸。"

"命运真奇妙。"雷克纳说。

"没错，是有一点。恐怕你就是必须对工作非常不满，最后得出那种结论。许多经历不曾太糟糕的人，对自己所拥有的都不太感到快乐。熬过倒霉的时期后，你会学会更珍惜一些东西——现在我就非常享受看电视、冲澡，或是和一个朋友凌晨在厨房里聊天。我从没想过这类事对我来说很重要。但现在不一样了。而你呢，等你找到新工作，会开心到手舞足蹈。"

"希望。"

"我相信会。"

他俩相视而笑，给对方一个拥抱。

"嘿，弗兰。"

"嗯？"

"那是个好女孩吗？"

"你没听到我讲的吗？重要的不是这一点。"

"好吧。"

他们看着已经炸透的香肠。弗兰把热好的牛奶从微波炉里拿出来。那是要做土豆泥的。

"到底是不是好女孩？"雷克纳问。

"当然是好女孩！"

"真可恶！我就知道。"

第十九章　她已经不再回答我了

电话铃声就像消防警报那样响起。戴维跳下床，不太确定自己身在何方。他寻找发出巨响的机器。

找到电话时，他才想起自己睡在安赫拉家的沙发上，而他此刻握在手里的并不是他家的话筒；不可能有人打来找他。既然已经做错事，他决定至少要拿到口信。

"喂？"

"安赫拉·阿德亚在吗？"

"她现在不在。"

戴维试着掩饰刚睡醒的粗哑声音，但他想对方不可能没发现。就算发现了，也会基于礼貌不过问。

"呃，这是从托马斯学校打来的电话。他出了点小意外，我们希望有人来接他。我们很想送他回家，可是现在是上班时间，我们没办法派人送他一程。"

"怎么了？希望不是太严重。"

"不，托马斯很好。他和另外一个孩子打架，处理这种状况，我们希望他们能回家等情绪冷静下来。以免发生更多冲突。"

"噢，天啊！嗯，我等一下会过去。"

"您是哪一位？"

"噢，我是……戴维，托马斯的伯父。我会去接他，不用急。"

他不是托马斯的伯父，但最严重的还不是这个，而是他不知道怎么去接他。西尔维娅开走了他的车，如果安赫拉也开走她的本田，那么他就没有交通工具了。或许他可以向埃斯特万借雷诺汽车。

没有必要。本田汽车的钥匙就挂在门口。不管安赫拉在哪里，她应该是走路出门的。

他在托马斯导师的办公室接到他。他的导师以为戴维真是托马斯的伯父，跟他解释了状况。托马斯在操场跟另一个块头大他很多的孩子打架，不过两个人都不愿意告诉他们原因。托马斯没事，只有在水泥地面扭打时的一点擦伤，但跟他打架的孩子嘴唇有撕裂伤，得送进医务室。学校认为这不是太严重，尤其是托马斯从没惹过麻烦，不过依照校规，这天两人都得被赶回家。

他接走了依旧不愿意开口的托马斯。

他们坐上车，回安赫拉家，但戴维不知该怎么办。他不是托马斯的谁，自觉没有权利对他训话。

另一方面，他也不算是陌生人，他已经跟这一家人熟稔起来，虽说是在特殊的情况下。最后他决定跟他谈谈，不算是对他训话。

"老师说那个孩子比你块头大。"

"他是个白痴。"托马斯回答。

"噢，但是要跟那么高大的人打架要很有勇气。"

"我本来不想打他，但是他一直惹我。然后我觉得心里开始不舒服了。不知道。我就扑到他身上，他摔倒在地。我想他没料到我会这么做吧。"

"那叫生气。应该经常发生。"

"他是个混蛋。"

"托马斯，别骂人！"戴维责备他。

"嗯，那我不说了。但他的确是。"

他不再多说，只盯着窗外的风景。他脸上挂着大人般忧愁的苦笑。

"托马斯，你不必跟我说到底是出了什么事。可是有时候你担心，找个人谈谈会有帮助。"

"帮助什么？"

"就是当你跟人说话，问题似乎会变小。所以有人会去看心理医生。不要问我为什么。"

"看什么？"

"嗯，有个人能听听你的问题、试着帮助你。"

"我没问题。那是因为马科斯一直说我没爸爸。我跟他说不要烦我，但是他一直说，一直说。然后我非常生气、扑到他身上，没有多想就往他嘴巴揍了一拳。"

戴维不知道托马斯是不是知道他爸爸的事。或许他妈妈跟他讲的是另一种版本。或许她说他爸爸死了什么的。或许戴维看了太多连续剧。

"插手管其他人爸爸妈妈的事不太好。我不会跟你说不该对他这样，因为我同意他的确活该。不过你不该打他。而且你有爸爸，我们每个人都有，只是不一定会在我们身边。"

"不对，妈妈对我说过。她说她和爸爸不是一对，他们很爱彼此，所以生下我，但是时间一久他们不再爱对方了。她对我说或许我会有另外一个爸爸，一个能非常爱我们的爸爸。"

戴维暗暗对自己说，噢，这比起不小心怀孕，算是个美丽的说法。此外，她没对儿子说谎，不用担心以后得推翻先前的说辞。他觉得跟托马斯谈这个有点不太自在，但这不是他一开始能预期的。至少他没料到自己得给点建议，而这令他害怕。

当他想回答些什么，车子开始失去动力。他踩了几次油门，可是速度没加快，引擎转速也没增加。最后他把车子开到路边，停好车，打开车灯警示。

他下车打开引擎盖。托马斯在他身边，双手靠着车身。

"小心，托马斯，那会烫。"

托马斯没退开。他定定地看着他说："戴维，你要当我爸爸吗？"

戴维抬起头，差几厘米就一头撞上引擎盖。这是个要求回答的直接了当问题。

"你怎么会这么想，托马斯？"

"我妈喜欢你。"

"你妈喜欢我？你从哪儿听来的？"

"我问她的。"

"她告诉你她喜欢我？"

"没有。但是她脸红了，就像我说谎时也会脸红那样。我不知道大人也会。"

戴维告诉自己，这是小孩的想法，以为只要长大事情就会好转。

"托马斯，我不会当你的新爸爸。我很想，可是我已经结婚了，"他给托马斯看他的婚戒，"看到没？这是我和太太结婚那天，她给我的戒指，意思是我们会白头偕老。"

"可是你们现在没有在一起，"托马斯回答，"你得再找一个太太。"

他是指他们两人这时没在一起，还是说他们不久前感情生变？或许安赫拉跟他说了戴维和西尔维娅吵架的事。真该死。跟孩子谈某些话题怎么这么难？

"嗯，没错，我太太现在的确不在我身边，但是回家以后我们就会碰面了。"

"所以你要回家？"

"对，我不能留在这里。"

"那我妈妈怎么办？"

"托马斯，我不觉得你妈妈喜欢我。她很迷人，我相信她到现在还没找到新的爸爸，是因为还没找到适合你的好爸爸。托马斯，你是个非常特别的孩子。并不是随便一个人都适合你。"

托马斯露出微笑，很开心听到戴维这么说。

"而且，虽然你没有爸爸，但不必太担心。知道为什么吗？因为你有个很爱你的妈妈，你比世界上非常多的孩子都更富有。她帮你打造了小屋，对吧？"

"对！"

"所以你不必担心，担心是大人的事。来，回到车上，不要烫伤了。这个还非常烫。"

托马斯的问题解决了，现在他似乎很满意。戴维想着安赫拉。她长得很漂亮；当然，她还单身，也不缺乏魅力。一定只是因为这样。

他看着引擎。引擎不只发烫，上面还有一层半根手指那么厚的脏污，夹杂着灰尘和油脂覆盖了整个引擎，包括零件在内。他试着检查一个个零件，按照埃斯特万在酒馆跟他解释的办法。但这可不是锅炉，他也不是埃斯特万。戴维对机械的了解还处在以为汽车靠魔术移动的程度。他知道汽车是靠燃烧汽油前进，但是怎么燃烧，以及踩下油门后轮子如何转动，对他来说是个谜团。戴维只看了电缆线、管线和装液体的箱子一眼，他只会看雨刷箱的水容量剩多少，而且他也检查了，没问题。他们在公路旁，唯一能做的只有确定挡风玻璃很干净。

等等！引擎里面似乎有什么在动。有个车轴掉在下面。他的视线顺着往下到车轮，发现车轮正在左右移动。他探出头，看见托马斯坐在驾驶座上转方向盘，嘴里发出模仿开车的声音。

"托马斯，你吓死我了。"

"对不起。可以继续玩吗？"

"可以。"他心想，至少他们两个有一个可以很开心。

他们是失去动力后慢慢停下来的，所以应该是……谁知道。引擎中央有个白亮的反光。他仔细瞧。有个零件正在前后移动，旁边还连着一条金属线。

"托马斯，你在做什么？"

"什么都没做！"

"我不是要骂你，托马斯，"他再一次探出引擎盖，站到他旁边，"再做一遍刚刚的动作。"

托马斯再做一遍刚才的动作。他转动方向盘，专注地发出一样的声响，不过比较刻意一点。戴维看着他的脚。脚尖一下一下踩着油门。

"继续再踩一会儿，"戴维说，"我要看一个东西。"

所以刚刚那个是油门。车子停下之前，戴维踩了油门想增加速度，但没有反应。现在那个零件的插销是空的，一条金属线的两端都连接在其他地方。他拿起一端，这时零件卡住他一根手指。

"噢！停！托马斯！"

"对不起！"

其实这不是他的错。是戴维自己没叫他先停下来。

"没事！"

戴维把金属线的两端接好，尽管弄伤了手指头。他把线材放在插销上面，但是很紧，卡不进去。

他得再解开，把一端先放到插销上面，再重新接好。弄好之后，他的手指上留下轻微的红色印记。他关上引擎盖，然后和托马斯一起坐好。

"低下头。"他指示小男孩。

"会爆炸吗？"

"老天！我连想都没想过会那样！来吧，低下头，不要多问。"

引擎发动了。他踏下去，接着缓缓地踩油门。

于是引擎发动了。汽车摇晃了两下，戴维再踩下油门。

"你修好了！太棒了！"

他修好了。他不想在托马斯旁边手舞足蹈，但他感觉像个高高在上的国王。他不敢相信自己让汽车重新发动起来。这是他来到这座村庄之后第一次成功做到的事。

"我不知道你会修引擎。"

"我也不知道。"戴维回答。

"我们回家吗？"

"不，要去修车厂。希望车子不会真的爆炸。"

这一次他成功了，而他不想再碰运气。

＊＊＊

到了晚上，安赫拉、托马斯和戴维在饭厅里安静地吃饭。戴维答应托马斯不要把这天早上发生的事一五一十告诉安赫拉。他们只告诉她托马斯在篮球比赛时，因为抢球和其他孩子发生冲突并挨了打。安赫拉似乎很满意。

讲完托马斯的事，戴维一直偷瞄安赫拉，想看她是不是也在看自己。他们的目光只对上几次，安赫拉一脸扭曲，不解为什么一直感觉到戴维的视线。接着换托马斯讲到汽车抛锚，并拿着餐具有些夸张但仔细地模仿戴维，于是戴维自信满满，抬头挺胸。而托马斯发现似乎没人看他表演，感觉自己像在演闹剧。

他们晚餐吃得有些迟，之后托马斯回房间做功课，然后就上床睡觉了，一如安赫拉口中有教养的好孩子。

等到剩下他们两个，手里各拿着一杯酒，两人开始看电视播放的比赛。当安赫拉认为托马斯已经睡了，便转向戴维。

"好了，可以告诉我了吗？"

"啊？"

"托马斯在学校发生的事。谢谢你去接他，但你还是得把事情从头到尾告诉我。"

"我已经在晚餐时说过了。他和一个孩子为了球打架。看来他整场都在抢球。"

"对，"安赫拉笑着说，"我就这么相信了。戴维，托马斯是我儿子，我从生下他以后就开始养他。你以为我没发现他在说谎？你说谎的技巧也不是太高明。"

戴维听了有种被冒犯的感觉，但是从抵达布雷达戈斯后发生的一切，确实证实了安赫拉对他的评语。

"嗯，好吧。托马斯跟人打架，因为那个孩子说他没爸爸。"

安赫拉从沙发站起来，开始焦虑地在门口和窗帘之间走来走去。

"该死，"她咒骂，"我就知道这种事迟早会发生。总是会有那么一个没教养的笨蛋喜欢嘲笑别人。"

"那个人没嘲笑太久，"戴维说，"托马斯朝他嘴上揍了一拳。"

"真的吗？我不支持这件事，但是那个孩子活该。总之，这是成长的必经之路。我已经对他解释过他爸爸的事，他似乎能够了解。"

"噢！他了解。他今天早上和我解释过。"

"没错，但是他今天和其他孩子为了这件事打架，代表他应该感觉没爸爸不太好。当然，他所有的朋友都有爸爸。而他的爸爸跟我不只是分手，而是从他离开村庄后，我再也不知道他的下落。或许托马斯以为这都要怪他。"

"我不这么认为。"

"或者要怪我，"安赫拉说，没理会戴维的评语，"不管如何，这两件事都不好。不应该怪任何人。这是已经发生而且存在的事实。有一段时间，我努力想帮孩子找个爸爸，但是没遇到适合的人，不论是适合我，还是适合托马斯。后来时间过去，我也不再强求。我交过一次男朋友。但不是认真的，而且当然要瞒着托马斯。我得找机会跟他谈谈。戴维，你没孩子，对吧？"

"没有。"戴维回答。

"怎么了？"

"没什么特别原因。我和西尔维娅一直在找机会，但我的工作让我没时间，而且我们不希望生了孩子以后，父亲老是不在身边。如果我得到升迁，就不用一直出差，那么我们就可以计划生小孩。"

"你该不会是工程师吧？"

"不，我不是。"

"是她丢下你？"安赫拉问。

"谁？西尔维娅？"

"当然是西尔维娅！不然是你在那边的某个女人吗？"

"嗯……很难解释……是……"

"她生气了，然后走了。"

"呃……没错。我不想隐瞒了。你怎么会知道？"

"太突然。我们女人不会这样。我们会考虑多一点。如果是太过突然离开，那么一定是因为对某件事生气。"

"没错，她把我丢在这里。"

"为什么？"

安赫拉不知道在戴维脱口而出"嘿，这不关你事吧"之前能问到多少。安赫拉对他坦白过，应该换他回答这间屋子女主人的问题。

"我骗了她。"

"你骗了她？"

"不是你想象的那种欺骗，我并没有对她不忠。我跟她说我们要来这里度假，骗她来这里，而其实我是为了工作。我得找到一个人。所以才会在报社发生那个乌龙事件；还有质问村里的人。"

"你找到人了吗？"

"还没。这是最糟的。我的婚姻都发生了危机，却毫无所获。我以为掌握了不错的线索，但是事情似乎并非如此。我原本计划来这里两天，找到人后，和西尔维娅享受剩下的假期。结果事情不如预期。其实是一直不如预期。我开始思考或许这个人根本不存在。"

这是个戴维开始反复思考的可能。根本没人写过《螺旋之谜》。小说存在只是因为必须存在，为了让数以千计的人生充满希望。或许一切只是计划的一部分，而他是这个计划当中格格不入的角色。

"如果不存在，你为什么不离开呢？"

"我要离开了。"

安赫拉转过头。

"戴维，我不是在赶你。那只是好奇。"

"我不知道，但我在这座村庄有很奇怪的感觉，仿佛不知道自己是谁、在这里找什么。我在这里发现许多有关我人生的事。我完成了我以为自己办不到的事。"

"哪些事？"

"嗯，今天我修好你的车。"

戴维陪着安赫拉走到楼梯口。她站在比戴维还高一阶的位置，然后转过身面对他。

"谢谢你去接托马斯，还跟他导师谈过。"

"那没什么。"

"还有修好车子。替我省了一大笔钱。我可没有道路救援服务。"

"很开心我能派上用场。"

安赫拉低下头，在他的脸颊上印下一吻。她刻意停留比需要还久一点的时间。戴维转过头，嘴唇凑了过去。半晌过后，两人已经在楼梯下吻了起来。戴维感觉她的舌头轻轻地刷过他的，一股冷战窜过他的背。

安赫拉离开他，双手抱头，抓乱了头发。

"该死，不能这样。该死。"

"对不起，安赫拉，都是我的错。"戴维道歉。

"不是，这不只是一个人的错。如果发生了，是因为我们两个都喜欢对方。但不能这样。你是个好男人。结了婚的。而且你是爱太太的少数男人之一！或许我还没给托马斯找到爸爸，但是一个已婚人士不会是个明智的选择。"

"安赫拉，我因为找不到那个人，一时间有点心情低落，让自己太随着情绪起舞。对不起。"

"这不应该再发生了，同意吗？"

"完全同意。我再对你说一声对不起。"

"睡觉吧。老天。希望托马斯没被吵醒。"

托马斯的确没被吵醒。戴维也没试着睡觉。他坐着一会儿思考刚发生的事，并认为该是向外界求援的时刻了。埃斯特万那奇妙的哲学，正是他此刻需要的东西。

＊＊＊

他一路上依旧在思考。他不敢相信今晚发生的事。他的婚姻已岌岌可危，现在又对老婆不忠。这根本是毁了自己。他不知道吻其他女人算不算不忠。可以算有一点不忠吗？他不这么想，这就像是有一点点死心了吧。当然，要是西尔维娅知道了，她可能会结束这段婚姻关系。她不会对不忠手下留情。她可能会毫不犹豫地将他扫地出门。而且她并没有错。他不认为安赫拉会联络西尔维娅、告诉她经过，但是尽管他稍感安心，走在了石砖街道上，他还是摆脱不了罪恶感。

他从后花园抵达埃斯特万家。这时还没到晚上十一点半。他不想在这个时间按门铃，也打算若是没灯光就要离开。不过他连敲玻璃都没必要，后门是开的。

他蹑手蹑脚走进客厅，感觉自己像个贼。他希望赶快看到埃斯特万，解释自己为什么在这时间非法闯进他家。他轻声呼唤埃斯特万，但是没人应声。有个声音从走廊尽头阿莉西亚的房间传来。他心里有种怪异的感觉，于是从房门口的缝隙探进去。

埃斯特万、耶莱和一位医生在里面，医生虽然没穿白袍，但脖子上挂着听筒。医生转向埃斯特万，伸出手搭住他的肩。

"埃斯特万，她呼吸越来越困难。发生呼吸并发症只是迟早的问题，情况会很严重，连机器都帮不上忙。"

埃斯特万的回答，就只是看了看坐在病床边、捧着阿莉西亚的手的耶莱。

"终点到了。你应该准备好告别。"

"好。谢谢你做的一切，医生。"

"我明天一大早会来看她的状况。但我已经爱莫能助。其实谁都帮不了，阿莉西亚也帮不了自己。明天见。"

"我送你。"埃斯特万说。

他们走了几步，遇到站在房门口的戴维。戴维因为觉得太丢脸，无法移动半步，或者解释他为何出现，于是自告奋勇送医生到大门口，帮埃斯特万尽主人的责任。关上大门后，他到房间去道别，以免打扰他的私密时间。

正当他要踏进房间，却看到一个不久前见过，但还不是太明白的事情：耶莱透过某种凡人无法得知的连接方式，与阿莉西亚沟通。

埃斯特万透过耶莱的翻译，与垂死的阿莉西亚对谈。戴维蹑手蹑脚回到客厅。他觉得自己无权聆听埃斯特万跟他妻子在这辈子最后的对话。

戴维不知道过了多久。他到外面的花园，来回踱步，就像只关在牢笼里的狗儿。他望着埃斯特万菜园的蔬果。都长得很高。

他们夫妻正在谈必须要说的话。他们讲了几分钟，而这是他们人生最甜蜜也最苦涩的几分钟。埃斯特万试着记住耶莱给他翻译的一字一句，阿莉西亚充满宁静，一如那些已跨过通往新世界之门的人，不再惧怕任何未知。房里的两个男人脸庞滚落泪水，而她却和几个礼拜前一样，脸上没有丝毫表情。

这时，某句话只讲到一半，耶莱转过身，睁着一双熬夜没睡的眼睛对埃斯特万说："她已经不再回答我了。"

现在他们只能等待呼吸危急的状况到来，带走那具躯体；而她的灵魂早已离去，前往一个未知的地方了。

紧张的等待过后，埃斯特万走到外面的花园。而戴维还在那儿来回踱步，不知道该做什么。于是他走向埃斯特万。

"她……？"戴维不知该怎么说。

"还没，但只是时间迟早的问题。"

"埃斯特万，我想我该走了。我知道你在这种时刻会想要独处。我只是想要告别。我像个贼那样闯进你家，不想也悄悄地离开。"

埃斯特万露出一抹苦笑。

"戴维，别走，陪我喝一杯。"

"埃斯特万，我说真的，如果你想独处……"

"戴维，我不想。"

他们拿着两个装冰块的杯子和一瓶威士忌，坐在花园的台阶上。外面吹着冷风，但是家里的气氛令人无法忍受。耶莱还在阿莉西亚的房间。

过了好一会儿，他们谁都没开口。他们只是安静地啜饮，享受彼此的陪伴。埃斯特万凝视着森林，看向几千公里外的地方。突然间，他像是从那里神游回来，喉咙发出粗哑的几句话。

"很多人都说，人要到失去快乐时，才知道自己曾经快乐，但这句话并不正确。我一直知道自己和阿莉西亚在一起很快乐。一直。这么多年来，我只希望我们不会遇到任何意外。而我幸运了很久。我知道某些事不可能永远不变，快乐是其中最脆弱的一样。"

"很抱歉，埃斯特万，事实就是如此。我知道我并不认识阿莉西亚，但我听过许多人说她有多特别。"

埃斯特万和他聊起他们一同度过的时光，那些顺遂和不顺的时刻，直到肌萎缩性脊髓侧索硬化症找上门。

"五年前的某天晚上，她要我拍拍她的腿。她感觉肌肉痉挛。起先，我们以为那是肌肉拉伤。

"那只是初期症状。她没太担心。等她感觉肢体无力慢慢延伸开来，她的家庭医生送她去看神经专科医生。经过判断，其中一个可能性是肌萎缩性脊髓侧索硬化症。他们给她做了肌动电流图，检测神经和肌肉之间的信号。结果不太乐观。接着他们给她做各种检查，慢慢地确诊：脊髓和大脑核磁共振、腰椎穿刺、肌肉切片检查、基因和血液研究。到这里，他们已经知道这是某种肌肉营养失调。可能是严重的重肌无力症，或者一种脊椎肌肉萎缩。研究各种可能性过后，我们求诊的第六位神经专科医生诊断出她得了可怕的肌萎缩性脊髓侧索硬化症。

"肌萎缩性脊髓侧索硬化症是一种以骇人面貌出现的病症。会发作并不是因为饮食或是否规律运动，也不是因为遗传。这种病会在五十岁左右出现，让病人只剩五年的寿命。这种病无药可医，只能雇请护士照顾，让患者能活得有尊严，直到生命的终点。没有任何仙丹妙药可以阻挡肌肉的退化；神经专科医生只能开给利鲁唑，增加一丁点她活下去的机会。

"没错，有数不尽的发明可以补足阿莉西亚缺少的肌肉力量，从助行器到脚踝和脚的支架，或者帮助她说话的上颚提升术。但阿莉西亚都不喜欢。她是个骄傲的女人。她说她拥有比万能探长还多的机器。看到了没，即使在那个时候，她还是能保持幽默感。她不让自己被打倒，不想让我伤心，而我为了她一直忍耐着。我想，我们就是这样顾及礼节，浪费了太多时间。因为提前到来的悲伤，要比悲伤本身还要糟糕。

"我们把这场病纳入我们的日常生活，当作是再寻常不过的东西。然而她慢慢地失去行动力。起先她只能坐着。后来只能卧床，到喉咙肌肉失去力气，再也没办法讲话。这时，我们发现耶莱可以继续跟她对话。

"他真是个好孩子。村里的人都关心他，但阿莉西亚是少数几个将他当作一般人对待的，而不是当他心智发展迟缓。她委托他一些工作，他都做得很好。我相信他们因此变得很亲密。我猜沟通其实非常简单，智力却会造成阻挠。耶莱用某种方式发现跟她沟通的途径，我不由得嫉妒有人能听到阿莉西亚内心的遗言。

"戴维，你知道她的遗言是什么吗？她说不要急着见她；她不怕等待。"

埃斯特万哭出声来。戴维得努力忍住，以免跟着一起哭；他不让他人的悲伤填满自己，即使难过，也要安慰另一个悲伤的男人。他觉得阿莉西亚的悲伤就像他自己的悲伤。于是他明白了一个人的伟大，不能用他一生的成就来评断，而是要依据他从其他人那儿得到的爱。

而戴维在这个状况下，做了所有该做的事。他和埃斯特万一起小酌，分担他的痛苦。在阿莉西亚去世之前，他们在布雷达戈斯洒落的泪水，是那只放在花园台阶上的空酒瓶也装不完的。

第二十章　起床的理由

弗兰叫了门，等待着。过了在他看来仿佛永恒的时间后，急促的脚步声传来，门打开。玛尔塔对他送上微笑，邀他进入。进到屋里，她要他等十分钟，等她吹干头发，把他留在客厅跟另外两个女人独处。她介绍一个是她妈妈克里斯蒂娜，一个是她的阿姨埃尔莎。

"很荣幸认识你们。"弗兰分别跟她们交换招呼吻之后说道。

他总是特别注意这种礼节。在聚会前，对不认识的交谈者吐出一句"很荣幸"。

"玛尔塔说，你们是在很特别的场合认识的。"克里斯蒂娜说。

"对，有一点吧，"弗兰承认，"可以说，她是从天上掉到我身上的。"

交谈了一分钟后，弗兰发现玛尔塔的阿姨埃尔莎紧盯着他不放。她的视线扫过他的五官，似乎想搜寻些什么，让他变得更加紧张。因为弗兰也觉得她很眼熟。希望玛尔塔赶快下来。

"弗兰，你从事哪一行？噢！听起来太正式；这是我们的爸妈会问我们男朋友的问题。弗兰，我们不是要给你考试，只是想多了解你一点。"

"对，玛尔塔想和谁交往都可以。"埃尔莎接着说。

弗兰按照事先准备的说法回答。吸毒的人说谎技术高超，不是因为天生如此，而是经常练习。

"嗯，我现在刚结束和前一家公司的工作合约，我……就说我正在找机会吧。"

"所以说，目前待业中。"阿姨说。

"就技术上来说是这样。"

"老妹，不用问这么细。如果这个男生说正在找工作，那么就是在找工作。待业没什么好难为情的。不想工作才是。找工作只是时间的问题。"

"对。"弗兰说。

玛尔塔，你在哪里？他问自己。

而玛尔塔仿佛听到他的哀求，从楼梯下来，告诉大家她准备好了。她已经拿掉脸上的胶带，虽然还有结疤，但靠着化妆遮掉四周淡黄的肤色。她穿了一件紧身牛仔裤，一件露肚脐的 T 恤和夹克。牛仔裤边缘有些磨损，像是花朵一般绽放；这个细节添加了无比的性感。弗兰希望她母亲和阿姨没注意到他的视线逗留在她的腰际。这不是给人的第一个好印象。

"好了，我们走吧。"玛尔塔说。

她在两人脸颊印下一吻。弗兰不知道是不是也要用同样方式道别，可是当玛尔塔挽住他的手往外走，他只来得及说声再见。

"他不像坏孩子。看起来有点紧张，"克里斯蒂娜等他们离开后说，"老天，这勾起了从前我们带男朋友到家里的回忆。爸爸审问他们！"

"不知道怎么着，那个男孩子让我想起某个人，但我记不起来是谁。"埃尔莎搔搔耳后说。

他们开玛尔塔的车上电影院。弗兰这天下午已经服用过美沙酮，此刻感觉平静。进入放映厅之前，他们在附近酒吧喝了一杯啤酒。两人伴着其他客人的嘈杂声聊天，开始认识对方。弗兰对工作一事撒了谎，告诉她之前是担任计算机技术工程师。诚实是好事，但弗兰不打算在第一次交换背景时就向她说他的过去。如果这段关系继续下去，这个女孩的确值得交往，他会那么做，不过这件事有的是时间。他们聊着《螺旋之谜》；她还没看完第一部，至于他已经开始看第二部了。他好几年没和一个没有心机的女孩在一起。他甚至没想到上床，而他已经恢复性欲，也准备好证明自己并没有因为每天注射海洛因变成植物人。和玛尔塔在一起，享受她一只手肘搁在吧台桌面，听着他讲烂笑话的嫣然一笑，那抹微笑和端起酒杯到唇边的优雅动作，对他来说已经足够。

弗兰并不认识这个坐落在马德里南方的电影院，但玛尔塔似乎常来，她自在地沿着走廊前往放映厅。他们进去，找中间一排的位置坐下来后，玛尔塔从她夹克设计简单的口袋拿出两根棒棒糖，递给他一支。

"我受不了诱惑。我是个爱吃甜食的蚂蚁。"

电影开始播映后，他俩坐在椅子上，身子动来动去，接着某个动作之后开始摩擦彼此的手指。玛尔塔甩开手：不是因为冲动，而是害羞。

"我喜欢和你在这里。"弗兰告诉她。

玛尔塔斜睨他一眼，然后视线回到银幕上。

"现在我也喜欢，弗兰。"

过了几分钟，他们的手指再次碰触，但这一次弗兰与她手指交缠。玛尔塔看着他，嘴角上扬，并没有发出任何抗议。

"你喜欢电影？"弗兰问。

"其实我看不懂。"她回答。

玛尔塔吐出这句话时，靠得那样近，两人的嘴几乎碰触在一起。她的邀请很明显，弗兰只需要靠过去几厘米，就能贴上玛尔塔的唇。

对，这是弗兰这几年来想念的事情之一。电影院里的轻柔的吻。

* * *

　　晚上十点十五分，雷克纳还在一部计算机前。今天他从八点半开始工作。电力一直到早上才恢复供应，连接所有计算机的服务器总机在前一晚撑了四十五分钟后关机。

　　他一整天都在公司员工的视线下，他们偷瞄他，抱怨这样没办法工作。他们问，在等所有的程序都装好之前，能不能连上网络逛一下；与此同时，雷克纳在各个位置间来回奔波，准备所有需要的东西，他们的窃窃私语总在他出现时停下，等他离开时又开始。

　　大约下午一点，第一批员工已经可以使用会计系统；三点时，近半数的员工已经开始努力工作。

　　到了六点半所有人都下班了，剩他还在忙。至少他不必再忍耐那些员工的抱怨，他们一边咒骂，一边又不得不用计算机做账。

　　晚上十点十五分，他设定完最后一台计算机。隔天全体员工就能正常工作，而他只会是这家公司的回忆。

　　他不在乎。还会有其他需要他服务的办公室，以及其他抱怨他工作的员工。雷克纳的上司米格尔不在乎他。他只要上工，公司就一定会发给他薪水，他认为这一切还可以。

　　而这是最主要的问题。如果到了月底还有剩余，他就觉得一切还可以。他认为可以领不到加班费，可以一天工作十六个小时，或者接受只有正式员工六成薪水的约聘合约。为了赚钱一切都可以。

　　虽然付出代价的是他，赢的人是米格尔。

　　计算机需要许多专业人士，一如外科有各类的专门医生，从AutoCAD 的老师到网页设计师，或是网路管理工程师，种类复杂，在全世界许多国家贡献所长。雷克纳想当程序设计师，却得屈就低阶的计算机工作。为什么？为了钱。他必须付房租，尽管他的公寓那样潮湿，不得不在客厅好几个角落放置一盆盆的盐巴。

他离开办公室，和安全警卫道别，让他最后一次检查背包。

停车场的费用从七欧元涨到十一欧元。他拿了开公司统一编号的发票，很清楚米格尔不太情愿支付这类费用，总是尽可能逃避。他领出他那辆已经开了二十四万公里的福特汽车，往回家路上驶去。或许他会到街角的中国餐厅点餐，弗兰也可能为他准备了什么食物……不可能，他和那个女孩出去了。他这个有房有车有工作的人，这两年都没有交女朋友的机会，而弗兰才刚脱离毒品世界，花不到两天就开始和女孩子交往。该死。弗兰一向嘴甜。他还记得在舞厅那次，弗兰成功搭讪那个金发女孩，所有人在门口夹道对他鼓掌。

他得做点什么，改变现状。他二十九岁，应该要计划人生的某些方面。如果一切再继续这样下去，他最后将孤独终老。他需要时间思考、阅读、和女孩散步、在汽车里缠绵，以及上电影院，就像弗兰今晚一样。

他不能违背要求一定要有工作和房子的社会潮流，但他能努力游到岸边，探索河流附近，看看能找到什么。

他正想着长远的未来，一部出租车突然出现，从他前面斜切过去、钻进出租车和公交车专用道。雷克纳不得不突然转弯、换车道，不但招来其他车主按喇叭和辱骂，还擦撞上隧道的水泥墙。他打方向灯，下车查看。

当然，没有一辆车停下。

车子侧边整个刮伤了，海军蓝的油漆脱落，露出长长几条金属表层。副驾驶座的车门和右边的挡泥板凹陷。水泥墙上看得到擦撞过后留下的痕迹。

"真是见鬼……"

他保的是第三人责任险车险，不包含修车费用。害他突然换车道的出租车应该已经到了市中心，仿佛什么事都没发生地向乘客收取车费。好像还不够似的，这天的最后出现两名警察，他们开着车灯闪亮的警车，停在他后面。

他们要他解释发生了什么事，雷克纳把这桩意外巨细靡遗地解释了一遍。

"可以向我们描述一下出租车吗？"警察问他。

"是白色车子，上面有红色条纹，开车的人是狗娘养的儿子。"

"您给的线索不多。"警察反过来指责他。

他们记下他车子的数据、保险，并告诉他如果无法证明不是自己的错，可能要赔偿市政府的损失。

雷克纳打起精神，爬上车，开车回家。他想运气已经够背了，还能再背到极点。

＊＊＊

闹钟同样在早上七点四十五分响起。雷克纳用力按掉，接着盯着那闪烁的两点，直到七点五十二分。他猛然掀开床单，坐在床上呆望着墙壁。这一刻，他最渴望的是回到温暖的被窝。接下来，他得迎接十五小时甚至更久的工作，直到回家，到厨房坐在凳子上吃点东西，然后回到已经变冷的被窝。

他试着想找到除了赚钱外，让他得上班的理由，但是遍寻不着。

他没有一个说服自己起床、冲澡以及出门到总部的理由，然后听米格尔派他到某家公司的工作地址。他不想上班。而这可不是孩子想逃避数学考试的捶胸顿足，也不是青少年熬夜后爬不起来赖床。这是他简单清楚的希望，无论如何，他都不想再踏进 ArtaNet 大门，继续让人剥削。他可能面对的最糟状况会是什么？卷铺盖走路？噢，一定会是糟糕的状况。

他甚至可能再忍耐两个月，直到找到自己的兴趣。某个应该在某处的兴趣。某个不会让他在早晨心情低落的工作。他不求自己精神饱满地醒来、充满想去上班的愿望，但也不要病恹恹地起身、满是抗拒。他没和父母同住，不必跟他们解释；他也没老婆，不用忍受可能的指责。此外，他是拿约聘合约（米格尔每三个月会更新一次），所以也不必给上司一个理由。他想走就能拍拍屁股走人，至于这样的决定有什么后果，他能像个男子汉去承担。

该是时候了，他要变成自己人生故事的主角，自己决定走哪一条路。

做出决定后，他感到一股平静。这么多年来第一次，他有种尝到自由的欣喜若狂。

他穿着睡衣到厨房，想给自己准备一顿乡村风味的早餐：炒蛋、一点培根、两片涂果酱的吐司，以及一大杯咖啡。然后悠闲地享用。他没想要去哪里，所以也不在乎会迟到。

而冰箱让他回到残酷的现实。里面有没有鸡蛋、培根，唯一有的是弗兰最爱的该死的杏子果酱。

他还以为弗兰会去采买。他怎么了啊？

这时大门打开，他刚想到的人进了屋。

"弗兰，我以为你在睡觉。你上哪儿去了？"

"亲爱的雷克纳，我去了乐园。去了乐园。"

"你没回来睡觉？"

"没，我整夜都和玛尔塔在一起。"

"好，好，好！说给我听听，说给我听听。这很像给饥肠辘辘的人看面包。但是说给我听听吧。"

"没什么好说的。如果你想知道我有没有和她上床，答案是没有。我们聊了一整夜。老天，我想，除了和你之外，我没和其他人聊天聊那么久。聊到舌头都痛了！"

"只因为聊天？"

"聊天是其中一个原因。"

雷克纳看着弗兰的笑容，想起自己度过的夜晚，再一次感到嫉妒。他记得开始交往时只想着对方而忍不住露出的那种微笑。

"你昨天忘记上超市了。"

他眼前的微笑突然间消失无踪。

"该死，忙着约会忘了。给我清单，睡觉前我先去买。"

"我有更好的主意。让我换件衣服，我们两个一起去附近吃顿早餐。顺便和我聊一下你交往的状况吧。"

"工作呢？"弗兰诧异地问他。

"不要再讲我的工作了。结束了。这份工作已经变成往事。"

"怎么了？"

"没有什么怎么了，只有从现在开始会发生什么。事情即将有所改变。"

＊＊＊

埃斯特万和阿莉西亚的家变成布雷达戈斯的朝圣地。所有的人，或多或少，都想向这对为他们尽了相当大心力的夫妇表达他们的敬意。他们轮流前去探访时日无多的阿莉西亚，并安慰埃斯特万。他们知道再过不久，就会参加这个朋友的葬礼。戴维直到这一刻才真正明白整座村庄对这个女人的爱。

他听说过阿莉西亚的特质，想象她是个活力充沛的女人，但即使如此，他印象最深刻的，是所有人在离开屋子时，都提到她所有良善的美德，而且多数人的眼眶闪烁着泪光。

他从此起彼落的片断对话，以及东一句西一句之中，一点一滴地拼凑出这座位在布雷达戈斯的村庄，在她溘然谢世后会蒙受何等损失。她不只是凡人，更是人生的典范，即使在缠绵病榻与安息之后，地位依然不变。

托马斯上学去了，安赫拉和戴维守在他们家里，尽力帮忙并招待前来探访的人们。埃斯特万跟以往一样耐心十足，一遍又一遍地聆听打气的话：她是个不凡的女人，这种事总是发生在好人身上……

戴维试着想象到时的场景，他认为自己不会有心情招待这么多人。他会沉溺在自己的想象中，寻求独处，伤心落泪。埃斯特万的坚强，和前一晚在戴维面前暴露的脆弱形成鲜明对比。他失去了挚爱，接受事实，不怨天尤人。他似乎接受有时人就是会死。

到了晚上，当所有人都告别离开，屋里又重拾平日的静谧，安赫拉、戴维和埃斯特万坐在沙发上，她喝茶，两个男人则喝着仿佛是悲伤时刻少不了的威士忌。

他们就这样保持静默好长一段时间。所有该说的都已说完，他们再没有其他想进一步表达哀伤的话语。他们一面喝着，四周笼罩着无奈的氛围。

埃斯特万喝完第三杯，视线已然朦胧，他开始喃喃自语，但是讲话速度很慢，而且断断续续。

"没有人能决定自己的死期。所以我们得要知道如何活着，从活着来了解死亡。我们不会找到死亡的理由，或花一辈子寻找活着的理由。但是如果你活着的理由消失了，你会怎么做？你也会跟着死去。"

"埃斯特万，你要学会没有她，继续活下去。"

"安赫拉，这不叫活着。这叫歹活。人生不是只是继续呼吸，而是有个能让你每天早上起床的理由。"

"不可能，埃斯特万，"戴维插话，"当闹钟响起，你关掉它，起床，然后就是等待第二天再关掉它。有时，麻木是唯一能帮我们继续前进的东西。"

"戴维，我没闹钟。"埃斯特万回答。

"那你怎么起床？"

"到目前为止，我都有一个让自己爬起来的理由。"

在回安赫拉家之前，戴维心想也许阿莉西亚熬不过今晚，于是到房间看她。帕洛马和医生已守在她的身边一整天。

她面容憔悴，脸上布满病痛折磨后的纹路。医生替她更换生理盐水袋，调整插管咬嘴。戴维看着她像孩子一样细瘦的手臂以及针一样细的手指。而他慢了一点才注意到一件事。当他发现时，原本已对来到这座村庄的任务死心，此刻又重新燃起了希望。

阿莉西亚有六根手指。

＊＊＊

吃完早餐后，弗兰和雷克纳开始准备找工作。他们在书报摊买了所有有求职栏的刊物。雷克纳在进 ArtaNet 工作之前，花了五个月到处面试，所以对这件事并不陌生。他总是穿同一套海军蓝西装，如果得从地铁快走一大段路到面试地点，裤裆总会出现摩擦痕迹；当时他跑遍数不清的办公室、握过数不清的手，以及忍受不知凡几的打量目光。所以，他学会解读面试官的语言和何谓适当的动作。一个好的面试官应该让求职者发言，因为需要获得信息。一个好的求职者应该懂得聆听，做出精准正确的评语，证明他聪明而且认真。尽管求职者只想要问是否需要无偿加班，以及有没有医疗保险。

他还得解读招聘启事的简短内容，以确定去面试是值得还是白费力气。很快分析过后，他们放弃了找到的百分之八十以上的职缺，把它们标成绿色：上面的条件是雷克纳所没有的硕士学位、证书或经验。

十一点五十分，米格尔打电话想了解发生了什么事，为什么他没去工作。雷克纳非常冷静地跟他解释情况，并提醒他既然他拿的是约聘合约，并不需要通知他或给他时间。他的前老板于是对他咆哮，骂他欠缺专业精神、忘恩负义。雷克纳无动于衷，既不反击也不接受他的讲理；他心意已决，无法改变。他切断电话，露出了微笑。

逐一排除报纸上的征人启事后，他们一整个下午及晚上大部分时间，都在浏览一个又一个网站和一个又一个链接。他们找过公司黄页以及在线招聘启事，寻找雷克纳满意的工作。到了凌晨两点半，在计算机屏幕前吃了一点东西后，雷克纳垂头丧气，剩下的选择不多。他甚至不一定要找计算机工程师的工作。他开始思考其他行业，有没有比较简

339

单、吸引人和薪酬比较高的工作。要找到这种工作很难，但他又不想找比较不花脑筋的那些。他希望找到一份对他人生来说代表新希望的工作。

他看过装潢助理、印刷厂员工、面包师傅、专职司机，以及负责操作打亮和油漆梁柱机器的工作。有一些是真的匪夷所思的职缺：色情专线接线生（他们会先测试），以及危险物品派送员。

突然间，其中有一个引起他的注意。那是和计算机完全无关的工作，但是符合雷克纳的某项兴趣。

那是五年前不可能会出在他计划里的念头，但五年过去了，他的工作和私人生活已经完全改变。他转向弗兰。

"你觉得这个怎么样？"

弗兰除了在计算机屏幕前找工作外，每隔一阵子也到沙发上休息。

"你确定？"

"我不知道，我正在想。"

"这会是很大的改变。"

"这个改变可能是改善一切的机会。"

"而且工作不在马德里，你得离开这间公寓。"

"嗯，那边也会有公寓。"

"你做这种工作会无聊。"

"我想不会。虽然有点不可思议，可是我可以预见自己在那里。这会是一份平静的工作，不会有忙碌、抱怨和问题。"

"也不会有热情。"

"我已经不再期待从工作里挖掘热情了。从现在开始，我要让生活填满热情。"

"我不觉得这工作有什么前途。"弗兰坚持。

"这是一种信号。我走在正确的方向上。"

"不管如何，不要今晚就下决定。那则招聘启事已经刊登了四年。我们不要急。"

"当然。有的是问清楚的时间。"

"那么考虑清楚。"

"弗兰……"

"嗯？"

"你想和我一起去吗？"

"老天，雷克纳，我得考虑一下。"

"你在这里没有什么值得牵挂的。"

"美沙酮。"

"噢，唉，没错。可是那里或许有类似的东西。"

并不只有美沙酮。还有那个让他一整天牵肠挂肚的人：玛尔塔。他们交往不过一天，但那份感觉还萦绕心头，一想起她，他就忍不住开心起来。

"你在想玛尔塔，对吧？"雷克纳问他。

"对。"

"你是不是在想她会不会也想着你？"

"你上了什么读心课吗？"

"想一个从一到二十的数字。"

"够了。"

"六。"

"活见鬼！"

第二十一章　致编辑

电话响了两声，安赫拉接起电话。戴维瞄一眼时钟：清晨五点四十二分。隔着窗玻璃的鸟鸣显得微弱，太阳还躲在山峦后面，曙光尚未洒落在树冠上。天没完全变亮，安赫拉只讲了不到一分钟。她挂上电话后，脸上挂着掩不住的平静。

"阿莉西亚一个小时前走了。早上十点，会在圣托马斯教堂设立灵堂。"

戴维没搭腔。他没什么可以说的，没有任何能让她感觉好一点的话。他只是默默地注视着她，点了点头。

"我要去冲个澡。"安赫拉说。她离开客厅，独留戴维在沙发上。

这一晚，戴维没睡太多，而且睡得不好。前一晚的发现后，他不断想着阿莉西亚，以及她是托马斯·莫德的可能性。他躺在沙发上翻来覆去，脑子沸腾不已。而太晚得到这个结论让他感到沮丧，一颗心揪成一团。他感觉自己像个在委托人中弹后才站到前面的保镖。或是扑了空没踢中球的足球运动员。

他竟然不懂得解读所有早已摆在他眼前的线索。或许可汗先生应该派私家侦探过来，而不是一个被高估的编辑。

只找到线索不够，因为这就像只拥有拼图所有的碎块；还要知道如何把它们拼好。阿莉西亚四年前罹患肌萎缩性脊髓侧索硬化症。发病之后她无法继续创作：后来她无法拿笔、使用键盘或者念出来让人帮忙誊写。埃斯特万说过，他从某个时刻开始就无法和妻子用言语或书写沟通。只有那个阿莉西亚喜欢的怪孩子耶莱，知道如何与她对话，但是这已超出人类所能理解的范围。

戴维错以为托马斯·莫德是个男人。因为她选了一个男性假名，出版社自然也就认为他是男人（和可汗先生在马德里的那场谈话也这么透露）。这是个会误导所有人的简单陷阱。戴维尽管遍读柯南·道尔、爱伦·坡和阿加莎·克里斯蒂，却忘记多次读过从福尔摩斯、杜邦以及波罗口中吐出的不同字句，都是出自简单的规则：我们要先确认我们找的目标是男人还是女人。

他从沙发站起来，出门去散步。破晓时刻的寒气让他不得不竖起衣领。街上空无一人，他的脚步声在屋舍间回荡，仿佛布雷达戈斯只有他还醒着。

但现实并非如此。每间屋子纷纷响起电话声，电灯也随即亮起。阿莉西亚去世的消息，让大家在日出时刻同时起床。

这一次的破晓并没有带来希望的曙光。明天将是新的一天，埃斯特万变成鳏夫，而托马斯·莫德已然长眠。

戴维往树林漫步而去。他脑袋里有数十种想法在盘旋，每一个都想抓住他的注意力：阿莉西亚的死，埃斯特万的孤独，可汗先生的怒气，西尔维娅的悲伤，安赫拉的坚强……以及他自己的未来。升官加薪已经破灭，与安赫拉的吻已成事实，埃斯特万则失去了另一半。只是他尤其想着小说没有完结篇，那可是文学界的重大损失。他心头缭绕着沮丧，知道自己无计可施，已全盘皆输。人死了，也就无法谈判。这就是民主：无论贫或富，优秀或平庸，想闯一番大事业或只求温饱，一律平等。

不管是谁都一样。大家全无计可施。

他走在树林间，聆听远处传来的声响。那是一连串有节奏的撞击声，掺杂了由强转弱的飒飒风声。戴维循着那声响，被山毛榉的树根绊倒，在长满野草和露水的山坡滑一跤，抵达曾经和西尔维娅造访、如今却孤零零到来的地方。

棺材树林。

远处传来埃斯特万伐木的声音。每一次砍伐，木屑便伴随着喷上空中，在他四周划出抛物线。

他正在砍阿莉西亚的树。

埃斯特万抬起头，两人望着彼此。虽然清晨寒冷，埃斯特万的额头依然有一层汗水，衬衫两侧的腋下也湿透了。几秒过后，他回到工作中，伐木声再一次响彻树林。

埃斯特万没要他帮忙。戴维也没主动提议。这是他必须独立完成的工作。

经过半个小时吃力的砍伐后，树终于倒在地上。埃斯特万清除树枝，最后放下斧头，伸展后背呻吟一声。

他抬起树干的一头，试着想搬到推车上，但显然搬不动。于是戴维靠过去，准备帮他。埃斯特万看了一眼四周的木屑，对他开口了，他的声音流露一种恍若淹没了树林的平静。

"我整晚握着她的手，对她说话。我对她说了所有该倾诉的，享受上帝赐给我们在这世上最后的相聚时光。到了早上五点，医生测量她的脉搏，告诉我她已经过世一个小时。她手上的余温，其实是我双手的温度。我没发现她是什么时候停止呼吸的，所以我相信除了生前受过的病痛，她没再多受苦。"

戴维不知该回答什么，一如之前和安赫拉的聊天一样，他想说什么都不恰当，干脆保持安静。

"阿莉西亚爱这棵树。她说这棵树像她一样坚毅，树干布满树节。她喜欢抚摸它的树皮。"

埃斯特万伸出手，边说边抚摸树干。戴维看见为了砍树磨出又磨破的水泡，双手和树皮都留下斑斑血痕。

"戴维，想帮我吗？把树搬到安赫拉家。"

"好啊。"

戴维知道安赫拉是村里的木匠，所以是由她来打造棺木。包括朋友的棺木在内。

他们抬起树干放到推车上。戴维觉得重得不得了，但他不能吐出任何抱怨。他们肌肉紧绷，气喘吁吁，努力保持树干平衡，走出了树林。

走了几百米之后，埃斯特万突然放慢脚步，然后停下。戴维问他怎么了，而埃斯特万只是举起手指着。

在大约五十米外，有只母熊带着三只小熊平静地走在树林里。太阳已经出来了，勾勒出地平线那端的轮廓。它们正在回巢穴吧。

"熊回到阿兰谷了。"埃斯特万说。

那四只熊的身影消失在树林间。戴维和埃斯特万在到安赫拉家的路上，都没再说一句话。

***

雷克纳与弗兰从莱加斯皮广场时间之屋的小巴士漫步回家。雷克纳以为应该不会太愉快，他想象那是一个候诊室，挤满眼神涣散的毒瘾者。然而那里只有一辆小巴士，侧边开了一扇小窗，就像大学里的秘书处。到了那里，报上名字，他们会给你一小杯掺柳橙汁的美沙酮，这样就结束了。不用排队，不必验血确定你是不是还在吸毒。谈话也不是太重要。有点快速、冷漠，不啰嗦。

他没注意到弗兰离开时出现的焦虑，但他的确在回家路上比较沉默。他的步伐比较大也比较乱，仿佛踩着空气垫。

"你今天想碰吗？"雷克纳问。

弗兰继续走着。他对雷克纳一笑，当他是个未经世事的小孩，问了一个答案再明显不过的问题。

"雷克纳，我一直都很想。"

"一直？"

"对。"

"那要怎么忍受？"

弗兰举起拇指，往后指指他们离开的地方。

"靠美沙酮。"

"这样可以止瘾？"

"不能，但是能消除焦虑，也就是戒断症状。"

"我看你很不舒服。"

"最难受的时间是清晨。我还是会在大概五点钟醒来，幸好我已经不用靠喝酒来压制了。我听说第一阶段最难熬，但也是最短的阶段，而且对我来说快过去了。接下来的阶段要尽可能恢复正常生活。我的意思不是开始工作，但我得做些事，让自己保持忙碌。"

"什么事？"

"我也不知道，就是得做点事。很多人就是在回到规律的日常生活时失败的。"

"为什么？不是已经没有戒断症状了吗？"

"因为放松。你做完最困难的部分，以为接下来轻而易举。有一天，当你感到无聊，随意晃了一圈，回过神的时候又来到了药庄。你碰见昔日朋友，来上一点，回忆往日时光。于是毒瘾又回来了，那个像是象征光荣滋味的'来上一点'，只会让你想再碰一次，然后再一次。最后你回到起点。"

"可是你没那样。"

"因为我以前没试过戒毒。"

"那你怎么会知道？"雷克纳问。

"因为我看过上千次。当你听说有人戒了，总会有人说，他会回来的。一般而言这句话并没有错。几个礼拜之后会再看到那个人，尽管胖了几公斤，气色比较好，但他会像你一样陷在里面。要摆脱不容易。我们都想，做到的人却少之又少。"

他们继续安静地走着，弗兰失神地望着某处，正在思索什么。雷克纳斜睨他的朋友，纳闷他在想什么。

"没有人喜欢吸毒。一开始或许喜欢吧，因为一开始一切只是玩笑，只是作乐，偶尔来一点，快乐似神仙。但是等你失控了，就知道自己完了。你知道，那就像狠狠被摆了一道，而你无从抵抗，只能继续与毒共舞。

"等你吸了一阵子毒之后，会开始讨厌自己，恨自己为什么当初要碰，离不开。然后你变成大家眼中的垃圾，没人瞧得起你。最糟糕的是你以为自己活该。一切的一切都是屎：你的生活是屎，你吸毒是屎，别人把你当屎。但是，妈的！或许我们全都是屎，或许大家没错，我们一文不值，但我们也是人，听到别人羞辱，还是会觉得难过。

"我认识许多我认为生不如死的人，也离弃了许多以前的朋友。我的一个室友说，只要有毒品，就没有所谓的朋友，他说的并没有错。但是你认识一些在其他时候……嗯，不会在意的人。当你想要戒毒，你就得自私，雷克纳，若是想一起拉他们一把，他们会像压舱石，拖着你再一次回到那个世界。

"当你躺在床上，想着你的同伴在街上受冻，想办法赚钱买毒，你会再一次觉得自己像坨屎。你感到痛苦。你离开后，会为自己、为还没离开的人、为即将踏入泥沼无法脱身的人感到痛苦。你满脑子只想着一件事：人生是坨屎，你还是来一点，忘掉一切吧！"

"见鬼，老兄，你让我好无力。"过了几秒，雷克纳说。

弗兰露出微笑，轻轻拍他的肩膀。

"抱歉，这些话不是说给你听的。我只是不经意把想的说出来而已。总之，你们是得忍受我们的，朋友。"

"放心，没问题。这是我们这些同伴存在的目的。"

"我从不谈某些话题，但是一旦说出口，就像洪水停不下来。不过我现在自在多了。来吧，请我吃点东西，看可不可以把嘴里的苦味赶跑。"

他们一起在雷克纳家旁边的露天广场吃冰淇淋，弗兰在他们一起住的那几年从没去过。他从回来之后恢复了一些体重，原本凹陷的双颊现在圆润了一些。这一点也不令人意外，尤其是看到他吃掉一个两球巧克力豆的甜筒冰淇淋之后。雷克纳决定不点低咖啡因咖啡，改尝铺满厚厚一层鲜奶油的卡布奇诺。

弗兰停下吃冰淇淋并问："所以你决定了？"

这一次换雷克纳露出微笑："没错。可能很疯狂吧，或许两个月后我就会后悔、回到马德里，但至少我试过。"

"我倒不觉得那很疯狂。有一点不可思议倒是。但是何妨！偶尔要做一点不可思议的事。"

"我这辈子做的都是我认为该做的事：读书、拿学位，像大家一样工作。可是看看我，孤单又失业，和一个鼾声跟河马一样大的朋友住在一起。"

"我才没有打呼。"弗兰回答，觉得自己被严重侮辱。

"越是解释，越是自曝其短。我想换换空气，试试自己是不是适合那份新工作，试着找到喜欢我的人。"

"雷克纳，我们都值得去试。你想找到什么样的女孩？"

"不知道。但是别喊我雷克纳了。"

"为什么？"

"我不喜欢。"

"真的吗？我们一直以来都这样叫你？"

"不是一直。那是读中学的某一天，巴勃罗·贝奥塔斯这样叫我。当时我很生气，他却到处这样大声喊我。从那一天开始，你们所有人就开始喊我雷克纳。但如果我找到梦中情人，我会要她叫我胡安。只允许她叫我的名字。"

"真可爱。"

"我不知道算不算可爱，但我想要这样。我希望有人能抱着我，在我耳边呼唤我胡安。"

弗兰笑了出来。雷克纳一起跟着笑了。

"那你呢？你决定了吗？"雷克纳问。

"决定什么？"

"和我一起走。我们也可以在那里分租公寓。你可以远离毒品。你说过离得越远越好。"

"雷克纳，别说服我。"

"来嘛，弗兰！"

"我想我没办法。我若要克服，会留在马德里克服。你知道我这个人，我是个城市佬。要是离开这里，就活不下去了。而且，那边没有发美沙酮的小巴士。"

"我会查看有没有。不过，弗兰，少糊弄我了。你是为了玛尔塔想留下来。"

"没错。"

"你们才约会没几次。还不算是太认真的交往。"

"我知道，可是我想要和她在一起。"

"你还没跟她说，对吧？"

"还没。"

"你会跟她说吗？"

"我再过不久就会告诉她。没办法，我至少想真的想坦白。我已经受够了欺骗和谎言；和她在一起，让我想洗心革面。"

"要是她抛弃你呢？"

弗兰脸色一沉，但很快又恢复精神。

"那么就只能忍耐。看到没？这也是要赶紧坦白的另一个理由。如果她抛弃我，至少我还没陷得太深。"

"你觉得她会吗？"

"我不知道。不要以为我没想过。我可以理解这个可能。"

"如果事情不顺利，你还是可以来找我。"

"谢谢，我会马上冲过去。"

他们吃完冰淇淋和卡布奇诺，要来了账单。

"这几天真是奇妙，不是吗？"雷克纳说。

"对。我们都改变了生活。"

"就在我们相遇之后。"

"或许我们是碰在一起会发酵的元素。"

"或许吧。如果你要留在马德里，我要给你一样东西。"

雷克纳把手伸进口袋，掏出钥匙。

"你要把车送我？"

"没错。"

"那辆跑了二十四万公里的车？"

"没错，就是那辆。"

"谢谢！老兄！我的妈呀，一辆汽车呢！"

"嗯，车子非常旧了。你可以用到坏，然后当破铜烂铁卖掉。"

"你不要车了？真的吗？"

"不要了，我想我的新工作用不到车。车子给你开比较好。但是你得帮我一个忙。"

"什么忙？"

"帮我打包所有家当。"

账单送来了。雷克纳准备买单，但弗兰抢先一步。

"不，这次让我请客。"

"谢了，老兄。"

"你出车子，我付咖啡。这样很公平。"

***

戴维帮埃斯特万把山毛榉搬到安赫拉的车库，而她马上开始动工。

埃斯特万去休息。戴维不知该怎么打发时间，又不想一个人留在屋里，于是上酒馆去吃早餐。

那儿已经聚集了很多村民，大伙儿得知消息后都难过不已。他们默默喝着咖啡，望向窗外，几乎没有人交谈。

戴维也神情沮丧，不过是另有原因。他只能透过她创作的作品和角色，认识她这个人，但是他和其他人一样感到哀伤，甚至比他们更心碎。即将下葬的不只是阿莉西亚，还有他的未来、可汗出版社的希望，还非常可能包括他的婚姻。

《螺旋之谜》不会有完结篇。可汗出版社或许卖掉了不可能会拥有的小说版权。戴维不会升上出版社的高层。他很可能在可汗出版社倒闭后另谋高就。如果他和西尔维娅破镜重圆，会多花点时间关心她。他会试着找多点空闲时间的工作，如果薪水比较少，他会降低生活质量。这时，他只想做两件事：首先，和西尔维娅重修旧好，向她道歉，好好抱她久一点；再来，和埃斯特万聊聊。

因为阿莉西亚如果是托马斯·莫德，埃斯特万应该知道这件事。戴维啜饮一口咖啡，回想他问埃斯特万，是不是他寄了稿子到可汗出版社，而当然，他否认了。稿子不是他寄的。是阿莉西亚。他没说谎，但他当然也隐瞒了真相。如果他那天就离开布雷达戈斯，将永远不可能知道他隐瞒了什么。他只想和埃斯特万谈谈，对他说自己发现了阿莉西亚的秘密。虽然这已经失去价值，尘归尘土归土，他并不想没说出口就离开；他要告诉埃斯特万，他可以理解，埃斯特万并没有骗他，是他来得太迟了。他是可汗先生派来的，因为莫德停止创作，而停止创作是由于生了重病、撒手人寰，戴维绝对不可能来得及赶到。但他终究成功了。他找到了作家。

突然间，酒馆的门打开，耶莱跨过大门，进来找人。他左顾右盼。当他的视线与戴维交汇，立刻跑到了他面前坐下。耶莱抱着一个厚实的棕色包裹。吧台的霍恩问他要不要吃早餐，但耶莱仿佛没听见他的问题，继续盯着戴维瞧。他开始用一种带着信任的平静语气跟他说话，只是带有轻微的口吃。

"你到布雷达戈斯来找人？"

戴维狐疑地看着他。那是他听过耶莱说的最长的一句话。他不知道这场新的对话会把他带往何处；他点点头。

"找托马斯·莫德？"耶莱问。

他从桌子底下拿出那个厚实的棕色包裹，双手抱得死紧。

"对。"戴维回答。

"那么这是要给你的。"

他把包裹递过去。戴维诧异到甚至没伸手接过来。耶莱已经把东西放在桌上了，脸上挂着完成任务的微笑。他正准备起身，戴维一把捉住他的手臂。

"等一下，"戴维大叫，"这是谁的东西？"

"现在是你的。阿莉西亚要我交给你。"

"什么时候？"

"三年前她交给我一个包裹，吩咐我在她死后，把包裹交给一个到这里来找托马斯·莫德的人。四天前她跟我说那个人就是你。现在她过世了，包裹是你的了。我做得很好，对不对？"

"对，你做得很好。"

耶莱露出微笑。这是戴维第一次看到他笑。他挣脱戴维的手，走向门口。戴维从他的桌位叫他。

"怎么了？"耶莱问。

"她真的能跟你说话？"戴维想知道。

"当然。她是我朋友。"

他离开，留下拿着包裹的戴维。

他看了一会儿包裹才打开。里面写着：致编辑。

打开包裹后，他找到一本厚重的书，标题是《追寻》，整本用皮革装订。这本书翻到都破烂了，书脊半是脱线。还有一封和外面同一个收件人的信。戴维打开信封，开始读里面的信。

亲爱的编辑：

如果您正在读这封信，那应该是您不听我的请求，调查了稿子的寄出地点。不要担心，我不怪您。

感谢您到今天为止，一直遵照我的指示。此刻，当您读这封信时，我非常可能已不在人世，所以我试着把我无法说出的事写给您。

我想，到了这个时候，您应该已经发现托马斯·莫德的身份，但我想向您交代一些数据。

我的先生埃斯特万一直很享受写作。他喜欢坐在打字机前，把脑中的想象写出来。他只为了兴趣写作，不寻求任何回报。即使他这辈子写不出一个字，我也一样爱他，但写作是他的一部分。

在我五十一岁生日那晚，埃斯特万送我一个超乎想象的美妙礼物。他交给我包在牛皮纸里的一篇故事的第一部，书名是《追寻》。他告诉我："我只有这唯一的一本。现在是你的了。"

我不需要对你描述我的读后感，但我的立场让我陷入两难：选择独享我先生的礼物，还是跟世界分享。

他是出于兴趣写作，一如他这辈子因为兴趣而阅读。当他成为成功作家那天，他的兴趣会变成工作。

知道自己写下的每一个句子会遭到几百万人分析与评论，可能会带给他压力，剥夺他的兴趣。因为强迫，他不会再享受一样的感觉——我可以向您保证，他真的很享受写作。成功会带来很多改变，我们不想要的改变。而我们很快乐，不需要其他东西。

所以我不打算把我的计划告诉埃斯特万。

我认为独享小说太过自私，但是直接寄给出版社又太冒险。

所以我决定换掉埃斯特万小说的书名，改成《螺旋之谜》，并瞒着他偷偷签下假名托马斯·莫德，透过一项有点特别的快递服务，寄给一家位于马德里的出版社；如果您在这里，一定是证实清楚了。

您或许不懂为什么我挑中贵出版社。这是因为一本埃斯特万读过、推荐给我的书：何塞·曼努埃尔·埃利斯的《茉莉花时刻》。那是一本美丽的小说，几乎不打广告就上架贩卖，我们很喜欢它。后来换了阿兰达出版社打广告，获得该有的回响。当我要寄出书稿时，我认为鹦鹉螺出版社是个好选择。而的确如此。这些年来，到今天为止，贵社一直遵守我在信里的指示，所以我非常感激您们。

但是小说的成功超乎我的预期。我告诉埃斯特万，我从父系家族的某支旁系继承了一笔钱，再加上我们的努力，日子可以过得优渥一些。直到今年。

他总是有本领让我惊喜不断，两年后他再一次办到了。他在我五十三岁生日宴会上送给我第二部。我唯一能做的是按照我第一次的处理方式：附上同样的信、寄给同一家出版社。

第二部再度获得成功。

每隔两年，他就送我下一本续集，像时钟一样准时。当我知道自己再也无法寄出书稿以后，我把任务委托给耶莱，他是村里一个非常特殊的孩子，我先生也给他读他写的东西；慢慢地，我交给他埃斯特万的创作。很多人以为耶莱连简单的工作都无法完成，但他们错了。他的善良与他的迟缓一样很明显，而我相信他不会辜负我给的指令。

　　所以，我先生不知道他就是托马斯·莫德。我知道我不能替另一个人做决定，任何人都不能这么做。

　　我只是去做我认为正确的事，保护我们的幸福。我不知道这是不是最好的决定。或许哪个比我聪明的人能找到在两件事之间取得平衡的办法，虽然我做不到。我向您保证我为了找其他办法，失眠了很多个夜晚。

　　不论如何，我和我先生因此过了很多年幸福快乐的日子，所以我不由得想自己是做出了正确的选择。

　　而即便遭逢病痛，我依然感谢我们共同度过的每一天。我敢拍胸脯保证的是，财富与名声并不会让我们比较幸福美满。随着这些年过去，埃斯特万向我证实，快乐能够感染；他越是快乐，我们越能把这份快乐带给其他人。

　　拜托您，不要向埃斯特万透露这封信的只言片语，因为我怕会破坏他对我的回忆。我想，若真是这样，我无法原谅自己。

　　感谢您们在这些年来让我们有享受的时光。若是我的决定引起不便，在此深感抱歉。

挚爱的

阿莉西亚·鲁伊塞克

戴维一开始读信就认出字迹。那位笔迹学家说得没错：这种字迹是出自一个有教养、思绪清晰、冷静，为他人着想，而且具有丰富想象力的人。

这是阿莉西亚的笔迹。

戴维望着这本名为《追寻》的书，外切口看得到作者的名字：埃斯特万·帕尼亚瓜。

他打开第一页。这里有句手写的献词，字迹弯曲而凌乱：阿莉西亚，你不只让我活下去。你就是生命。

戴维捧着《螺旋之谜》的原稿。这是只有一本的版本。像这样的东西，在收藏家眼中可能价值几百万欧元，但是对戴维来说价值在于写小说的人。尽管整座村庄的人不知说过几遍，戴维却是经过了重重困难，才发现阿莉西亚是多么不平凡的女人。

＊＊＊

他外出散步。他需要思考。阿莉西亚的话还在他的脑海里回荡。他试着拟出计划。她希望不要告诉埃斯特万，让他陷入一种非常为难的处境。他不由得一直想，没人能否认埃斯特万的成就，他的小说如何激励了几百万人。作家一辈子都在努力奋斗，就是希望作品被传阅、送达读者的手中，而她却替他下决定，让他无法为自己这么精彩的作品感到骄傲，在戴维看来，这对埃斯特万太不公平。他要是说了，并不会破坏他对阿莉西亚的回忆。他是编辑，一辈子都在和作家并肩奋战。他无法想象有哪一个作家不想受到认同。她保密十四年，让她的先生可以继续写作。他有可能知道自己的作品成功，依然写作不辍吗？会有什么不同吗？

最重要的是哪一个？是作家还是他的作品？作者终究会离开人世，但是他的作品会永垂不朽。这是最接近永生的一种方式。

耶莱没再寄任何书稿到出版社，这意味埃斯特万从那时开始便不再写作。故事没有完结篇。阿莉西亚的大计划失败了，但即使她已不在人世，她还是又多做了一些事。她丢过来一个球要他接招。或许他跟埃斯特万谈谈，能鼓励他写完故事。他会当埃斯特万的编辑、帮助他。他会给埃斯特万平静和方向，让他完成作品。他会引导埃斯特万抵达终点，一如他也指引了莱奥·巴埃拉和其他作家。可是除非跟他谈过，不然不会知道该怎么做。戴维还抱着小小的希望。

他腋下夹着包裹，继续走着，他从打开的那端抚摸书本的外切口，这本埃斯特万在妻子生日当天送她的《螺旋之谜》原稿。她今天就要下葬，不过没有让秘密一同陪葬。她不可思议的计划甚至预见了自己的死亡。

大街上有几个村民靠着墙壁抽烟，聊着似乎是这天唯一的消息。他们聊着对阿莉西亚的回忆、跟她之间的小故事。戴维经过他们身边时，不自觉地竖起耳朵。

"她很漂亮。"其中一个说。

"漂亮极了！"另一个人回答。

"结果情定埃斯特万。"

"她可以和中学里的任何人交往——任何人！她却选了他。嘿，过了这么多年，我还是不敢相信。"

"我也不敢相信！和那个全校最害羞的家伙！讲话甚至会口吃的家伙！你记得他们公开交往时有多轰动吗？"

"当然记得！"

戴维停下脚步听着街道另一头的谈话，接着走向他们。这时那些人安静下来，让戴维像是闯入他们的聊天。

"很抱歉打断你们，"他说，"你们说埃斯特万和阿莉西亚从中学时就开始交往了？"

他们诧异地对望，不知该怎么回答他。

"对，是那样。"比较大胆的那个说。

"波索特那所中学？"戴维问。

"当然。"

"那么……"戴维开始计算，"埃斯特万去当水手前，他们分手了吗？之后才重新交往？还是说发生了什么事？"

他们交换目光半晌，然后笑了出来。他们哈哈大笑好一会儿，必须靠着对方，以免笑倒在地上。

其中一个一边笑一边问他："你这样问，是因为他那些当水手的故事？"

"呃……对呀。"戴维回答。

他们再一次哈哈大笑。戴维站在那儿等他们笑完，感觉自己正因为不知道某件事而被人羞辱。

"老天，他说当水手是讲给小孩听的，为了让故事听起来逼真。但是连小朋友都知道那是假的。埃斯特万和阿莉西亚一样，一辈子都住在这里。和我们一样！他母亲曾经经营鱼铺！我们班上的人都说他身上有一股鲷鱼发酸的气味；你真的以为他是水手？"

"对。"

他们又开始嘻嘻哈哈。于是戴维大步离开那里。

"噢，朋友！别生气嘛！"

但是戴维继续走。他为自己相信埃斯特万的故事而生气，以为只是稍微添油加醋罢了。

埃斯特万不是水手，那么，他故事的灵感来自哪儿？

***

阿莉西亚的守灵弥撒于下午最后一个小时在圣托马斯教堂举行。戴维独自前往，想起曾跟着西尔维娅一起走过同样的路。此刻，她人在马德里，他则几乎完成任务。尽管有布雷达戈斯几十名居民相伴，他每踩在碎石上一步，只觉得比之前更加孤单。他身边的每个人都默不吭声地走着。到教堂的路上只听见邻近树上传来的鸟啼声。

戴维坐在上次坐过的板凳上。打开的棺木放置在厅堂中央，里面是阿莉西亚的遗体。他扫视四周，但没看到埃斯特万或是安赫拉。他不知道当他看见刚暴露身份的作家，会有什么感受。经过这几个小时发生的所有事情后，他其实不太知道要怎么去想。有时，当人花了那么长的一段时间想象某样事物，而它真的出现、却不符合自己的想象时，会不自觉感到失望。戴维想象阿莉西亚的棺木应该是粗制的，像是用铁钉钉好的箱子，结果却相当精致。他几乎不敢相信这是出自一棵他们今天早上才用推车载运的树。安赫拉在里面铺置了一层缎布，仿佛这是她送给阿莉西亚的最后一个礼物；而阿莉西亚是那个寄出书稿并在信封上留下六根手指指纹的人。

当里瓦斯神父和埃斯特万进来时，大伙儿的目光都落在他们身上。埃斯特万一套黑色西装，脚上踩着一双没擦亮的鞋。他后面跟着来参加仪式的所有村民。他们当中有许多人站在外面，忍受比利牛斯山区的强风，参加仪式。安赫拉带着托马斯在门边。小男孩牵着母亲的手，几乎忍不住泪水。

里瓦斯神父开始说话。

"感谢大家前来。我们要开始弥撒。"

大家低下头，表达敬意，里瓦斯神父朗诵祷文，并拿着圣水祝福棺木。现场只有几个人吸鼻子的声音，努力不呜咽出声。戴维仔细观察埃斯特万，他站在那儿，专注地看着妻子安息的棺木。他写下了《螺旋之谜》，却不知道自己的作品在全世界引起回响。此时此刻，他只是个告别妻子的男人。阿莉西亚在信里请托戴维，不要透露只字词组，但他实在不知道这么做对不对。他得好好思索，给自己一点时间恢复平静。埃斯特万拿出手帕擦干眼泪，戴维费了好大的力气才不让自己也跟着掉泪。

弥撒结束，戴维走向门口，这时他看见霍恩、埃德娜、安赫拉，和所有他来到这里期间认识的人都拿出蜡烛，从圣人托马斯雕像旁的大蜡烛借火点燃，接着把手中的蜡烛逐一放在构成教堂的岩石的突出部分。一如他们在献给圣人弥撒那次一样，只是这一次，对象换成阿莉西亚。几分钟过后，教堂的门廊在黄昏降临的阿兰谷间发亮。这是属于布雷达戈斯的一种方式，用来表达阿莉西亚或许已经离开，但她的光芒将持续照亮。

戴维来到木头雕像前面，这座雕像似乎凝视着这座位于比利牛斯山区村庄的历史。他闭上双眼，默默地为阿莉西亚的灵魂祷告。除了中学时强制参加的弥撒外，他不曾祷告过，此刻他从心底挖出那些字句，重温回忆。祷告结束后，他抬起头，目光与里瓦斯神父交汇。神父朝他走来，手按在他的肩上。

"戴维，我以为你不是信徒。"

"我相信的不是上帝，而是阿莉西亚，"戴维说，"这完全是两码事。"

里瓦斯神父露出微笑。门廊的烛光照亮了他脸上的所有皱纹。

"不对，戴维。这是同一件事。"

***

两只驴子拉着放置棺木的车子，踩着缓慢慎重的碎步走过街道。大家步行跟在后头，于是驴子的脚步声还加入了将近八百只脚的声音，形成一种绵绵不断的低喃，包围了一切，好似布雷达戈斯独自沉溺在忧伤中。

墓园小而老旧。外围仍用金属栅栏围起，花岗岩墓碑上头是雕刻上去的名字。埃斯特万和安赫拉站在墓穴旁，两位村民利用绳索，把灵柩放到墓穴底部。站在他们后面守候的是耶莱和托马斯。里瓦斯神父走到前面，诵念简短的祷文。他再一次将圣水洒在棺木上，接着看了埃斯特万一眼，向他请求继续进行。埃斯特万拿起纱布手帕，擦干最后的眼泪，然后扔在今天早上才砍伐的木头上面。神父指示可以覆盖泥土了。

村民埋葬了阿莉西亚，而戴维还埋葬了另外一个人。他知道托马斯·莫德的一部分将永远长眠在这片地底下，那个随着阿莉西亚死去的部分。

人群开始散去。许多人把花放置在墓碑下方。戴维觉得自己非得和埃斯特万说阿莉西亚的秘密不可，但不是今天；不是在她尸骨未寒的时候。

在巴尔的摩爱伦·坡的坟前，每年1月19日，都会放上三朵玫瑰和半瓶白兰地。在阿莉西亚的坟前，在她下葬的这天下午，有几十束鲜花，而鲜花上还有一朵已经枯萎的马缨丹。

第二十二章 交叉路口

安赫拉摇晃戴维的肩膀，直到他醒来。戴维看向四周，脑袋还一片混沌。早晨已经过了一大半，强烈的阳光从窗户照射进来。安赫拉看着他说："戴维，你看到托马斯了吗？"

"啊？"

"你知道托马斯在哪里？"

"你找不到他？"

"他不在家。我起床后，发现他不在床上。"

戴维试着推测他会跑哪儿去，但是脑中一片空白。或许喝杯咖啡之后他会比较清醒，但是没那个时间。

"也许他受到创伤；这是他第一次参加葬礼。"

"我也是这么想，所以想跟他谈谈。我打过电话给埃斯特万，可是他没接电话。"安赫拉紧张地说。

"他们可能在一起。"

"我不知道。我要去他几个朋友家看看。你去……我也不知道，去找他吧，拜托。"

"不要担心，我们会找到他的。"

安赫拉踩着急促的步伐离开了。戴维叫住她。她转过身。戴维用低沉缓慢的语调再说一遍："安赫拉，不要担心，我们会找到他的。"

她露出微笑，急匆匆地走了。戴维换衣服。如果找到托马斯，或许也能找到埃斯特万，到时他就能安静地跟他谈谈。可是他不去想这件事，这一刻托马斯的事才是优先。

他翻遍整座村庄。他到过广场、商店、街道，以及乌梅内哈。他慢了半拍才想起小孩想独处时，不会一个人坐在咖啡馆里喝咖啡。孩子的思考方式不同。小孩若是碰到长凳没空位，会去坐在地上，不会像大人一样站着，害怕弄脏裤子。他试着想象一下孩子会怎么做，于是托马斯会去的地方在他心头浮现。

他走进森林，寻找安赫拉替他盖的小屋。他爬上树干的阶梯，来到平台。他在狭小的空间坐下来，缩起双腿。托马斯就在另一头，正在读《说不完的故事》。

戴维悄悄地靠近他，而小男孩抬起头，注视他的眼睛。他看起来很悲伤，脸庞还有泪水残留的痕迹。

"托马斯，你妈妈找了你一整天。你得回家去。"

"我不想回家。"小男孩回答，成熟的语气吓了戴维一跳。他想这种语气大约就是，你发现四周的人都会死去，而当下生活的安稳画面只是暂时。

"为什么？"

"我不想要妈妈看见我哭。"

"托马斯，哭没什么大不了。每个人都会哭。"

"为什么？"

"有很多原因。"戴维回答，虽然他清楚知道原因只有一个：痛苦。可能是身体上或情感上的。

"妈妈哭的时候，她会躲进她的房间，不让我看到。"

"这是因为她不想要你难过。"

"所以我离开家里。我不想要妈妈难过。"

听到这么纯真的离家理由，戴维不由得感动：妈妈担心他，他们俩找他找遍整座村庄，但是他的举止就像大人对待小孩那样。戴维想对他解释，父母与子女之间的举动不是对等的，不过他忍住了。

这是一种在长大时会慢慢发觉的事情，托马斯以后有小孩，也会这么做。究竟纯真是在几岁时失去？他不知道，但是想到所有人都曾经如此，实在美妙，这时毫无羞耻的竞争还没把我们变成现在模样的大人。

"妈妈在担心吗？"托马斯问。

"对。因为你一声不响就离开家里。"

"对不起。"

"托马斯，她不是在生气。她只是担心。"

小男孩点点头。戴维看着他手里的书一会儿，也就是阿莉西亚在他生日那天送来的书。他不由得想她甚至预见了这一幕。

"阿莉西亚死了。"托马斯猛然说。

"对。"

"人为什么会死？"

"托马斯，这件事没有简单的答案。"

"死真是他妈可恶的东西。"

他没为自己说粗话道歉。这是个大人小孩都有的相同感受。没有其他比这还简单的表达方式。

"对，托马斯。真是他妈可恶的东西。"

"我记得她躺在床上的样子，脸上的皮肤松松的，变得非常瘦。不像是她。"

"那是因为生病。"

"她以前很漂亮。每个人都这么说。"

戴维不知道该说什么，但这一次他不能不说。如果对象是大人，或许可以用沉默代替回答，让他自己得出结论；但对小孩来说，会让他没安全感。他得回答什么，让他感觉好一点。

"你怕想起她生病的样子？"

"对。"托马斯肯定地说。

"不是这样的。当一个人死了，你会想着他最后的样子。可是等时间过去，当悲伤被所有你和这个人相处的回忆取代，只会留下美好。"

"我不懂。"

"你曾经和朋友打架吗？"

"当然。"

"当你想起这个朋友的时候，你想的不会是打架那几次，而是你们在一起很开心的时刻。"

"没错。"

"那么你对阿莉西亚的回忆差不多也会是这样。"

戴维想起他曾参加的几场葬礼，以及他对这些人的回忆。他想起祖母，当她还健康时，曾告诉他在她小时候居住的村庄是怎么烧菜煮饭的；他想起马塞洛伯父，他曾瞒着戴维的父亲邀他喝杯啤酒。他想起在车祸中丧命的前女友，和她在一起的夜晚，她笑起来鼻子会皱成一团。在他的回忆里，没有赡养中心、癌症，或是打破的玻璃。

"阿莉西亚教我识字。"

"噢？"

"我是班上唯一一个第一天上课会识字的人。这让我很特别。"

"阿莉西亚擅长挖掘某些人的特质。"戴维说，想起她怎么处理埃斯特万的作品。

他们两个从小屋爬下去，踏上回家的路。托马斯似乎感觉好一点了，戴维很开心自己帮得上忙。

当走到石砖路街道时，戴维想起埃斯特万。

"托马斯，你在葬礼结束后，见过埃斯特万吗？"

"没有。"

"啊。"

"也许他和我一样想自己一个人待着。"

"如果是这样，不会有人知道他在哪里。大家也在找他。"

"我知道埃斯特万想要一个人的时候会去哪里。"

戴维停下脚步。

"哪里？"

"他带我去看过。他说他想要想事情的时候，就会去那里。"

"哪里？托马斯？"

小男孩似乎考虑了一下。

"地下室。"

"地下室？"戴维咀嚼一遍他的话。

"对。他家的地下室，要从菜园后面进去。那边有一扇木门。"

戴维回想埃斯特万家后花园的菜园，但那里并没有什么门。

"我们应该要告诉他，哭没什么大不了的，不会让其他人难过。"托马斯说。

"对，要这样跟他说。回家吧，托马斯。你妈妈正在等你。"

***

他在菜园的蔬菜后面找了好一会儿，终于找到藏在屋子地基墙面镶板上的活板门。那锁链上满布锈痕。他抓起两个小把手，双开小门伴随着嘎吱声打开。他瞧了瞧里面。太阳开始西斜，只照亮一座陡峭楼梯的前面几级阶梯，再下去是一片漆黑。

戴维带着深入陌生地方的恐惧，踩下一级，然后开始往下走。往下十几级之后，一抹淡淡的灯光照亮了厅堂。

戴维心想，乍看像是个相当宽广、但也笼罩忧伤的地方。里面大概有六十平方米，四面墙壁都是书架。戴维估算，架上的书应该有好几千册。虽然并不像从前的书房，是皮革封面和烫金字体的藏书。这儿有各式各样尺寸和种类的书籍：精装书、平装书、口袋书、系列丛书、已消失的出版社的书，还有其他出版社在几十年前改变风格前的书。他的视线扫过书架后，看见书本的排列杂乱无章，数以百计的作者，有世界知名的，也有戴维连听都没听过的，全部摆放在一起。

这里就像是微型的亚历山大图书馆，由一位兼容并蓄的图书馆员掌管。这里看不到任何秩序，许多书本甚至横放在为了利用空间、挤在一起的其他书本上头，把隔板压成了微笑形。

在厅堂中央，是掌控这片书海的一张办公室风格的老旧书桌，上面摆放整理到一半的纸堆，和一台装上纸张的打字机。一台奥林匹亚 SG 3S/33，白色机身，黑色键盘，侧面印有商标。他把这台打字机当作铁证，找遍整座村庄，终于在这里看到了；不过事情发展至此，他已不需要再归咎任何人。

书桌后面，有一张几乎靠着尽头书架的扶手椅，伴着台灯洒落的光线，椅身看得出缝缝补补过千百次。埃斯特万坐在椅子上，膝盖搁着一本书，正看着他穿过厅堂。

戴维踩着犹豫的步伐，朝他走去。台灯的光线加深了他脸上悲伤疲倦的神情。

"托马斯告诉我，你可能会在这里。"戴维说。

"我想独处时，就会来这里。每个人都对我非常温柔。可是我需要几个小时安静地思考。我整个下午都听到有人在上面，他们按电铃，在屋子附近叫喊；知道这座地下室的人很少。"

戴维感觉自己没有权利出现在这里，但是他对自己说就是现在，他找了那么久，就是在等这一刻。

"你在这里的书真多。"戴维说。

"没错。"

埃斯特万嘴角上扬，视线扫过四周一圈。

"你应该花了很多年时间收集所有这些书。"

"法国作家保罗·瓦莱里在弥留之际，躺在床上、看着满室的书籍叹道：这一切比不上好看的臀部！"

如果是在其他场合，戴维听了这笑话或许会发笑。但是葬礼才刚结束，替他的笑话添上一种黑色的幽默。

"我不知道你喜欢读书。你完全没跟我提过这件事。"

"我想，我们根本还不了解彼此，对吧？"

戴维在他身旁蹲下来，一只手搭着椅子的扶手。就是现在，否则就没机会了。

"这是阿莉西亚读书时坐的椅子，"埃斯特万打断他，"上面还留着她的气味。"他吸一口气。

"我想，这些会是我从现在开始会怀念的东西。每个人都说，这样的细节能让你清楚想起每个人。你知道吗？我喜欢写东西。我总是坐在这张书桌前，而她会在这里看书，聆听按键敲打纸张的声音。我喜欢她在我后面的感觉。听着她呼吸和翻页的声音，我们就这样度过许多时光：我写，她读。有些夫妇看电视打发夜晚时光，我们则是这样。她的笑声和我敲打键盘的声音就是幸福。我想，幸福就是享受日常生活。总之……除了和另一半度过的重要时刻，即使什么都不做也能感到幸福。现在她已经不在，我只能想念她。"

"埃斯特万，如果你想独处……我不想打扰你，毕竟我是不请自来。"

"戴维，放心，我这辈子剩下的时光，还有的是时间。"

这时，戴维决定守住秘密。阿莉西亚的决定比较妥当。埃斯特万并不需要知道，这样他才能快乐。他需要的是妻子。而她已经离开。他不知道这样做是否公平，是否不违背良心，但这一刻，他靠在埃斯特万身边，知道自己正在做正确的事。

"你现在打算做什么？"

"我要离开。该是说说自己真正故事的时候了。阿莉西亚继承了一笔钱，如果我省吃俭用的话，可以撑一段时间没问题。之后我再看看吧。"

"你不担心陌生的生活吗？"

"当然担心！而且我希望自己担心。我不想留在村里，变成可怜的丧妻老头。我要把家具盖上白布、把东西收进箱子里，以免积灰尘；然后我要去看看世界，看看自己会有什么奇遇。"

"村里的人会想念你。"

"我也会想念他们。可是我的家已经在昨天消失了。阿莉西亚卧病时，我们反复思考过这件事很多遍。我要住在这里，一定要有她在身边，不然就换个生活方式。我要把所有的书捐给图书馆；我不知道你看过那座图书馆没，那里真的闹书荒。"

"我看过。"

"所以，如果有一天我回来了，还是可以办张借书证借书来读。书本来就是要让人读的。不然的话，书会感到悲伤，你知道吗？"

"不，我不知道。"

"戴维，发现了吗？我们不是什么都知道。"

他们一起走向楼梯，出去菜园后面的花园。黄昏降临，天气凉爽许多。

"起风了。"戴维看着没带外套的埃斯特万说。

埃斯特万抬起头，看向夕阳余晖。他的双眸透露着疲惫。

"对我来说，永远都将是寒冷的。"他回答。

戴维已经得知一切。埃斯特万没写完完结篇，故事将会这样悬着。对作者或他的作品来说最重要的是什么，以及另一个已经有答案的问题：哪一个重要，是人还是书？——是人，永远都会是人。

***

两天过后，弗兰和雷克纳坐在公交站的长凳上。他们的车应该早上八点半到，但是延迟了二十分钟。这两个朋友想要慢慢来，所以一大早起床。告别前，他们还有许多相处时间。

最后这两天，两人忙着打包、封好雷克纳的一箱箱家当。在最后时刻，雷克纳发现他的人生即将转一个大弯，不知道是好还是坏，他得收拾多年来堆积的杂物，决定哪些比较重要，哪些不重要，哪些东西该扔，哪些值得保留。

他找到求学时的笔记，已经泛黄的一页页上面留有当时的涂鸦，他用不同的档案夹分类后堆在自己的床底下。扣眼已经磨损的旧牛仔裤，以及邦乔维与万圣节乐队的 T 恤，被丢在某个冬季衣物箱底。他花了好几个小时回忆使用这些东西的时光，并决定新生活只需要哪些东西。他把他收集的漫威漫画寄放在弗兰这里，等需要时再来找他拿。

而前一天下午，他在一个装满大学预科班书籍的箱子里，找到某样好多年没看到的东西。

他也跟房东谈过，提前支付两个月房租，并向他表示会汇另外三个月的房租。他告诉弗兰他支付的月份，这样一来弗兰可以享受这几个月，利用这段时间找份工作，继续付以后的房租。

后来玛尔塔听完弗兰坦承他曾经吸毒，并没有抛弃他。他们谈了很久，彼此倾诉内心的恐惧和不安。玛尔塔担心他会再落入毒品的陷阱，决定尽一切力量帮他远离那种可能。雷克纳知道以后，松了一大口气；他把朋友留在马德里，幸好和朋友在一起的人能在他遇到低潮时支持他。

雷克纳的双腿间放着一个装衣服的简单包裹，足够五天换洗，他需要在这段时间办理报到、处理一下新住处的事。这段时间过后，他再回来搬走其他箱子。

巴士再过几分钟就要到了，这两个自重逢开始便聊个不停的朋友安静了几分钟，不知道这次重大的分别之前，该说些什么。

弗兰开始讲话支支吾吾，显得笨拙又紧张。

"嘿，雷克纳，我想……嗯，你知道的……跟你说声谢谢，感谢你这阵子为我做的一切。如果没有你，我可能还在街上，非常有可能又回到毒品的怀抱。我知道已经谢过你了，可是我真的不希望你在离开前，不知道我这几天过得真的很快乐，连往日时光都比不上。"

"我也过得很快乐。该死，我已经好几个月没这样开怀大笑了。"

"你还把车子送我，公寓让我住。我欠你这笔钱，将来有一天，等一切稳定下来，我会想办法还你的。"

这时，玛尔塔出现在人群中，她避开其他旅客的行李，朝他们跑过来。她伤口的结痂已经开始剥落，皮肤科医生说不会留下明显的疤痕。她走近长凳，坐在他们之间，还气喘吁吁。

"我以为来不及了！"

"还好巴士迟到二十分钟。不然你会眼睁睁看车子离开。"弗兰责备她。

"好啦，准时不是我的强项。"

"谢谢你来送我。"雷克纳说。

"我想要、也觉得一定要来告别。"

说完这句，她弯下腰，在雷克纳的唇边印下一枚响亮的吻。

雷克纳刷地脸红了起来。

"谢谢你，玛尔塔。"

巴士靠站，在长凳前停下来。所有车上旅客慢慢下车，从放置行李处拿走他们的包。雷克纳把他的塞进去。

"雷克纳，我带了一样东西让你在路上读。"弗兰说。

他从背包里拿出一本《螺旋之谜》，页缘已经被翻到卷起。

"我说过要留给你读的。"

"嗯，其实我也带了一样东西给你。我在装大学预科班笔记的那个箱子找到的。"

雷克纳打开他的包，拿出一小本笔记，递给弗兰。

"见鬼……我以为不见了。"

"有一天你忘在教室里，所以我拿起来，放进背包里。"

"什么时候？"

"某天早上，我们为了……吵架之后，你就离开了。"

"知道了，知道了。"

他们知道吵架是因为弗兰开始吸毒，但是两人都不想回忆当时。那是弗兰的笔记，他在上面记下想到的字句和想法。

"这就像找回过去的一块碎片。"他说。

"弗兰，这远比你想象的还值得。这本笔记会证实。我们很多人都知道，现在看你信不信而已。"

他两用力抱住对方。弗兰忍不住眼眶泛红。

"雷克纳，谢谢你做的一切。不只是在这几天……该死，就是感谢这一切。"

"嘿，老兄，放开吧，否则玛尔塔会以为我们是同志。"

玛尔塔轻抚雷克纳的脸颊，上面还残留还快掉下来的泪水痕迹。

"到了以后，打个电话给我们？"她说。

雷克纳爬上巴士。巴士驶离时，他看见两人还在月台上紧紧相拥。

***

安赫拉、戴维和埃斯特万为家具盖上床单，接着把家里的物品收进衣柜和橱柜的抽屉。装不下的就放进纸箱子里。戴维前一天看到的摆满装饰的屋子，此刻已嗅不到有人生活的气息。旅游书籍和他跟阿莉西亚的合照已经收好，而原本仔细铺上地毯的地面，现在一片裸露。戴维找到机会把《螺旋之谜》的原稿放到某个书架上。那是埃斯特万送阿莉西亚的礼物，他要是留着，会觉得良心不安。

埃斯特万留下两副钥匙分别给安赫拉跟霍恩。托马斯答应埃斯特万会照顾菜园，要向他证明自己上过的种菜课不是白上的。

阿莉西亚那张病床是一楼他们的房间里唯一留下的东西。埃斯特万锁起房间，并坚持病床不需要防尘。他希望出发旅行后，他跟阿莉西亚分享过无数亲密时刻的地方能保持原状，成为记忆里永恒不变的一幅画面。

他们三个望着空荡荡的屋内。该是关上大门、等待埃斯特万重回布雷达戈斯的时刻了，尽管他们不知道那会是什么时候。

"我会想念这间屋子。"埃斯特万说。

"我们会想念你。"安赫拉回答。

埃斯特万伸出手绕过她的肩膀，将她拉过来，紧紧地抱住，一如戴维已看过非常多次的画面。

"我和阿莉西亚在这里度过非常美好的时光。"

埃斯特万靠近桌子，打开其中一个抽屉，拿出一个相框。里头的照片是安赫拉、阿莉西亚、托马斯和埃斯特万自己，正在花园里烤肉。托马斯差不多是三岁，一张笑脸沾满了菜园的泥巴。

"我记得那天。"安赫拉说。

"那是我们一起度过的其中一个快乐日子。收下这张照片吧。当你想着阿莉西亚时，看看这张照片，永远不要忘记她。"

"埃斯特万，阿莉西亚令人难忘。你也是。"

她在吐出最后一个字时，声音哽咽。为了掩饰，她在他的脸颊印下一吻。

"我去接托马斯，然后我们载你到车站。"

"好，"埃斯特万说，"我在这里等你。可别迟到，火车两个小时后就出发了。"

"我不会迟到的。待会儿见。"

安赫拉从大门出去，留下他们两个独处。

"待在布雷达戈斯的最后两个小时。"埃斯特万低喃。他在喃喃自语，不过戴维听得一清二楚。

戴维不禁疑惑，他这一走是否是永远离开。而埃斯特万仿佛听到他的问题，继续说："至少一阵子不会在了。"

"我也会想念这一切。不只是村庄，还有安赫拉、托马斯，你……和阿莉西亚。"戴维说。

埃斯特万转过头，露出微笑。

"你知道阿莉西亚想要什么吗？"

"什么？"

埃斯特万一如刚刚拿东西给安赫拉那样，他走近一个餐具柜打开抽屉，翻开好几张纸，然后拿出七本用皮革装订的书稿。

"她想要自己读完我为她写的最后这些东西。最后这一年，我把打字机搬到上头，在她的房间里写作。她听到敲打键盘的声音会放松，她形容那就像是音乐。但是当我写完，她已经病得太重，我只能念给她听。"

他把书稿递了过来，戴维拿在手里掂掂重量，同时试着闭紧嘴巴。

"我告诉过你我喜欢写东西，但是我猜，你没想到是这种程度。"

埃斯特万发出挖苦似的笑声，往他背上拍了一下，差点害他书稿掉满地。

"你要让我读？"戴维问。

"当然！所以我把书稿给你。我考虑过，既然你在出版社工作，或许能给我一个客观的评价。不论如何，你是编辑，我想知道你的评论。但是，听好，不勉强，我知道你们接到的书非常多。我从来不是用专业的方式写作，但如果你喜欢我的作品，对我来说会是莫大的恭维。而且你很幸运，本来第一部已经好几年不见踪影，这次清扫书房，我在其中一个书架上找到了。不然的话，你没办法从头看起！而且如果你喜欢的话，谁知道呢，或许你的出版社……嗯？"

埃斯特万意有所指，用手肘顶了他一下。

"非常荣幸有机会大饱眼福。"戴维语气坚定，虽然埃斯特万不会知道，他的话隐含着内心的深信不疑。

"能帮我一个忙吗？"

"当然。"

"拷贝最后两册给耶莱。我念给阿莉西亚听的时候，他也在场，可是他还是要求给他一本。"

"相信我，埃斯特万。我读完以后，会把稿子还给你。"

埃斯特万打了一个手势，戴维不确定那是表示他不急，还是没那个必要。

"来吧，来关门。安赫拉应该快到了。"

戴维停住。他忍不住问了一个事先想好的问题，那是他以为会和托马斯·莫德面对面开会所拟的其中一个问题。

"埃斯特万，你的灵感是从哪里来的？"

埃斯特万身子一僵，冷静地思索了一番才回答。他回答时，眼睛盯着戴维，语气相当慎重。

"或许你不信吧，可是我有时会感觉灵感乍现。那就像是一种触感，通知我灵感快出现了，如果我不快点捉住就会消失无踪。那是一种有点怪异的东西，像是感觉暴风雨就要降临。"

戴维心想，所以这就是经过。他一直以来创作不辍，但是阿莉西亚生病了，耶莱没有副本可以寄给出版社。

他俩走到屋外，关上大门，把所有秘密都留在里面。

法国巴涅尔－德吕雄火车站月台，古色古香的气息百年来不曾改变。车站漆成一层暗淡的黄色，柱子巧夺天工的雕纹柱头支撑着屋顶。他们从布雷达戈斯开了二十公里，穿过法国边境来到这座离村庄比较近的火车站。火车沿着铁轨，拖着老迈笨重的脚步抵达。车身的油漆斑白脱落，窗框满是锈斑。有那么一瞬间，金属嘎吱声漫天震响，小托马斯不得不举起手捂住耳朵。埃斯特万逐一和一起前来送行的所有邻居告别：霍恩、耶莱、里瓦斯神父、埃米莉亚、安赫拉、戴维……他拥抱每一个人，给他们离别的吻，知道下次再见到他们应该会是很久以后的事。他抱住戴维好一会儿，戴维则试着记住这一刻的气味和触感。埃斯特万要离开了，戴维虽然完成任务，却感觉内心有种小小的空虚。

埃斯特万爬上火车，从车窗凝视他们。火车开始驶离，再一次发出嘎吱声。他的双眼闪烁泪光，挥手道别。接着，他坐下来，大家只看得到他逐渐远去的身影。安赫拉和戴维默默地交换目光，他们知道月台在有人离去时总是弥漫悲伤的氛围。

***

布雷达戈斯公交站实在很难称得上是公交站，只有一张木板凳，和挡风的玻璃雨棚。一旁有根柱子，上面贴着巴士时刻表，经过日晒雨淋后已经变得破破烂烂。戴维、安赫拉和托马斯坐在一起，不知该说些什么。离别的时刻逐渐接近。

"我在今天失去很多朋友。"安赫拉说。

"朋友有时会分开，但这不代表从此不再是朋友，对吧？"

"我想是吧。"

戴维有种感觉，在这座村庄的经历将会永远烙印在他的记忆里。

"关于那天发生的事……"安赫拉做了个手势，仿佛两人心知肚明，"我想当时我们都有点情绪低落。"

"我们一时昏头，没考虑后果，"戴维说，"太不小心。"

"没错。我不想要你到时因为这件事，和西尔维娅有什么不愉快，那真是愚蠢的意外……"

托马斯瞪着两个大人，完全不知道他们在讲什么。他猜可能是妈妈常说的"大人的问题"。

"……我想你不要告诉她比较好。"安赫拉继续说。

戴维压根儿没想过要做这件事，但他仍回答："这样比较好。我们的事已经够复杂了。"

安赫拉等了半晌，接着说："真可惜，你已经结婚了。"

戴维听到如此赤裸裸的告白，吓了一大跳。她认为若不是这样，会有其他发展……戴维把这句话当成恭维，忍不住问自己，否则会有怎样的结局。总之，安赫拉是个绝世美女，她有种野性美，不由自主地散发魅力。因此，他不知该回答什么，只能傻笑以对，仿佛自己又回到了十五岁。

巴士到了，旅客开始陆续下车。

"好吧，我们就送到这里。"

"很高兴认识你们，"戴维说，"我会非常想念你们。"

安赫拉抱住他，在他脸颊印下纯洁的一吻。

"一路顺风。偶尔写个信或打电话回来。"

"或者来看我们。"托马斯说。

他告别他们母子俩，拿起行李放进巴士底部，手提着一个随身包。他想爬上去，不过有个拖着背包的年轻人正从车门下来。

"从后门下。"戴维告诉他。

"放心，老兄，巴士不会丢下你开走的，不要急。"年轻人回答。

"不是急的问题，而是要从正确的地方下去。"

年轻人拿开他的背包，让出门口的路。

"可以进来了，着急先生。"

戴维露出微笑，开始爬上楼梯，并大声说："年轻人，你真傻。"

"蠢蛋。"另一个也大声骂回去。

托马斯和他妈妈在雨棚下看着他们俩像受到挑拨的猫。托马斯瞄了一眼妈妈，问她："妈，他们为什么要骂来骂去？"

"因为他们是马德里人。"安赫拉回答，仿佛这句话能解释一切。

戴维找了两个空位的座位坐下来，这样子比较舒服。他从车窗看着站在外面的安赫拉和托马斯，等待巴士发动。戴维心想，她说的没错；他们原本的小团体，随着阿莉西亚的死，在今天早上分崩离析。

那个搞错出口的年轻人此刻经过安赫拉身边。巴士发动后，轮胎扬起堆积在人行道旁的灰尘。母子俩正在挥手道别，戴维也响应他们。安赫拉送上一个戴维最爱的微笑。这天早上的阳光，照得她红铜色的发丝闪闪发亮。戴维对自己说，能追到她的人会是个非常幸运的家伙。

"不好意思，"年轻人说，"村庄离这里很远吗？"

"沿着这条路下去，不会迷路。"

"用走的可以到？"

"可以。但是我们要开车过去，我们可以载你到任何地方下车。"

"噢，非常感谢。"他说，并拿起包。

戴维坐在巴士里，赞叹着窗外这几个礼拜以来散步过无数次的群山。他拿出第六部书稿，怀着敬重的心情，伸手抚过第一页。他是第一个读到这本书的人，而再过几个月，书本就会出现在大半个世界的书店架子上。

当窗外景色慢慢变得陌生，戴维开始回忆在村里经历的一切；他停在报纸刊登的那篇不幸的报道、自己被埃德娜扫地出门，以及孩子们对他扔石头的那一幕，不由得哈哈大笑，惹得其他旅客纷纷回头。

* * *

安赫拉开车载着年轻人前往村庄。

"我叫安赫拉，这个是我儿子托马斯。放心，他不会咬人。"

"我叫胡安·雷克纳，不过大家都叫我雷克纳。"

"叫你的姓？太正经了吧！我可不是这样的人。你介意我叫你胡安吗？"

雷克纳瞅了她一眼，凝视她散发出的野性美。

"一点也不会。"他回答。

"那么，胡安，你来布雷达戈斯做什么？"

"我移居到这儿。"

"移居？为什么？"

"我是新上任的图书馆馆员。"胡安告诉她。

后记：螺旋之谜

（八个月后）

戴维手里捧着第一本刚从印刷厂送来、莱奥·巴埃拉热腾腾出炉的小说《古钢琴》。阳光从他在可汗出版社新办公室的大片玻璃落地窗照进来，温暖了他的背。他轻轻地抚摸平装版封面，手指滑过凸起的作者姓名。他看过印刷校样的电子版本，但那永远都比不上刚出炉的纸本。他看见自己的名字出现在谢辞里：感谢我的编辑戴维·佩拉尔塔，在我呕吐时扶着我的头。戴维嘴角上扬。这本书是献给伊内斯的。看来，他从里斯本机场打的那个电话，产生了想要的效果。真不可思议，有时，两个人之间的问题只要靠一个电话就能化解。

莱奥的经纪人，也就是戴维定时交流的对象，已经在伦敦书展介绍了这本书。此时，他们卖出了荷兰、匈牙利、意大利和巴西的版权；在西班牙上市的首印卖出两万五千本，这是出版社完成的一次成功赌注。戴维为莱奥深感骄傲。

他想念获得出版社主管新职位后、必须放下的与作家的周旋。此刻，他的工作是计划出版、拟定营销活动，扩散一本书的影响力。但是他还是整天与书为伍，还拥有更多时间与西尔维娅相处，这是他最重视的两件事。要让西尔维娅回心转意可不简单，不过他有小姨子埃莱娜替他说话，想办法让她看清楚戴维得到的好处，把焦点从他的错误移开。他们没买一间比较大的房子，也没买第二辆车，至少到目前为止是这样。西尔维娅需要用车的日子，他就搭地铁到塞拉诺街。他说他讨厌车厢的拥挤，可是看到有人读他们出版社的书，立刻被愉悦的心情包围。

戴维升职后，把埃尔莎抢过来当他的秘书。此刻她正送他的信来。她换了发型，选择比较短、低调的浅栗色头发来衬托她的脸蛋。她现在看起来比较漂亮，也经常笑脸迎人。他的建议没错。这个礼拜六，她即将嫁给一个在烹饪课认识的男人。戴维和西尔维娅都受邀参加婚礼。

"你有一封秘鲁寄来的明信片。"埃尔莎告诉他。

"秘鲁？"

"对，热水镇。我不知道我们有作家住在那边。"

"我也不知道……"

戴维看着明信片。那其实是一张贴在硬纸板上的照片，上面还贴了邮票，埃斯特万坐在一片翠绿的草皮上，远处是印加人的建筑。那是天清气朗的一天，阳光似乎一扫最后一丝悲伤的气息；他戴着墨镜，对着镜头微笑。他留了胡子，头发比以往要长。戴维翻过明信片开始读。

> 马丘比丘的意思是古老的山。如果你转过头、眯起眼睛，可以看到一张脸。送上拥抱。埃斯特万。

戴维忍不住嘴角上扬。埃斯特万即使远在另一个大陆，仍在继续教他道理。如果你想看清楚什么，有时就是要转过头、眯起眼睛仔细瞧。

他从布雷达戈斯回来以后，不得不在可汗先生面前编了一个故事，好隐瞒埃斯特万与阿莉西亚的秘密。戴维告诉他，要离开旅舍那天早上，有人留下一个包裹给他，结果里面是小说的最后两部，还有一张和前几次一样附上的纸条。或许很难说服人，不过可汗先生也没有追根究底。他大大松了一口气，就没有多问。既然完整的故事已经到手，无法和托马斯·莫德说话，相形之下也不是太糟糕。

可汗先生终于能履行出版社对外的所有承诺。此刻，他正在洛杉矶和某个高层制作人洽谈《螺旋之谜》的角色分派，电影再过短短几个月就要开拍。戴维很想和老板分享关于托马斯·莫德的一切，但老板自己说过，三个人要想保密，要诀是……

他把埃斯特万的明信片放进西尔维娅的相框里，把莱奥·巴埃拉的小说搁在桌上，接着从衣架拿下他的夹克，离开办公室。

"你要走了吗？戴维？"埃尔莎问他。

"吃完午餐就回来。"

"如果有人打电话来，要特别向对方解释吗？说您在开会？"

"不用，埃尔莎。跟对方讲实话就好，我正陪老婆在妇产科，看我们孩子的第一张超声波图像。"

＊＊＊

弗兰和玛尔塔花了一个下午逛减价商店，寻找参加埃尔莎婚礼的礼服。弗兰默默地帮她过滤走廊上满满的陈列柜、超过二十个模特儿身上的衣服。

"我穿这件真的好吗？"

"亲爱的，你穿起来很漂亮。"

"唔，我想这件穿起来臀部会很好看。"

"对，我也这么觉得。"

弗兰很想买礼服给她，不过凭他在街区超市当补货员的微薄薪水，无法如此挥霍。反倒是玛尔塔开始在一家小公司当半日班行政人员，贴补自己读心理学五年级的花费。这让她有足够的收入可以偶尔买个想要的小东西，或者当弗兰手头太紧时，帮他付某张账单。她努力劝他找个比较好的工作，弗兰试过，但他的工作能力不太强。不论如何，他很开心自己的戒毒疗程进展顺利，看起来很明显已经康复。他没注意到这件事，不过他已经有两天只喝柳橙汁了。

他在其中一家商店盯着一套男士西装。玛尔塔看着他轻抚那领子柔软的毛料，便鼓励他试穿看看，尽管价格高得他们负担不起。玛尔塔继续鼓励，终于让他点头答应试穿。他在走廊上晃了一圈，看着自己在镜中的模样。玛尔塔想买下送他，但弗兰拒绝了。他已经决定穿雷克纳留下的一套旧西装参加婚礼。他脱掉衣服，把它挂回架上。

买完衣服后，他们搭地铁回家。他们计划上弗兰家做一顿两人晚餐，然后看部电影。这天花太多钱了。玛尔塔把她新买的礼服放在其中一个袋子里。

他们搭的是六号线环状地铁，两人就坐在相邻的位置。

"你大可让我送你的。"

"我不需要。"弗兰替自己辩解。

"你不想穿那套西装在我的家族前面亮相？"

弗兰凝视着她，仿佛车厢里只有他们两人。

"我的计划是你打扮得漂漂亮亮的，让焦点不在我身上。"

她靠过去，嘴唇贴在他的耳边说："我们到家以后，看我怎么催眠你。"

她的嘴唇贴上了他的，吻了他，不在意其他乘客是否在看他们。

车厢另一头，有个洪亮的嗓音传来："各位先生女士，求求您们帮帮忙。我是个可怜的毒瘾者，得靠行乞买毒。有的人是用偷用抢的，我求求您们可怜我这个有问题、想办法要摆脱问题的人。非常感谢。"

那个乞丐睁着一双悲伤的眼眸，慢慢地靠近每个人，嘴里同时说着："帮帮忙？"然后不管有没有给他钱，都说声感谢。

当他来到他们面前，弗兰早在那声音响起之际就警觉起来。他直视那人的眼睛，认出是他昔日的朋友拉科。他们俩默默地打量彼此。弗兰拿出皮夹，递给他三张十欧元纸币，拉科接过去收在口袋里，并送给他一个微笑："谢谢。"

他继续前往下一个座位问："帮帮忙？谢谢。"

当他离开车厢，玛尔塔认为她应该懂刚刚那一幕，便看着她的男友问："是朋友吗？"

弗兰看着她，用一种心酸的语气说："我不知道。你得问他。"

***

有个小男孩试图保持冷静，以免心虚提前露出马脚。他拿着学校要他们读的书走近柜台。雷克纳向他询问名字，在计算机键盘上敲了几下。不到一秒，他挑起眉毛。

"哎呀！哎呀！恩里克·坎塔莱霍想从图书馆借新书。可是，听着，我想你知道规则是不能同时借两本，而且你已经有两本书逾期了。"

"我需要借书做功课！"恩里克大叫，"学校要我们看这本书！"

"我觉得你想看书非常棒，"雷克纳说，"我只是要你尽快把另外两本书拿来还。"

"我不知道放到哪里去了。"

"那么你花时间找了吗？"

"如果不还呢？会怎样？"小男孩再一次大叫。

雷克纳敲打几个键盘，看了看屏幕上叫出来的结果。

"那么我只能打电话给你妈妈，峡谷街二十七号，通知她，你延迟还书的罚金已经增加到两欧元四十分，让她从你的零用钱里扣。"

"我妈妈从来不在家。她在工作。"

"我知道，"雷克纳回答，"她在博鲁埃尔百货商店工作，从早上九点到下午六点十五分。她办公室的电话是……"

"该死！"恩里克说。他把书丢在柜台，一边低声咒骂一边走出去。

"对了，还有你爸爸！"雷克纳说，"他可能会看到……"

这时安赫拉出现在门口。

"哈啰，亲爱的，"她说，并俯身越过柜台，给他一个吻，"怎么了？"

"呃！有个小孩想借走超出规定数量的书。他想耍小聪明。"

"你真严格。"她笑着说。

雷克纳来到布雷达戈斯以后，把埃斯特万捐赠的新书添加进计算机系统，将所有使用者建立成一个数据库；如果是未成年读者，就连家人的数据一起加进去。

"我制住他们了。"雷克纳说。

"托马斯在哪里？"

"在角落，他在读《三剑客》。"

"是你建议他看的吗？"安赫拉问。

"对。"

"我看他很认真听你的建议。或许你会是个好的影响。不过我喜欢看你对小孩严格。"

"你会觉得兴奋？"

"有一点。"

这一次换雷克纳越过柜台吻她——但安赫拉往后退了一步，露出狡猾的微笑看着他。

这一刻，有孩子拿着一本书出现在他们之间。他是贡萨洛，一个十三岁的早熟读者，他已经吞噬了图书馆大半的书。雷克纳说他有一天会写一本书，让布雷达戈斯变成全世界最有名的地方，并要他在谢辞提起自己：感谢胡安·雷克纳，要不是他的建议，我也不可能有今天的成就……

"我要借这本。"贡萨洛用有些尖细的嗓音说。

"很好，"他说，并转向安赫拉，"看到没？只有他没逾期不还。他可以借书，没问题。"

他打开书的第一页，键入他在所有书本贴上的条形码。

"贡萨洛，拿去。祝你读得开心。"

贡萨洛没多说什么就离开了。雷克纳试着回忆刚刚跟安赫拉讲到一半的事，但那个孩子返回，又打断他们。

"哎！不是这本书！"

"什么？"雷克纳问。

"书封和书本对不上。"贡萨洛抗议道。

他把书递给雷克纳，让他检查。事实上，书封是何塞·曼努埃尔·埃利斯的《茉莉花时刻》，包在里面的却是托马斯·莫德的《螺旋之谜》第一版。

"啊。错了。"

"是你放错的吗？"安赫拉问他。

"不是！我不会换封面。是送来这里时就这样了。"

"真奇怪！"安赫拉嘟哝，"埃斯特万为什么有一本其用他封面包起来的书？一点道理也没有。"

霎时，一个答案出现在雷克纳脑海，仿佛暴风雨乍临。

但是又和来的时候一样，消失无踪了。

谢辞

这是一本幸运的书，因为这本书经历了两段人生，相较之下其他许多书只有机会经历一段人生。

而两段都有值得我感谢的人。

第二段人生

感谢这本书的第一个编辑欧斯曼·维加（Osman Vega）。

感谢安东尼娅·凯丽冈（Antonia Kerrigan），赐予这本书第二段人生。

感谢西尔维娅·塞瑟（Silvia Sesé）的所有建言。感谢埃莱娜·拉米雷斯（Elena Ramírez），请她喝咖啡时，还没机会好好认识她。

感谢所有卖书的朋友，这么多年来一直支持本书：科利亚多梅迪亚诺市的埃米尼奥（Herminio），埃纳雷斯堡市的哈维尔（Javier），旧科尔梅纳尔市的何塞·安东尼奥（José Antonio）。

感谢木村荣一（Eiichi Kimura），把这本书介绍到日本。

感谢弗朗西斯（Francis）和洛拉（Lola），长达十年的支持。

感谢总是逗我开心的两个侄子。

感谢所有从第一段到第二段人生以及可能的其他人生，始终在身旁支持我的朋友。

第一段人生

感谢我的父母路易斯（Luis）和卡门（M.ª Carmen），我的手足伊莎贝尔（Isabel）、哈维尔（Javier）和卡门（M.ª Carmen），还有我的妹夫恩里克（Enrique）；他们相信这本小说可能成功，给我时间和空间尽情挥洒。感谢恩里克·沙拉·帕哈雷斯（Enrique Sala Pajares）和他的建议，促成戴维和西尔维娅想实现当父母梦想的情节。

感谢利略（Lillo）、劳尔（Raúl）和西尔维娅（Silvia），以他们在巴兰基利亚三个月的经验，让我看到每支针筒都代表着一个人，学到比靠自己摸索还要多的东西。

感谢 JSC INGENIUM 公司的伙伴，给我许多好的建议。感谢嗜读成痴的企划编辑何塞·马努埃尔·洛萨达（José Manuel Losada），掏荷包买了第一本样书。感谢塞尔希奥·卡诺（Sergio Cano）竭尽全力，提供爱车数据作为书中雷克纳的用车依据。

感谢切米（Chemi），写一本小说可能要花好几年，但是遇到像他这样的朋友需要一辈子。感谢帕蒂（Pati），所有那些我还没给予的称赞，会由帕丽塔（Parrita）代劳。感谢里奥（Ryo）和他身为计算机工程师的耐心。

感谢米格尔·科洛莫（Miguel Colomo），花了两年时间不断鼓励我写下去，他也是第一个读到小说的人。读完我的第一个故事后，他对我的肺腑真言一直陪我度过许多个难熬的夜晚。感谢他的支持（他的功劳很大）。也感谢他的另一半皮拉尔（Pilar）愿意忍受他（她也有功劳）。

感谢所有读过前几个版本的人，除了给我好的建议、大量的鼓励，他们的建言还让我燃起出版的希望。

感谢拉蒙·帕哈雷斯（Ramón Pajares）提出书名，找到出版社。

他在我踏出第一步时为我提供咨询，希望他能一直陪伴我到最后。

感谢孔查·科洛莫（Concha Colomo）医生，她不但守护一切，也照顾所有人。

感谢马努·尼尔森（Manu Nielsen），他从容不迫，知道这一刻终将到来。我们也是。感谢皮鲁（Piru），排除众人异议。感谢塞尔希奥·佩雷斯（Sergio Pérez），我们还会在许多年里迎向未来。感谢戴维（David GP）和奥韦赫罗（Ovejero），他们也是本书的一部分。

感谢 J. 恩里克·桑切斯（J. Enrique Sánchez），希望他最后能展现所有丰富的学识。

感谢我所有的朋友（他们知道我指的是谁）。感谢很多被我蒙在鼓里，不知道我写小说的人。感谢有些还没听到我亲口公布的人。

El paso de la hélice by Santiago Pajares

Copyright © 2014 by Santiago Pajares

Simplified Chinese character translation copyright © 2017
by Beijing Imaginist Time Culture Co., Ltd.

Published in agreement with Antonia Kerrigan Literary Agency,
through The Grayhawk Agency.

All rights reserved

本简体中文版翻译由台湾木马文化事业股份有限公司授权

图书在版编目(CIP)数据

螺旋之谜 / (西) 圣地亚哥·帕哈雷斯著;叶淑吟译.
—— 桂林:广西师范大学出版社,2017.6

ISBN 978-7-5495-9674-4

Ⅰ.①螺… Ⅱ.①圣… ②叶… Ⅲ.①长篇小说 – 西班牙
– 现代 Ⅳ.①I551.45

中国版本图书馆CIP数据核字(2017)第090156号

广西师范大学出版社出版发行

  桂林市中华路 22 号邮政编码: 541001
  网址: www.bbtpress.com

出 版 人:张艺兵

责任编辑: 雷 韵

责任编辑: 张亦非

装帧设计: 尚燕平

内文制作: 龚碧函

全国新华书店经销

发行热线: 010-64284815

山东泰安新华印务有限责任公司 印刷

开本: 880mm×1230mm 1/32

印张: 12.625 字数: 294千字

2017年6月第1版 2017年6月第1次印刷

定价: 46.00元

如发现印装质量问题,影响阅读,请与印刷厂联系调换。